激进与迟缓

霍俊明 著

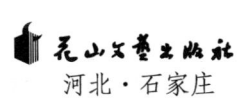

花山文藝出版社
河北·石家庄

图书在版编目（CIP）数据

激进与迟缓 / 霍俊明著. -- 石家庄：花山文艺出版社，2025.1. -- ISBN 978-7-5511-7603-3

Ⅰ．I207.22-53

中国国家版本馆CIP数据核字第2024NL2505号

书　　　名	：激进与迟缓
	JIJIN YU CHIHUAN
著　　　者	：霍俊明

选题策划：郝建国
责任编辑：李倩迪
责任校对：李　伟
封面设计：陈　淼
出版发行：花山文艺出版社（邮政编码：050061）
（河北省石家庄市友谊北大街330号）
销售热线：0311-88643299/96/17
印　　刷：涿州市般润文化传播有限公司
经　　销：新华书店
开　　本：880毫米×1230毫米 1/32
印　　张：13.375
字　　数：300千字
版　　次：2025年1月第1版
印　　次：2025年1月第1次印刷
书　　号：ISBN 978-7-5511-7603-3
定　　价：68.00元

（版权所有　翻印必究·印装有误　负责调换）

目 录

楔 子

在两条大河之间的"杜甫" /1

事感第一

"失败"或"终结"的乡愁 /10

激进的诗歌:媒介、技术及人工智能 /37

速度景观与异质时间 /61

时间轴转动中的现实与现实感 /85

跨界第二

小说家塑造的诗人肖像 /124

摄影:时代底片与景观社会 /151

书信:手写体档案与先锋时代的终结 /181

"诗人散文":突然传来的一声呼哨 /217

原型第三

遥远的目光：诗人童年与记忆诗学　　／239

诗人的"父亲"　　／255

与灾难共生的成熟：内部传记与晚期风格　　／279

本事第四

树的传记学与"红色的大象"　　／304

元诗：伟大元素与范本语言　　／331

长诗：从"世界的血"到"私人笔记"　　／364

尾　声

关于莫言诗歌新作的几句闲话　　／415

◎ 楔　　子

在两条大河之间的"杜甫"
——同时代性的诗歌传统与现代性

> 杜甫的诗歌不仅属于他自己的时代，也同样属于我们的时代。
>
> ——冯至

> 所谓未来，不过是往昔
> 所谓希望，不过是命运
>
> ——西川《杜甫》

　　传统文化与现代性的关系已经是老话题了，甚至仍有人会惯性地强化二者具有天然的排斥性和差异性，而现代性越来越成为衡量当下文学和艺术的重要标准，甚至一度有不少人认为现代主义是反传统的，显然这并不正确。

　　即使在今天，传统和现代性似乎仍然是难以界定的，究其原因，二者本身就具有一定的流动性和开放性特征，而社会的现代性和美学的现代性又是矛盾和龃龉的。传统与现代性往往被认为是处于两个分割化的线性时间序列中,即传统属于过去时态,现代性则是现代社会实践的当代化产物,实际情况则是传统与现代性这两个主导性的话语体系,无论是在社会实践还是阅读、写作、译介、评价的过程中往往具有互文的交叉性和共通质素,只可惜这两种话语的融合和对话在中国诗人这里经历了长期的搁置或对立。

传统和现代性是一个精神共时体的结构,它们具有精神化的"时间结构"和"共有空间","现在的时间和过去的时间／也许都存在于未来的时间／而未来的时间包容于过去的时间"(T.S.艾略特)。既然传统和现代性是共时体的结构,那么"同时代性"就成为考察现代性与传统的重要依据。陈超在谈论诗歌现代性问题时曾以李白和杜甫为例加以说明:"现代性,对诗而言不应是个价值判断词语。《诗经》或李白、杜甫的诗,就诗人彼时亲历的历史语境而言,同样具有'现代性'。由于对过往的历史语境是无法'继承'的,我们今天追求现代性,无非是要解决语言与变化了的经验之间的矛盾关系,使语言更为有力地在扩大了的现实经验中扎下根。"(《打开诗的漂流瓶》)正如冯至所说的:"杜甫的诗歌不仅属于他自己的时代,也同样属于我们的时代。"

"影响的焦虑"与"影响的剖析"并不是对等的,对于那些带有强力影响的"父辈"和"艺术的幽灵"式的诗人,后续的诗人更多呈现为焦虑或"弑父"般的青春期写作的武断,而我们需要的则是对"影响"的对视、传统的转化以及个人才能和当代传统的建立。早在20世纪40年代初,时在西南联合大学外语系任教的诗人冯至对歌德和德语诗歌的研究恰恰是与其写

楔子

作十四行诗和《杜甫传》同时进行的,甚至这两个话语之间出现了互补和共通性,只可惜中国诗人这种话语融合和对话机制在此后经历了长达几十年的搁置。与20世纪80年代以来形成的诗人们的视线几乎完全投向西方和异域诗人不同,近年来越来越多的中国当代诗人开始将目光投向了中国诗歌传统,其中被更多提及的是杜甫,而当代有了越来越清晰的"杜甫回声"。

当代诗人"发现"杜甫是精神交互和写作求证的过程,而这一过程也充满了各种立场和文化的博弈。杜甫是我们的"同时代人"或"艺术的幽灵","此刻"与"历史"在诗人的深度对视中获得了交互和观照,"寻找通向已故作家暗道的目的,并不是要使死者复活,而是要从死者那里获得写作和道义上的支持,而这种支持一旦从死者那里发出,死者也便复活了"(西川《写作处境与批评处境》)。换言之,杜甫是我们每一个人灵魂世界或现实遭际的化身或投影,所以他能够一次次重临每一个时代的诗学核心和生存现场,这是诗人和生活在感应、回响中建立起来的语言事实和精神现实,它们最终汇聚成的正是杜甫这一超越时空的伟大精神共时体。

我们可以从诗歌作为超越时空的精神共时体以及同时代人、同时代性的角度来考察每一个时代的诗人及其精神生活。

1959年1月22日凌晨三点,在冬日的寒冷中,何其芳完成了关于诗歌欣赏的一篇文章,其中专门谈到了杜甫的诗歌。尽管何其芳对杜甫的认识和评价有时代的局限性——比如过于强调杜甫诗歌的思想性和现实痛苦的一面,但是作为一位重要的当代诗人,何其芳还是注意到了杜甫超越时代的非凡的伟大之处:"杜甫之成为伟大的诗人,并非仅仅因为他写了《梦李白》

3

和《赠卫八处士》这样的作品，还因为他写了《自京赴奉先咏怀》、《北征》、'三吏'、'三别'、《茅屋为秋风所破歌》以及其他数以百计的各种各样的诗。一个伟大的作家所表现的生活及其成就总是多方面的，去掉了繁茂的枝叶就无法看到参天大树的全貌。"（《诗歌欣赏·五》）

杜甫为何永远不会过时？是不是越在时代的转捩点以及诗人精神发生震荡的时刻杜甫的重要作用就越会变得不容回避？

无论是传统还是现代性，"诗与真""词与物""诗人与现实""万古愁"都在考验着每一个写作者。显然杜甫已经成为汉语的化身以及中国诗人精神的原乡，成为贯通每一个写作者的"绝对呼吸"。

在1989年，西川写下了《杜甫》一诗。

> 你的深仁大爱容纳下了
> 那么多的太阳和雨水；那么多的悲苦
> 被你最终转化为歌吟
> 无数个秋天指向今夜
> 我终于爱上了眼前褪色的
> 街道和松林
>
> 在两条大河之间，在你曾经歇息的
> 乡村客栈，我终于听到了
> 一种声音：磅礴，结实又沉稳
> 有如茁壮的牡丹迟开于长安
> 在一个晦暗的时代

楔 子

你是唯一的灵魂

每一个"当代人"向杜甫致敬的深层动因在于杜甫是我们每个人甚至是世界范围内的"同时代人",这验证了真正的诗歌精神、诗性正义或诗人道义永远不会过时,"如果杜甫(他生前看到唐朝文化的衰败)没有在大唐的首都长安(现在是现代工业化城市西安)的郊区沟上纳凉遇雨而写出'雨来沾席上,风急打船头。越女红裙湿,燕姬翠黛愁',我也不知道我们如何看待内华达山脉,不知道那些山对我们意味着什么"(奥克塔维奥·帕斯《诗歌与地点》)。

在"同时代人"精神辨认这个意义上,杜甫并不只是遭逢人生漂萍和安史之乱的"唐朝诗人",而且还是"当代诗人""世界诗人",他总会以各种面目和方式来到每一代人中间,"每一时代都从杜诗中发现他们所要寻找的东西:文体创造的无比精熟,特定时代的真实个人'历史',创造性想象的自由实践,以及揭露社会不平的道德家声音"(宇文所安)。

实际上不只是杜甫,杜甫只是最典型的传统构造和精神通道罢了,而"诗人"是时间的尺度,是一代又一代人的"万古愁"。杜甫的"无边落木萧萧下,不尽长江滚滚来"道尽了生存晚景和生存况味,而 W. H. 奥登诗歌中的树叶所寓意的生存之悲与杜甫何其相似:"现在开始树叶凋零得很快,/保姆手中的花不会常开不败,/她们走向坟冢踪影已不见,/而童车滚动着继续向前。"(《秋日之歌》)

任何一个诗人和作家都有深深的对抗时间的焦虑,他们也总是希望自己的诗歌能够穿越自己的时代而抵达未来的理想读者。这样的诗人具有总体性以及精神共时体的特征，他们用诗歌对抗或化解现实境遇中的焦虑、茫然以及死亡的恐惧，诗歌代替诗人生活，诗人也借助文字得以永生。如果我们将"时间"理解为"时代"和"命运"，那么任何历史、传统、时代和个人、生命、存在等就都是相通的，而这正是我们理解作为"同时代人"和"精神共时体"的杜甫的一个起点，"所谓未来，不过是往昔／所谓希望，不过是命运"（西川《杜甫》）。

杜甫的诗总会在不同的时代引起强烈共鸣，比如自称是杜甫肚子里蛔虫的金圣叹每次外出与友人聚会必随身携带杜诗，甚至往往在醉眼蒙眬中予以批阅。杜甫确切无疑地属于这样的"终极诗人"。从终极写作以及人类伟大的精神共时体来说，所有的时代都在为抒写一首"终极的诗"做着准备，正如雪莱在《捍卫诗歌》中所强调的过去的、现在的和未来的所有诗作都是一首没有尽头的诗篇的一个环节、部件或插曲。这也是艾略特所说的"传统与个人才能"的关系："如果我们不抱那种先入的成见去研究某位诗人，我们反而会发现不仅他作品中最好的部分，而且是最具有个性的部分，很可能正是已故诗人，也就是他的先辈诗人们，最有力地表现了他们作品之所以不朽的部分。"

是的，杜甫的百科全书式的诗篇以及人生境遇总会让我们一次次目睹"时间"和"命运"本身而又往往有难以置喙之感，而只有杜甫式的伟大诗人才真正对日常事物予以了格外有效的观照，既见天地又见人心。尽管"时间""命运"在杜甫这里更多呈现为悖论——"矛盾心理几乎重复出现于杜甫所描绘的所有人物类型中，从而使他比此前任何诗人更为复杂深刻

楔　子

地揭示了人的本质"（宇文所安），他感受到的更多是孤独、老病、虚妄、痛苦和无着。

这就是"时间诗学"或"生命诗学"，杜甫也是真正将"事"转化和提升为"史"的伟大诗人。

由杜甫，人们总会不自觉地联系到"现实""现场""及物""苦难"乃至"现实主义"，即在正统化的解读中杜甫一直是作为"诗言志""社会派""写实主义"传统的代言人，这也是我们对杜甫的惯性理解和刻板印象，"诗有关于性情伦纪，非作诗之本乎？故宋人之论诗者，称杜为诗史，谓得其诗可以论世知人也。明人之论诗者，推杜为诗圣，谓其立言忠厚，可以垂教万世也"（仇兆鳌）。冯至也认为"'兴观群怨'和'知人论世'遂成为后代许多文学鉴赏者和文学批评者的准绳"（《论杜诗和它的遭遇》），所以在写于1938年的《赣中绝句四首》中就格外强调了杜甫与时代苦难的关系："携妻抱女流离日，始信少陵字字真。未解诗中尽血泪，十年佯作太平人。"但是，郭沫若却对杜甫的"诗圣"一说予以批判："以前的专家们是称杜甫为'诗圣'，近时的专家是称为'人民诗人'。被称为'诗圣'时，人民没有过问过；被称为'人民诗人'时，人民恐怕就要追问个所以然了。"（《李白与杜甫》）而20世纪30年代杜甫进入冯至的视野也恰恰是因为时局的动荡和现实的窘迫："1937年抗日战争爆发，同济大学内迁，我随校辗转金华、赣县、昆明，一路上备极艰辛。从南昌坐小船到赣县，走了七八天，当时手头正带了一部日本版的《杜工部选集》，一路读着，愈读愈有味儿，自己正在流亡中，对杜诗中'东胡反未已，臣甫愤所切'一类诗句，体味弥深，很觉亲切。后来到了昆明，在西南联合大学教德文，课余之暇，颇留意于中国文学。有一天在书肆偶得仇注杜诗，又从头至尾细读，从而形成了对杜甫的一些看法。"（《答〈文史知识〉编辑部问》）

问题的关键所在是杜甫的诗歌中的"现实""生活"乃至"历史"是如何形成、转化、再造的，"所有的题材都需要处理，也就是说，文学并非生活的直接复述，而应在质地上得以与生活相对称、相较量。那么，如何处理生活，也就成了如何处理现在的问题"（西川《大意如此·自序》）。一个诗人之所以能够穿越时空来到我们面前，其中最关键的因素就是转捩时期的时代境遇与一代人整体的命运感，这种相通的精神情势使得写作者重新认识并调校自己的写作，真正思考个人命运与时代、现实之间的复杂关系，这也正是谢默斯·希尼强调的"诗歌的纠正"。

无论我们谈论传统、杜甫等古代元素，还是现代性、世界性和当代诗歌，其中一个重要的文化背景是不能回避的，这就是"世界文学"的互文视野。甚至在"世界文学"的话语体系和想象中，我们所指涉的"传统"是本土传统还是涵括了异域和世界化的传统？

显然，传统同样是具有共时性和同时代性的。

2020年4月7日，英国广播公司（BBC）播出了专题纪录片《杜甫：中国最伟大的诗人》，这引起了包括中国诗人在内的广泛热议。由此可见，杜甫在长期的海外传播中的形象已经深入人心，甚至在一定程度上已经取代了曾与之并列的李白。

显然，在"世界文学"视野和跨文化语境下，杜甫的译介、传播和接受越来越呈现了"正典"的意义。我们也很想知道的是西方诗人、汉学家是如何看待、理解和评价以杜甫为代表的传统与现代性之间的关系。著名汉学家宇文所安高度评价杜甫是"最伟大的中国诗人","他的伟大基于一千多年来读者的公认,以及中国和西方文学标准的罕见巧合。在中国诗歌传统中,杜甫几乎超越了评判,因为正像莎士比亚在我们自己的传统中,他的文学成就本身已成为文学标准的历史构成的一个重要部分。杜甫的伟大特质在于超出了文学史的有限范围"(《杜甫:中国最伟大的诗人》)。

◎ 事感第一

"失败"或"终结"的乡愁

回故乡,回到我熟悉的鲜花盛开的道路上,
到那里寻访故土和内卡河畔美丽的山谷。
——荷尔德林《返乡——致亲人》

只有当某个事物到了它的终结之时,我们才有资格追述它的起始。
——柄谷行人

我从乡愁中获利,或许我也是一个罪人。
——雷平阳

精神和文化记忆意义上的"乡愁"早已经成为世界文学的母题,比如"活着为了讲述"(加西亚·马尔克斯),"我所知道的只是一扇通往黑暗的门"(谢默斯·希尼),"我为它而活着,并为写它推迟了我的死亡"(博胡米尔·赫拉巴尔)。葡萄牙诗人费尔南多·佩索阿强调："即使整个世界被我握在手中，我也会把它统统换成一张返回道拉多雷斯大街的电车票。"希腊作家尼科斯·卡赞扎基斯在1934年出版的《非常感谢》中写道："我就像是奥德修斯船上的一名水手，有一颗火热的心，但是思维却清晰而冷酷。"

1

当精神"乡愁"抒写与具体的时代背景、乡土命运以及现代性的城市话语联系在一起的时候，我们就会发现这一写作类型不可避免地携带强烈的现实感以及伦理化和道德感的精神姿态。质言之，这一"乡愁"抒写具体到当下具有明显的诗学和社会学对话、调校、龃龉的动态效果。

从动态的时间景观来看，一个个社会阶段构成了新旧交替，尤其是20世纪构成了时时维新的时代。城市化进程中，城市和乡村成了被反复观照和抒写的特殊空间，而二者之间的重心显然发生了偏移。在乡愁意识的驱动下，诗人、作家和知识分子开始对城市投入了更多的批判眼光，与此同时又对乡村和前现代性时间予以了怀旧的理想化的回溯，二者之间充满了伦理和道德化的判断。既然每个诗人都处于现实和社会之中，既然日新月异的景观对写作者提供了可能和挑战，甚至这一过程还将是文学史历史化进程中的一部分，那么写作者就有责任有必要对此予以承担，只是承担的方式不同，出发的角度不同，至于文本面貌更是千差万别了。

所谓一个时代有一个时代之文学，而最终发挥决定作用的仍然是写作者的能力、视野、眼力以及观察的角度并把这一切都有效地转化到文本当中去，只有如此作品才能够超越时代抵达未来和历史。"米勒的怀旧并不只是局限在个人方面，怀旧也影响到他的历史观。他对各方宣称的'进步'保持怀疑的态度，并且认为进步是人类尊严一个潜在的威胁。与威廉·莫里斯或是其他浪漫中古学家不同的是，他并没有美化村庄的形象。"（约翰·伯格《米勒与农民》）

不管是在中国还是在全球范围内，诗人的"乡愁"显然是来自城市化进程的巨大挤压以及因此形成的焦虑感，只不过城市化进程和程度不同而已。德里克·沃尔科特曾描述过一场"乡村葬礼"，这不只是偶然事件和乡村场景的客观描述，而是带有沉沉雨幕般的乡愁化的追挽以及终极意义上对死亡和乡村生命的深度观照。

> 当城市终结，树篱和树木开始出现，
> 我们从火车上看见这个充满活力的乡村
> 到处是草垛、鸭塘和渡鸦，它们停在
> 为一个市议员的葬礼准备的篱笆上。恭顺的雨
> 合乎礼仪地落在咖啡馆和卵石上

那么，在沃尔科特的笔下，城市空间是什么样的景象呢？我们看到的是"我从地铁走上来，有人站在/台阶上，似乎他们发现了/某种我未觉察的东西。这是在冷战时期，/在核能放射尘里。我观望，整个大街/是空的，我的意思是彻底的空，我想，/鸟群已经放弃了我们的城市，寂静的/瘟疫繁殖在它

们的动脉里"(《在乡村》)。

就乡村(乡土)以及乡愁诗歌写作而言,我们不得不再次关注新世纪以来形成的显豁的写作伦理:为什么写作乡村?乡村发生了什么?如何面对乡村?我想追问的是"乡村叙事"是否正在经历着无效"复写"的瓶颈期?

关于近些年来流行的"乡村"和"乡愁"诗歌,我的阅读感受是极其矛盾和复杂的,一则我也有着大体相同的乡村经验和现实经历,而自己离现实和精神想象中的"故乡"越来越远;二则是这些文学和社会文化文本所呈现的"乡愁"更多的是单一向度的,甚至有很大一部分作家和文本成了消费乡土和时代的廉价替代品。真正地对"乡村""乡土""乡愁"能够自省、反思以及复杂呈现的诗人与作家太少了。

我想到了雷平阳的一句话:"我从乡愁中获利,或许我也是一个罪人。"然而,并不是每一个作家和诗人都有这种自审的能力。

关于乡村叙事,我想起余华在《第七天》中对村庄的这样一番描述。

> 我记得田野里一片片油菜花在阳光下闪闪发亮,男女老少鸡鸭牛羊的声音络绎不绝,还有几头母猪在田埂上奔跑。现在的村庄冷冷清清,田地荒芜,树木竹子已被砍光,池塘也没有了。村里的青壮年都在外面打工,只看见一些老人坐在屋门前,还有一些孩子蹒跚走来。

然而,这只是常识,并不是小说。

格非认为自己的长篇小说《望春风》(译林出版社2016年6月版)是对故乡的最后一次"回望":"《望春风》可能是我最后一次大规模地描写乡村生活。乡村已边缘到连根端掉,成为无根之木、无源之水。我的家乡仅存在于我记忆之中。日本学者柄谷行人说,只有当某个事物到了它的终结之时,我们才有资格追述它的起始。我想,即便中国的乡村生活还远远没有结束,但它对我来说,是彻彻底底地结束了。这一点没有什么疑问。换句话说,我个人意义上的乡村生活的彻底结束,迫使我开始认真地回顾我的童年。不过,这部小说从内容上来说完全是虚构的,你当然也可以把这种追溯过程理解为我对乡村的告别。"(格非《〈望春风〉的写作,是对乡村作一次告别》)

2

如果说乡村或乡愁仍然具有一种精神救赎可能的话,诗歌便成了个体最后依存的乌托邦。假若这一向上、向后的想象的精神向度与真实不虚的生命体验、乡村场景以及社会伦理融合在一起,那么矛盾之诗和介入之诗就同时产生了,"乘坐汽车时,看到乡村建筑 / 犹如一种意外的福分 / 仿佛它蕴含了风景中全部的快乐 // 贪婪地,我看着一棵棵树 / 急速退去,又重新浮现 / 仿佛树后隐藏着一个好奇的儿童 // 这种快乐,和饥渴很难区分 / 在田野里合成了农人的空白 / 我知道自己将很快回到故乡 // 但看到那白色的建筑尖顶 / 兀自在天空中闪烁发光 / 让我震动,仿佛又看到了儿时的希望 // 虽然只是一瞬,但经历了四季 / 那在下面走动的人们 / 我对于他们的感情如此陌生 // 而他们的感情可又如此悠久／让我难以再谈衰败，树叶飘落／但家门口的那只羊不停在咀嚼"（王东东《乡村建筑》）。

城市社区、郊区、城乡接合部以及各种公共空间不仅起到了实用性功能，而且具有强大的时代伦理特征。什么样的建筑居于什么样的位置都不是想当然的，而是要服务于阶层和机构的等级轻重进而承担分层的社会和文化功能，"在本雅明对于19世纪巴黎文化的伟大研究中，他将城市的玻璃屋顶拱廊称为'城市毛细现象'，所有为城市带来生命脉动的运动，都集中在这个狭长而被覆盖的、拥有商店和咖啡馆以及人们蜂拥而至如血液凝块的通道中"（理查德·桑内特《肉体与石头——西方文明中的身体与城市》）。

庞德的《在一个地铁车站》则成为现代城市生活的一个绝好注脚，而该诗也成为现代性写作的标志之一。

  人群中这些面孔幽灵一般显现；
  湿漉漉的黑色枝条上的许多花瓣。

——杜运燮译

那么，诗人作为普通人是该适应这种并不乐观的城市现代生活，还是作为精神成人对其不乐观的一面进行批判？抑或如波德莱尔那样作为一个精神游荡者转而逃离到其他的"小地方"或"边地"去？在小公国的统治者奥古斯特那里做了十多年会计、总管、财务和园林监督工作之后，歌德在1786年跑到了意大利并完成了《意大利之旅》。歌德的身体和内心以及写作冲动在这次空间转换中被再度激活了，他无时无刻不在细心感受周遭的事物。而城市里的个人是孤独的，也许这一孤独并不为他人所知，"在汹涌推挤而不断前行的人海中晃荡，是一种奇特而孤独的经验"（歌德《意大利之旅》）。

城市的"白天"与"夜晚"也携带了极其显豁的伦理和社会功能，"动脉与静脉的地铁系统创造了一个比较混合的城市，那么这种混合在时间上有着明显的限制。白天时，城市的人类血液从地下流向市中心。到了夜里，当人们搭乘地铁回家的时候，这些地表下的通道就变成了静脉，将大众运离市中心。通过这种地铁模式的大众运输，现代都市空间的时间地理于焉成形：白天人群密集并多样化，晚上则稀疏而同质"（理查德·桑内特《肉体与石头——西方文明中的身体与城市》）。

在严峻的历史性时刻，诗人的日常生活和精神事件都将被重新洗牌，就像"白天"与"黑夜"以及"新"和"旧"两个时间以及连带其上的生活方式、思想观念所发生的对峙，甚至其间有极其惨烈的对撞。

消亡的事物，紧张的时刻，挽歌和夜歌必然发生。

在失去的时代，诗人必须从回忆和寻找开始。显然，乡土的地方性知识和空间差异正被取消，这是全球化的必然产物。捷克作家伊凡·克里玛就深刻而沉痛地指出在今天这个时代没有人会认为"还有某个地方仍然戴着最初的神秘的面纱，它不可被富有创造性的人们发现，也没有人以为在不知不觉之中，某些事情从整体上已陷入衰落。一个时代如此看重高效率，如此迅速的发展、竞争、变化、进步、革新和新式样，通常以抛弃其他的价值为代价"（《布拉格精神》）。

那么，诗人如何能够再次走回记忆中的过去时的"故地"

"出生地"？这是可能的吗？而对于很多重新回到或试图返回故乡的作家而言，面对着与童年期的故乡相去甚远的景观其感受却并不相同，但大多是五味杂陈、一言难尽，"半个多世纪之后，我重返我的出生地和维尔诺，这就像一个圆圈最终画成。我能够领会这种好运，是它使我与我的过去重逢，这太难得了。这一经验强大、复杂，而要表述它则超出了我的语言能力。沉浸在情感的波涛之中，我也许只是无话可说。正因为如此，我回到了间接的自我表述方式，即，我开始为各种人物素描与事件登记造册，而不是谈论我自己"（切斯瓦夫·米沃什《米沃什词典》）。

3

在城市化时代，曾经的乡村伦理、文化、传统、自然景观以及农耕经验、生活习惯、思维方式等都受到了挑战，尤其是当事人的心理感受更是难以形容。很多人都身不由己地生活在这种乡愁化的伦理之中。

由此，我想到当年莫言的故乡遭际。

> 我母亲生于 1922 年，卒于 1994 年。她的骨灰，埋葬在村庄东边的桃园里。去年，一条铁路要从那儿穿过，我们不得不将她的坟墓迁移到距离村子更远的地方。掘开坟墓后，我们看到，棺木已经腐朽，母亲的骨殖，已经与泥土混为一体。我们只好象征性地挖起一些泥土，移到新的墓穴里。也就是从那一时刻起，我感到，我的母亲是大地的

一部分，我站在大地上的诉说，就是对母亲的诉说。

——《对母亲的诉说》

是的，对母亲的诉说实则是对土地和故乡的诉说。

随着全球化和城市化时代的到来，"故乡血统"的复活与再生不能不以巨大的尴尬、失落和痛苦为代价。在此，诗歌成了回忆、挽留、停顿和迷恋的显影液和致幻剂。面对加速度时代的消逝之物，诗人内心的翻搅、杂陈是一般人难以想象的。由此我们看到了为精神地理抱有"写碑之心"的志撰者，为灵魂寻找一丝亮光在寒夜侧身挤过窄门的漫游症者。

显然，"旧"是不合法的，而诗人不期然间成了一个"守旧者"。如果大地已经没有能力依托"原在"，那么这一责任就转移到了诗人身上。诗人应该彰显大地一成不变的性质，"在此崇尚变化、维新的时代，诗人就是那种敢于在时间中原在的人"（《于坚的诗·后记》）。

诗人正是那个忧心忡忡、悖论重重的人，一个追求"原在"的人却正在或已经失去"故乡"。挖掘机成为城市化时代的强大伦理，加里·斯奈德早就意识到这一点："开了多年的自卸货车、铲土机、平地机和履带式拖拉机后，伯特·海巴特终于退休了。对他而言，昔日修筑过的道路、池塘和平地犹如雕塑品，即使房屋不复存在，它们也将留存在大地上。（挖掘一方池塘究竟要多久？）伯特仍在用占卜杖勘探水源。上次我见到伯特时，他正抱怨自己的肺备受煎熬：'那些日子我在海边工作时，拖拉机后面总是尘土飞扬、黄土滚滚，什么都看不清。还有柴油机冒着难闻的油烟。'"（《禅定荒野》）

我们已然注意到现实版的"尤利西斯"已经诞生,"这条街道藏着我作为一个诗人的基本词语。过去我从未想到它会永远消失。我指望的是像贺知章、尤利西斯那样流浪世界、九死一生归来,只是我变了,故乡依旧,儿童相见不相识,笑问客从何处来。但事情却是,独在异乡为异客,故乡消失了,我成为比故乡更长寿的现代怪物之一"(于坚《老昆明的武成路》)。马尔克斯同样提前经历了陌生的庞然大物突临的严峻时刻——"眼前的世界变了",这类似于叶芝的"一种可怕的美已经诞生"。

原生、史前、凝固、稳定的前现代性时间结束了。稳定的、循环的、近乎静止的"冷静的社会"不复存在,碎片的、涣散的、快速的、流动的、液体的、轻逸的和媒介共享主义的城市化和泛娱乐化的"轻"时代猝然降临。伪循环的时间被工业社会和城市社会在顷刻之间制造出来,"时间恒定不变,就像一个封闭的空间。当某个更为复杂的社会成功地意识到时间时,它的工作更像是否定这个时间,因为它在时间中看到的不是一掠而过的事物,而是重新回来的事物。静态的社会根据其自然的即时经验去组织时间,参照的是循环时间的模式"(居伊·德波《景观社会》)。

全球化语境下各国诗人都在经历沧海桑田般的新旧时代的碰撞,所以"回忆"都放在了词语的修辞世界里。这是一种不容置疑的决裂和时间的诀别!静态的循环时间和社会体系结束了,也正如法国哲学家吉勒·利波维茨基在《轻文明》一书中所揭示的那样。诗人和哲学家有时承担的是相似的工作,担负的是相近的责任。在新的时间节点中庞然大物到来的时候人们做到的也许只有记忆、痛苦以及感伤,"生活不是我们活过的日子,而是我们记住的日子,我们为了讲述而在记忆中重现的日子"(加西亚·马尔克斯《活着为了讲述》)。这对应的正是"深刻的中断","噬心的时代主题"正焦灼地等待着它崭新的命名人,"一切坚固的东西都烟消云散了,一切神圣的东西都被亵渎了,人们终于不得不冷静地直面他们生活的真实状况和他们的相互关系"(马歇尔·伯曼《一切坚固的东西都烟消云散了——现代性体验》引马克思语)。

4

旧空间、旧时间被新空间、新时间取代,城市之物以及工业之物取代了乡土之物,连费尔巴哈也不得不承认"对这个时代而言,神圣之物仅仅是个幻觉,而世俗之物才是真理"。阿特伍德则悲呼:"现在我们在故乡的土地——陌生的领土上。"

失去了根基的人,该如何写作?是痛苦、愤怒,还是也快速地成为遗忘症患者?

新旧交替的时代对写作者的考验巨大,他们对新世界和旧世界的理解也往往存在巨大的分歧,即使是同一个人也会在现实旋涡中变得矛盾重重。很多诗人既是坚定的现实感强烈的诗人,又是同样顽固的老式怀旧者,是肯定和怀疑的矛盾体。

关于城市化问题尤其是小城镇的发展问题,费孝通通过《小城镇 大问题》《小城镇 再探索》《小城镇 苏北初探》《小城镇 新开拓》四篇文章探讨过城市化和小城镇发展问题。只不过,后来城市化和城镇化在现实中的发展并没有完全按照预想的轨道进行。费孝通则提前揭开了城市化时代的诸多问题:"城市化是每个民族在现代化过程中都要面对的一大问题。发达国家的城市化,曾经付出过农村经济凋敝、农民流离失所的代价。中国小城镇的发展,表现出一种减轻代价、避免社会震荡的可能性和现实性。农村中的富余劳动力不用都往大城市跑,就近在小城镇就业并安居,享受城市文明。大城市将因此避免大量民工潮的致命冲击,避免过分臃肿、无限膨胀的城市病。"(《小城镇四记》)

故乡、出生地这一特殊时空结构体对应了一个人的童年经验和最初阶段的精神哺乳期,"这一切都渗入了我印象原生的第一个地区,那是靠近大别山脉的淮河平野上一个金色的三角地带,由罗山、息县和西华组成的丰饶的土地:那里终年可以吃到大米,然而仍是落后的,因为那里不出别的粮食。发过大水,人们成片地溺毙,采石为生,排外情绪强烈,但一口饭也要分半口给流浪汉和乞丐,那里的人们把北京去的学生都看作是毛主席身边来的人,一种叫作冰瓜的香瓜只需轻轻一击就甜得粉碎,粉碎地甜"(骆一禾《美神》)。

旧时代并不是完全美好的,正如新世纪也并非都尽如人意,但是对于具体的生命体来说,你所出生和经历的那个时代成了你真实可靠记忆的重要部分,你的记忆从那里开始,你的身体从那里成长。它们已然不只是一种客观存在,而是一个人的历史。显然,个人和空间的关系以及现代性的认知是需要时间和阅历的——甚至是需要付出代价的,而这更需要那些"精神成人"。这正对应于米沃什的那句关于地方性的名言:"我到过许多城市、许多国家,但没有养成世界主义的习惯。相反,我保持着一个小地方人的谨慎。"(《米沃什词典》)这种"小地方"的"谨慎"和"决然的独立"的癖性使得米沃什在很大程度上排斥弗罗斯特的"虚伪""隐藏性""造作""表演"的地方主义"形象"(尽管米沃什强调弗罗斯特并非一无是处)以及波伏娃的自以为是的巴黎知识分子习气。尤其在谈论世界主义和地方性时,米沃什格外表达了对弗罗斯特的不满:"他改变了服装,戴上面具。他把自己弄成个乡下人的模样,一个新英格兰农民,用简单的口语化的文字写他身边的事和生活在那里的人们。一个真正的美国人,在地里挖土,没有任何大城市背景!一个自力更生的天才,一个与自然和季节打着日常交道的乡村贤哲!依靠他的表演和朗诵才能,他小心维护着这个形象,投合人们对质朴的乡村哲学家的喜好。"(《米沃什词典》)

文学行为与行动实践之间是有差异的,甚至有些时候我们不能从行动派的角度来规范和要求一个诗人的精神生活和文学性,比如拒绝城市阴暗面的人并不一定必然或天然地居住在乡下,反之亦然。

5

从空间关系上而言,这一经历和记忆更大程度上正是来自"乡愁":"其实,我们所有人都会存留六至九岁期间粗略形成的地理版图。(依稀可辨的是一些乡村景色和街坊陈设)你几乎可以完全回忆起曾逗留玩耍的地方,还有骑脚踏车、游泳的地方。重新想象一下那个地方所有的气息和特征,在记忆中重回彼地、漫步徜徉,此时此刻,你可能会产生一种落地定居的错觉。时下我们或许也会猜测：当童年的山山水水正被推土机摧毁无遗，当举家迁徙使得儿时的记忆变成模糊一片时，那些人该作何感想？我有个朋友，每当回忆起年轻时曾去过的加州南部景区，一想起那一片片鳄梨果园是如何改造成郊区一垄垄山丘时，仍情绪激动。"（加里·斯奈德《禅定荒野》）T. S. 艾略特对于生活了十九年的临海的房子，"五十多岁时，他还能够忆起那里'干净的船桨，待干的风帆上／新鲜季节的绳索，清漆的味道'"（约翰·沃森《T. S. 艾略特传》）。

　　海边的生活使得艾略特对工业城市圣路易斯非常排斥，"我眼前毫无例外的是乌烟瘴气、索然无味的城市景致"。赫尔曼·黑塞对19世纪自己出生的那个无足轻重的小镇卡尔夫终老都怀有乌托邦式的迷恋："在不莱梅和那不勒斯之间，在维也纳和新加坡之间，我见过许许多多美丽的城市。有海滨城市也有山地城市。而我，一个朝圣者，在任何水池边饮下的一口水，都会很快化作乡愁的甘醴。因为我深知这些城市之中，最美的那座叫作'卡尔夫—上纳戈尔德河'，一个隐没在黑森林地区、古老的施瓦本小镇。"（弗朗索瓦·马修《黑塞传》）然而，社会以及乡土的变化往往超出了一个人的想象，这更是在相反的向度上刺激了工业化和城市化时代的"乡愁"，"从出生到第一次婚姻，黑塞见证了这个时代巨大的变革。手艺人、磨坊，以及纳戈尔德河上运输的浮木都正在消失中。而电网、煤气灯、电话开始出现。大批贫困人口带着寻找工作的愿望，怀揣着对城市的幻想开始迁移，一部分拥入城市"。而出生地则成为地方精神或地方性知识的一个最重要的部分，"我们把大地上各种力量的总和笼统地称为'地方精神'。要想了解一个地方的地方精神,就要意识到你是部分中的一部分,而整体是由部分组成,每一个组成部分又共同构成一个整体。你源自你作为整体参与的那部分"(加里·斯奈德《禅定荒野》)。此时,我们就经验与空间的关系会回到"一个人为什么要写作"这样一个终极意义上的问题上来。也许人们给出的答案不尽相同。有的会将写作提高到人类整体性的高度,而有的人则是为了应付时间和死亡的恐惧以及自救。但是,写作最终应该是从内心和身体上成长出来的,无论长成的是一棵大树,还是病变为毒瘤。这都是一个人近乎本能性的反应,当然这种反应主要是精神层面的。

一个诗人一定是站在一个特殊的位置来看待这个世界的,经由这个空间和角度所看到的事物必然在诗歌中发生,"必须获得自己固定的位置,而不是任意把它摆放在那个位置上,必须把它安置在一个静止而持续的空间里,安置在它的伟大规律里。人们必须把它置于一个合适的环境里,像置于壁龛里一样,给它一种安全感,一个立脚点和一种尊严,这尊严不是来自它的重要性,而是来自它的平凡的存在"(里尔克)。这一位置既可以来自个人经验和感受,也可以经由超验和寓言完成,"松树镇后山最高的那座山峰,名叫打虎峰。自这个山中小镇建立以来,每逢世上发生大事,乌蒙山里所有的老虎都会嘴巴上叼着一只羊羔赶到这座山峰上来,聚在一起,吃完鲜嫩的羊羔肉,然后就对着小镇发出轰天震地的雷霆之吼"(雷平阳《虎吼》)。

记录、见证,这成为一个土著式诗人观察、体验、想象和回忆出生地以及空间构造的基本能力,类似于本能而非习得的能力,甚而乡愁抒写必然是与一个个空间发生着时时互动。布罗茨基在评价温茨洛瓦的时候曾强调一个诗人与地方空间的重要关系："每位大诗人都拥有一片独特的内心风景，他意识中的声音或曰无意识中的声音，就冲着这片风景发出。对于米沃什而言，这便是立陶宛的湖泊和华沙的废墟；对于帕斯捷尔纳克而言，这便是长有椴李树的莫斯科庭院；对于奥登而言，这便是工业化的英格兰中部；对于曼德尔施塔姆而言，则是因圣彼得堡建筑而想象出的希腊、罗马、埃及式回廊和圆柱。温茨洛瓦也有这样一片风景。他是一位生长于波罗的海岸边的北方诗人，他的风景就是波罗的海的冬季景色，一片以潮湿、多云的色调为主的单色风景，高空的光亮被压缩成了黑暗。读着他的诗，我们能在这片风景中发现我们自己。"

6

"异乡人"已然成为近年来观照当下诗歌和诗人精神现实的一个入口。

"异乡人"并不是单纯的乡土情结和乡愁地理学，尽管乡土、乡村发生的巨变我们已经有目共睹并深陷其中——尤其是对有着乡村经验的人来说更是如此。我们考察诗人、诗歌都离不开相应的历史背景和现实情势，而我更想从另外一个方向强调"异乡人"是如何发生的，比如新旧两种文化、两个时代导致的陌生感。这既是城市文化和乡村文化博弈的结果，也是现代人的宿命，因为现代性的加速度进程使得我们被空前卷入到这一巨大的充满了吸力的旋涡之中，失重、眩晕、模糊、离心力都导致了"精神策源地""根性""自我"以及"个体主体性"的丧失。这既是波德莱尔般的城市化空间的游荡者，又是无法真正返乡的出离者,而二者最终都指向了内心的渊薮和写作的焦虑。但是,如果诗人只是做一个乡愁的抒写者和田园诗的现代抒情者,都未免简化了城市化和后工业时代的诸多复杂命题,而事实是我们的写作者和文化研究者还更多是从乡村的立场来审视甚至单一批判城市以及这个时代。当年的雷蒙·威廉斯在《乡村与城市》中曾得出这样一个结论:"城市挽救不了乡村,乡村也挽救不了城市。"我想,这个结论对于当代社会的现实以及相应的写作来说都是富有启发性的。

同时代很多诗人都成了过去时乡村的怀旧者,这一回溯的眼光和过去时的心理使得过往也蒙上了理想主义的色调。诗歌在涉及乡村历史和现实经验的时候对诗人也提出了更高的要求,诗人不只是一个观察者和镜像描摹者,也不能成为社会报告式的平面分析者。诗人和诗歌应该通过特殊的文字世界完成精神生活,完成对一个时段的深层经验和内在动因的剖析和命名,甚至更为伟大的写作者还能够通过普世经验和个人化的历史想象力以及求真意志完成对时代的超越。唯其如此,诗人也才能承担起布罗茨基所说的"诗歌是对人类记忆的表达"。

诗歌必然是确认自我的有效方式,而在"90后"诗人玉珍这里确认自我的方式却有着某种特殊性。这不仅与性格有关,更与她的生长环境、家族履历以及现实生活密切关联。玉珍曾经在微信里给我发过她湖南乡下院子的照片,我看见有几只土鸡出现在了画面里。由这个寂静的院子出发,我们再来阅读玉珍的诗就有了一个可靠的精神背景。当然,这并不意味着"乡村""家族""乡土"甚至"乡愁"就在写作者那里获得了优先权甚至道德优势。我们在新世纪以来遇到的这种类型的诗歌如滚滚落叶——不是太少而是太多,而且更多的是廉价的道德判断与伦理化表达。以此,再来介入和评价玉珍与此相关的诗歌,我想说的是这类诗歌的要求更高且难度更大了。在这方面,玉珍比较具有代表性的是《古希腊壁画圣女像》《宁静》《田野上的皇后》《父亲与寂静》《在我出生之地的大树下》《一枚黄豆》。玉珍在乡村生活那里找到了"空无感",因为空无是乡村本相的一部分。玉珍的诗有些"早熟",她的诗歌冷寂而自知,她处理的是空旷、孤独、沉默甚至死亡。当玉珍说出"整个世界寂静如最后一刻"(《父亲与寂静》),我们领受的是提前到来的恒常如新的孤独、灵魂中的阴影以及无边无际的寂静。这对一个年轻人的挑战是巨大的,这既是针对个人生活也是指向写作内部。当玉珍的诗歌里不断重复和叠加"爷爷""父亲""母亲"的时候,这些渐渐清晰起来的家族形象也拉扯出乡村经验并不轻松的一面。玉珍更像是一个"等待者",她倚靠在门前或"在我出生之地的大树下"眺望田野和群山里尚未归来的亲人们。这也是对一种生活方式的追念和挽留,"等苦难的父亲从山冈上归来"(《白雪》)。可怕的是,这种生活已经被一个飞速的时代甩得远远的——如一个人的心脏在强大的离心力中被甩出身体。这是乡土伦理被连根拔起的沉滞而冷峻的时刻,也是瞬间丧失了凭依的"末日般的悲凉"。

7

"词与物"的关系不只是单纯语言学与个人修辞能力上的,更与考古学层面整体性的写作秩序、惯性思维、意识形态甚至政治文化不无关联。但具体到写作实践（所见、所读、所写），这并非意味着诗人由此失去了"现实测量"层面的写实性或者呈现能力而成为扶乩者式的看似神秘怪异实则无解的"纯粹知识""纯粹超验"般的文字玄学。"词与物"的关系必须是个人的现实化与历史化的同步，尤其是在"旧经验"（比如"乡土经验"）受到全面挑战的语境下，其不时呈现为紧张的一面——甚至有些"词""物"以及连带其上的经验被连根拔起成为永逝。由此，时代的挽歌和夜歌就出现了。

说到时代层面的个人经验和日常经验，我们会发现很多诗人在后工业时代的城市"梦魇"中成了"怀乡病"患者。幼年时期开始的乡土经验已经成为精神成长史的重要部分，尤其是此后这种经验遭受到更为强大的其他权势经验挑战的时候，失落、尴尬和分裂感就随之发生。新世纪以来的诗歌据此携带了超大能力的"乡愁"和伦理，更多的写作者对城市充满了愤恨和不解。很多诗人似乎刚从隐喻的城乡小镇满脸忧悒地走出来，他们在现实和精神中再也回不去了。这让我想到了2013年张执浩的一首诗《平原夜色》。这是移动的景观时代的一个疑问重重的寓言，诗人目睹的正是我们这个时代最恍惚、最不真切又最不应该被抛弃、被忽视的部分。

> 平原上有四条路：动车、高速、国道和省道
> 我们从动车上下来，换车在高速路上疾驶
> 平原上有三盏灯：太阳、月亮和日光灯
> 我们从阳光里来到了月光下
> 日光灯在更远的地方照看它的主人

平原辽阔，从看见到看清，为了定焦
我们不得不一再放慢速度
左边有一堆柴火，走近看发现是一堆自焚的秸秆
右边花枝招展，放鞭炮的人又蹦又跳
细看却是一场葬礼到了高潮
平原上有一个夜晚正缓缓将手掌合拢
形成一个越握越紧的拳头
……………

同样是面对城市化时代的乡村空间，就出现了差异巨大的赞歌、牧歌、挽歌、悲歌。尽管有的诗人出生于城市，但是幼年时期开始的乡土经验已经成为精神成长史的重要部分，尤其是此后这种经验遭受到更为强大的其他权势经验挑战的时候，其失落、尴尬和分裂感就随之发生，"权势经验对道德经验的抵触。曾经坐在马拉临街车上学的一代人如今面对空旷天空下的乡村，除了天空的云彩一切都变了，在毁灭和爆炸的洪流般的力场中，是那微小、脆弱的人类的身体"（吉奥乔·阿甘本《幼年与历史：经验的毁灭》）。由农耕文化和田园文化的巨变，我想到的是流寓中的杜甫晚年在《秋兴八首》中的孤独而痛彻的诗句"丛菊两开他日泪，孤舟一系故园心"。在现代性的城市化的去除地方性知识的时代，马尔克斯曾警醒地说出"怀旧总会无视苦难，放大幸福"。而当下的与乡土、乡愁和批判现代性、城市化相关的写作，一方面是赞美的怀旧，另一方面也出现了完全批判化的写作。从时间的焦虑性而言诗人更像是钟表店的校对师，尤其是在"新经验""旧经验"所对应的"新时间"

"旧时间"之间形成龃龉甚至撕裂的情势下。这不仅需要诗人以"分身术"对日常经验、历史过往经验以及写作内部经验的拨正,而且需要诗人具有深度意象的凝视能力以及对日常甚至自我的语言转化能力,从而重新融合后形成修辞学意义上的震惊效果的"新质经验"。无论是自陈自白的诗,还是叙述性甚至戏剧化的诗,实际上都必须完成的工作是让遮掩、损耗、闭合、沉默、未知甚至宿命性的事物重新开口说话。

在乡愁中我们时代的诗人不约而同地成了诘问者和游走者,同时也是困守者和出逃者。对于乡村伦理、人世万象以及新旧时代的碰撞,诗人更像是一个夜晚的失眠者。他们也因此持有了倾听的耳朵和眼力的可见度,甚至更像是一个乡村的辨音师。在这个层面考察,乡愁写作完成的是一场场"精神事件"。由此,写作就是对自我和对旁人的"唤醒",能够唤醒个体之间各不相同的经验。然而,一个新时代的景观很容易快速掠过旧时代的遗迹。由是,诗人除了要具备观察能力、造型能力和赋形能力之外,更为重要的是变形能力——加深和抵达语言的真实。

"变形"所最终形成的是寓言之诗,在现实的和精神性的两个文本的"夹缝"中,更高层级的真实以及启示由此生发。寓言之诗,是变形的甚至荒诞的镜像折光,而这抵达的正是语言和情感甚至智性的深层真实。正是得力于这种"变形"能力和"寓言"效果,诗人才能够重新让那些不可见之物得以在词语中现身。

望天
突然感到仰望点儿什么的美好

仰望一朵云也是好的　在古代
云是农业的大事
在今天的甘肃省定西市以北
仍然是无数个村庄
吃饭的事

而一道闪电
一条彩虹
我在乎它们政治之外的本义

看啊那只鸟
多么快
它摆脱悲伤的时间也一定不像人那么长
也不像某段历史那么长

它侧过了风雨
在辽阔的夕光里

而那复杂的风云天象
让我在仰望时祈祷:
一个时代的到来会纠正上一个时代的错误
　　　　　　　　　——娜夜《望天》

　　娜夜这首诗中同时出现了农业景观、自然景观、现实景观和历史景观,是诗人的眼睛把这些单独的不连贯的部分整合为一个整体，它们互现、彼此激活。

在自然风景和时代景观面前，诗人首先是一个深度凝视者。

凝视状态在一个加速度的交通网和城市化时代面前变得愈益艰难，茫然、错乱和倏忽的眼神正在取代以往作家们凝视的眼睛。这些空间景观的并置、交错最终呈现的是经由诗人个体主体性和现实感以及个人化的历史想象力所凝聚成的精神风景。客观、中性意义上的时代景观，经过诗人的重组、过滤、变形而具有了提升能力和综合性品质。这提醒同时代的写作者们，时代景观以及具体的空间、物象都只是诗歌表达的一个媒介，最重要的在于选取的角度和选定的事物是否能成为时代和个人的"深度意象"，从而投射出整个时代的神经和人们的精神面影。

8

有时候阅读一个人的诗除了其文本内部的特质之外，我们还会不由自主地去关注他的现实生活和精神背景。

2018年冬天在西双版纳，我和杨昭以及雷杰龙谈起雷平阳位于昭通土城乡欧家营的土坯房。那座颓败的老宅前有几个大得有些夸张的蜘蛛网，上面布满了蚊蚋。那近乎静止不动的蜘蛛是不是雷平阳的化身，像卡夫卡一样被世界死死困住？敬畏、抵触、深情与无望构成了雷平阳写作的困窘——现实的困境抑或修辞的困境。就雷平阳的文字来说，我目睹的是文字的骨灰在天空里纷纷扬扬。这是一个着黑衣的招魂师，"当我有一天把文字付之一炬时，它就会变成一束火焰。接下来，是黑蝴蝶一样的灰烬"。

> 再过不了几天　身后的这片水稻
> 就该泛黄了
> 那时　这对心如刀割的父子
> 也许不会坐在这里
> 此刻　他们更像是在等待黄昏
> 等待那辆收垃圾的叉车
> 　　　　　——潘洗尘《坐在垃圾桶上的父子》

"父亲从身下抽出一块硬纸板/说：你也坐会儿吧。"这块薄薄的毫不起眼的硬纸板却非常重要，两个人正在遭遇失去最重要亲人的严峻时刻，此刻最需要的就是安慰。这一缺失的"安慰"在那块传递的"硬纸板"中得到了最大化的揭示。正如黑夜中递过来的摇曳的烛火，悬崖上方垂下来的绳索，落水时面前遽然闪现的细枝。具体而微而又微言大义，这是诗人的本分。潘洗尘是北方人。那么此刻，他和父亲在哪里呢？"这是和北方的午后一样/宽阔的马路。"显然，可以肯定的是他们不在"北方"。他和父亲在一瞬间成了没有"故乡"的人。他们已经来到了与故乡、故人相反的方向。"故乡"在很多写作者那里已经成了极其滥俗和庸俗化的景观了，无论是眼泪还是幸福感都变得如此功利而世故。对于潘洗尘而言"故乡"是具体的，曾经有生命的内核予以支撑，而正是失去了这个"内核"，他的诗让我们感受到釜底抽薪式的"真实感"，"仿佛母亲一会儿就会从/院子里走出来"。"仿佛"一词用得精准，它是一个无情的否定性的词。这个词之后的内容越是明亮、温暖、幸福，那么最终的表述都会因为否定而走向反面——往往是尴尬、吊诡和悲剧性的。一首诗在什么样的空间展开抒写是至为关键的。刚才已经提到了"他们"被抛掷在了"异乡"的街头。更具体的位置则是潘洗尘这首诗的题目所提示给我们的——他们坐在垃圾桶上。"垃圾桶"这个意象以及具体的支撑物太值得我们停下来关注和打量了。如果他们不是在垃圾桶上，而是在什么山、平原、河流甚至树上、屋顶上、墓地里，其呈现出来的情感、经验会完全不同。关键正是这个"垃圾桶"。"一辆辆大客车小轿车卡车摩托车 / 从眼前湍急地驶过。"这是典型的城市化的"流动"场面，正好与父子此刻"端坐"的静止状态形成了对称或者对抗性的关系。静止的事物往往会像雕塑或纪念碑那样，它们越是静止，越是无言，就越会获得更坚实、更长久的象征意味——无数次的动作重复才会成为雕塑。何况他们身下还是脏污的深蓝色的垃圾桶。什么被废弃了？什么变得无用？在这节诗的结尾出现的"广大的哀伤"是诗人自己"说"出来的，以我个人的"趣味"和判断，也许这句话不出现的话会更好，因为全诗已经通过场景和意象把这句话呈现和象征得非常之完备了。一首诗的结构和层次常常被写诗的人给忽略了，而一首诗如何结尾更是没有受到足够的重视。一首诗有没有最终写完，也就是一首诗的"完成度"，都与结尾密不可分。《坐在垃圾桶上的父子》这首诗的结尾无疑是成功的。诗人重新把诗交给了自然空间，交给了时间本身。也许那辆隆隆作响的收垃圾的叉车在不久之后就开过来了，那块硬纸板也将被收走，那曾经坐过的地方将不再有任何温热的残留。

如果帕斯所言的"诗歌是一种命运"成立的话,那么"乡愁"诗歌所呈现的命运既是人格、精神层面的又是词语、修辞方面的,即重新激活了的"词与物""诗人与生活"的关系。

而值得注意的是"高速公路"以及迅疾的现代化工具(飞机、高铁、汽车)和碎片分割的现代时间景观使得诗人的即时性体验、观察和停留的时间长度以及体验方式都发生了震惊般的超边界的后果,在稳定的心理结构以及封闭的时空观念被打破之后随之而来的感受则是暧昧的、陌生的、撕裂的,这也导致了被快速过山车弄得失去了重心般的眩晕、恍惚、迷离、动荡、无助、不适以及呕吐。这正是现代性的眩晕时刻。而我们放开视野就会发现,于坚、雷平阳、王家新、欧阳江河、潘洗尘、汤养宗、张执浩、沈浩波、哨兵、江非、邰筐以及刘年、王单单、张二棍等同时代诗人都将视线投注在高速路的工具理性的时代景观中,那高速路上出现的兔子、野猪、刺猬、蜗牛、鸽子都被碾轧得粉身碎骨或者仓皇而逃。

当然,我们并不能因为如此而成为一个封闭的乡土社会的守旧者和怀念者,也不能由此只是成为一个新时代景观的批判者和道学家,但是这些情感和经验几乎同时出现在此时代的诗人身上,而最为恰当的就是对这些对立或差异性的情感经验予以综合打量和容留的对话。

> 鸽子们放弃了飞翔
> 大摇大摆地,走在高速公路上
> 翅膀作为一种装饰
> 挂在死神的肩上。正好有

车辆快速驶过,像另一种飞翔
像刚从死神身上,摘下了
那对翅膀
　　　　　　——王单单《高速路上的鸽子》

激进的诗歌：媒介、技术及人工智能

> 只有机器才会欣赏另一个机器写出的十四行诗。
> ——阿兰·麦席森·图灵

> 啜泣的女孩们像是缓缓飘落的雪花
> ——写诗机器人 Auto-beatnik

> 诗意的世纪已永远消失，在新世纪，就算有诗人，也一定像恐龙蛋一样稀奇了。
> ——刘慈欣

多年来我一直铭记着已逝诗人张枣的话："就像苹果之间携带了一个核，就像我们携带了死亡一样。它值得我们赞美，讽刺在它面前没有一点儿力量。"如今，信息技术、短视频、数字经济、快递生活、大数据扫码、电子政务 APP 平台以及人工智能服务已经无时不在，至于快速更新迭代的人工智能尤其是 ChatGPT 的出现更是对社会的各个领域产生了剧烈冲击。

每个人都是激进的屏幕化、数字化和拟像化时代的偶然性碎片，"计算机焦虑"和"手机依赖"同时存在。信息云时代，每个人都仍认为自己区别于他人，但是当你和其他人一同出现在机场、高铁、地铁、公交以及一起低头刷屏的时候，不期然就成了集体复制品。

1

在媒介、技术以及人工智能更新迭代之际，景观化的手机智能社会也使得诗歌成为"激进的艺术"。据统计，超过10亿人拥有手机，中国移动互联网月度活跃用户在2020年9月已达11.53亿，全网用户月人均单日使用手机长达6.1小时，每个人一天之内平均看手机176次，而每次阅读的时长不超过140个字。根据粗略统计，2023年，快手上有超过60万人写诗，每周在小红书上阅读诗歌的人数已经超过2500万人。显然，媒介、技术以及人工智能催生了相应的诗歌新变。

从媒介革命来看，从传统纸媒、正式出版物、民间诗刊到网络论坛BBS、博客、微博以及微信自媒体，其更新之迅速足以超出了人们的想象力，而诗歌内部的分蘖以及生态、传播和功能在媒介与技术革命途中的变化也几乎是前所未有的。甚至，数字化媒介和技术也正在成为新一轮的"体制话语"和"主流诗学"。尼古拉·尼葛洛庞帝所指出的"数字化生存"已经成为普遍事实。新媒体、信息技术、数字技术的飞速发展对文学的整体格局和生态都产生了深刻影响，无论是文学生产、创作主体还是传播的对象、渠道、方式、范围都发生了巨大变化。

以诗歌刊物为例，1922年到1949年间的诗刊约略为110种，1950年到1980年间诗刊仅为四种（《大众诗歌》1950年1

月1日创刊,《人民诗歌》1950年1月15日创刊,《诗刊》1957年1月创刊,《星星》1957年1月5日创刊),而20世纪70年代末期以来的诗歌民刊数量则激增至上千种。确实,当我们回溯百年新诗,尤其是1978年以来的诗歌历程,我们会发现刊物尤其是民刊曾经起到了不可替代的作用。在1978年到1980年间,由于处于特殊的政治环境的过渡时期,一些政治的、文化的、文学的民间刊物大量涌现。在七八十年代的民刊热潮中,中国文化和文学得到了突飞猛进的发展。与此同时,这些刊物也承担了文化启蒙的功能。无论是"启蒙"还是1986年的现代诗群体大展,都毫无争辩地印证了民间刊物的重要性。80年代的诗歌民刊在当时媒体尚不发达、官方图书和刊物仍然严格把守的时候对青年诗人的诗歌阅读、交往和作品传播起到了重要作用。那时油印的民刊以及少量的铅印民刊打开了中国诗人的眼界。当时比较有影响的民刊有《启蒙》《崛起的一代》《第三代人》《莽汉》《他们》《倾向》《老家》《汉诗》《地铁》《大学生诗报》《非非》《海上》《倾向》《大陆》《北回归线》《汉诗》《红土》《南方》《喂》《撒娇》《反对》《红旗》《诗经》《写作间》《广场》《实验》《组成》《液体江南》《次生林》《恐龙蛋》《现代诗交流资料》《二十世纪现代诗编年史》《中国当代青年诗38首》《中国当代青年诗75首》《中国当代实验诗歌》《十种感觉》《日日新》《象罔》等。此外,大量的校园诗歌刊物更是难以计数。

三十年河东,三十年河西。在如今迅猛发展的新媒介革命的整体情势下,随着阅读方式以及诗歌传播方式和渠道的巨变,纸媒的黄金时代已经过去了。尤其是在诗人的社会精英和文化英雄角色集体消失之后，在诗歌写作越来越分化乃至泛化的今天，诗歌刊物遭受到的挑战也是前所未有的，集体进入了半休眠期。但是，"纸媒过时了过气了"这种忧虑也未必准确，因为我们看到的另一个事实是一些诗歌刊物（包括民刊）仍在业界以及读者那里具有深厚的影响力和持续的吸引力。

平心而论，我越来越对喧闹、膨胀的自媒体平台失去了兴趣和信心，这样说并非意味着新媒体诗歌一无是处，也并非意味着传统纸媒多么纯粹和干净，而是各色庸俗写作者和伪劣诗人充斥诗坛且以吹捧、自嗨为乐。我们从来不缺乏对现实抒写的热情，但是谁能够发掘"隐藏在我们与世界联系的幻觉之下的深渊"（石黑一雄获诺贝尔文学奖时的颁奖词）呢？

我们必须正视新媒体导致的诗歌无效阅读、平庸阅读、娱乐化阅读，这些问题也是前所未有的。与此同时，目前电子科技、速运网络、人工智能、电子羊、仿生人、写诗机器人的讨论仍方兴未艾。人们更为关注的是诗歌的闹剧、热点事件以及外部的活动、生产、传播及其影响，而在很大程度上忽视了诗歌的自律性和内部特征。诗人对诗歌运动和活动热潮的赴追已成为不争的事实。一部分诗人、评论者以及自媒体上火热的参与者们都对"回到诗歌自身"丧失了耐心，这就使得一些诗歌问题的讨论离本体越来越远。这并不意味着那些聚光灯一样被关注和强化的诗人身份、命运和社会学意义上的热点话题对于理解这个时代的诗歌就没有一点儿益处。

无论你欢欣鼓舞还是淡然处之，数字化时代和社交媒体时代已经降临在你的日常生活以及文学艺术生产过程中，"数字化的石子已经来敲门了"。

在手机这个无所不能的通道里
我们遇到了
越来越多的陌生人

他们借助语音说话
有些声音永远是陌生的
有的像早年的玩伴
有的像领导
有的则是早已入土的某个亡者

一些人隔着声音粒子
再次来到你身边
像是湖水中扔进了一颗数字化的石子

不轻不重的提醒
让你一次次恍惚

像是沉寂中
摁响的门铃
门开了却没有人
　　　　——霍俊明《数字化的石子来敲门》

2

从媒介革命、数字技术和文学传播方式来看,从最初的

BBS论坛、电子刊物、文学网站到后来的博客、微博、微信以及各种短视频直播平台，强社交媒体和数字化阅读的时代已经到来。据《2022年度中国数字阅读报告》，彼时数字阅读用户已达5.3亿，网络阅读、临屏阅读、移动终端阅读、有声阅读、声画阅读、视频阅读以及AI虚拟阅读成为主导。与此相应，作者的创作心态、文本样态、生产机制、传播方式以及文学秩序、文体边界、评价体系都发生变化。在数字化的文学场域中作者、编辑、媒介、读者、文学新媒体从业人员以及成果转化方（比如各种视频网站以及文学IP开发产生的影视、游戏、文创等文化衍生品）在接受习惯、意识形态、文化立场、文学观念、价值观念方面都在发生前所未有的变化。

　　回到当下的诗歌现场，在新媒体和自媒体的推波助澜之下，诗人的自信、野心和自恋空前爆棚。面对着难以计数的诗歌写作人口和诗歌生产（每天电子化的诗歌碎片早已经超过了全唐诗，一年的电子诗歌数量过亿首）以及日益多元和流行的"跨界"传播，诗歌的热度可见一斑，但是诗歌真的重新回到了"公众"身边吗？

　　凭我的观感，在看似回暖的诗歌情势下我们必须对当下的诗歌生产以及传播做出适时的反思甚至批评。

　　在我看来，当下是有"诗歌"而缺乏"好诗"的时代，是有大量的"分行写作者"而缺乏"诗人"的时代，是有热捧、棒喝而缺乏真正意义上的"批评家"的时代。即使是那些公认的"诗人"也是缺乏应有的"文格"与"人格"的。正因如此，这是一个"萤火"的诗歌时代，这些微暗的一闪而逝的光不足以照彻。确实，自媒体时代的诗歌不是一般的热闹，就如高速路上机车不分昼夜的轰鸣。几乎是一夜之间，各种私人微信、大大小小的微信群以及微信公众号都以令人瞠目的速度催生了大量的分行写作者，请注意我没有使用"诗人"一词。在我看来，"诗人"在技艺、语言、思想甚至行动和品行上都是完整且出色的人。而我们看到的却是写了一两首分行的文字后就大言不惭声称自己是"诗人""优秀诗人""著名诗人""国际诗人"。这不是胡扯吗？当然，其中不乏优秀的诗人，不乏与命运直接相关的真实之作和优秀文本，但是我们也看到了众多诗人在各种热闹的场合狂欢，集体性地患上了这个时代特有的"热病"。甚至诗歌界的闹剧时时上演，有时候已经不再是遮遮掩掩、咿咿呀呀的粉墨登场，而是赤裸裸的喝彩、叫嚣和示丑。

媒介给我们的诗歌带来了什么呢？

这是新一轮的不折不扣的热气腾腾的自媒体诗歌运动！

自媒体诗歌平台可以提供民主和自由，也可以制造新一轮的独断论、霸权癖和自大狂。微信作为近乎突然降临的自媒体以前所未有的方式和速度更新了当下诗歌的生态，无论是写作、发表、阅读还是评价、转载都发生了前所未有的变化。写作者可以随时随地发表自己的诗，随心所欲评价别人的诗，这被很多人视为写作和传播的民主形态。确实，对于诗人而言自媒体是一个不小的福利。但这并不意味着它就是一种进步，也不意味着这一媒介空间产生的诗就比以前的诗更好、更重要。甚至在以"个人终端"为圭臬的个体主动权的刺激下媒介诗歌激发了"诗歌民主"的话题和种种想象。尽管这一切看似开放、自由、平等，但所谓"诗歌民主"仍然只是一种幻觉罢了。几乎难以计数的大大小小的微信群（少则数十人，多则数百人）正

激进与迟缓

在不分昼夜地讨论、热议、评骘,甚至有全职型的"选手"不遗余力乐此不疲地对诗歌进行点赞、转发,并且还组织起微信平台的"读诗会""品评会",时不时地发起红包打赏。每个人都可以瞬间圈地、占山为王,可以轻而易举地成为发起者、创办人甚至自封的意见领袖。这让我们想到的是20世纪80年代轰轰烈烈的诗歌运动。那时几乎是一夜之间,几百个诗歌流派、宣言和形形色色的"主义"之下的诗人扛着五颜六色的旗帜跑步叫嚣着进入中国诗歌的运动场。那是何等热闹?何等喧嚣?但也几乎是一夜之间,这些运动法则驱动下的流派、团体、群体、宣言和主义土崩瓦解烟消云散。最终大火熊熊之后留下的灰烬中只有为数极少的流派和诗人存活了下来。

值得注意的是时下诗人文化形象和写作心态的变化。诗人不再是广场上振臂一呼的知识分子英雄和精英,不再是民族和人类的代言人,不再是引领一个时代文化风向标的先锋和创造者,而成了文字中的自恋癖、自大狂、市侩和投机者。君不见当下的诗人更多是为评奖写作、为基金写作、为项目写作、为出版写作、为征文写作、为采风写作,而独独缺少的是为良知写作、为汉语写作、为本土经验写作,更谈不上当年布罗茨基所说的"诗歌是对人类记忆的表达"了。现在诗人的脾气也越来越大,诗歌水准却每况愈下。诗人的脾气一方面来自这一特殊写作群体的精神症候,另一方面则来自自媒体平台下各种圈子和小团体的故步自封的利益和写作虚荣心的驱使。当下的诗歌"热病"还体现为一部分诗人的阴鸷之气和冷硬的批判面孔。

诗歌最难的在于知晓了世界的不完美以及现实的残酷还能

继续鼓足勇气说出"温暖"和"爱"。这让我想到的是亚当·扎加耶夫斯基的那首诗《尝试赞美这残缺的世界》。在写作越来越个人化、多元、开放和自由的整体情势下写作的难度和精神的难度却成了问题。由此,做一个有方向感的诗人显得愈益重要也愈加艰难。尤其是在大数据共享和泛媒体、新闻化写作的影响下,很多诗歌沦为"记录表皮疼痛的日记",更凸显了这一问题的重要性。

3

媒介只是整体科学技术场域中的一个环节,诗歌与人工智能之间的关系也越来越密切。

人类文学就是由"潜在文学""可能性文学"而不断生成为"现实文学"的实践过程,而这也正是1960年成立于法国的"潜在文学工场"(Oulipo)的深层动因。从文学的潜在因素、可能性、迭代发展与未来图景来说,我们已经到了人与机器同时写作的阶段。

1936年卓别林在《摩登时代》中直观地展现了人与机器社会的异化游戏和荒诞景观。在21世纪尚未开启的1998年,欧阳江河完成了一篇当时影响并不大的短文《科学技术与诗歌》。二十多年后再来重读欧阳江河的观点,我们会发现科技对社会以及文学和诗歌的影响是极其深入的,"这种发展对人类生存现状和前景的影响是深刻的、广泛的,决定性的。我的意思是说,科技的发展不仅更新了我们的时间观念、空间感受,重塑了生命和物质的定义,而且对人类的心灵状况和精神时尚也产生了前所未有的影响。作为一个现代诗人，我认为诗歌与科学技术的歧异之处并不像人们所想的那么严重，其实它们的相似之处更说明问题：在人类试图把握现实的努力中，诗歌与科学对于想象力、直觉、发明精神以及虚拟现实所起的作用都应该加以特殊的强调"。

我们不知不觉地发现后工业时代的"机器与文学"话题已经转化、深化为"人工智能美学"和"机器进化论"，大数据机器通过算法逻辑正在进行电子化的"类文本"文学生产和风格练习，一个个"类文本"正在接连涌现……

甚至，量子时代已经来临！

>二十年前的天机神遁
>哪是量子男孩掐指可算的
>幽灵的眼，输入计算机也是闭上的
>有手，也摸不着一灵万身的鸟群
>陀螺的茫然心事，将鞭影的旧人
>变得沾染，像是灵中所见
>
>——欧阳江河《老青岛》

《老青岛》一诗的起句"二十年前的天机神遁"也是很多小说最常见的开头和叙述方式，而"量子男孩""幽灵的眼""计算机"则让我们看到了科幻感的现实与不可思议的日新月异的科技景观。但是，在被抽动旋转的陀螺般的物化时间维度中，诗人一直站在时间的中心说话，或者更确切地说诗人是站在精神的维度和历史的维度开口说话，说出茫然、惘惑的"万古愁",说出不可说的秘密或事物的内核纹理。欧阳江河《老青岛》一诗高密度地出现了各种时间词语、意象和场景,诸如"二十年""多少年""万古""一百年后""刻漏",过去、现在和未来如同镜像或时间水面的折射光影斑驳、真幻莫辨。出处?归宿?诗人不得不在时间中说话,而老地方、纸上写字的人、写信的人以及敲门人,这些"传统""老旧""老情感"都处于现代性的改写之中。

在"风险社会"语境下人类与类人之间的自反性终于焦虑化地成为现实问题。就人类的现实境遇和文学思维而言这仍然是实用主义和人文主义的重新"对峙"或"分野"的时刻,比如对于人工智能的利弊很多科学家就立场不一。让·鲍德里亚就对技术物的功能失调和宏大叙事持有深度疑问,"技术物被它的拟人化的造型,它与充满人的幻想和欲望的世界的相互渗透所限制。在此意义上,物是功能失调的,抑制了'真正的'发展,在其应用方面也受到了限制,并且被纳入预编程序的想法之中"(理查德·J.莱恩《导读鲍德里亚》)。在科技炸裂、拟像景观和人工智能的时代人们的生活方式、世界观以及社会的现实结构都发生着巨变,而很多科幻文学试图对此做出精神回应。智能技术和新媒体超链接空间让诗人似乎更为便利地接触到了世界,尽管这一电子化、拟像化的现实可能是不真实的。让·鲍德里亚曾指认机器人只是一个"纯粹的小玩意儿领域",但是拟像、代码语言、算法逻辑、物化社会以及奇点时代已经到来!具有惊奇效果的人工智能逻辑正在改变人与环境、人与人以及人与机器之间的固有关系,甚至技术已然成为新世界的主导精神和宏大叙事。

这种拟真的数字化现实以及符码迷恋浪潮会对人们造成不适、眩晕、焦虑感和心理恐慌，因为人们在更多时候遭遇的是物化事实。

> 朋友，准备好
> 一个可怕的机器人的时代
> 正在来临
> 一个可爱的机器人的时代
> 正在来临
>
> ——李瑛《机器人》

机器人作为技术物拥有拟人化、类人化的造型特征，也是技术生产和资本生产的产品。人工智能及其算法逻辑形成的写作已不是初级阶段的无功利的"语言游戏"，而是作为新的"生产美学"和"潜在文学工场"而受到了格外关注，正如让·鲍德里亚所说"新事物在某种程度上是物品的巅峰阶段，在某些情况下可以造成强烈的感情"（《消费社会》）。与此同时，人工智能以各种社会角色在很多行业那里制造了"恐慌"效应，一些行业规则已被打破，一些工种将最先被人工智能机器取而代之。

在海德格尔看来诗歌作为人类存在的"诗意栖居"是与技术、工具对立而言的，而我们看到的事实则是技术和机器不仅改变着人类生活也在影响着文学。卡尔维诺曾在《命运交织的城堡》中用塔罗牌创造出一个生产故事的机器，尤瓦尔·诺亚·赫拉利在《未来简史》中预言基于大数据和复杂算法的人工智能将取代人类而统治世界。质言之,"原始叙事"结构似乎已经开始解体,罗兰·巴特的"作者之死"正在加速成为现实。亚瑟·斯坦利·爱丁顿在1929年提出"无限猴子定理",即给予足够长时间的话让很多猴子任意敲打打字机键就可能打出不列颠博物馆所有的书。

尽管马克思早就注意到了技术变革的巨大力量以及随之带来的人的异化问题,尽管爱伦堡不无忧虑地强调"一个艺术家一旦迷上了机器,他的乌托邦就会被时代超越或推翻",尽管知识分子一直有着对"机器""工业""技术"的近乎天然的排斥,但是我们不得不注意到的一个事实是"文学"无论是从内涵还是外延都发生了巨大的变动。"文学"是动态化的过程而非封闭的既成事实,我们不能沿用传统的文学观念来看待近乎日新月异的文学新变。这不只是文学生产主体的经验和文体边界的松动,而是与整个文学场域和社会文化生产系统直接榫合在一起的。如果我们将文学尤其是诗歌看作是不受限制的开放化的隐喻系统,注意到文学是由一个个具体的而且极不稳定、面貌各异的文本构成的时候,我们就没有必要和任何理由来对"智能写作"和"人工智能美学"予以屏蔽、敌视甚至抨击。当然,反过来看,面对任何一个新兴的事物以及所引发的争论,"正反"双方的任何一方持有言之凿凿、真理在握、正义在手的论调都是十分可疑的,因为他们没有给任何其他的声音提供余地和缝隙。在任何时代面对文艺和文学问题我们都不应该允许决断论和二元论的重新上演。

激进与迟缓

4

从当前的文学发展趋势来看，网络化、数字化和视频化的媒介平台使得文学产品的消费性、娱乐性一面被空前强化，文学的市场化、产业化趋势也越来越显豁。与此相应，创作者、出版社、报刊、文学网站以及各种新媒体文学平台也都处于产业化和商业化的总体性场域之中。让·鲍德里亚曾说过一句有点儿危言耸听但是从终极层面看又合情合理的话："让我们谈谈人类消失以后的世界吧。"

> 李白呼地放下酒碗，站起身不安地踱起步来："是作了一些诗，而且是些肯定让你吃惊的诗，你会看到，我已经是一个很出色的诗人了，甚至比你和你的祖爷爷都出色，但我不想让你看，因为我同样肯定你会认为那些诗作没有超越李白，而我……"他抬头遥望天边落日的余晖，目光中充满了迷离和痛苦，"也这么认为。"

这段话出自 2003 年《科幻世界》第 3 期推出的刘慈欣的中篇小说《诗云》。这是关于"诗歌"与"技术"的终极对弈。其中出现的"李白"形象是"神"从诗人伊依的基因克隆出来的"人工智能诗人"，而且小说还提到了终极吟诗软件。刘慈欣对人类文学艺术的命运还充满了末世论般的悲观论断，因为诗意的世纪已永远消失。

刘慈欣笔下的克隆体诗人"李白"几乎成了中国后来写诗

机器人小冰、小封等的"祖先"。

人工智能跟诗歌的互动是最直接的，效果也是最明显的。

1959年德国出现写诗软件，1962年美国开发出写诗机器人"Auto-beatnik"（比如其《姑娘》一诗："啜泣的女孩们像是缓缓飘落的雪花"），1964年加拿大出版了计算机生成的自由体诗集，美国于1973年出版《计算机诗选》，1984年上海育才中学的学生开发出诗歌写作程序，1989年刘慈欣利用词库和语法库开发出"电子诗人"软件……

韩少功先生在谈论人工智能对文学行业产生影响的时候最先作为例证的也是诗歌，通过列举秦观的一首诗以及IBM公司的诗歌软件"偶得"生产的文本让诗词作者以及研究者都感受到了"危机"，"'偶得'君只是个小玩意儿，其算法和数据库一般般。即便如此，它已造成某种程度上的真伪难辨，更在创作速度和题材广度上远胜于人，沉重打击了很多诗人的自尊心。出口成章，五步成诗，无不可咏……对于它来说都是小目标"（《当机器人成立作家协会》）。

显然，机器人读诗、写诗、评诗已经成为重要文化现象和文学事件。

随着人工智能和算法写作成为热点，当写诗机器人"小冰""小封"出现并先后推出诗集《阳光失了玻璃窗》（2017）、《万物都相爱》（2019）——这种特殊的创作主体——"拟主体"甚至对著作权法提出了挑战。当北京大学王选计算机研究所研发出小明、小南、小柯以及清华大学研制出薇薇、九歌等写作机器人，很多诗人和评论家为此感到了不安、惶惑甚至愤懑。似乎天然属于"少数人"的诗歌事业以及固有领地遭遇到了前所未有的冒犯和挑战。写诗机器人正是通过"结构"诗歌的方式在"解构"现实诗人的能力和功能。

2019年下半年开始，《青春》杂志利用AI阅读工具"谷臻小简"陆续解读了多位诗人的诗集，显然"谷臻小简"已经具备了"诗歌评论家"的一些能力，"90年代同样是重要的十年，它在完成一种重要的定向，构成中文新诗创作的基本方向。经历完中国诗歌创作的黄昏阶段，撕开黎明。而黑暗并非实际意义上的黯然，其更接近于诗人经历人生之后的虚空感，这种虚空感并非贬义，经验最终会完成内化，为作者提供写作动机，这种虚空或黑暗，是作者进入自我寻找的必经之路"（谷臻小简《读陈东东〈海神的一夜〉》）。至于伴随着技术和人工智能的变化而产生的"机器写作""机器人写诗""机器人绘画""机器人评论"等现象，我们似乎看到了一条越来越清晰的自动化技术的"生产线"、拟态技术以及强化中的工具理性。

那么，我们该以何种尺度和标准来对待这些类似于ChatGPT低能或高能产出、制造或仿造式的诗歌"类文本"？

"类文本"对应的是计算模型，而原文本和类文本的关系以及类文本自身是否具备情感、主体意识、创造能力以及自我超越能力是我们考察人工智能"写作伦理"的基本点。显然，传统或精英化的"纯文学""纯诗"层面的评判标准已经不能完全适应这些"类文本"的复杂程度。这些"类文本"更多是技术带来的副产品，它们只是代表了整个文学生态系统的一个组成部分，至于这一组成部分所发挥的功能和效应是积极的还是消极的，则应做具体分析而不能大而化之。

人工智能诗歌是极其特殊的生产逻辑和符号逻辑。人工智能的爆炸性发展使得具备深度学习和快速学习能力的智能机器对包括诗歌在内的文学予以介入，甚至所产生的文字产品以及社会效应颠覆了我们所一贯理解的语言体系、文学观念、文学功能以及传统逻辑下的文学生产方式。"机器的延伸"使得固有的文学秩序发生变动。尤其是这些人工智能的"类文本"，它们更多仍然是实用主义的，而实用主义又一直是笼括于技术主义和未来主义的整体视野和运行法则当中的。似乎"机器""技术"与"美学""人文"之间存在着天然隔阂或对峙，这一流行化的观感一直惯性延续着，但是这同样犯了文学认知论"实用主义"的老套路。按照这种理解和话语套路，我们就会陷入惯性的泥淖之中，即人和机器谁写得好？是作家永恒还是机器取代作家？机器和作家哪一个更具备文学的综合才能？这些问题实际上更多仍处于争论的"外围"而没有进入核心的本质问题。

5

人工智能照之传统的前工业时代和工业时代确实发生了近乎革命的变革，但我们显然没有进入"强智能"化时代，机器尚未具备人类的"意向性""主体意识"，而真正的"人机合成体"也还处于未知状态，尤其是机器仍然处于人类大脑的程序化的操纵阶段。

在此，我们以诗歌为例来略作说明。

我们更为醒目地看到的事实和现象是人工智能最先是从诗歌"下手"的，似乎诗歌具有天然的缺陷和低门槛，似乎可以更为便易地被机器学习、模仿甚至最终予以"以假乱真"。尤其是在很多普通受众、围观者和评骘者那里,"现代诗"最多也就是"分行的技术",这实则忽略了"分行"是现代诗有意味的形式,而形式和内质是不可二分的。当年不是流行过这样的说法吗,即一只狗坐在电脑屏幕前胡乱地敲打键盘然后再频繁使用回车键,那么它就可能写出一首首"分行的诗"来。中国现代诗已经一百多年,至于外国现代诗歌的传统更是长久得多,但是为什么在我们的现代诗阅读、诗歌教育以及读者阅读手段当中仍然局限于极其可怜而庸俗化的诗歌观念?至于与"分行"相关的词语、节奏、韵律、语调、句型、语气以及修辞、技艺、结构等几乎都被置之不顾。至于更为复杂的各种诗歌体式以及变体就更是只属于专业人士所有。那么,这一近乎原罪化的诗歌解读法该归咎于谁?

语法、语义和诗性是机器自动化生成文本过程中绕不开的三大要素,而人类语言尤其是诗歌语言与计算机语言符码存在着巨大差异。

回到人工智能"写诗"本身,我们发现其真正法则就是机器的高度智能化和数据化的"习得"能力和算法逻辑,比如感情计算框架以及神经网络算法。小冰已经对 20 世纪 20 年代以来的 519 位中国诗人进行了 6000 分钟的超万次的迭代学习,小封已经运用目标驱动、知识图谱、识别能力、随机数据拼贴、基于概率的字符串、自然语言处理技术每天 24 小时学习了数百位诗人的写作手法和数十万首现代诗。"智能写作"最值得炫耀之处正是大数据背景下超强的"习得能力",比如小冰完成一次学习只需要 0.6 分钟。机器的"习得能力"在迭代技术的催化下已经远远超出了一个普通人个体,在"人机大战"中最终败下阵来的恰恰是个体的人。

由算法逻辑生产出来的诗歌数量将会远远超出以往人类所有诗歌的总和。

>大牙说着走到桌前,用爪指着上面的棋盘说:"你们管这种无聊的游戏叫什么,哦,围棋,这上面有多少个交叉点?"
>
>"纵横各19行,共361点。"
>
>"很好,每点上可以放黑子和白子或空着,共三种状态,这样,每一个棋局,就可以看作由三个汉字写成的一首19行361个字的诗。"
>
>"这比喻很妙。"
>
>"那么,穷尽这三个汉字在这种诗上的组合,总共能写出多少首诗呢?让我告诉你:3的361次幂,或者说,嗯,我想想,10的271次幂!"

上面的对话出自前面提及的刘慈欣的小说《诗云》。

显然,由量子计算机制造的诗歌数量和可能性已经远远超越了人类的极限,甚至这些翁贝托·埃科意义上的"开放的作品"已经颠覆了我们对诗歌发生史的理解。如此浩大的文本数量从概率上看肯定会有极其优秀甚至伟大的"文本"产生。"乌力波"(潜在文学工场)的发起人雷蒙·格诺在1961年有一个轰动性的"一百万亿首诗"的实验,即十首十四行诗通过任意组合而生产出一百万亿个文本,"若读完一首十四行诗需45秒,翻动窄页需15秒,每天读诗8小时,一年读200天,可读超过100万个世纪,若一年365天的每时每刻都在读诗,可读上190258751年零几小时几分"(雷蒙·格诺《一百万亿首诗·使用说明》)。

小冰通过算法拼贴和生产出来的一些文本或"计算模型"已经可以"真假莫辨",此前"小冰"已经用近三十个笔名在众多社交平台发表了"诗作",而宣传方和媒体评论指认小冰已经具备了"独特的风格、偏好和行文技巧"。但是我对这一指认却抱怀疑的态度,其中的一些评价显然失实和离谱儿,这是对"新事物"予以了拔高的结果。如果抹去"小冰"的名字,我们看看那些分行的文字,实际上很多都处于语焉不详的半成品和组装状态。即使小冰引发热议的诗集《阳光失了玻璃窗》也充满了诸多分行的残次品和半成品。首先,诗集的题目就是一个硬伤。即使诗歌是突破了常规语法的特殊语言方式,但是仍然有其内在规定性,而从来没有任何诗人用过"失了"这个词,显然这是人工智能的随机性和拼贴化的痕迹和缺陷。至于整体分析,小冰和小封的诗歌尚未具备诗歌的可信度,大多因为程序化、同质化而处于比较初级或低下的水准,比如很多诗歌基本还处于浪漫化的抒情诗阶段,很多意象(小冰诗集中出现最多的意象是"梦")都是已经失效的死亡的"老词",基本都是过度的修饰化以及虚化的处理方式,而尚不具备处理深度意象、细节和场景的能力。其中一部分诗则处于词语表达和情感表达的极度"错乱"状态,这种"错乱"不同于诗歌本体学层面的"含混""复义""张力""陌生化"以及威廉·燕卜荪所说的"朦胧的七种类型"。可以读读小冰的《用别人的心》:

他们的墓碑时候

我静悄悄的顺着太阳一样

把全世界从没有了解的开始

有人说我的思想他们的墓碑时候

你为甚在梦中做梦

用别人的心

又看到了好梦月

这样的"错乱"样本还有很多,比如"梦中的苦楚是美丽的光景的梦中"(《你是微云天梢上的孤清月亮》)、"有那里是太阳"(《丧钟的主人》)。请注意,诗集《阳光失了玻璃窗》是从小冰"创作"的70928首诗歌中精心挑选出来139首,至于其他未入选的文本样貌肯定会更参差不齐。这与机器习得的特定阶段、程序运算、推演(比如"情感计算框架"的可实现性)、符码转换以及其用以学习的"原文本"或"源文本"自身的局限性存在关联。

从生产过程和诗歌观念来说,建立于大数据和"年代学"基础上的被小冰所学习的五百多位诗人也有其"可疑"和不可信之处,因为仍然有流行的诗歌标准在发挥重要作用,比如"什么是诗""什么不是诗""什么是优秀的诗""什么是重要的诗""什么是伟大的诗"等。显然,面对这些问题并没有一个终极的答案,中国新诗才一百余年的时间,还没有完全经过经典化的必要积淀,而今天也仍在不稳定的写作状态和阅读状态之中。很多的诗作和诗人从终极阅读和未来读者来看基本都是无效的。而如果机器人学习外国诗歌,那么这些文本仍然是有疑问的，因为它们已然是被译介的文本，是另一种语言事实，与原文本之间的差异更为明显，所以仍存在很多尚未解决的诗歌问题和诗学问题。

6

至于一个写作者的丰富的灵魂、精神能力、思维能力（情感、想象力、创造力）以及思想能力则是目前智能机器人远远不能达到或实现的。尤其值得强调的是文学经验是极其复杂的历史化的过程，包括记忆经验、现实经验、情感经验、思想经验、价值经验、语言经验、修辞经验、技艺经验、人文经验、历史经验以及普世的人类经验，比如关于个体和族群的深层记忆、地方性知识以及人类的整体历史记忆是难以被算法所推演和生产的。那么，这一极其复杂的复合式的文学经验如何能够被 AI 轻而易举地编码、演绎、组合和生成？

但是反过来看，这些小冰和小封的"类文本"已经具备了诗歌的一些特征，而小冰已经从数百位诗人以及一亿多用户那里采集到了相关的情感数据。大数据的元素采集、信息处理和程序分析对于我们研究诗歌尤其是古体诗词的构成确实会发挥"模型"化的积极作用。2018 年 5 月，机器人小冰已经升级到深度神经网络（DNN）的诗歌生成模型阶段，其生产的"诗歌"水准有所提升。随着技术的升级甚至有可能出现"情感机器""灵魂机器"，人工智能写作将通过量的积累最后达到质变并不断接近人类的写作思维，甚至在某些方面超越人类。从愿景和未来时间来看，我们对人工智能诗歌不必过于不满或不屑。

尽管对现阶段的人工智能写诗以及个案文本我有一些不满，但是我并不认为"人工智能"写作就是"次要问题"，因为它已然是人类文学发展链条中的一个组成部分了，已然成为人类文化变迁的一部分。文学应该是由"人类"整体来完成的，而不单单是"个人"，正如法国诗人洛特雷阿蒙所说："诗歌应该由所有人一起创作，不是一个人。可怜的雨果！可怜的拉辛！可怜的科佩！可怜的高乃依！可怜的布瓦洛！可怜的斯卡龙！怪癖，怪癖，还是怪癖。"（洛特雷阿蒙《马尔多罗之歌》）

人工智能写作尽管具有极其明显的实用主义和功能主义的动因，即鲍德里亚所说的技术主义的物体系，但是其仍然具有一定范围内的合理性和必要性。甚至随着技术的发展，人工智能写作将会给我们带来更多意想不到的惊异效果，当然对于这一技术化和人工智能化的"惊异"我们仍然要时时省思。

文学这台永动机是开放的也是更新换代的，尽管我们从来都必须承认存在着伟大精神和命运共时体意义上的文学，而"文学进化论"如果存在的话也肯定是相对意义上的。

较之传统纸媒的文学生产，当前海量的数字化的文学生产成为主导，尤其是网络作家和网络文学作品的数量对文学的监管、引导、意识形态宣传以及网络安全都提出了新的要求。新时代以来，注册的网络作家已经超过2000万人，签约网络作家超过200万人。以2021年和2022年为例，新注册的网络作家分别为150万人和260万人，注册作家主要以Z世代为主；国内45家文学网站生产作品分别为250万部和300万部，网络文学存量超过3000万部，而每年电子化的诗歌产量（主要以自媒体平台发表为主）更是超过一亿首。

激进与迟缓

如果有一天,我们的手机里和网上书店里摆满了 AI 机器人"创作"的诗集并围满了阅读者和评论者,甚至像韩少功所说的"当机器人成立作家协会"也成了现实,那么我们应该坦然接受这一写作事实。既然文学是通过语言来实现的,那么人工智能写作就是这一特殊语言方式的必然组成部分。而那些仍然在书斋或工厂坚持写作的具体的人们,他们的写作是不是终有一天整体失去了效力和活力而被机器所取代?就目前来看,这个问题未为可知而只能暂时悬置。总有一天,AI 机器和人在写作这件事上会站在同一起跑线上,甚至前者会在某些方面和能力上超出了个人极限。

机器人(类人)和人(人类)在写作的时候都必须遵从一个内在的"人"的法则,即在一定阶段和时空内无论是机器还是人都具有不可突破的认知的局限性。在开放所有乐观可能性的同时我们也必须回到起点,即人类包括机器为什么写作?写作给人类带来了什么?既然机器也是由人制造出来的,那么类人写作和人类写作最终面对的就不单是机器属性,而是人类的精神属性以及存在的终极命题。

速度景观与异质时间

1

北宋嘉祐四年（1059年）的寒冬，苏洵、苏轼、苏辙父子三人乘船在三峡的群山骇浪间颠簸行进。时年二十二岁意气风发的苏轼却没有感受到任何寒冷，他第一次出蜀时看到的景象是：

> ……
> 晃荡天宇高，崩腾江水沸。
> 孤超兀不让，直拔勇无畏。
> 攀缘见神宇，憩坐就石位。
> 巉巉隔江波，一一问庙吏。
> 遥观神女石，绰约诚有以。
> 俯首见斜鬟，拖霞弄修帔。
> 人心随物变，远觉含深意。
> ……

同样是三峡，经历沧海桑田之后，于坚目睹的则是惶然的

"最后景象"："壬午将尽的时候，我听说正在施工的长江三峡大坝到 2003 年 6 月就要蓄水，一个巨大的水库将出现在长江上。于是我决定在此之前，去看看最后的原始三峡。一想到若干年后，我的这趟旅行只有穿着潜水衣才能完成，我就迫不及待起来。作为诗人，我恐怕比别人更迫不及待，因为我知道，中国历史上那些最伟大的诗人，无不从这条河流的原始状态中获得神启，李白、杜甫一生中最重要的作品都是与这个地区密切相关的。我一向疏懒，迷信天长地久，总是想着总有一天，我要好好地去一次，就像一个朝圣者朝拜神迹，完成我作为一个汉语诗人必需的经验。但现在我不能再等了，我必须出发，时间不多了，六个月后，一切就是另一回事了。"（《癸未三峡记》）

1921 年 4 月郭沫若写下《沪杭车中》一诗，诗人看到的景象是："紫色的煤烟／散成了一朵朵的浮云／向空中消去。／哦！这清冷的晚风！／火狱中的上海哟！／我又弃你而去了。" 1923 年 10 月 20 日下午，徐志摩经硖石探望正在西湖烟霞洞清修寺"养病"的胡适以及曹诚英："我们第一天游湖，逛了湖心亭——湖心亭看晚霞看湖光是湖上少人注意的一个精品——看初华的芦荻，楼外楼吃蟹，曹女士贪看柳梢头的月，我们把桌子移到窗口，这才是持螯看月了！"（徐志摩《西湖记》）随后，徐志摩邀请胡适、曹诚英等人到自己老家海宁观看钱塘江大潮。

10 月 30 日，徐志摩在由硖石往杭州哐当作响的火车上写成一首诗《沪杭车中》（又名《沪杭道中》）。

匆匆匆！催催催！
一卷烟，一片山，几点云影，

> 一道水，一条桥，一支橹声，
> 一林松，一丛竹，红叶纷纷：
>
> 艳色的田野，艳色的秋景，
> 梦境似的分明，模糊，消隐——
> 催催催！是车轮还是光阴？
> 催老了秋容，催老了人生！

换作今天的语境，徐志摩这首与"速度"有关的诗简直是不折不扣的陈词滥调了，但是放在当时的社会环境中这首诗是具备"现代性"和"时代感"的。更有意味的是沪杭铁路的集资建造者就有徐志摩的父亲徐申如。

空间距离曾经成为巨大的阻碍，它一再产生的是送别诗、思乡诗以及闺怨诗。一旦这一长久的巨大阻碍因为现代交通工具的诞生而被消除，诗人的精神视野和行走空间一下子就被打开了。当年一个诗人在茫茫戈壁的蚕豆般大小的车站所看到的却是整个星空。

> 我成为某个人，某间
> 点着油灯的陋室
> 而这陋室冰凉的屋顶
> 被群星的亿万只脚踩成祭坛
> 我像一个领取圣餐的孩子
> 放大了胆子，但屏住呼吸
>
> ——西川《在哈尔盖仰望星空》

确实，火车、铁轨和车站曾经代表了时代最为令人心动和憧憬的时刻，当然也有别离和感伤的时刻。1985年徐敬亚远赴深圳，留守东北的王小妮写了下面这首诗——《车站》。

> 超越一丛丛流泪的话别
> 我们相视一笑
> 我原是宁静的女人
> 近来又在学习
> 潜藏感情
>
> 手紧插进大衣口袋
> 你的车厢终于隐去
> 很好
> 束着肩，匆匆走过窄路
> 一团浓厚的烟
> 使我们彼此再也不能望见
>
> 眼泪开始流动
> 这什么也不说明
> 路轨走向车站
> 就是为了曲折错杂
> 很好　正合你意

1988年7月25日深夜，海子乘火车经过戈壁中的德令哈，这位青年诗人写下的是"姐姐，今夜我不关心人类，我只想你"。

　　随着现代交通网络的飞速发展,飞机、高铁、游轮、汽车已不再新鲜,而火车和铁轨早已构成时代颤动不已的现代性景观。在诗人与速度景观的对视和摩擦中,一种崭新的异质化时间观已经诞生并迅速蔓延开来,"火车车厢坐满了包裹密实的身体,或是阅读,或是沉默地看着窗外,这种现象是19世纪所出现的社会变化:沉默是用来保障个人隐私的一种方式。至于在街上,也跟在火车上一样,人们开始认为不让陌生人对自己说话是一种权利,认为陌生人对自己说话是一种冒犯"(理查德·桑内特《肉体与石头——西方文明中的身体与城市》)。

　　中国古代建筑的钟楼曾制定了恒定的时间,这一直决定着诗人和哲学家的视点、角度和抒写位置。

　　随着现代性时间的到来,钟表显然代表了另一个时代的时间法则和生存观念,而这正需要有人作为观察者和校对者来进行勘问,"路易斯·芒福德就是这些伟大观察者中的一个。他不是那种为了看时间才看钟表的人,这并不是因为他对大家关心的钟表本身的分分秒秒不感兴趣,而是他对钟表怎么表现'分分秒秒'这个概念更感兴趣。他思考钟表的哲学意义和隐喻象征"(尼尔·波兹曼《娱乐至死·媒介即隐喻》)。而这正是路易斯·芒福德的工作,他最后通过观察钟表的秘密得出了一个令人震悚的结论——自从钟表被发明以来人类生活中便没有了永恒。以往诗人的时间观以及由此生发出来的语言体系甚至生活方式被拦腰截断。

　　自古以来中国文人都有登高望远、自比心志的传统,而泛着幽光的新时代的大楼和玻璃幕墙不再制造属于这个新时代的登临者和抒情诗人。在现代性日常生活中登上高楼的人却往往怀有一颗灰暗之心。而当这一情景的主体转换成了诗人,其情势更为严酷。诗人的凝视状态作为一种传统也在此时此刻宣告结束,快速的眩晕的物象使得诗人的眼神茫然无措而飘忽左右,对应于内心体验来说同样是茫然的碎片。

一个诗人在现实中很难对此做出选择,即使是在诗歌中进行选择也是困难重重。缓慢的、有节制的旧时间观已经在新的时间神话面前土崩瓦解了。

越是在转捩的迷茫时刻,诗人越想登上一个更高的位置来看看周遭以及晦暗不明的时刻。

　　它伸展到郊区的部分已经发灰　一些钢轨翘起在火车站的附近
　　人类移动的路线　由郊外向城市中心集中　心脏地带危险地高耸
　　只有在那儿　后工业的玻璃才对落日的光辉有所反映

于坚的《在钟楼上》是旧时间的回光返照。这些铁链般抖动的散文化长句几乎让人窒息,现代性时间的全息面孔几乎和地狱是同一个颜色。如果说20世纪80年代韩东的代表作《有关大雁塔》更多是文化意义上的诗歌实验样本的话,那么于坚的《在钟楼上》则更像是当年波德莱尔城市里的战栗:"构成城市中心的'后工业时代玻璃'塔楼的巨大意象象征着现代化和富裕,但代价也随之而来。那些生活在由当代高楼大厦所制造出来的'阴暗中'的人,正生活在垃圾中,那些垃圾渗透进他们的日常生活。他们对黄昏的经验是那样的相同和不易觉察,他们判断时间的流逝不是凭借日出和日落而是靠时钟的机械运动和每天必到的晚报。他们自己的语言也走向机械化。"(Jillian Shulman《于坚:一个置身存在的诗人》)

新旧交替的时代对于写作的考验巨大,尤其是在对新世界和旧世界的理解上往往会发生巨大的分歧,即使是同一个人也会在旋涡中变得矛盾重重,是肯定和怀疑的兼而有之,"这时,我们往往指责这些人是怀古的'逃避主义',患上了浪漫的好古癖,缺乏现实态度;我们把他们的那些努力斥为妄图'倒转时钟''无视历史的力量'"(以赛亚·伯林《现实感》)。

2

这个时代的人们更多只是看到了各种道路以及道路两旁设定好的"风景",而普遍忽视了拆除、填补、夷平和碾压的过程,忽视了这一过程之中那些付出了代价的人和物的命运,"就这样 全面 彻底 确保质量的施工/死掉了三十万只蚂蚁 七十一只老鼠 一条蛇/搬掉各种硬度的石头 填掉口径不一的土洞/把石子 沙 水泥和柏油一一填上 然后/压路机像印刷一张报纸那样压过去 完工了/这就是道路 黑色的 像玻璃一样光滑"(于坚《事件:铺路》)。

快速移动的法则使一切成了快速掠过的碎片,整体性的时代不复存在,以往的一切很快成为被迅速遗忘的过去时。所以,一定程度上诗人是倒退着走的人,是具有"逆""反"和透视心理的特殊群体。

失去重心和眩晕成为每一个人在高速运行时代的集体心理症状。

> 在此之前　我的眼睛正像火车一样盲目
> 沿着固定的路线向着已知的车站
> 后面的那一节是闷罐子车厢
> 一群前往汉口的猪与我同行
> 在京汉铁路干线的附近
> 我的视觉被某种表面挽救……
> 仿佛是历史上的某日文森特·凡·高
> 抵达阿尔附近的农场
> 我意识到那不过是一堆汽油桶
> 是在后来

于坚的这首《铁路附近的一堆油桶》的每一行都呈现了外在形式与内在结构的断裂感，这也有力地呈现了现代性的快速景观以及矛盾而尴尬的精神状态。这首诗很容易让人想到这是一个手拿画板或照相机的人在极其客观化地再现和还原诗人乘坐火车出行所见的一个再普通不过的场景，而铁路附近的这一堆汽油桶实则是诗人"精心安排"的结果。看似日常的场景白描和漫不经心的表述方式使得速度景观被精准地剖示出来。整首诗揭示了时间的虚无感，而固定的行进路线和已知的车站带来的是无穷无尽的麻木与茫然。这需要诗人不仅具有观察能力以及特殊的取景角度，而且有举重若轻、化大为小的能力。我想到了于坚的另一首与此有关的诗，"在云南以北的国家公路旁/一块路牌标识出格以头地方/哦 格以头/没有人知道那是一个什么去处/只看见路牌下有一条腐烂在雨水中的泥浆路/是马蹄和光脚板踩出来的"（于坚《便条集·31》）。

面对快速的碎片化的时代以及异常模糊的碎片景观，能够对此予以整合和澄清的也许只有诗人和优异的摄影家。这正如爱默生所指出的"任何人都不拥有这片风景。在地平线上有一种财产无人可以拥有，除非此人的眼睛可以使所有这些部分整合成一体，这个人就是诗人"。"远方"和"诗歌"都已经被高度媚俗化和庸俗化了，诗人的凝视能力、行走能力以及感受事物的能力已经被打断并空前弱化和消解，人们对自我以及世界的理解渠道越来越窄化、新闻化和拟像化了，"现在，我们真的很难与真实的土壤产生肌肤之亲了，水泥路面像大地重植的皮肤，蚯蚓爬不出来了，地气升腾不上来了，这简直有些不可思议"（雷平阳《83路车上的一个乘客》）。

尤其是以快速交通网为代表的新世界与乡土世界并置在一起的时候，我们就发现了戏剧化的冲突，"人们日后一定会记得，那是一列颜色发黄、沾满尘土，裹在一片令人窒息的烟雾之中的火车。紧挨着铁路，满载着一串串青香蕉的牛车在尘土飞扬的小道上缓慢地行进"（加西亚·马尔克斯、P. A. 门多萨《番石榴飘香》）。

谢默斯·希尼对乡下那个盖屋顶的人处于长时间的凝视之中，而这正是最深切的记忆方式，是童年的乡村经验的一次次现身。由希尼笔下的麦秸、屋顶和修补人的叙述，我想到了雷平阳笔下的草垛和铁轨："从碧色寨出来，我驱车漫无目的地在滇南游荡，就在出了建水，往通海前行的某个地方，我发现了几堆'金字塔一样上升的火焰',它们是草垛,在建水辽阔的田野上,以草的方式,选择了'挺住'。当时乃至现在,我都一直没有想清楚,人们是采用了怎样的手艺,居于怎样的目的,把草,像金字塔一样地垒起,高达六十米左右。碧色寨的铁器正在生锈化为尘埃,而建水的草垛却在顽强地朝着天空挺进,这不是'硬'与'软'的对比,它们却让我所有的思虑不得要领。"(《建水的几堆草垛》)

无比残酷的是,你试图一次次记忆的却往往是永远逝去而无法挽回的事物,现实记忆和诗歌记忆都将因此而变得艰难异常,"我觉得我的诗是记忆的产物,记忆的可靠性使其始终弥漫着乡愁与悲悯、敬畏与体温"(雷平阳《小体会》)。诗人面对的注定是已经彻底丧失的事物,随着时间的推移,记忆将在下一代人那里被彻底中断、抹平。记忆和遗忘是同时进行的,甚至后者的力量更为强大。这是悲剧,但不是一个人的悲剧,而是属于历史和时代的讲述者,属于现实和现实的逼迫者,"一直想去一个地方,它叫白衣寨,但我不知它在哪里。人世间的幻虚之所,我只能到诗歌中去寻找。有很多人给我指引,为我提供了生者与死者共用的地图,在人间与鬼国我因此步履沉重。边界消失、人鬼同体,就连我自己的言谈举止都吸附了太多的阴风与咒怨。我穿过河山、旷野、村庄,一路向前,所到之处都不是记忆和想象中的乐土,世界散发着腐朽的气息,挽歌声里人心颓废。"(雷平阳《去白衣寨》)

3

如果放眼全世界的速度景观，有人早就发现和感受到了无比疯狂而令人惊心的时刻，"铁路具有强烈的疯狂特点，这是它所固有的，能够解释一个孩子对于铁路的天生感觉，也能解释一个大人对铁路不以为耻的热爱，好像完全没理由担心铁路的现状会有任何令人不安的改进"（E·B·怀特《从街角数起的第二棵树》）。

现代交通和工具化的便利自不待言，但现代性道路和时间景观是一把双刃剑，"昆明是古老中国通向现代中国的一条隐秘通道，你会想到上海、广州、北京、天津，但你想不起昆明，其实昆明也是最早熏染'洋气'的中国城市，而且是法国式的洋气。那位方苏雅在这里的主要使命就是修建滇越铁路，1901年动工，1910年完工，从昆明通到濒临南中国海的越南海防，这是中国第一条国际铁路。现在这条路还在运营，你可以在昆明买张车票，坐上旅游列车，半天一夜才到中越边境上的河口，如果坐汽车却只需一个白天，这就是'云南十八怪'之一怪：'火车没有汽车快。'不过，急什么呢？这也许是中国仅存的'米轨'铁路——轨距仅为一米，小火车在崇山峻岭间爬行，晃晃悠悠，似乎穿过了一个世纪"（李敬泽《两封信，自昆明》）。

快速的时代、前进的时代也是旧事物被离心力甩出的时刻。1987年欧阳江河在《智慧的骷髅之舞》一诗中以分裂和悖论的方式处理了"旧事物"："他来到我们中间为了让事物汹涌／能使事物变旧，能在旧事物中落泪／是何等荣耀！一切崭新的事物都是古老的／智慧就是新旧之间孤零零的求偶……／用火焰说话，用郁金香涂抹嘴唇／躯体的求偶，文体的称寡／拥有财富却两手空空……"

在快速移动中人、物以及风景成为一个个不确定的模糊斑点，时代也是一个个新鲜的碎片。

封闭的、固态化的社会已经结束了，液态的、流动的、迅疾的碎片化时代到来！

索尔·贝娄说："过去的人死在亲人怀里，现在的人死在高速路上。"这正在成为世界性的现实。

> 在深夜　云南遥远的一角
> 黑暗中的国家公路　忽然被汽车的光
> 照亮　一只野兔或者松鼠
> 在雪地上仓皇而过　像是逃犯
> 越过了柏林墙　或者
> 停下来　张开红嘴巴　诡秘地一笑
> 长耳朵　像是刚刚长出来
> 内心灵光一闪　以为有些意思
> 可以借此说出　但总是无话
> 直到另一回　另一只兔子
> 在公路边　幽灵般地一晃
> 从此便没有下文

这是于坚的诗《在深夜　云南遥远的一角》。黑夜、雪地、公路、汽车、兔子构成了一个城市化和高速化时代的寓言。在时代的高速路上,在雪地的寒冷时刻,在无边的黑夜里,诗人承担了于坚笔下那只"兔子"的功能,短暂的现身、迟疑、仓皇、紧张直至最终隐匿。

在近乎世界性的新图景与大变革中,在全球化、城市化的国家与民族的现代化过程中,速度(快速、加速)成为每一个人日常生活中感受最深的部分。分裂、速度、同化、异化、分化、进化、一体化等都需要人们重新理解,这一理解关乎自我、现实、历史以及社会机体,"我清楚,自己对内心的更彻底的追问尚未开始,我对于世界的理解,仍停留在知识层面,即使这层面也浅薄不堪。至于偶见的内心追问,也更多是暂时的情绪,而非深沉的情感。我还生活在生活的表层,连接灵魂深处的根还没有生长,它需要真正的恐惧与爱"(许知远《一个游荡者的世界》)。

时至今日,人类旅行时的速度远远超过我们祖先的想象。快速移动的技术、工具和空间成为达到移动、输送、疏解的重要手段,"移动中的身体所处的状态也加大了身体与空间的隔断。光是速度本身就让人难以留意那些飞逝而过的景致。配合着速度,驾驶汽车,颇耗费心神,轻踩着油门与踩刹车,眼光还要在前方与后视镜之间来回扫视"(理查德·桑内特《肉体与石头——西方文明中的身体与城市》)。

缓慢的时代和快速的时代,那些在路上的人所目睹的情形和感受已经今非昔比。快速的时代使得旋转木马式的生活方式开始了,看似不断快速前进,实则原地打转而没有任何方向感可言。公路、铁路和航线不只是充当了物理空间的搬运功能,而且还导致了地方性知识的整体消解,失控的断崖上运走了一批又一批的异乡人。从此,我们在诗歌以及小说中看到了越来越多的焦虑者、失眠者以及无家可归者。这些失魂落魄者少眠而多虑,他们凝视着窗外公路和铁轨上那些现代性的钢铁幽灵以及更为来历不明的异质化新事物,"很多时候,'下落不明'这一个词条总是固执地出现在我的大脑中。火车行驶过的地方,有无数的尘屑飞扬,它们像田野上破碎的昆虫,在光线中打开翅膀。那些窗口上的脸,是水中,蛇的脸,冰冷而迅速,从一个地方搬到另一个地方,就像一只蟋蟀嘴中的草叶,从这一亩地搬向另一亩地,最后被带进黑暗的地缝。但是,我一直热爱着这一批批奔跑迅捷的铁器,在我居住的七楼阳台上,就可以看见它们在城市的边缘跑来跑去。它们的叫声,经常将我从睡眠中提起来,我在漏水,我在不知所云地歌唱,它们的叫声把我提起来,提起来,又放下去,让我继续在移动的房子里,把一些难以固定的异乡人的庭院打扫干净"(雷平阳《火车》)。

每个人都在有形或无形的公路以及铁轨上行走,这是预定好了的旅程,几乎没有重返的机会。一些诗人只能黑着脸、苦着心,竟日枯坐在日渐荒芜的山顶上看着另一种时代景观的崛起,看着空间和事物的震荡和改变,看着暮色中仍然闪亮的铁轨和日夜喧嚣的车站以及郊区。

总会有持守土地伦理和地方性契约精神的诗人出现,随之出现的还有文本世界中的"最后一个形象","一个地方特殊的精神……是人们体验到一个地方那些超出物质的和感官上的特殊的东西,并且能够感到对这个地区精神的依恋。如果地方的意义超出了那些可见的东西……深入心灵和情感的领域,那么,文学、艺术就成为回答这个问题的答案,因为它们是人们表达这种情感意义的方式"(迈克·克朗《文化地理学》)。

4

火车,是现代社会的典型标志。当下与远方,新奇和疲倦,过去景象和当下风物都在隆隆声中彼此摩擦、碰撞。火车以快速的力量把空间和时间一劈为二,它带来了令人眩晕的惊异和新景观,同时也打破了原有的空间秩序和时间伦理,"眼前的世界变了。种植园大道分布在铁轨两侧,平行地蔓延开去,供运送青香蕉的牛车通行。突然,在不宜播种的土地上出现了红砖营地,挂着粗麻布窗帘和吊扇的办公室以及孤零零地矗立在虞美人田野上的医院。每条河边都有一座村庄,火车怪叫着驶过铁桥,在冰冷的河水中洗澡的女孩儿们如鲱鱼般跳了起来,乳房一闪,让乘客们有些不知所措"(加西亚·马尔克斯《活着为了讲述》)。

火车天然地成为乡村和城市之间的界限,而非迅速消解二者之间的差异,反而是加深了二者的矛盾。你是否听到了类似于瓷器碎裂的声音?与此同时,几乎是一夜之间修建起来的铁路使得一个个地点被迅速地搬动,旧的时间观念也随之消失了,"滇越铁路运进云南的不仅仅是两条铁轨,也不仅仅是各种洋货,还有医院、车站、咖啡馆以及时间,人们开始看钟表,而不再根据太阳的起落判断时辰"(于坚《暗盒笔记Ⅱ:向世界的郊区撤退》)。

当火车背对着故乡或熟悉的地方远去,这对那些远行者意味着什么呢?年幼的 T. S. 艾略特对火车怀着深深的恐惧,"我们乘火车旅游，从圣路易斯到东部……我总是害怕火车眼睁睁从我们面前开走，害怕忙着托运行李的爸爸赶不上火车。总是有各种各样的灾难让我担忧费神"（约翰·沃森《T. S. 艾略特传》）。

由此，我想到当年巴勃罗·聂鲁达乘坐火车离开故乡时窒息般的感受。这种感受甚至成为诸多作家、诗人考察两种不同社会空间和时间的起点，"列车正从布满栎树、南美杉和湿淋淋的木屋的原野，向智利中部的杨树林和落满尘埃的砖砌建筑物飞驰而去。我在首都和外省之间往返旅行过多次，但每次一离开大森林，离开母亲般召唤我的木材林地，我都感到窒息。那些砖房，那些经历丰富的城镇，在我看来却仿佛张满了蛛网，一片沉寂。从我那时浪迹城市至今，我依然是个心系大自然和寒林的诗人"（《我坦言我曾历尽沧桑》）。

对于坚而言，第一次坐火车是什么样的感觉呢？

当年这个十三岁的少年隔着冬日冰冷的火车车窗看到了这样的景象。

> 我平生第一次坐上火车，平生第一次远离故乡。火车是老式的木板车厢，座位也是木的，我跪在上面，虔诚地望着窗外黑扑扑的天空。星星寥寥，风寒刺鼻，天亮时我忽然看见云南北方那荒凉、雄浑的山岗和荒野，我心头一阵感动，那印象我永远难忘。后来我一直跪着，眼睛紧贴那嘘满水汽的玻璃，我看见一只麂子站在山上。
>
> ——《云南曲靖》

火车和旷野形成了时代特有的风景，这是张力、拉抻导致的最后撕裂。对于那些生活于故乡而又突然被连根拔起的一代人而言，向前还是向后真正地成了最为现实的生存问题和精神境遇。

2012 年的 9 月下旬，我和雷平阳一起作为指导教师参加在云南红河哈尼彝族自治州蒙自市举行的《诗刊》社第 28 届青春诗会。

在那期间，一行人一起走在草坝镇有着一百多年历史的三等小站碧色寨的铁轨上。徒步二十四公里的铁路，对每一个人来说都是不小的挑战。

这是中国近代史上最早的铁路之一，这个曾经热闹、呼啸、热气腾腾的蒸汽机时代突然有一天冷却、安静了下来，"旧时代的铁，风一吹／就是一个窟窿。不知名的野花和青草／扛着它们的腿、胳膊和心脏／若获浮财，喜气洋洋，朝着天空之家／快速地运送，掉下一堆螺丝和轴承／像上天餐床上落下的面包屑"（雷平阳《碧色寨的机器》）。在我的印象里，云南诗人兼小说家海男写过一部长篇小说《碧色寨之恋》。如今这里更像是钢铁打造的历史废墟和空荡荡的时间躯壳，甚至这里连乡愁都已经容纳不下了，"铁路沿线有无限风光／风套着风，光堆在光上／声音的粉尘像红色的石榴籽／被包裹在壳中。那些高高矮矮的山脉／抱着气团反向飞奔／红河带着／浓重的乡愁流向越南"（雷平阳《滇越铁路沿线》）。

雷平阳第一次来到碧色寨是 1996 年夏天，当时他从昆明乘一夜的火车到达蒙自，然后再坐一辆马车才到碧色寨，"我也想去远方，只是我的远方是云南的山川，那些我向往却没有到过的地方。因此,每到周末,我就在黄昏,来到昆明火车北站。多么美妙的时光,那会儿,昆明到滇南的火车还开着。晚上九点的票,睡一觉,第二天早上七点就到蒙自。吃一碗菊花米线,转乘马车,就到碧色寨、草坝……有时,道路两旁都是生机勃勃的玉米、桑树;有时,那无边无际的石榴,就像世界尽头的灯盏。闪光的铁轨到过的地方,我看见了一部另类的时间史,矿石飞舞,群山下降,村庄做梦,每一寸土地都充满了迷幻的气质。我以为,那是世界为我打开的另一座五脏庙"(《蒙自及段落》)。

第一次到碧色寨,雷平阳的观感就不容乐观,他在这个近乎废弃的冰冷的钢铁空间听到了隐隐的来自历史的呼吸,而他又分明感受到了新与旧同时撕扯他的蛮横力量,"我屏住呼吸,捏了自己一下 / 爱,还是不爱? // 我有一道难题无法破解 / 遗忘还是记住;走,还是不走? // 滇南旅行时,我与树说了这些 / 踢了树一脚 // 身子转不过来啊 / 所以,一直没看见你 / 也没用骨头喊你"(雷平阳《在碧色寨车站》)。

如今,碧色寨是一座无人车站,不再有往日的喧嚣,徒留极其空虚的讲故事的人。这里没有任何的倾听者和记录者,也没有任何的造访者。只有一个携带着过去记忆的留守者自己和自己说话,他一次次制造幻象和白日梦,一次次从惊悸中起身,一次次仿佛一切都不存在,只有精神的苦役者还在徒劳地试图走进往日的幻象之中。

2012 年 9 月 27 日,上午的阳光打过来洒落在雷平阳的侧脸上,我想到了一个人的精神肖像——"我在铁轨上行走,我之所以选择铁轨,并决定顺着走到一个陌生的地方去,是因为我觉得铁轨上有足够的铁锈,可以让我看见那些死亡的时间"(雷平阳《火车》)。

在仅仅一米宽的铁轨上慢慢行走,我们遇到的不只是那些杂草、砾石、枕木、铁轨以及冰冷的废弃的机车和车站,还遇到了墓地、墓碑以及那些隧道、山谷和深渊间的历史的回声以及昆虫的尸体和动物的白骨。在这一分裂空间行走的人说出的必然是黑色的时间景观,携带的是悲歌和挽歌。自救还是救赎别人?雷平阳给出的恰恰是来自"黑暗传"般的极其复杂的声音。

> ……如果还不能排遣
> 内心的空虚,他就把石碑刨出来
> 背在身上,沿着铁轨走到下一个车站
> 又走回来。有时,心情不错
> 他就绕道前往一个个荒僻的村庄
> 坐在石碑上,给村民讲解北回归线
> 村庄里没什么人了,都是些
> 灵魂出窍的老人,听不明白是什么线
> 一口咬定,这线,就是一条看不见的
> 鬼走的路线。他也不反驳
> 跟着大家笑得满脸掉尘土,或者
> 什么话也不再说,静静地抽烟
> ——《无人车站》

在这段老旧而仍然闪亮的铁轨上行走的时候,我和雷平阳、沈浩波以及同行的人突然遇到了一场暴雨。没有任何躲避之所,

激进与迟缓

我们只能在大山间的铁轨上任雨水落下,浑身湿透,铁轨更加湿黑、幽亮。鞋子里已经浸入了雨水,走起路来咕叽咕叽地响。人们都被大雨冲散了,只剩下我和沈浩波结伴前行,终点还很遥远,"黄色的法国建筑/残缺屋檐下的老式挂钟/生锈的钢铁支架不足以支撑这个下午//铁轨旁的荒木阴影加深着高原/我看到一个个废墟//枕木、铁轨和碎石/历史的'三段论'/人头在石头之下//灵魂在铁轨的缝隙间/突降的暴雨更像是前世的讨债鬼/而你必须和另一个人/在天黑前赶到终点"(霍俊明《碧色寨》)。

在不堪的狼狈中我们那时无暇顾及什么历史和现实,无暇顾及现代性生活的受害者或者获益者……

多年后雷平阳写到了高铁列车以及车厢里低诵《金刚经》的老妇人……

而当年的谢默斯·希尼记忆里的铁轨上的那些无知的孩子更为意味深长……

> 天空的光亮和电线的闪耀,而我们自己
> 在天平上是如此微不足道。
>
> 我们甚至能穿过一个针眼。

5

码头、轮船、铁轨、火车、汽车、车站、飞机、航站楼,这些速度空间和物象都成为诗人和作家格外注视的部分,"如果芝加哥的某个地方有一座屠夫的雕像，那么它的存在是为了提醒人们记住那个到处是铁路、牛群、钢铁厂和冒险经历的时代"（尼尔·波兹曼《娱乐至死》）。

在乔治·奥威尔那里，英国郊区的工业景象更是黑暗而恐怖，"运河堤岸混合着煤渣和冰冻的泥土，被无数木屐踩踏出纵横交错的脚印。四下里，但凡有渣堆的地方就有'反光'，那是陈年旧坑形成的死水潭。数九严寒，水潭表面覆盖着褐色的冰层，驳船船员浑身上下裹得严严实实，只露出两只眼睛，船闸上也结了冰。在这个世界里，全然不见植被的踪影，除了浓烟、页岩、冰雪、泥浆、灰尘和脏水，别无他物"（《通往维根码头之路》）。

正如谢林在《艺术哲学》中的一段话所剖析的那样，人们已经在异质化的时间和现代世界面前被强行剥离出来，"现代世界开始于人把自身从自然中分裂出来的时候，因为他不再拥有一个家园，无论如何他摆脱不了被遗弃的感觉"。这是近乎虚无的末路般的感叹，几乎一夜之间人们沦为了异乡人、陌生人和游荡的幽灵，他们无时无刻不处于虚无、疼痛、羞耻之中。我们看到了越来越多的痛苦的乡愁诗人和地方主义者，但是我们需要的不只是个人经验，而是提升为整体性的时代感知和历史经验。正如19世纪中叶的米勒一样，"怀旧并不只是局限在个人方面，怀旧也影响到他的世界观。他对各方宣称的'进步'抱持怀疑的态度，并且认为进步是人类尊严的一个潜在的威胁"（约翰·伯格《米勒与农民》）。

旧时代已经被淹没在了黑夜里，彷徨于无地的时代再次到来了。乡土的黄昏结束，但是怀旧和追挽的时刻却在黄昏中一

激进与迟缓

次次到来。这既是自然的时间反应又是近乎虚无的精神对话,有时更是一种被迫的心理应激。这是对个人时间的恢复,是曾经的过去时频频来当下敲门。自然法则被稀释殆尽,取而代之的是钢铁极其甚嚣尘上的叫声。这是无能为力的自己对自己的劝慰,这是异乡人的飘来荡去的焦虑。"这一切都显得老派过时,仿佛他是从19世纪漂游至20世纪,像一个被海浪冲到异乡海岸的人。在20世纪的德国他有过故乡之感吗?"(苏珊·桑塔格《瓦尔特·本雅明:1892—1940》)

一个个车站连接起来的是大大小小的城镇,"欧洲的城市在火车站中交叠"(布罗茨基)。城市建筑、街道、交通网络已不再是单一的空间构成,同样构成了符号、象征和隐喻系统,逐渐成为一种伦理,一种流行的认识,尤其这一切落实到历史和现实的对话地带的时候。这不仅需要诗人的眼光、认识,而且需要失败感和羞耻之心。

城市带给诗人们的是极其复杂的情感和经验,尤其是在城市发展的不同阶段。纽约派诗人弗兰克·奥哈拉强调区别于都市现实生活的"自主的生活",而希尼感受到的地铁则是恍惚、真切、甜蜜、紧张的掺杂。

最后来到一个凉风习习灯光点点的车站
列车离去以后,潮湿的铁轨
就像我一样赤裸而紧张,所有的注意力
都追随着你的脚步,如果我回头就会被打入地狱。

城市是速度景观的代表,它在不同时期的空间结构、交通工具以及给人们带来的感受是截然不同的。

人们关注和思考得更多的是城市和铁轨开始的地方,而忽视了这些城市和铁轨在哪里能结束的问题,"国家公路依据某些经验和原则／结束于峡谷的险峻／终止于河流的急湍／穷途末路／也是普通话的边境"(于坚《便条集·43》)。

值得注意的是,道路网络在这个快速的时代并不总是意味着交通载体的无所不能的改变。"水泥路在县城外一公里的地方就突然截断。时间的两个边境——这边,人们所谓'现代的'一词所指的种种;那边,落后与过时,土气与贫穷。典型的通向旧世界的道路,路面凹凸不平,红土尘造成的雾旋转起来,当它们稍稍消散,大地立即在道路的两边出现了。"(于坚《大地记——春天·荷马·山神的节日》)

无论是战争年代城市上空的一颗炸弹,还是隐喻层面的内心的波动与惊悸,现代性的时间观带来了震惊与分裂,正如但丁对佛罗伦萨的批判和诅咒,正如叶芝的"可怕的美已经诞生"。居伊·德波印证了这一非同寻常的景观时代,"在被真正地颠倒的世界中,真实只是虚假的某个时刻"(《景观社会》)。

放眼望去,诗人患上了城市忧郁症,"在多年沉默后。维罗纳已不复存在。／我用手指捏着它的砖屑。这是／故乡城市伟大爱的残余"(米沃什),"我回到我的城市,熟悉如眼泪,如静脉,如童年的腮腺炎"(曼德尔施塔姆《列宁格勒》)。而捷克诗人雅罗斯拉夫·塞弗尔特在1921年出版的诗集《泪水中的城市》中反复抒写的正是"罪恶的城市"。

这是毫不犹豫地抛弃旧物的时代,而人们几乎认为这一切都是合乎新时代的伦理法则的。新旧对比,两种不同空间的时间观的对撞在20世纪90年代以来的中国诗人这里体现得尤为明显。

在不断涣散的"地区精神"面前,我们遇到了讲故事的人,废墟上的无望的自言自语者。我们被讲述者或低沉或悲恸的语气所吸引,被那些古怪难解怪诞分裂的故事所困惑。这一切都大体可归入一个写作者的语言能力和时间观以及世界观,"一个人越是处于忘我的境界,他所听来的东西就越能深深地印在他的记忆中"(本雅明《讲故事的人》)。

"讲故事的人"本来专属于小说家们,但是单一的文体已然很难应付越来越复杂莫名的时间经验了。诗人几乎和小说家站在了同一个序列里,他们的职责大体相同,都是叙述者,都是讲故事的人,而最终考验他们的则是讲述方式的有效和持久。

时间轴转动中的现实与现实感

并非每个诗人都能在一件艺术作品中赋予这些真实事物的存在以必不可少的真实感。诗人也有可能使这些真实事物变得不真实。

——约瑟夫·布罗茨基

人们有时候会逐渐讨厌起他们生活的时代，不加分辨地热爱和仰慕一段往昔的岁月。如果他们能够选择，简直可以肯定他们会希望自己生活在那时而不是现在。

——以赛亚·伯林

正如苏珊·桑塔格所说，"作者"的面具要最终揭下，做一个作家就是要担当起一种角色，不管是否尊崇习俗，他都不可逃避地要对一种特定的社会秩序负责。然而在诗歌活动化、媒介化成为常态的今天，在诗歌写作人口以及分行的文字产量难以计数的今天，诗人如何写作现实和提升现实感，如何维持写作的精神难度仍然是不无紧迫的命题。

激进与迟缓

1

我们越来越迫不及待地谈论和评骘此刻世界正在发生的，诗人们急急忙忙赶往的俗世绘。与此同时，人们也越来越疲倦于谈论诗歌与现实的复杂关系。由此，我们读到的越来越多的是"确定性诗歌"，诗人的头脑、感受方式以及诗歌身段长得如此相像，诗歌写作者们又如此自以为是。蹭热度的诗、媚俗的诗、装扮的诗、光滑的诗、油腻的诗、小聪明的诗以及口水段子的诗在经济观光带和社会调色板上涂抹得到处都是，时下真正缺失的是具有重要性和发现性的诗作。这既是诗人个人原因，也是整个诗歌生态和积习使然。一个诗人不能成为自我迷恋的巨婴，不能成为写作童年期摇篮的嗜睡症患者，也不能成为社会主题伦理带上的虚假歌唱者。无论诗歌是作为一种个人的遣兴或"纯诗"层面的修辞练习还是诗人试图做一个时代的介入者和思想载力的承担者，我始终相信一个好诗人必须具备语言能力和思想能力，二者缺一不可。

2017年8月到2018年8月，一年的时间我暂住在北京南城胡同区的琉璃巷。每天上下班我都会经过南柳巷的林海音（1918—2001）故居（晋江会馆旧址），院内的三棵古槐延伸、蔓延到了墙外。偶尔我也会闪现出一个念头，历史和现实几乎是并置在一起的，甚至有时候面对一个事物我们很难区分它到底是历史的还是现实的。而胡同附近就是大栅栏，在翻新的街道以及人流熙攘的商业街上我看到鲁迅当年喝茶、小酌、聊天的青砖小楼青云阁（蔡锷在此结识了小凤仙）。以暂住地为中心，我惊奇地发现在北京生活了十四年之久的鲁迅几乎就在当下和身边——菜市口附近的绍兴会馆、虎坊桥附近的东方饭店、西单教育街1号的教育部旧址、赵登禹路8号北京三十五中院内的周氏兄弟旧居……每天在中国作协上下班，我都会与一楼大厅的鲁迅的铜像擦肩而过。几十年之后，先生仍手指夹着香烟于烟雾中端详着我们以及当下这个时代。毫无疑问，每一个重要作家都会最终形成独一无二的精神肖像。

鲁迅是时代的守夜人，是黑夜中孤独的思想者，但鲁迅留下的远不止于此。他留下的是一本黑暗传："我有过生活吗？伤感的提问/像一缕烟，凝固在咖啡馆的午后。/外面是无风、和煦的春天，邻座/几个女人娇慵的语气像浮在水盆的樱桃，/她们最适合施蛰存的胃口了，/他那支颓唐的笔，热衷于挑开/半敞的胸衣，变成撩拨乳房的羽毛。//为什么这些人都过得比我快乐？/宁愿将整个国家变成租界，用来/抵消对海上游弋的舰队的恐惧；/宁愿捐出一笔钱，将殉难者/铸成一座雕像，远远地绕道而行。/文字是他们互赠的花园，据说/捎带了对我大病一场的同情。"（朱朱《伤感的提问——鲁迅，1935年》）

很多时候，无论是在夜晚的家里或者出行的寓旅，我往往会带上一本历史书、小说或社会学方面非虚构的书。究其缘由，也许是有些时刻我厌倦了诗歌，也许是其他的文学样式能够补充诗人的能力和眼界的不足。我想到当时阅读波兰作家奥尔加·托卡尔丘克的小说《白天的房子，夜晚的房子》时的感受，并不是因为作者获得了诺贝尔文学奖所以说这就是一部伟大的作品，而是说这部作品确实在一个时刻打动了我，"第一夜我做了个静止的梦。我梦见，我是纯粹的看，纯粹的视觉，既没有躯体也没有名字。我高高固定在谷地上方,戳在某个不明确的点上,从那里我看到了一切或者几乎是一切。我在看中活动,可我仍留在原地。这多半是我所看的世界在迁就我,听令于我,当我看它的时候,它一会儿离我近点儿,一会儿离我远点儿,这样我就能一下子看到一切,或者只看到它们那些最微小的细节""我在做梦,我觉得时间走得没有尽头。没有'以前',也没有'以后',我也不期待任何新鲜事物,因为我既不能得到它,也不能失去它。夜永远不会结束。什么事情也没有发生。甚至时间也不会改变我看到的东西。我看着,我既不会认识任何新的事物,也不会忘记我见到过的一切"。这种特殊的存在状态、精神视域以及极其不可解的怪异的时间氛围都让我感受到一种特殊的"诗性"——不是真实的但如此不可或缺。我想,任何作家以及诗人无论以什么方式来处理什么样的题材,他们永远面对的就是时间、命运和自我。

社会公共空间和个人生活所形成的现实景观给每一个时代的诗人都提供了常说常新的话题。那么,诗人该如何站在现实的面前或背后?一首诗歌的个体主体性、私人生活和广阔而深邃的时代现实之间是什么关系?

值得强调的是,即使是灾难、疫病等非常时期,诗人的社会能力和写作能力也并不是主次关系,而是平行关系,二者具有同等重要性。而曾经的教训则是整个社会文化界在强调诗歌的社会功能和诗人的及物性的同时不同程度地忽视了语言、技艺和修辞的同等重要性。

说不出的快乐浮现在它们那

> 人类的面孔上。这些似鸟
> 而不是鸟的生物,浑身漆黑
> 与黑暗结合,似永不开花的种子
>
> 似无望解脱的精灵
> 盲目,凶残,被意志引导

以上诗句出自西川当年的代表作《夕光中的蝙蝠》。

这只漆黑、怪异、丑陋、恐怖、盲目、凶残、不祥的"蝙蝠"再一次倒挂在人们面前。

西川诗中的"蝙蝠"让我想到了画家戈雅的《产生妖怪的理性之梦》。人类的诸多疾病往往与动物有关,"人类疾病源自动物这一问题是构成人类历史最广泛模式的潜在原因,也是构成今天人类健康的某些最重要问题的潜在原因"(贾雷德·戴蒙德《枪炮、病菌与钢铁》)。

总会有不祥和恐惧时刻的到来,而任何一个时代一个时期的诗人都必须接受诗学和社会学的双重挑战。

"现实"是一个动态的复杂结构,这无形之中会在诗人那里形成"影响的焦虑"。与此同时,它也会打开诗人的眼界进而拓展诗歌多样化的应对方式。无论是从个人日常生活境遇还是从时代整体性的公共视界而言,一个诗人都不可能做一个完全的旁观者和自言自语的梦呓者。当然,我们也必须正视这样一个事实,即诗歌并不是在所有的时刻都是有效的,我们需要的是有效写作以及能够穿越时间抵达未来读者的历史之作。但是,在特殊的时刻和节骨眼儿上,如果诗人不写作,那么他就根本谈不上什么担当和效力。尤其是严峻时刻和非常时期，会对诗人提出责任感和社会良知的要求。与此同时，诗人的社会承担必须是以真诚、诗性、语言和修辞的承担为首要前提，即所谓的"诗性正义"。反之，诗人很容易因为本末倒置、舍本逐末而沦为哈罗德·布鲁姆所批评的业余的社会政治家、半吊子的社会学家、不胜任的人类学家、平庸的哲学家以及武断的文化史家。

2

无论是日常时刻还是非常时期，"诗与真"一直在考验着每一个写作者，"无疑，在今天的具体历史语境中谈诗歌之'真'，肯定不是指本质主义、整体主义意义上的逻各斯'真理'，亦非反映论意义上的本事的'真实性'。而是指个人化历史想象力和生命体验之真切，以及强大的语言修辞能力所带来的深度的'可信感'"（陈超《诗与真新论·自序》）。质言之，诗人既是社会公民又是语言公民，前者不可或缺，后者同等重要，因为只有始终保持语言公民的标准和底线才能使得"诗歌首先是诗歌"，然后才是诗歌承载的其他功能。无论是个人元素，还是自然元素以及现实元素，它们最终都要转换为诗歌中的精神元素。这是对写作者精神视域和语言意识的双重验证，物之表象应该是与心象连缀在一起的，"物，即诗学。我们的灵魂是及物的，需要有一个物来做它的直接宾语。问题之关键在于一种最为庄严的关系——不是具有它，而是成为它。人们在物我之间是漫不经心的，而艺术家则直接逼近这种物态"（蓬热《物，即诗学》)。因此，诗歌是共时体结构的"语言山河""家国想象"以及"精神指证"。

艾略特曾经将诗歌的声音归为三类：诗人对自己说话或者不针对其他人的说话，诗人对听众说话，用假托的声音或借助戏剧性人物说话。显然，这些声音在任何一个时代都会同时出现，只不过是其中的一种声音会压过其他声音而成为主导性的声源。无论是个人之诗和日常生活之诗，还是回应整体性历史命题和时代要求的大诗甚至现代史诗，都必须在诗歌本体自律性内部进行和最终完成。

诗歌起码不是（不全是）道德栅栏的产物。米沃什在谈论波兰诗歌的现实题材时强调"它是个人和历史的独特融合发生的地方，这意味着使整个社群不胜负荷的众多事件，被一位诗人感知到，并使他以最个人的方式受触动。如此一来诗歌便不再是疏离的"（《废墟与诗歌》）。对于诗歌写作而言，现实必须内化于语言和诗性。从长远的整体性历史维度来看一个时代也只是一瞬，但这一瞬却与每个人乃至群体、阶层和民族发生着极其密切而复杂的关联，"诗人——同时代人——必须坚定地凝视自己的时代"（吉奥乔·阿甘本）。如果一个时代的诗人没有对显豁的时代命题以及现实巨变做出及时、有力和有效的精神呼应和美学发现，很难想象这个时代的诗歌是什么样的发展状态。从精神世界的维度和人类命运共同体来说，诗歌形成了一种穿越时间的传统。我们所期待的，正是能够穿越一个阶段、一个时期、一段历史的经受得起时间淬炼的精神传统和诗学传统。

诗人应该将日常生活和现实经验转换为诗歌中的个人时间、

容留经验和开放式的"精神现实",而非对热点事件、新闻话题和现实生活的表层仿写和新闻套写,"只有在意识到危险在威胁我们所爱的事物时,我们才会感到时间的向度,并且在我们所看见和碰触的一切事物中感到过去一代代人的存在"(米沃什《诗的见证》)。这不再只是个体时间,而是整体性的现实时间以及历史时间,由此个人经验上升为现实经验和历史经验。质言之,诗歌必须具有能廓清当下的精神能见度。写作者不能再单纯依赖生活经验,因为不仅生活经验有一天会枯竭,而且生活经验自身已经变得不再可靠。一代人有一代人的生活,但是有些方面,比如精神生活有时候会具有一种历史结构。这一结构不仅指向了过去时,也指向了当下甚至未来。尤其是日常化、生活化的诗人所付出的努力不只是语言观和诗学态度的,还必须以个体的生命意志完成对日常生活的命名,应该关注于"精神成人"与现实的及物性关联,倾心于对噬心命题的持续发现。

诗人不是镜像描摹式的观察者,也不能沦为事事表态的社会报告者。诗歌对应于深层的精神生活,诗人需要借助现实乃至幻象完成对深层经验和内在动因的剖析,这是个人前提的诗歌事件,是精神现象学的还原。诗人还必须对"现实"自身进行检视,因为"现实"并非不言自明之物。个体对生活的理解具有差异性,甚至在不同的时代语境下"现实"会有诸多的附加意义。也就是说,具体到当代"现实"的语境和整体意识、文化情势,诗人所面对的日常现实和修辞的语言中现实都具有难度。强调日常生活的重要性以及命运感,这种写作方式在更深的语言、精神甚至生活方式层面印证了哈罗德·布鲁姆所说的"文学作为生活方式"。这也是对诗人和生活真正意义上的维护。与此同时,在象征的层面日常生活又是一个奇异无比的场域,甚至与人之间存在着出乎意料的关系。而真实性和客观性如果建立于日常生活的话,日常生活本身的丰富性以及认识就变得愈益重要了。

任何时代的诗人完成的不只是个体写作,更是公民写作。也就是作为写作者来说,这不仅是现实正义和社会良知,而且是诗性正义、语言担当和修辞的求真意志,"诗人尊重语言的民主,并以他们声音的音高或他们题材的普通性来显示他们随时会支持那些怀疑诗歌拥有任何特殊地位的人,事实是,诗歌有其自身的现实,无论诗人在多大程度上屈服于社会、道德、政治和历史现实的矫正压力,最终都要忠实于艺术活动的要求和承诺"(谢默斯·希尼《舌头的管辖》)。这包括写作者的个人化的现实想象力和个人化的历史想象力——现实和历史是相通的,个人经验、即时性见闻和现实经验应该是能够打通历史记忆和时代内核。从来都不存在封闭的"纯诗",当然也不能以"现实主义"来规范所有的诗歌写作者。

我们还必须意识到诗歌只是一种特殊的"替代性现实"。即使只是谈论"现实",我们也最终会发现每个人谈论的"现实"并不相同。"现实"是多层次、多向度、多褶皱的,正如陈超所吁求的那样,"多褶皱的现实,吁求多褶皱的文本"。在日常经验泛滥的整体情势下,"现实"是最不可靠的。唯一有效的途径就是诗人在语言世界重建差异性和个人化的"现实感"和"精神事实"。

3

  2019年7月9日，远在深圳的谢湘南给我寄来他的新书《深圳时间：一个深圳诗人的成长轨迹》。作者简介再一次让我目睹了一个社会人和诗人的并不轻松的现实境遇："谢湘南，1974年出生于湖南乡村。插秧种菜、养猪养鱼养牛都曾涉猎。1993年抵达深圳打工并开始写诗，辗转于珠三角，往返于湖南、广东之间。在1993年至2003年间，先后做过工地小工、玩具厂装配工、五金电镀厂搬运工、纸厂装配工、电子厂机床工、图书馆保安、人事助理、女性用品推销员等十余种工作。"除了诗歌，该书的一些摄影作品我也很感兴趣，这种最为直观和真切的方式再现甚至还原了一个时代的生存场景——

  1996年，住在深圳铁皮工棚里的劳务工起床梳头……

  1996年，深圳女工上班前要在宿舍楼下放一只水桶。工厂管理员将其盛满，这便是她们一天的生活用水……

  1998年，几位劳务工挥舞铁锤正在拆迁房屋……

  2004年，墙体上喷涂了密密麻麻的办假证件的手机号码……

  时下很多的诗歌文本并没有提供给我们认识自我以及社会现实的能见度。尽管美国人彼得·海斯勒的《寻路中国》《江城》《奇石》等非虚构文本提供了认识中国的另外一个途径，但是作为一个"文化旁观者"，海斯勒还是缺乏更为真切和深入的审视。庚子年新冠疫情的全球暴发甚至超出了我们对庞大现实的想象极限。今天的诗歌越来越强化的正是"个体"和"碎片",即使涉及现实和社会话题也更多是充满了伦理化的怨气和不满或者是浮泛的虚空的赞颂,而能够具有总体性地对时代命题做出回应同时又兼具了美学难度和精神难度的诗作却是罕见的。与此相应的则是"日常经验"的泛滥,"个人""生活""经验""情感""欲望""趣味"被平庸化地反复咀嚼,尤其是一些知识化、纯诗化和不及物写作的倾向更是加重了此类诗歌的失衡。这印证了写作经验和现实经验双重匮乏的时代已然来临。下面这段话对于诗人理解和把握"现实"来说更具有启示意义——

> 这种不惜一切代价把灵魂展示出来的创作品格,在诗坛上渐渐成长为一种全新的"现实"。我们无须全方位处理和"理解"接受者可能的语境,我们首先需要打捞真实的自己。以生命本体内部的体验和感悟来把握生存世界,最终就会出现一个被理解的"现实"。在此,"少就是多"。
> ——陈超《现代诗:个体生命朝向生存的瞬间展开》

约翰·霍洛韦尔说"日常事件的动人性已走到小说家想象力的前面去了"(《非虚构小说的写作》,仲大军、周友皋译),而2013年出版的热度一时无两的余华的长篇小说《第七天》就用大量堆积的新闻化现实证实了作家的想象力已经低于新闻中的现实复杂性。

平心而论,余华备受诟病的小说《第七天》的开头部分还是具有强烈的现实荒诞感和超现实色彩的,只可惜这种叙事方式很快被各种社会新闻掩盖和冲淡了,"浓雾弥漫之时,我走出了出租屋,在空虚混沌的城市里孑孓而行。我要去的地方名叫殡仪馆,这是它现在的名字,它过去的名字叫火葬场。我得到一个通知,让我早晨九点之前赶到殡仪馆,我的火化时间预约在九点半"。短短的开头充满悬念,真实和虚幻、死亡与现实都白日梦似的扭结在一起。浓雾和大雪也呈现了城市化时代真正的精神底色。这个城市空间里的"游荡者"不禁让人想到当年波德莱尔的"恶之花"。

新闻化写作在小说和诗歌中大行其道。

在整体性认知结构缺失的情势下,诗歌的命名、发现和生成都变得艰难异常。经验变得如此同质而扁平,而只有建立于个体主体性基础上的想象力、超验和求真意志才能够弥补这种"现实经验"的先天不足。现实经验对个体来说显然具有差异性,甚至近年来"苦痛经验"已经成为媒体和报端高频震动的"大词",而从个体命运来说这种写作我们除了在美学上予以衡量之外还必然牵涉到文学社会学和道德关怀的因素。因为当你站在一个充满了苦痛经验的人的旁边,你必然会生发出一种特殊的感受,当然这不单单是同情,而且是感同身受。由此,我想到了第二届桂冠工人诗人奖颁给安徽"矿工诗人"老井的授奖词:"有着三十多年井下劳作经验的老井,是一个大地深处的体验者、地下事务的经办者,一个跟煤炭、矿车、巷道、硬镐、瓦斯、黑暗、亡灵等一切地下事物展开对话的人,一个连哲人海德格尔也不曾想到的,充满劳绩,却又诗性地栖居在大地之下的矿工诗人。多年来他的诗歌就是在神秘而危险的煤矿世界中不断向下深挖,致力于向我们揭示它那不可褫夺的丰富性。他深知这不仅是他写作的题材,也是其写作的意义、个性与根基所在。他的诗歌让地下一切沉默的事物有了悲悯、朴素的嗓音，让矿工的人生经验有了真正诗意的表达。"我对老井以及他的诗并不陌生，老井在与我微信聊天时谈到他日常经验中令人惊悸不已的部分："工作时间长，收入低，制度紧，压力大……下了几十年井，人都下傻了，下废了。"

当更多的诗人包括作家都热衷于非虚构性地抒写"现实"的时候，我不能不怀着相当矛盾的心理来看待日常现实以及文本中修辞化的现实。质言之，诗歌和现实之间在这些年发生了什么样的互动呢？

诗人似乎都对"非虚构"给予了厚望，抒写"现实"成为写作的驱动力。写作者们忙着怀旧、忙着批判不是坏事，但是却成了随口说出的家常便饭，甚至一部分作品带有过度地"消费苦难""消费现实""消费底层"的伦理化和功利化的取向。相反，我们缺乏的是波兰诗人亚当·扎加耶夫斯基的态度——"尝试赞美这残缺的世界。/想想六月漫长的白天，/还有野草莓、一滴滴红葡萄酒。/有条理地爬满流亡者/废弃的家园的荨麻。/你必须赞美这残缺的世界。"（《尝试赞美这残缺的世界》）

尝试赞美残缺的世界，需要更大的勇气！而从诗人与生活的隐喻层面来看，诗人就是那个黄昏和异乡的养蜂人，他尝到了花蜜的甜饴也要承担沉重黑暗的风箱以及时时被蜇伤的危险。我们可以确信诗人目睹了这个世界的缺口也目睹了内心不断扩大的阴影，慰藉与绝望同在，赞美与残缺并肩而行。这是一种肯定、应答，也是不断加重的疑问。这纷至沓来的关于"现实"的表述实则表征了更为自觉、内化和独立的态度。

4

诗人能够对平常无奇甚至琐碎的日常状态、物体细节、生活褶皱以及命运渊薮予以发现无疑更具有难度。

在诗人与现实的关系中最值得强调的是现实感。

对于真正具有现实感的诗人来说,他能够在对切近之物、遥远之物以及冥想之物和未知之物的观照中打开隐秘不察的幽暗细部和被遮蔽的那一部分,来自现实的象征和命运感比毫无凭依的语言炫技和精神冥想更为具体和可信。以赛亚·伯林所说的"现实感"如今也遭受到了巨大挑战,"人们有时候会逐渐讨厌起他们生活的时代,不加分辨地热爱和仰慕一段往昔的岁月。如果他们能够选择,简直可以肯定他们会希望自己生活在那时而不是现在——而且,下一步他们就会想办法往自己生活里引入来自那已被理想化了的过去的某些习惯和做法,并批评今不如昔,和过去相比退步了——这时,我们往往指责这些人是怀古的'逃避主义',患了浪漫的好古癖,缺乏现实态度;我们把他们的那些努力斥为妄图'倒转时钟''无视历史的力量',或'悍然不顾事实',最多不过是令人同情、幼稚和可怜,往坏里说则是'倒退'、'碍事'、无头脑地'狂热',而且,虽然最后注定会失败,还是会对当前和将来的进步造成无谓的阻碍"(《现实感》)。

在具有现实感的文本那里,我喜欢的正是这种颗粒般的阻塞以及毛茸茸的散发着热力的生命质感和个人化的现实想象力。这是暗影和光芒的并置,这是火焰也是灰烬。这是凝视静观的过程，也是当下和回溯交织的精神拉抻。这些从最日常的现实场景出发的诗携带的却是穿过针尖的精神膂力和持久的情感载力。而任何人所看到的现实和世界都是局部的、有限的甚至是主观的，而诗人正是由此境遇出发对陌生、不可见和隐秘之物进行观照的少数精敏群体。社会的戏剧都在诗人的指认中停顿、延时、放缓和放大。这种选取和指认的过程也并不是完全客观的，也必然加入了诗人的选择和主观性。诗歌是对现实的敞开与澄明，这需要生命和精神的透视。

诗人还必须对"现实"自身以及现实态度进行检视。质言之，具备现实感的诗人所付出的努力不只是语言观和诗学态度的，还必须以个体的生命意志完成对现实的命名。这种写作一直强调诗歌对当代经验的关注和处理能力，一直关注于"精神成人"与现实的及物性关联，一直倾心于对噬心命题的持续发现。而这样向度的诗歌写作就不能不具有巨大的难度，即精神的难度、修辞的难度、语言的难度以及个人化现实想象力的难度。

此时代新闻化、临屏化的现实景观已经对诗人及其写作提出了更大、更多的挑战，而就写作来说"现实"无疑是被"生产"或"修辞"出来的。正如约瑟夫·布罗茨基所说"并非每个诗人都能在一件艺术作品中赋予这些真实事物的存在以必不可少的真实感。诗人也有可能使这些真实事物变得不真实"。

由此，我们不得不谈论下现实的差异性。

现实不是一体化的，而是分叉的、分层的，具有明显的差异性。至于个体对现实场域的理解更是歧义丛生、莫衷一是。在一部分诗人那里他们更为关注的是公共化和新闻化的现实。

尤其是随着移动新媒体对日常生活和写作者感受世界的方式都带来了巨大的变化，现实更多是新闻化的、数字化的，当然也就不可避免地带有了选择性、主观性、事件性以及虚拟和修辞化的成分。加速度的时代每个人都骑着一个木马，自以为时时向前却是原地打转。人们一次次呼唤着"远方"和"诗意"，却更多的时候在室内戴着VR头盔在虚拟世界跋涉和探险。每当地铁、车站以及广场上看到那么多人（包括我自己）热恋似的捧着手机，两眼深情、目不转睛地盯着屏幕忙着刷屏、点赞而乐此不疲的时候，我想到的是多年前的一个手机广告。该广告引用了诗人惠特曼的诗句"人类历史的伟大戏剧仍在继续／而你可以奉献一段诗篇"。而我更为关注的是这款手机广告中删掉的惠特曼同一首诗中更重要和关键的诗句，"毫无信仰的人群川流不息／繁华的城市却充斥着愚昧"。

茫茫人海和城市滚沸的车流中，人们真的那么需要诗歌吗？诗歌仍然是小众和边缘的，可为什么有人仍杞人忧天？楼盘广告已经使"面朝大海，春暖花开"变得如此滥俗，利益驱动和物欲渴求则一次次给人们打满了鸡血。当移动自媒体与我们的日常现实时时发生交互，诗人群体显然是受益者，诗歌的微信平台为写作者和读者提供了时时互动的空间，但是我们也不能不注意到在微信空间诗人们在干什么呢。看到他们出行路上拍的风景照、房间里的自拍照，看到他们对生活的不满和牢骚，看到他们虚假地在大自然中浮夸地感叹，而庞大无形的"现实"已经被极度窄化了，还有很多日常、莫名或难解的"现实"处于诗人的视野之外。诗歌应该能够提高我们的精神能见度，但是很多诗人并不具备这一能力。

现实与经由媒介和文学所构成的虚拟的超现实及仿真世界已经真实不虚地同我们每一个人发生关系，甚至拟像已经成为不可撼动且影响日甚的文化资本和图腾式的崇拜，看看每个人时刻盯着的手机屏幕就说明一切了。当新闻化和媒体化的现实进入诗歌中的时候，诗人的视野和诗歌的开放程度尤其是对现实的介入变得愈益明显，诗歌对公众生活的参与也是显而易见的。但是，我们必须强调的，也是很多诗人都忽视的一个现实是文本，即经由文本所呈现和累积的时代现实和真相之间是什么样的关系？日常现实和想象的、修辞化的现实之间的差别在哪里？如果这些问题得不到解决，那么诗歌只能成为新闻甚至不如新闻的拟真实的等而下之的产物。在眼球经济、媒体文化以及一定程度上的媒体精神与政治文化之间博弈的公共空间，我们看到的事实就是诗歌写作远远滞后于现实场域，尽管我们每天都能够制造出众多看起来与现实接近的很像现实的"拟象"类的作品，尤其是影视平台和所谓的非虚构性的新闻传媒充当了"拟象"功能的重要手段。我将这种平面、浮泛甚至虚构的"现实"题材的写作称为"仿真性写作"。在一种新闻化炸裂的现实生活面前，我们该如何发现"现实"已经变得愈益艰难？现实也已成为数字化时代程序化的一部分。

必须注意，新闻化的现实规约了个体的体验面积和接受方式，这也最终导致了一个经验贫乏的写作时代。这种经验贫乏不仅指向了个体的现实经验，而且指涉写作的历史累积成的"修辞经验"。各种来路的声色显示了世界如此的不同以及个体体验的差异性，经验是分层且差异巨大的，但是问题恰恰是这种体验的差异性、日常经验以及写作经验在当下时代已经变得

激进与迟缓

空前贫乏。这一时代的诗人更愿意充当一个观光客,充当闹哄哄的自拍和"采风团"的一员。而在此境遇下还能安心写诗且有所得有所为者,必定是具备了特殊"视力""听觉"和感受力的精敏之人。

5

"此刻世界上多少阁楼和非阁楼里",这句诗出自佩索阿。而很多时候我们忽视了一个写作者的精神现实、内在现实,"今天我很迷惑,像一个好奇了、发现了、忘记了的人。/今天我被两种忠实撕扯,/一个是对街对面烟草店的外在现实,/一个是对万物皆梦的我的感觉的内在现实"(《烟草店》)。佩索阿是在他的时代不为人知的诗人,现实中极其孤独、局促、不安,而在写作中则成了一个无所不能、特立独行的语言超人。我这样说想强调的是我们在各种报刊以及电子阅读平台上读到的许多诗人,其中不乏在这个时代已经成名的诗人,并不能令我们满意,但是我们也必须相信一种可能,仍有很多安静的独立的真正诗人存在,只是我们还没有与其在现实和文字中相遇、相识、相知。

是的,在庞大而细微、熟悉而陌生的现实场域面前我们需要的是深切而隐忍的具备敏锐洞察力和幽微感受力的写作者,需要的是真诚而近乎执拗的、抗辩的当代经验和精神气质突出的写作者。而真实性和客观性如果建立于日常现实的话,日常现实本身的丰富性以及认识就变得愈益重要了。有时候诗人的现实会融入一定的超验和想象,这样的诗歌就能够超越个人经验而带有历史经验。

在西方一些汉学家看来，中国的很多诗人和作家都在争先恐后地写作"现实"，这一印象可能并不一定准确，但是也在一定程度上印证了"现实"和"书写"同时都在更新的事实以及困境。诗人急迫地想通过诗歌对现实表态，表达自己对现实的理解，表达自己对现实的诸多疑虑甚至不满。诗人在涉及正在发生的"当下"的时候并不是游刃有余的，相反我看到的倒是力不从心甚至有些捉襟见肘般的窘迫。尽管诗歌文本中不断出现我们熟悉的各种"现实"，但是显得如此平面、肤浅、苍白、单调、粗疏，而"精神现实"和修辞化的现实却极为缺乏。诗人们太希望和太急于处理"现实"了，面对现实情势一部分诗人成了赞颂者，另一部分诗人则成了怀疑论者或犬儒分子。更多的时候我们已经不再关注文本自身，而恰恰是文本之外的身份、阶层、现实经验和大众的阅读驱动机制以及消费驱动、鼠标伦理、眼球经济、粉丝崇拜、搜奇猎怪、新闻效应、舆论法则、处世哲学、伦理道德、"发表伦理"等在时时发挥效力。

当下写作现实的作品不是太少而是太多了，且多到令人瞠目结舌的程度。诗人们也同样倾心于现实，倾向于新闻化的焦点社会事件，而最关键的是他们的写作因为缺乏耐心和想象力不幸地成了对生活和现实低劣、表层和庸俗化的仿写。现实经验和文学经验一样地贫乏。

悖论在于，一个全面超越作家想象力的新媒体和寓言化时代，任何企图密切接近和阐释现实的写作者都必然要遭遇这种真正的现实力量的巨大挑战。更多的时候诗人充任了像布罗姆所批评的业余的社会政治家、半吊子社会学家、不胜任的人类学家、平庸的哲学家以及武断的文化史家的角色。诗人既是"现实公民"——必然会注视现实的苦难,同时也是"时间公民"和"语言公民"——不能只是抒写现实境遇。很多诗人已经成为"日常诗人"和只对"可见之物"发声的表层诗人,但是诗人除了对日常、真实和现实发出自己的诗歌声音之外也同时应该对更为内隐、高邈、神秘、未知的"不可见之物"保持持续的倾听姿态。即使是处理"现实",真正重要的在于诗人的现实感受以及个人化的现实想象力。我在这里所提出的"现实感""个人化的现实想象力"与一般意义上的"现实""现实主义"是有着差异的。"现实感"和"个人化的现实想象力"来自一种共时性的诗人对生存、命运、时间、社会以及历史的综合性的观照和抒写,这种观照方式除了与时代和现实景深具有深度关联之外,也同时延展到过往的历史烟云甚至普世经验的深处。

> 一根烟囱将喃喃自语
> 排往天空。
> 而北边一块废地,突然长满欢快的芹菜——
> 哦,这每天坚持聆听死亡的绿
> 这肥沃烟尘养育之物
> "雨后,油绿可爱……"
> 我们紧张对视,提防着背后的
> 反戈一击。
> 静默啊,静默。它们持续屏住
> 呼吸,鼓励

采摘的眼睛和手。
……葬仪结束，小餐馆，它们
如愿拥抱了火：
感谢逝者，我们和春天共同品尝到他
甘脆的勤劳。

——杨章池《春天火葬场》

"现实感"和"个人化的现实想象力"既与当下和现实有关又具有打通时间和历史的能力，既有介入和及物性又有适度的疏离、"有效缝隙"和超拔意志。

就诗歌写作现实而言，经验贬值的时代到来了。

这既涉及现实经验又关乎写作经验。比如，雷平阳一直在写作"现实"，但他最终呈现出来的文本化现实又与我们熟知的现实不同。是的，雷平阳是这个时代最擅长写作寓言笔记体的诗人——"一直作为枕边书的只有《聊斋志异》和《阅微草堂笔记》"。这是诗人的"现实"，一种语言化的、精神化的、想象性的"真实空间"，"我在自己虚构的王国中生活和写作，大量的现实事件于我而言近似于虚构，是文字的骨灰在天空里纷纷扬扬。采用真实的地名，乃是基于我对'真实'持有无限想象的嗜好"（雷平阳《乌蒙山记·自序》）。雷平阳为现实制造了一个又一个寓言，它们迷离惝恍又真切刻骨。这种"拟场景""寓言化"的文本效果显然要比那些过于胶着于"现实"的写作更具有精神深度、超拔意识以及适度的疏离感，而这种疏离感恰恰又是建立于主体对现实和生活的精神介入基础之上的。

激进与迟缓

6

就写作现实和具备现实感、个人化现实想象力的诗人来说,诗歌的"个人功能"、"社会功能"和"内在功能"尤其是"语言功能"应该是同时抵达的,"诗人作为诗人对本民族只负有间接义务;而对语言则负有直接义务,首先是维护,其次是扩展和改进。在表现别人的感受的同时,他也改变了这种感受,因为他使得人们对它的意识程度提高了"(艾略特《诗的社会功能》)。这最终呈现出来的是语言和精神的双重可能性。关于现实的诗既是揭示和发现的过程,也是坦陈和撕裂的过程,"死亡和胎记以不同的速度在大家的体内生长"(特朗斯特罗姆《黑色的山》)。这既关乎一个人的精神深度又关涉其现实态度和诗歌观念,尤其是一个人对现实和诗歌的理解方式和切入角度的不同。

在一定程度上诗人就是"小题大做"的人。"小"和"大"涉及现实与想象、经验与超验的平衡和转化。在读到美国诗人约翰·海恩斯(John Haines)的《洒掉的牛奶》(史春波译)时,我的这个观感再次得到了印证。

  每当我看见牛奶洒在桌上,
  又一只玻璃杯打翻,
  我会想起那些徒劳的奶牛。

  多少吨草料被用尽,

多少奶牛的乳房被注满再挤空,
森林一片接一片
砍光了制成纸箱,
成千上万支蜡烛在消融……

一大张洒满牛奶的桌布
铺在全世界的餐桌上,
有个孩子站着
手中拿一块浸透的海绵
说他不是故意的。

诗人和现实之间的关系不是固化的,而是随时处于变动和调校之中,所以一个写作者以及个人经验与环境、现实之间处于相互刺激、拉伸、消长以及调整的过程。

十年前某个深夜,我在镇雄县安尔村一间 D 级危房里,吃着泡面听着汪峰,在青春的血涌和强烈节奏感的催动下,一气呵成写就《晚安,镇雄》,我只想表达个人经验,但诗歌无意外露的锋芒对当时的镇雄社会图景、生活风貌甚至是人们的精神现状都做出了强烈批判。后来此诗的影响超出诗歌圈,被无数镇雄人转到百度贴吧或 QQ 空间里并创下了令人吃惊的传阅度。我想,那么多镇雄人喜欢这首诗歌,可能是因为它的批判气质正好宣泄了人们内心深处蓄积已久的愤懑与不满。如今十年过去了,镇雄发生了翻天覆地的变化,无论是经济、城市建设、交通卫生,还是人们的精神品质都得到了史无前例的改善，以至于我后来调离镇雄时竟然心生悔意，并心甘情愿为她写下这组《镇雄诗篇》，这或许不是我最好的诗歌，但我希望她能给镇雄五彩斑斓的世界，再添一抹绿色。感谢这些年为镇雄的发展做出贡献的每一个人！

——王单单

奥克塔维奥·帕斯说过"我们都是时间"，约瑟夫·布罗茨基则强调"诗歌是对人类记忆的表达"，而这一"时间"和"记忆"既指向了个体生命和存在境遇又关乎整体视域下现实、时代以及历史。而需要指明的是，在诗歌的美学向度已经极其个人、多元甚至分化的今天，我们所缺乏的正是总体性的时代之诗以及既来自时代又超越时代而面向了未来读者的"终极之诗"。今天的诗歌越来越强化的正是"个体"和"碎片"，与此相应的则是"日常经验"的泛滥，而这与正在发生巨变的几百年未曾有的新时代极不相称。

"时代"与"诗人"之间的相互砥砺和彼此命名正揭示了诗歌发展的时代诉求和内在命题。每一个时代的最初发生都急需新的创造者、发现者、凝视者和反思者的出现，诗人正是具有综合的视野来整合时代命题和人类境遇的特殊人群。诗人是"时代触角上最敏锐的细胞"（张学梦），诗人往往在第一时刻感受到幽微而复杂的社会深层变化并进而开掘一代人的灵魂悸动和精神轨迹。我们衡量一首诗歌显然是要置放在诗学和社会学的双重视野中，也就是说一首代表性的文本应该既具有美学的有效性又具有社会学的重要性。诗人的责任就是去除诗学和社会学的双重惯性,任何已经失效的"过去时"的心态和诗学观念必须予以时时的更新,反之最容易被时代抛弃的正是那些写分行文字的人。除了个人经验的此刻之诗,还应该具有既来自个人和现实又最终能够超越时代的历史之诗和未来之诗,诗歌的读者既是此时代的又应该是面向了未来时间的。诗歌与现实是一种空前复杂的咬合式的互动结构(诗学语言和现实效忠之间的博弈),而非简单的平衡器。

诗人与现实话语、公共空间和当代经验并不是割裂的,优秀的诗人能够将个人视域和现实纹理以及历史褶皱彼此打开、相互激活。诗人沉浸于个人经验和私人生活并不能作为回避现实问题和整体历史情势的借口,因此诗歌中的"公共空间"以及涉及的"现实生活""当代经验"是需要重新厘清和认识的。具体到写作实践,面对公共空间和当代经验,诗歌既可以是"当下"的回音壁和拳击式的对冲,也可以是面向存在和未来之物的"遥指"。从诗歌的功能来说,诗人予以见证也具有必要性,比如米沃什所说的"诗歌是一份擦去原文后重写的羊皮纸文献,如果适当破译,将提供有关其时代的证词",但是那些暂时逸出、疏离了"现实"的诗歌并非不具有重要性。最关键的是诗歌表达的有效性。诗人在现实面前的"转身""沉默"也是一种"介入"的态度。

7

时位移人,诗随世变,诗歌应该成为最纯粹最自由的"动词"用来应和时间轴的转动,在每一次时光流转和时代更迭中新鲜的诗意也相应而生。众所周知，每一时代的"诗意""诗性"以及"诗风"是有一定区别的，比如古典的农耕文化和乡土文明就与当下城市化、速度化、媒介化的现代性景观的"诗意"迥然不同。我们尤其要注意到在现代性的进程之中，复杂的崭新的时代经验都应该是诗歌以及文学中"诗意"的重要构成部分。中国工人出版社推出的"工业诗丛"让我们再次聚焦诗歌与时代的交互，围绕"工业诗歌"或"工业叙事"展开相关讨论。

任何一种"主题写作"都要尽量避免社会学的知识套用以及伦理化和道德化的发声优势，诗歌写作没有任何终南捷径可言，蹭热度的跟风式写作最容易被时代与人民抛弃。我们最终衡量作品和作家的标准永远都是历史性和美学性的融合，二者缺一不可。对于诗歌创作而言，"诗""诗性""语言"是第一位的，这也正是我近年来一直强调的"诗性正义"之所在。

显然，与新时代、新科技、新产业、新行业、新材料、新能源等密切关联的主题创作正在成为新的生长点。纳入中国工人出版社"工业诗丛"的有杨克的《每一粒光子的轨迹》、凸凹的《怀揣手艺的人》、桑子的《向天空拉满弓》以及王二冬的《该怎样将一个快件递给你》。他们通过各自差异性的视角、观照区域以及抒写方式为我们展现了新时代背景下"工业诗歌"的新景观以及新鲜的诗学和社会学话题。这些诗歌为我们认知科技新变、行业动态、工人群体精神样态以及新工业的机制、生态、场域提供了多样化的切口和路径，一定程度上也为我们提供了具有新质的现实经验和诗歌经验。

工业转型是时代转型的一部分，而时代转型也必然影响到行业从业者的世界观、人生观、价值观，必然影响到每一个创作者的心态以及日常生活的方方面面。从传统工业到新工业以及后工业，越来越多的新的时代经验迎面来到诗人面前。那么，诗人该如何有效地通过诗歌的形式来回应、处理、转化和提升时代经验进而传达出新鲜的文学经验？这是每一个诗人必须面对的现实难题和诗学命题。时代巨变使得工业以及相应的话语场都发生了动态变化，而具有时代感、现实感和求真意志的诗人有责任来面对和发现新工业与时代以及每个人的内在关系和深层心理机制。

杨克是20世纪50年代出生的诗人中最早关注城市以及工业的诗人，甚至早在1985年他就对厂房、工地、水电站大坝、截流、搬迁、操作架以及工人的命运予以了"提前量"式的深度观照。这与其生活、工作在经济发达的广东显然有直接关联，当然更重要的在于一个诗人超常的敏感程度和发现生活的意志。时代更迭，江山新变，在杨克这里古典化的诗意"唯见长江天际流"已经在不期然间转化为由华强北、高铁、大国重器、跨海大桥、悬索桥、自动化码头、机械臂、无人机、云时代、人工智能、大数据、人机交互、虚拟现实、卫星星链、纳米、芯片、光子、质子、量子纠缠、基因胚胎、暗物质等构成的前所未有的新工业化的图景和现代性的诗性内核。显然，诗人为我们打开了一道崭新而奇异的时空之门，未来已经成为诗人关注的时间轴。

引力波链接百亿光年星系
我与宇宙里无数个遥远的我

激进与迟缓

>人机交流，而月亮的真相
>想象力在唐朝就提前抵达
>
>恍惚中，我们从十维空间
>再度重临曾经的世界
>戴上多D炫彩眼镜
>我看见暗物质，周围如此精彩
>
>　　　　——杨克《在华强北遇见未来》

在这些关注时代、工业以及科技新鲜图景的诗作中，杨克既是一个好奇者、凝视者、介入者，又是具有反思精神和人文情怀的深沉歌者。这印证了无论面向传统、历史、现实还是新变以及未来，诗人为我们提供的应该是具有共情空间的想象共同体，而非浅层的外在描摹、镜像反射以及新鲜时代词语的搬运。

杨克诗集中有一首诗——《大国工匠》，凸凹的整本诗集《怀揣手艺的人》都是对这一题材的叠合抒写。凸凹将六十位中国工匠以诗化和整体化的方式呈现出来，他们的群像也构成了极为生动的历史景深以及时代表情。值得注意的是凸凹是从历史与现实的双重维度来深入对话这些中国工匠的，无论是在时间跨度还是行业广度上都对诗人提出了非常高的要求，如果没有广博的知识、相关领域的研读以及相应的感受和想象是无法有效完成这一写作任务的。应该说，凸凹在侧重工匠精神的前提下呈现了各行业领军人才的杰出禀赋，"工匠之为工匠，是他比常人多一只眼，多一双手"（凸凹《从工匠到工匠——"三只眼,三只手"》)。与此相应,每一首诗正文之前的与抒写对象相关的材料介绍起到了"传记"式的历史效果。因为这些诗都是以人物(劳动者、劳模、工匠)为抒写中心,所以诗歌体现出个人化的历史想象力和求真意志,诗歌的历史感、命运感以及人物的可信度也因此得以大大提升。据统计,全国7.7亿就业人员中技术工人占1.65亿,其中高技能人才有4700多万。从制造大国到制造强国、从"中国制造"到"中国智造",这对行业人员尤其是技术人员提出了更高的要求。在凸凹的诗集中,从水利工程、杂交水稻、农艺、评茶、錾刻、酿酒勾兑、敦煌壁画修复、古籍修复、家具修复、烟机修理、钢琴音板、钳工到医师、内镜微创治疗、慢走丝、地质钻探、石油钻探、铁路隧道建筑爆破、桥梁轨道、压电陶瓷、石墨坩埚、核燃料修复、焊轨、数控铣床、无线电装接、集成电路装调、光纤光缆、电网检修、现代火箭、航天科技、航天焊接、航空车削,其繁复以及陌生程度简直如同万花筒令人目眩。

这把刀
可以拿最硬的家伙开刀
可以让万物飞旋如太阳神鸟

这把刀
可以挟持极寒
压抑酷热

可以把一个薄字

激进与迟缓

  无限切下去
  让它

  薄得
  可以透过大气层最熹微的光
  照亮最阴暗的物事
  ——凸凹《刀的道行——致航空车削高级技师王浩》

  凸凹这些带有惊异阅读效果的诗正是得力于谱系性诗歌所携带的精神载力、行业魅力、工匠技艺，得力于这些超凡工匠所激活的诗歌世界当中崭新的时代经验以及语言经验。《论语·述而》曰："志于道，据于德，依于仁，游于艺。"凸凹将工匠们的技与艺提升到了"道"的高度，"术到极致，几近于道"，即所谓的"技道合一"。这些工匠的技艺不只合乎道，而且这些技艺是有灵魂刻度的，是有生命体温的。值得强调的是凸凹的这些主题诗作也在一定程度上体现了工匠精神，这些诗的时间跨度长达三十五年（1987—2022），而诗人在情感、经验、修辞、语言、技艺以及想象力等方面也突出了精益求精的品质。更为重要的是凸凹对工匠精神有着非同一般的情感认同。在他的家族中，祖父、父亲以及两位伯父都是技术工业人员，而凸凹本人在中专技校和大专学的都是机械制造专业，还曾在三线航天基地工厂当过多年的刀量具设计员、工厂规划员。由此，凸凹就具有了双重身份，既是一位行业工匠又是一位语言工匠，这本诗集正是名副其实的"工匠"向"工匠"的致敬之作。

  杨克的《矮寨悬索桥》《基建狂魔借黑科技上天入海》《跨

海大桥，或献给港珠澳》是面向基建的，桑子的诗集《向天空拉满弓》则是集中抒写历史与现实贯通当中的中国桥梁文化。比较有意思的是桑子的《矮寨特大悬索桥》可以与杨克的《矮寨悬索桥》对比阅读，看看同题材诗歌之间的差异和特性。

无论是大时代还是小时代，都有诗人在抒写那一时代的史诗进而成为"诗史"的化身，伟大的桥梁文化同样需要伟大的诗篇，桥梁也成为现实和诗歌的双重载体。迄今为止，国内还没有以中国桥梁为承载体的工业主题诗歌集，桑子的诗集则填补了这一空白。中国桥梁文化源远流长，尤其是新时代以来中国的道路建设、桥梁建设展现出前所未有的活力和膂力。一座座形态各异、技术高超、难度翻新的桥梁跨越高山、峡谷和大江大河，它们通向世界也通向历史和人心。因为工作的原因，桑子几乎天天与桥梁和道路打交道，她对桥梁建设怀着非同一般的情感。正如她所言："作为一名公路桥梁的建设者，我有幸看到了一条条道路以及一座座桥梁的建设过程，一座座桥梁诞生的过程也正是新科技、新工业的历史显影的过程。我有幸一次次去过那些工地，也得以更深层次地去面对、观察、感受和言说这些桥梁的世界。在这种真切的个人化视角的田野考察中我一次次置身于这些钢铁构件和水泥混凝土以及高科技材料当中，我尽力地让自己匍匐得更低，从而更为真切地去记录那些很有可能迅速消失在历史长河中的景象，倾听那些宏大或幽微的声音。"（《我要努力写出的是桥梁"史诗"》）桑子的桥梁叙事不仅关注历史与时代的互动，而且强调个人与历史、传统、现实的深度全息对话。她更为侧重内在的精神剧变和心理渊薮，以隐性而又丰富的充满张力的情感故事、人物形象、历史维度、时代视角来构架，显性和隐性构成双层叙事结构。桑子的中国桥梁叙事印证了特里·伊格尔顿所言的文学创作首先是个体的精神事件，围绕着桥梁这一精神场域，诗人生发出历史的声音、时代的声音、桥梁建设者的声音。与此同时，这也是宏大时间背后那些更为细小也更为动人心魄的自我的声音、生命的声音以及自然万有的声音，"仿佛是所有人的命运／我们向北向南／不断与过去和未来的自己重逢"（《伶仃山外伶仃洋——伶仃洋大桥叙事》）。桑子的诗歌话语方式与一般意义上的"女性诗歌"有很大差异，她总是能够在略显宏大的题材和抒写（比如战争、文化、工业建设）中彰显出充满智性和想象力的奇崛空间，她处理、转化和内化历史的能力尤其令人称道。对于桥梁文化，桑子感同身受。这不仅因为她自身行业工作的原因，而且在于她的故乡绍兴本身就是一座桥乡——八字桥被认为是中国的第一座立交桥，所以她的桥梁叙事中出现了诸多与绍兴、浙江有关的桥梁文化元素。工作与故乡文化融合，这就使得桑子与桥梁之间形成了近乎灵魂和命运般的内在呼应和深度交谈。她所抒写的桥梁无论是历史层面的还是现实和技艺层面的，都携带了生命内核以及时代的全息影像，这些桥梁也成为大地、高山和大河之间的血脉或信使，成为打通历史、世界、现实以及未来的精神共同体，"每天向天空拉满弓／万矢齐飞／从我们广阔的国度／从无数个世纪出发"（《暴雨中的工地宿舍》）。

杨克的《接单何须问峰横》是献给京东五台山营业部的两位快递小哥孙磊磊和刘伟的，王二冬的诗集《该怎样将一个快件递给你》则聚焦整个快递行业，甚至这几年王二冬已经被贴上了"快递诗人"的标签。

实际上，每一个从业者都是时代叙事的主角，正如王二冬在诗集的序诗中所强调的"你正参与着这些诗篇的创作／它们源于火热的生活"（《致读者》）。王二冬的"快递"诗篇印证了诗意与行业的深刻呼应关系，诗集的四个小辑"收""转""运""派"与现实当中的快递业务流程直接对应，这是名副其实的"现实诗意"。而作为附录部分的《诗解常用快递术语》则以"关键词"和"词典"以及"四行诗"的形式打开了快递行业及其业务流程的多层次空间，包装填充物、电子运单、分拣、封装、即时快递、快件、冷链快递、逆向快递、取件码、手持终端、无接触快递、循环包装箱、异形件、验视、智能取件箱等这些日常生活中人们熟悉或陌生的环节都被赋予了时代性、行业性以及人性和诗性的多重元素。值得强调的是王二冬的这些"快递"诗歌并不拘泥于快递行业，而是以此为中心生成了整体化的生存认知以及价值观、世界观层面的综合性场域。与此相关的时间、空间、人物、事件、场景和生存样态都具有了现实性、生命感和切片式的寓言化特征。这是由点到面，从宏观、中观到微观，从城市到乡村，从行业到个体，从体系到细节的综合化的理解方式、观照方式、想象方式以及抒写方式。"快递员"在王二冬这里既是具象的可感的个体又是群体的象征化的精神肖像。这印证了诗学最终是"人学"，诗歌最终要落实在真实不虚的生命体上，而王二冬打动读者的这些诗作也正得力于此，比如《中国快递员》这首诗。

    这是用快件堆起的山
    他们独自上山、下山

激进与迟缓

  又在深夜把最后一块石头
  刨掉，沉睡中
  他们绷紧的身体
  才会跌落进溪谷

  快递比拼的是速度和时间，正如王二冬所言"快递的形状就是时间的形状"，而诗人的责任恰恰在于要将这些日常化的流程化的速度景观慢下来并将之定格、放大甚至变形、整合，以便让我们正视那些被忽视的行业内部机制、运行轨迹以及快递从业者的生存细节和命运纹理。
  由这些面对时代、科技、行业新变的诗，由这些围绕"工业"展开的差异性叙事，我们也感受到时刻新变当中的时代经验以及诗歌经验和写作经验的更新，只有如此，世界和自我才能保持最初的原创性的一面——

  光游移不定
  像钟摆于人世
  我们兴奋于我们未知之事
  大跨悬索桥主缆
  缠丝火焰钎接焊
  每一束光都致命
  这是最高的虚构
  如苍茫笼罩无从辨识
        ——桑子《电弧之光》

是的，时代和世界既是庞大无形的又是具体而微的，对于已知和未知，诗人都应该报以"最高的虚构"，这就是所谓的"诗性正义"的获得与胜利。

8

当人们一再热议诗歌的社会性、及物性、诗人的责任和现实功能时，一定程度上却忽略了诗歌自身隐秘的构造和自然万有以及精神主体的持续而幽微的震动。

现实必须内化于语言和诗性。无论是从个人生活还是从时代整体性的公共现实而言，一个诗人都不可能做一个完全的旁观者和自言自语者。尽管"目击道存"非常适合评价当下诗人的写作姿态，唯现实马首是瞻的写作者更不在少数，但是真正将目击现场和时代景观内化于写作的诗人有多少呢？而如何将日常生活中的偶然性现场上升为精神事件，则是作家的道义。

近些年来最重要的诗歌关键词就是社会学批评层面的"介入"，甚至倡导介入和及物已经成为可供操作的方向性。20世纪60年代萨特所强调的"现在比任何时候都更需要介入"在当下时代又有了强力回响，尽管萨特从语言的特性角度认为诗歌不适合介入。无论是写作还是阅读以及评价都不能完全避免社会学和伦理化倾向对诗人在场和社会责任的要求，对诗歌素材、主题的意识形态化的框定，以及诗歌以为更多人读懂为要义的观点。以上要求有其适用范围和必要性，但是在诗学与社会学的波动和摇摆中，往往是强化了后者而忽视贬抑了前者。由此需要强调诗人处理的公共生活和焦点化现实的前提只能是语言、修辞、技艺和想象力。语言需要刷新，诗歌中的现实也需要刷新。介入、反映或者呈现、表现，都必然涉及主体和相关事物的关系。无论诗人是从阅读、经验和现实出发，还是从冥想、超验和玄学的神秘叩问出发，建立于语言和修辞基础上的精神生活的真实性以及层次性才是可供信赖的。当下的很多诗人在涉及现实和当代经验时立刻变得兴奋莫名，但大体忽略了其潜在的危险。

无论是个人现实还是公共生活，都大抵是在一个个空间——地方或区域之间展开。自然风景和时代景观如何与诗人的眼睛和词语发生关联呢？时代景观最终具体落实到城市、乡村、郊区、城乡接合部、工厂、建筑等公共空间和私人空间。建筑和公共空间尤其能够体现时代的伦理和社会实践，即使是那些自然景物。这形成了一个时代特有的景观和"当代经验"风景学。甚至在特殊的年代公共空间会成为社会与政治的见证，时代通过特殊的空间构成动态或稳定的"景观"。而时代景观以及牵动人们视线和取景角度的动因、机制甚至权力正是需要诗人来发现——当然也包括摄影家、建筑师以及田野考察者和地理勘测者。时代景观（无论是人为景观还是自然风景）显然已经成为一个时代的诗人们想象的共同体，尽管个体性格和诗歌风格的差异是明显的。时代景观往往是光明与阴影交叠、圣洁与龃龉并存的复杂球体，即使是在很多圣地、圣城也并非存在着完备意义上的"神圣风景"。当时代景观和当代经验被写进诗歌中的时候，本应该也是多层次和多向度的，比如中心空间、内空间、外空间等。而在同一个空间，不同物体和事物的关系更为复杂，即使是一个物体也同时具有了亮面、阴影和过渡带，同时具备了冷暖色调。而多层次和差异性的空间正对应于同样具有差异性的观察者、描绘者以及相应的抒写类型。

我想到雨果的诗句："我们从来只见事物的一面，/另一面是沉浸在可怕的神秘的黑夜里。/人类受到的是果而不知道什么是因，/所见的一切是短促、徒劳与疾逝。"正是从这种直指"地方""空间""景观"的视域出发，一些诗人某种程度上打开了"现实"的多层空间，而一种话语的有效性显然关涉"说什么"和"怎么说"。诗人与现实乃至时代的关系最终只能落实为语言，因为合法性是诗学意义上的，"现实"需要在诗歌文本中第二次降临。这是外在现实内化为"现实感"的过程，而非惯性的社会学伦理学的阅读和指认。即使是同一个生存空间，不同经历的人呈现出来的感受甚至所看见的事物也是不同的。这是诗人的"现实"，一种语言化的、精神化的、想象性的"真实空间"。现实中的挫败与语言的胜利并不是对等的。而无论是赞美还是批判，你都有权利进行完全一意孤行的表达和讲述，但是真正的文学显然比这要求更高。与此相应，不容忽视的一个写作事实是当下有很多诗人所处理和呈现的时代景观却过于表层化、现实化和趋同化了。

诗人的责任不仅在于抒写当下时代之物和日常可见之物，更重要的也是更难做到的，是把已经消逝的和有限易逝性转换成历史性和永恒性。也就是说，诗人更应该具有把可见的现实领域转入不可见的时间领域，在不可见领域中去认识现实的最高秩序的能力。诗人通过现实景观中的视觉引导物来投射出内心情感的潮汐、时代的晴雨表以及身份认同或者身份焦虑。这让人们思考的是现实中的焦虑、分裂、挫败感、道德丧乱、精神离乱和丰富的痛苦与写作之间的内在性关系以及这些精神性的体验是否在文本世界中得以最为充分和完备的体现。社会转捩以及写作语境的变动，改变了语言与世界、诗人与社会的关系。从写作者来说，词与物的关联发生了倒置，所以写作的无力感、虚弱、尴尬和分裂成为普遍现象。这种词语无力感或语言的危机如何能够被拯救，就成了显豁的写作难题。诗歌既是幽微的心灵世界的复杂呈现，也是时代和社会主潮的揭示。

诗人对现实尤其是社会焦点问题和公共事件的关注，从未像今天这样强烈而直接。这一定程度上与媒体开放度有关，每天揭开的是新奇和不可思议的生活现场，如对生存问题的揭示、对生态环境的忧虑、对民生问题的反思。诗歌中的"生态写作"正在深化，尤其是涌现的大量"雾霾诗"都体现了诗人"介入现实"的努力。实际上这是"生活""现实"必然在诗中的显影和折射。

时代景观如此复杂，而诗人如何延展、拓宽甚或再造一个语言化的现实？尤其是在当下"现实之诗"泛滥的情势下，一个诗人如何在日常的面前转到背后去看另一个迥异的空间，才显得如此重要。作为诗人，必须正视自我认识和体验的有限性和局限性。所以，写作中所处理的事物和现实不应是外加的，而应作为生活方式和精神方式的多种方式的对应。

在分层和多样化的时代景观面前，诗人应该具有"刚刚生长出来的耳朵"的能力。即使是在黑夜里，对于那些一闪而过事物的轻微声响，他也能及时监测。在细节甚至更为宏阔的现实面前，诗歌同样应该拓展诗的表现范围，而不是受到现实题材和社会主题的限囿。德里克·沃尔科特在《白鹭》一诗中做出了最好的表率,即使看起来是"物象",但实际上具有更为宽阔的指涉空间和多层次的"诗性正义"。

诗人拓展现实和时代景观的具体方式,就是历史的个人化、空间的景观化、现实的寓言化和主题的细节化。写作者不能再单纯依赖现实经验,因为不仅现实经验有一天会枯竭,而且现实经验自身已经变得不可靠。

一个时代、一个空间的观察者必须有足够的耐心和足够优异的视力,以凝视的状态"保存细节"。这一细节和个人行动能够在瞬间打通整体性的时代景观以及精神大势。尤其要格外留意那些一闪而逝再也不出现的事物,以便维持细节与个人的及物性关联。

◎ 跨界第二

小说家塑造的诗人肖像

这个面容抑郁的年轻人,不知何故,在今年的3月26日,在山海关附近卧轨自杀了。她再次看了一眼墙上的照片,觉得这个人无论是从气质还是从眼神来看,都非同一般,绝不是自己那乡下表弟能够比拟的,的确配得上在演讲者口中不断滚动的"圣徒"二字。

——格非《春尽江南》

在众人的笑声中,他站起来,弓着腰说:"今年一年,我在全国一百所大学做了巡回演讲,出版了五本诗集,并举办了三场诗歌朗诵会。我要掀起一个诗歌复兴高潮,让中国的诗歌走向世界。"我看到他送我的名片上赫然印着:普希金之后最伟大的诗人:金希普。下面,还有一些吓人的头衔。

——莫言《诗人金希普》

自从有了自媒体之后，每个人的评骘欲望和自曝才能得以空前释放，公共话题和社会焦点几乎每天都在轮番攻击公众的眼球和神经。然而我们看到的现实更像是身边的一场常见的雨，隔着那么多的雨水、雾气和寒冷，我们的视野并不是那么客观和清晰——更多是迷蒙、晦暗一片，世界更是一块巨大的毛玻璃。此时，在北京的第一场冬雪中，我读到了云南作家胡性能的一篇小说《鸽子的忧伤》："回到昆明的时候，天空正下着雨，机窗外一片暗淡。中午时分，细雨密织，均匀而有序地滴落在机场的水泥跑道上。远方的天地间，混沌，视野尽头缺乏必要的过渡，建筑物轮廓模糊，铁灰色，这幕布上的水渍，沉重的阴影正在被溶解。"

1

从文体规定性来说，小说和诗歌的差别是明显的，"小说家永远不会缺乏素材，因为人类的真实生活一直是不断变化的；与之相对的，诗人的素材却是受限的。现实要在诗歌中以一种化特别为普适的姿态得到锤炼。然而普通适用之物必得由诸多特别之物精炼而成，所以再找出新鲜而原创的东西只会越来越困难"（汉斯－狄特·格尔费特《什么算是一首好诗：诗歌鉴赏指南》）。

有时候我一直在提问（实际上也是自我怀疑），诗人尤其是中国诗人给我们提供了什么样的精神生活和日常生活？批评家、小说家和公众所了解的诗人形象是什么样子的？他们的诗歌在新诗一百年之际在国内或国外达到了一个什么样的水准？尤其是在当下诗歌"大师"林立（当然更多是自封的，以及小圈子范围内追捧吆喝的）、"杰出诗人"遍地的时代。

陈东东在《我们时代的诗人》（东方出版中心2017年4月版）中以细节史的方式刻画了20世纪80年代以来几位重要当代诗人的形象。诗人形象更多是指向修辞化的诗人和文字物化的精神自我，而在现实生活和世俗人的眼中，诗人的角色往往是窘迫、尴尬的，就如那只大鸟掉落在甲板上挪动摇晃着身体而被人嘲笑，它的翅膀拖着地面反而妨害了飞行。这近乎就是日常景象中的诗人——自恋（那喀索斯的水仙）、热情，而旁人甚至最亲近的人则对他无动于衷。

由小说家，我想到了一个话题，即小说家眼中的诗人是什么样的形象呢？小说家为什么有时要热衷于塑造"诗人"肖像呢？

显然，这些形象与诗人的身份、给人留下的刻板印象以及特殊的时代氛围和写作者的人格之间的关系富有很强的戏剧性，这对于我们从另一个角度理解诗歌提供了一些意味深长的切口，而长期以来困扰我们的正是诗人的形象以及诗歌的功能。

小说家往往会被视为天然地比"天真""感伤"的诗人更具有理性和逻辑性，他们的个人生活也比诗人更为正常和平静。"小说家天真的一面（孩子一般，顽皮的，可以设想他人）与其感伤—反思性的一面（知道他自己的声音并专注于技巧问题）之间存在冲突——或协调——的一个很好的例子就是每一位小说家都知道自己设想他人的能力是有限制的。小说艺术的诀窍在于能够在说自己的时候仿佛是在说另一个人，又能在说他人的时候仿佛我们进入了他人的躯体。就像我们能够在多大程度上以他人的口吻谈论我们自己是有一定限制的,我们设想他人的程度也是有局限的。"(奥尔罕·帕慕克《天真的和感伤的小说家》)但是就诸多小说家描述自己或他人的限制性而言——尤其就其所刻画的诗人形象,我们看到的更多的是一种刻板化的惯性叙事,应有的限制性成了成见和偏见。

可能每一个诗人都会有迟来的阅读者,但更不幸的则是有些诗人永远没有知音,这是不争的残酷事实。诗人有时候处于永夜一样的孤独,而这正是博尔赫斯笔下的那个黑暗中难以安栖的诗人原型:"他十分惊异地悟出了其中的道理。在他如今正要步入的肉眼的长夜里面,等待着他的同样也是爱情和风险,亦即阿瑞斯和阿芙洛狄忒,因为他已经朦胧地感觉到了(因为身陷包围之中)荣耀和赞颂的喧声,那捍卫神灵无力拯救的庙堂的人们和在大海中寻找心爱岛屿的黑色舟楫的喧声,也就是他命中注定要讴歌并使之在人类的记忆空谷中回响的《奥德赛》和《伊利亚特》的喧声。我们对这些事情能理解,但却无法知道他堕入永久黑暗时的感受。"(《诗人》)

这是诗人的夜歌。

诗人曾经是神祇的秘密发声装置或是伟大英雄的化身的时代已经一去不返了。诗人形象既与诗歌这种不无"精英化""小众化"的天然的具有接受隔阂的文体特性有关,又与诗人的人格特征、精神癖性相指涉,同时又与一个时代的社会风貌、文化品格、阅读氛围、读者趣味以及批评家的选择、诗歌选本文化密切关联,"那些为人所知被人记住收入诗选的诗人(当然,这可以适用于任何需要用心用力的行业)之所以存在,偶然机遇和内在价值同样重要。诗人或许比其他人更真实一些,因为诗歌一开始就是一种有些被忽视的艺术；在最好的情况下也很难风生水起，而且没有多少评判者监督行情，以确保每一个人得到理应获得的名实。诗歌比绘画更容易佚失，甚至它们的作者也会把它遗忘在抽屉里，或者发一阵怒气就将它毁掉"（约翰·阿什伯利《别样的传统》）。

对于那些伟大的诗人来说，诗歌成为不可避免的自我精神幻象，它具有强大的黑洞般的吸力，而诗人与诗歌的关系正处于这种不可避免的沉浸之中，"我知道——我在幻象里看见过——我会死于诗歌。这是一种我不能完全理解的感受，模糊，遥远，可我就是知道，我很确定"（阿莱杭德娜·皮扎尼克）。这代表了最基本的诗人对诗歌的关注度和热爱程度，这是诗歌可信度的来源，当然也容易引发诗人在现实生活中的冲突甚至悲剧。比如皮扎尼克自幼就被失眠和幻觉困扰，后来更是患上了深度抑郁，在三十六岁的时候服下大量安眠药自杀身亡。而极其不幸的是，从上个世纪80年代后期开始，中国诗人对诗歌的热度、虔诚度以及精神生活的难度空间降低，而随着诗歌活动嘉年华狂欢时代的到来，诗人的精神难度和思想能力已经成了最大的问题。一年深秋，在由云南高原回北京的夜车上我重读了80年代骆一禾写给友人的一封信，我深感于当年骆一禾的说法对当下诗坛仍然有效："现在的诗人在精神生活上极不严肃，有如一些风云人物，花花绿绿的猴子，拼命地发诗，争取参加这个那个协会，及早地盼望豢养起声名，邀呼嬉戏，出卖风度，听说译诗就两眼放光，完全倾覆于一个物质与作伪并存的文人世界。"那么，诗歌的功能也会受到一定的质疑。当下的碎片感取代了诗人的整体生存感和有难度的精神生活。我越来越怀疑当下诗人的精神能力。质言之，这个时代的诗歌能够给我们提供进一步凝视自我和叩访社会万象的能力吗？这个时代的诗人具有不同以往的精神生活和思想能力吗？相反，我看到那么多傲娇、平静、疲竭或愤怒的面孔，却没有在他们的诗歌中感受到精神的力量。对于我们的日常生活来说，有很多诗歌并没有将我们的精神世界提升哪怕是一厘米。我这样说是不是有些消极和悲观？由此，我想到了一个戏剧性的关于日常生活场景中的诗人形象："他在给她念里尔克，一个他崇拜的诗人的诗，她却枕着他的枕头睡着了。他喜欢大声朗诵，念得非常好——声音饱满自信，时而低沉忧郁，时而高昂激越。除了伸手去床头柜上取烟时停顿一下外，他的眼睛一刻也没有离开诗集。这个浑厚的声音把她送进了梦乡，那里有从围着城墙的城市驶出的大篷车和穿袍子的蓄须男子。她听了几分钟，就闭上眼睛睡着了。"（雷蒙德·卡佛《学生的妻子》）

2

说到诗人的精神生活和思想能力，我们就必然会去关注他们的精神肖像。这一精神肖像就当代中国诗歌而言，形象最为清晰、在公众那里印象最深刻的时期显然是上个世纪80年代。

那一时期中国的诗人奔走和交游在中国的大大小小的城市，在公交车、绿皮火车以及吵闹的小酒馆、热闹的校园以及烟雾弥漫的个人沙龙里到处都是他们躁动而暧昧不清的身影。先锋、实验、青春、校园、诗歌、远方和理想之间发生了地震般的相互震动。从小说叙述诗人形象的角度出发，我印象最为深刻的

激进与迟缓

是蒋韵（1954年生于太原，著有《红殇》《栎树的囚徒》《闪烁在你的枝头》《我的内陆》《隐秘盛开》《现场逃逸》等）的中篇小说《行走的年代》（《小说界》2010年第5期）。

  这篇聚焦于诗人的小说非常精确地还原了那一时代诗人的生活和社会影响，甚至这一切都是极富戏剧性的。显然，那一时期的诗人是有光环的，那是一个急需诗人站出来予以精神启蒙的理想年代，尽管有时候会过于喧闹，但整体上看那一时期的诗人是真诚的。"有一天，一个叫莽河的诗人游历到了某个内陆小城，他认识了一个叫陈香的姑娘，陈香是一个文艺青年，在小城的大学里读书，读的是中文系，崇拜一切和文学有关的事物。莽河不是一个声名震天的名家，不是江河，也不是后来的海子、西川，只能算是小有诗名。不过这就够了，在那样一个浪漫的年代，一个小有名气的诗人的到来，就是小城的大事了。20世纪80年代，是一个游历的年代，诗人们的足迹遍布大江南北、长城内外。在某条黄尘滚滚的乡村土路上，在某个破烂拥挤污浊不堪的长途客车上，在一列逢站必停的最慢的慢车车厢里，都有可能出现一个年轻的充满激情的诗人。他们风尘仆仆，眼睛如孩子般明亮。那些遥远纯净的边地，人迹罕至的角落，像诺日朗、像德令哈、像哈尔盖，随着他们的足迹和诗，一个一个地，走进了喧嚷的尘世和人间。"

  尤其是诗人的长相和气质总是会给人们形成强烈而刻板化的印象："太像一个诗人了。年轻的陈香激动地想。他披着长长的油黑的头发，脸色苍白，有一种晦暗的神经质的美，眉头总是悲天悯人地紧锁着。"

  文艺女青年陈香与诗人莽河有了一夜情，这是陈香的主动献身，就是这一夜情使得陈香怀上了孩子，命运也随之发生转变——嫁给了比自己大八岁的学长，而在孩子（特意取名为"小船"）身上她仍寄托了对诗人无限浪漫的想象："就从你的名字说起吧，'小船'这名字，是妈妈为你起的，那是一个纪念，纪念你的父亲，生身父亲。他是一个诗人，叫莽河。等你得到这封信的时候，也许，他已经名动天下，也许，早已销声匿迹，默默无闻。无论他将来怎样，我想告诉你的是，当年，我们相识时，他就如同神迹一样美好，如同阳光一样光明。他留给了妈妈一首最杰出最壮硕的诗——你。因此，妈妈永远永远感谢他，在妈妈心中，他是一个当之无愧的诗人，他惊世骇俗地使妈妈成为诗的一部分，我们共同完成了一个美丽的创造。小船，我的儿子，你身上流着诗人的血，诗人，他们是一群被神选中的人，你不能用俗世的标准来衡量他，也不能用俗世的价值观来判断他、评价他、约束他。我希望你懂这个，我更希望你拥有一颗诗人的心，用诗人的心来体会这个世界。这是我一生所羡慕的事，我永远不可能知道世界在诗人心中是什么奇妙的样子，而你能。你有可能听见妈妈听不见的声音，看见妈妈所看不见的颜色，发现妈妈所不能理解的神迹和光亮，儿子，这是你的幸运，也是你的宿命。"

悲剧性的是诗人之子小船后来死于小城的煤气中毒。然而最大的悲剧在于，这个和陈香发生一夜情的"诗人"却是一个冒牌货，真正的诗人莽河并没有来过这个小城。"小船三岁那年，1986年，某一天，陈香在新华书店看到一本新诗集——《死于青春》，作者是莽河。这本诗集还有一个副标题：献给我的爱人。她把这本薄薄的、散发着油墨香味的小书打开了，扉页上有一张

激进与迟缓

照片,一张作者像,背景是边地的烽火台,一个陌生的男人坐在残墙上,凝视前方。一个陌生的、从没有见过的男人。陈香脑子里'嗡——'的一声,她想,我看错了。她合上书再去看封面上作者的名字:莽河,没错,刀刻斧凿的两个字,一笔一画,触目惊心。愣了片刻,她想起去看作者简介,也许是一个同名同姓的什么人。但,简介告诉她,这就是那个莽河,写《高原》的莽河,说'我是天地的弃儿'的那个莽河。唯一的莽河。她蒙了。"

而现在再来看的话,诗人的肖像显然已经发生了很大的变化,这一变化既是精神内里上的又是社会文化以及观念形态上的。尤其是20世纪90年代以来,"诗人"成了令人不屑的代名词,更多的时候人们喜欢谈论的话题是"诗人之死"以及诗人的私生活,这也是为什么徐志摩、陆小曼、林徽因以及后来的海子、顾城形成大众阅读热的本质原因。

1991年5月,时年三十一岁的余华完成了一部中篇小说,这篇小说的题目是《战栗》,而其刻画的正是20世纪八九十年代社会转变过程中一个极其落魄、穷困潦倒、龌龊不堪又患上了健忘症的"诗人"。我们经常说百无一用是书生。那么当属于诗人的时代远去了,我们要提到的这位诗人穷困到什么程度呢?余华简直是通过无以复加的方式将这位诗人的不堪推到读者的聚光灯下:"他走到人行道上,在一个水果店前站立了一会儿,水果的价格让他紧紧皱起了眉头,可是,他这样问自己:有多长时间没有尝过水果了?他的手伸进口袋,拿出了一枚一元钱的硬币,他看着硬币心想:上一次吃水果时,似乎还没有流通这种一元的硬币。有好几年了。"

余华笔下的这位诗人叫周林，已不再写诗，也不再被人关注，但是最激动的时刻仍是他伸手摸进楼下的信箱，这仍然是一种典型的诗人式的幻觉——自恋、不甘、脆弱、虚荣，实际上不只是个别诗人，而是诗人们整体地被时代遗忘了——"现在，已经没有什么人给他写信了，他也不知道该给谁写信。就是这样，他仍然每天两次下楼，在中午和傍晚的时候去打开自己的信箱，将手伸进去摸一摸里面的灰尘，然后慢慢地走上楼，回到自己屋中。虽然他差不多每次都在信箱里摸了一手的灰尘，可对他来说这两次下楼是一天里最值得激动的事，有时候一封突然来到的信会改变一切，最起码也会让他惊喜一下，当手指伸进去摸到的不再是些尘土，而是信封那种纸的感受，薄薄的一片贴在信箱底下，将它拿出来时他的手会抖动起来。"

余华借助一封没有打开的十二年前的女粉丝的来信重新揭开了往昔的诗人生活，那曾经是诗歌热潮的年代，诗人被众人簇拥着加入了社会明星的行列——"你一个人来到中央，下面挤满了人，而台上只有你一个人，空空荡荡地站在那里，和椅子站在一起。你笔直地站在台上，台下没有一丝声响，我们都不敢呼吸了，睁大眼睛看着你，而你显得很疲倦，嗓音沙哑地说想不到在这里会有那么多热爱文学、热爱诗歌的朋友。你说完这话微微仰起了脸，过了一会儿，前面出现了掌声，掌声一浪一浪地扑过来，立刻充满了整个大厅。我把手都拍疼了，当时我以为大家的掌声是因为听到了你的声音，后来我才知道你说完那句话以后就流泪了，我站得太远，没有看到你的眼泪。"而从诗人的私生活而言，这位周林显然从道德上是应当被指责的，甚至很无耻，他究竟和多少人上过床自己都说不清楚，更富有戏剧性的是这位诗人对此患上了失忆症,或者关于此方面的记忆是错乱不堪的——"当时他经常收到一些年轻女子的来信,几乎所有给他写过信的女子,无论漂亮与否,都会在适当的时候光临到他的床上。就是他和这一位姑娘同居之时,也会用一个长途电话或者一封挂号的信件,将另一位从未见过的姑娘招来……"

3

对于阅读者来说,他们更多是关注诗人性格和命运中"非正常"的一面,这种阅读惯性甚至对一些诗人形成了暗示和影响,"总有些开化了的俗人,出于给人诊病或更可疑的理由,宁愿去读诗人脑子出问题时写的诗,而不愿意读他们心智健全时写的诗。当今的诗人太清楚了,他们要是能在精神病房关上一阵子,很有利于提升他们的名声和销量"(约翰·阿什伯利《别样的传统》)。

诗人在公众那里的形象自然是五花八门的,甚至很多时候"诗人形象"是不容乐观的。至于小说家笔下的"诗人形象",更是富有极强的戏剧性以及诸多争议。尤其是从精神分析的角度来看,有时候诗人的精神世界显然会异于常人。

几年前,沈浩波反复对我提及一部名叫《白色旅馆》的小说,说特别棒,里面还有很多诗歌。后来我找到了英国作家D. M. 托马斯极具先锋性和后现代性的这部小说《白色旅馆》(袁洪庚译)。作者本人首先就是一位诗人,著有《爱与种种另类死亡》《蜜月之旅》等诗集并具有不小的影响,甚至他的第一部小说《吹笛子的人》即以著名诗人阿赫玛托娃为原型，而产生巨大影响以及争议的则是其代表作《白色旅馆》。该小说以信件、日记和诗歌等杂糅的形式极具特色地凸显了弗洛伊德的精神分析学，里面甚至出现弗洛伊德与女主人公丽莎·厄尔德曼的通信："如果忽略这位平时容易害羞、一本正经的淑女在病中写下的粗鄙的话，你会发现有些段落饶有风趣。""但愿你不至于被她拙劣的诗作中随处可见的淫秽字眼以及充斥于她的幻觉之中那么令人生厌、仍是色情的材料搞得惊恐不安。"小说通过不同的叙述角度反复刻画了一个曾经挚爱音乐但是因为性饥渴和性困惑而精神分裂的女性以及白日梦般的怪诞故事。

丽莎·厄尔德曼是一个典型的分裂型的歇斯底里的患者，同时也是一位诗人。该小说的第一部《唐璜》就是丽莎·厄尔德曼在莫扎特作曲的二幕歌剧《唐璜》总谱的五线谱之间撰写的一首极其特异的"拙劣"的长诗，里面充满性想象、死亡事件的怪异象征以及白日梦般的怪异场景和暴雨般一场接一场的不能自已的疯狂欲望："那一整夜天幕一片片飘下，／宛如雪花。／我们躺着一声不响，／听得到许久前混沌中宇宙生成时的快乐叹息。／／黎明降临，／白色旅馆已悄然而逝，／火绒草在远山的冰莹中摇曳，／他把镜头对准山峦间的缆车处。／缆车吊在钢索上随风飘荡，／我的心咚咚直跳。／突然吓得我尖叫，／客人们从天而降：男人先摔落在地上，／女人掉进湖里、挂上树梢，／接着静悄悄地落下几只漂亮的溜冰鞋。／／下山途中我们在溪水边小憩，／如此高山上竟看到鱼儿劈波斩浪，／令我联想起精子寻觅我子宫的入口。／是不是我太关注性事？／有时也觉得的确如此，／我已走火入魔。"与此同时，这首长诗则具有揭示诗人人格和小说本身的元文本性质，后面的几个部分都是通过不同角度对这首长诗的怪异情节进行的复述和阐释。

继续从小说家的视野出发，"诗人"形象往往带有更多的戏剧化和假托的成分。"诗人"不再只是个体的命运和怪异性格的象征物，而是会与社会文化甚至历史命运缠绕在一起，比如2006年诺贝尔文学奖获得者、土耳其作家奥尔罕·帕慕克在其极具争议性的小说《雪》中所刻画的诗人形象卡："带着迷失和遗憾，我就像一只受伤的小动物，在痛苦中度过了一生。如果我不是如此爱你，我也不会让你如此生气，也就不会失去平衡（我花了十二年的时间才找到这种平衡）而回到我最开始的地方，我感觉自己遍体鳞伤，我的心里现在仍有那种迷失和被人遗弃的感觉。有时，我觉得自己遗憾的不仅仅是你，而是整个世界。"

帕慕克所刻画的这位天真的诗人、感伤的诗人就是明显地受到了柯勒律治和席勒的影响——"每次阅读席勒的论文总会激起我无比的敬佩之情。他所说的天真诗人拥有一个决定性的秉性，我希望特别加以强调：天真诗人毫不怀疑自己的言语、词汇和诗行能够描绘普遍景观，他能够再现普遍景观，能够恰当并彻底地描述并揭示世界的意义。"（《天真的和感伤的小说家》）但是这位诗人显然与世界和现实之间已经发生了反思性和质疑化的关系。

诗人的生活必然是特殊甚至怪异的。

美国小说家E. L. 多克托罗的半自传性的中篇小说《诗人的生活》就是关于诗人"中年时期"接踵而至的身体症候和精神危机的描述，同时又是孤独、欲望、自闭、虚无的混合体的展示。

"诗人"首先成了一个名副其实的"病人",这既是病理学层面的现实对应又是精神层面的隐喻。"我左手大拇指发硬,也不是特别肿胀,虽然指根附近的经脉已经突出,手指不能向后弯,指头捏东西也疼。以前出现过这种情况吗?我有点儿模糊的印象,疼痛也许会消失,但这隆起的血管等让人感觉好像不会好似的,也许是痛风,也许是关节炎,当然,除非是患了可怕的卢·格里克症,那对作家是致命的,愿神佑护我们。而且,我感觉脖颈神经有压迫感。这和大拇指有关系吗?这是怎么了?我是真正的摩羯座,我的命运就是碾碎一切直到死亡。当然,还有这难以言说的听力障碍。每隔一会儿,我会听到声音,但辨不出话语。是颈部神经压迫挤压了声音吗,把我挤压得沉默?我能怎么办呢?为什么不去看医生?哦,这缓慢推进的枯朽!"(《诗人的生活》)诗人的"暮年"状态让我想到了晚年德里克·沃尔科特的诗歌巅峰之作——长诗《白鹭》。这是一个诗人的"终极之诗",关于生命、时间和存在的本质化的深度剖析和自省,病态、孤独、残光、死亡交织在一起:"细察时间的光,看它能有多久让 / 清晨的影子拉长在草地上 / 潜行的白鹭扭着它们的脖子吞咽食物 / 这时你,不是它们,或你和它们已消失; / 鹦鹉在日出时咔嗒咔嗒地发动它们的船只 / 四月点燃非洲的紫罗兰 / 面对鼓声阵阵的世界,你疲倦的眼睛突然潮湿 / 在两个模糊的镜头后面,日升,日落, / 糖尿病在静静地肆虐。/ 接受这一切,用冷静的判决 / 用雕塑般的词语镶嵌每个诗节; / 学习闪光的草地不设任何篱笆 / 以免白鹭被刺伤,在夜间呻吟不止。"(程一身译)

4

"诗人小说家"宋尾（1973年生于湖北天门，现居重庆）的长篇小说《完美的七天》则在悬疑式的人性和欲望的旋涡中刻画了一个"前诗人"李楚唐的形象。"前诗人"在当代中国文化语境中极其富有现实感和象征意味，"诗人"集体转向从而背离了诗歌一度成为普遍的社会现象。这些分裂者、尴尬者的形象也成为那一时期中国诗人的焦虑症状的体现。

"帷幕背后"的真相有时会让人惊出一身冷汗。小说开篇即引用了英国女作家珍妮特·温特森的句子："欲望值得尊敬。但它不是爱，只有爱才值得上一切。"显然这位"前诗人"有才华、有情怀，对现在的生活不满，曾在欲望和爱的幻象中做着白日梦，不能不说这段感情是真实的，但是因为短暂而更像是泡影："我也给房间做了一点儿必要的修饰，仅仅是一件东西，床榻上方的墙壁挂着一个铝合金画框，里面嵌的不是风景，不是艺术品，而是一首诗。标题是《晚餐》，我用小号羊毫誊写了使我们这两个完全无关系的人联系在一起的那首诗歌。她走过去，将深红色的手提包搁在床上，仰望它：'假如我要结婚／我想要六个女孩／六个女孩等于六棵桦树／我的妻子藏在里头／宛如小树林间的白色建筑／而我，覆盖着青苔——／六个小女儿／用她们的纯洁眼神祈祷／这时，黄昏来临……'我将门轻轻带上，走过去，揽住她的肩膀，没有一丝一毫的迟疑——不是这一天，而似乎一辈子我都在期待这样一刻——事实上，她比我更加激烈。"

落魄的"前诗人"多年后已经是一位成功的商人了——在现实中很多诗人成了策展人、商人、书商,因为"新闻事件"受到牵连而失业的《城市信报》记者受雇去完成"前诗人"的心愿,前去海滨小城寻找已经失去联系长达九年的情人杨柳。巧合的是这位报社记者也曾是诗歌爱好者(在采访本上还抄录过阿米亥的诗句),并且和李楚唐因为租房做过短暂的邻居。那时正是李楚唐和情人杨柳的七天约会,而李楚唐当时的"诗人形象"也再次得到印证——"记得第一次去拜访新来的邻居时,我在他房间里看到了一幅装裱的诗歌,这是房间里唯一令我感到意外并觉得有意思的东西。看着我凝目观察那幅作品,他介绍,这是我十多年前写的。身边很恬静的女人则告诉小朋,他是一个诗人。这首诗很好啊。我说。你也读诗?他望着我,好似很吃惊。我也误入歧途过。我告诉他,我曾混过一段时间的文学社。那怎么是误入歧途呢!他用那种沙哑的嗓音大声辩驳说,年轻时人人都是诗人,就像人老了个个都是哲学家一样。随后他问我都看哪些诗人的诗,我如实回答,最先看过席慕蓉……他马上挥手打断说,那不是诗人!不是诗人是什么?我反问。他没回答这个,问我还读过哪些诗人,我说,有海子、顾城……他再次打断我,他们都过时了!随后他给我介绍了几个名字,那些外国名字,我一个也没记住。还有几个中国诗人,韩东、于坚、王寅、余怒……我确实记住了好几个。短暂的拜访结束时,他从床头摸出一本书,递给我说,送给你。他解释说,我觉得你身上有一种诗人的敏感,你应该继续写,坚持写。这是头一次有人光凭看了我几眼就说我内心像一个诗人。我愣了一下,拿起那本《英美流派诗选》,译者是裘小龙。看来他经常阅读，书页已有些蓬松了。"接踵而至悬疑的事件中更为深不可测的则是人性的渊薮和欲望的泥淖："我走到阳台，靠在栏杆上，天色暗了下来，眼底，车流蜿蜒犹如一条闪烁的河。对面的窗口，有些沉默，有些则透着光，仿佛是直接在暗夜里开凿出来的额，可是它们每一个都是那么规则，有条不紊。每个窗子背后都是一种人生，我们不知道的人生。秘密太多了，人人心里都有那么一些，人人都是这样，以为睡在室内，其实是站在悬崖边上。"

小说需要塑造一个时代典型或非典型的精神肖像，很多小说家不约而同地想到了诗人。诗人，可能是天生具有某种缺陷的少数群体，而且这一缺陷会在某些时代和情境之下被放大甚至改写。

格非的长篇小说《春尽江南》正是从1989年春天的"海子之死"来介入小说所要处理的时代氛围的。

《春尽江南》这部长篇小说的题目曾经长期让我迷恋和充满期待。这一具有强烈的诗意化象征的词语让我对"江南"充满了各种想象。江南的春天该是如此让人向往和迷恋并值得反复追忆，而事实上却是江南的春天也有一天走向了尽头——曾经的春意必将枯萎。这显然也一定程度上凸显了格非《春尽江南》这部小说的精神宏旨——由繁荣到枯萎，由诗意葳蕤到理想丧尽。这呈现的恰好是20世纪90年代以降知识分子的命运和先锋精神颓败的寓言。"春尽江南"是从一个春天的"诗人之死"开始的——"原来，这个面容抑郁的年轻人，不知何故，在今年的3月26日，在山海关附近卧轨自杀了。她再次看了一眼墙上的照片，觉得这个人无论是从气质还是从眼神来看，都非同一般,绝不是自己那乡下表弟能够比拟的,的确配得上在演讲者口中不断滚动的'圣徒'二字。尽管她对这个其貌不扬的诗人完全没有了解,尽管他写的诗自己一首也没读过,但当她联想到只有在历史教科书中才会出现的'山海关'这个地名,联想到他被火车轧成几段的遗体,特别是他的胃部残留的那几瓣尚未来得及消化的橘子,秀蓉与所有在场的人一样,立刻流下了伤痛的泪水,进而泣不成声。诗人们纷纷登台,朗诵死者或他们自己的诗作。秀蓉的心中竟然也朦朦胧胧地有了写诗的愿望。当然,更多的是惭愧和自责。正在这个世界上发生的事,如此重大,自己竟然充耳不闻,一无所知,却对于一个寡妇的怀孕耿耿于怀!她觉得自己太狭隘了,太冷漠了。晚会结束后,她主动留下来,帮助学生会的干部们收拾桌椅,打扫会场。"

阿贝尔的《火溪·某年夏》一开头也涉及 20 世纪 80 年代的海子:"学校还没放假,我就想动身了。过去我不这么排斥成都,一直都觉得成都好。自从海子来过成都,我就觉得成都不对头了。具体有什么不对头,我也说不出来。我身体里有个飞转的螺旋桨,让我一刻也不想再待在成都。海子来成都我不在,跟什么人见过面、跟什么人吵过架我也是后来听说的。他到过光华村,在水电校一间单身宿舍喝过茶,也是后来听说的。他卧轨的那年春天,我坐在头年他坐过的沙发上,端着头年他端过的茶缸,第一次生出成都不好的感觉。"

值得注意的是《春尽江南》的主人公端午就具有诗人身份,而且还是"前诗人":"在整理家玉的遗物时,端午从妻子那本船舶工程学院的纪念册中,发现了自己写于二十年前的几行诗,题为《祭台上的月亮》。它写在'招隐寺公园管理处'的红栏信笺上。纸质发脆,字迹漫漶。时隔多年,星移物转之中,陌生的诗句,就像是命运故意留下的谜面,诱使他重返招隐寺的夜晚,在记忆的深处,再次打量当年的自己。他把这首诗的题目换成了《睡莲》,并将它续写至六十行,发表在《现代汉诗》的秋季号上。"甚至端午还是一个老于世故、圆滑的"情场高手",拨转时光的指针来到二十年前的招隐寺的夜晚——也是该小说的开头第一章《招隐寺》,我们发现的是一个"浪子"和纯情少女之间的巨大反差:"'现在,我已经是你的人了。'秀蓉躺在地上的一张草席上,头枕着一本《聂鲁达诗选》,满脸稚气地望着他。目光既羞怯又天真。那是仲秋的夜晚。虫声唧唧。从窗口吹进来的风带着些许凉意。她只有十九岁,中学生的音容尚未褪尽,身体轻得像一朵浮云。身上仅有的一件红色圆领衫,已经被汗水浸得透湿。她一直紧抿着双唇,闭上眼睛,等待着他的结束,等待着有机会可以说出这句话。她以为可以感动天上的星辰,可对于有过多次性爱经历且根本不打算与她结婚的端午来说,这句话简直莫名其妙,既幼稚又陈腐,听上去更像是要挟。他随身将堆在胸前的圆领衫往下拉了拉,遮住了她那还没有发育得很好的乳房,然后翻身坐起,在她边上吸烟。他的满足、不屑和冷笑都在心里,秀蓉看不见。"

5

诗人的小说与小说家笔下的诗人,刚好形成了呼应或对抗。我格外注意到的是周公度的小说《梦露诗选》题记中的那句话:"献给你、你们——亲爱的伪君子,失意的中年佬,自负的蠢货。"

刘汀在小说集《中国奇谭》的《换灵记》中写到了一个十五岁开始写诗的天才诗人雅阁:"雅阁十五岁时醍醐灌顶,躺在稻田埂上,从乌云层层的空中落下了他有生以来的第一句诗,从此之后,不论吃饭、睡觉、走路,还是与别人聊天、插秧、收割,甚至是在吭哧吭哧拉大便的时候,都会有精彩绝伦的诗句从四面八方钻进他脑海里。"但是在众人眼里(尤其是农村语境),"诗人"这一身份是如此古怪而不可理喻的:"老太太非常吃惊,嘟囔了几句话,冲夏笙喊叫起来。夏笙哈哈笑了,说:'是写诗的,不是赶尸的。'老太太恢复了平静,一颗接一颗地剥蚕豆,过一会儿又问:'写诗是做什么的?'""'这世界上竟然还有人写……诗……'老太太嘟囔说。"雅阁沉迷于诗歌世界而现实生活当中却屡屡挫败百无一用,后来进了火葬场负责火化炉的操作——这是对"诗人"最大的一个讽刺,这本身就更具有荒诞性和残酷性。但即使如此,连火葬场这样的地方,诗人身份也遭受到了歧视:"领导笑了,说:'不,雅阁,我不能让一个诗人去给死者整理遗容'。"而雅阁与另一个人换了灵魂远离了诗歌之后反而在社会和生活中获得了巨大的成功,但结局仍然是诗人在世俗生活面前的典型悲剧——伊卡洛斯式的坠落与自毁:"雅阁的眼前,天地旋转,他捧着《灵》重重地摔下了楼,在空中的瞬间,雅阁看见大厦最顶端的玻璃,仿佛小小的天窗,只是外面没有星也没有月。雅阁撞在地面,听见自己的骨头响个不停,好像有谁在用奇特的语言读诗。这,是雅阁在人世上听到的最后的声音。"

出生于1993年的年轻小说家庞羽则在短篇小说《我不是尹

丽川》(《创作与评论》2017年第7期)的开头以及结尾都用妹妹"尹绯绯"的自述直接引用了——居然是两次重复——"姐姐"尹丽川写于2000年的诗《妈妈》,而真实诗歌世界中的诗人尹丽川总会让我们想到当年"70后"一代诗人在公众那里的怪异甚至"病态"印象。该小说正是以"妈妈"这首诗作为切入点凸显了女性精神成长的过程,也再次发起了"女儿"与"母亲"之间的精神博弈和自我盘诘,当然也是一个女儿对母亲(包括外婆)的"女性家族"重新理解和认知的过程——"鲜血喷溅出来。我的开心消消豆到了12级。她哀叫了一声,我抬头望了望。血是红色的。我又低下头,进入13级。她从厨房里出来,哆哆嗦嗦地拿纸巾。天气有点儿热,我打开电风扇。她问我,云南白药放在哪里了?我冲着电风扇说,我不知道。电风扇把我说的话变得颤颤巍巍。她捂着手翻箱倒柜,我突然意识到,我和这个切肉切到手的妇女,相识二十四年了。"

妈　妈

十三岁时我问
活着为什么你。看你上大学
我上了大学,妈妈
你活着为什么又。你的双眼还睁着
我们很久没说过话。一个女人
怎么会是另一个女人
的妈妈。带着相似的身体
我该做你没做的事吗,妈妈

你曾那么美丽,直到生下了我
自从我认识你,你不再水性杨花
为了另一个女人
你这样做值得吗
你成了个空虚的老太太
一把废弃的扇。什么能证明
是你生出了我,妈妈。
当我在回家的路上瞥见
一个老年妇女提着菜篮的背影
妈妈,还有谁比你更陌生

  同是"90后"的周燊则在短篇小说《印象派》中刻画了又一个诗人形象。这个人叫李映真,因为救女学生重伤别人而导致入狱三年,刑满释放后他大学的教职(教中国现代文学)自然没有了,而是在合租房中卖文为生,但是在与隔壁的丰满的已婚少妇交往中李映真被勾起了诸多幻想(包括性幻想),甚至写起诗来——实际上他早在学生时代就写过诗。"不知从哪天开始,李映真在写稿子的时候,一向清晰的大脑便被女人麦黄色的健壮躯体所掩埋了。有时她只是赤身裸体地躺在床上,有时她的胸会长在腿上,有时她的头和身体分开,当他抚摸着她那没有头的躯体时,头就在衣柜里发出怪笑……他必须要做点儿什么来驱散这些疯狂的画面。于是,他选择了写诗。以前在还是学生的时候他就迷恋写诗,尤其是那种抽象的诗歌,他觉得一首印象派的诗歌和一幅印象派的画作一样重要,虽然他没有凡·高的画笔,但他依然想描绘出脑子里存在的种种不可思议的画面。那么，只有靠富有跳跃性笔触的诗歌来刺激人们的眼球了。这么多年的时间里李映真不知道自己究竟写了多少首诗歌，哪怕在牢里的时候，他都整日拿个本子自顾自地写作。虽然这样使他看起来和其他犯人有很大不同，但没人拿这个事找他的碴儿，没人戏弄他。相反，大家都十分尊敬他，他在狱中依然被各种犯人尊称为李老师。讽刺的是，出来以后再也听不到这样的称呼了。他发现如果以女人为创作对象那简直有挖不完的想象力和道不尽的优美辞藻。她就像那座布达拉宫，牵引着他。当写到第一百首的时候，李映真决定把这第一百首诗送给女人。当然，是在男人不在的时候。"而隔壁的已婚妇女陈雪也写起了诗，最终这对夫妇之间发生血案。警察在调查时读到了李映真"印象派"的"朦胧诗"："在桌子抽屉里，警察翻出了好多张李映真曾去打印店打印出来的印象派诗歌。两人凑到一起，大声朗读。读罢，因为每个句子都过于晦涩，两人面面相觑，无奈地摇摇头。'完全看不出这种诗要表达什么。'警察乙说。'你还真别说，要是让我钻到这些诗里，我也得疯。'警察甲的脸上拂过一丝轻蔑的笑。"而李映真在现实生活中是一个懦弱（"尿人"）甚至有些自私、猥琐的人："'这……我也读不懂。印象派的诗歌虽然晦涩但有明确的主题，她这个，好像没什么主题，倒像是一些梦呓。从这些梦呓里我只能看出她的内心并不快乐，好像生活始终桎梏着她。'李映真对警察说。其实，本子上的每一首诗他都知道是什么意思，那是女人在对他说的心里话。可他得装作不知道才能全身而退。"

6

更容易引起读者注意的是莫言，2018年以来莫言在刊物上所发表的诗歌数量和频率是他以往所没有过的，如《雨中漫步的猛虎》《哈佛的左脚》《我的浅薄》《美丽的哈瓦那》《村里的诗》《奔跑中睡觉》等。如果我在此谈论一个小说家的诗似乎有些不妥、不公，因为很容易导致那些专业诗人和专业读者的不满。

而在小说家所塑造的诗人形象中，《花城》2018年第1期头条推出的莫言的新作，关于诗人的这两篇小说《诗人金希普》《表弟宁赛叶》更具有典型性症候，更能体现出小说家在世俗意义上对诗人的理解和判断。

在这两篇小说中，莫言塑造了"金希普"和"宁赛叶"两个性格不同的诗人，二者在本质上都一览无余、纤毫毕现地体现出"诗人"的恶习、神经症、精神分裂，甚至在我对小说的阅读经验中，将诗人塑造得如此"不堪"的也许莫言是最典型的。真的是诗人的现形记，曾经的新衣和光环早已不复存在，甚至被当众扒了个精光。当一个诗人，尤其是具有某种缺陷甚至是伪诗人出现在众人面前的时候，那是一种什么样的形象？莫言以他一贯狂欢化的语言方式对"诗人"金希普进行了戏剧化的描述和淋漓尽致的讽刺——虚荣、极度张扬、自恋，甚至日常生活中是恬不知耻地行骗的人渣。

在众人的笑声中，他站起来，弓着腰说："今年一年，我在全国一百所大学做了巡回演讲,出版了五本诗集,并举办了三场诗歌朗诵会。我要掀起一个诗歌复兴高潮,让中国的诗歌走向世界。"我看到他送我的名片上赫然印着:普希金之后最伟大的诗人:金希普。下面,还有一些吓人的头衔。

至于金希普当众所写的"馒头诗",不只是从诗歌内部来说是一首十足的口语诗、打油诗,而且这非常符合普通读者对当代诗歌的认识——油滑、段子而近乎胡扯。这自然会让人联想到前些年热议的"梨花体""乌青体"——"大馒头大馒头,洁白的大馒头,芬芳的大馒头,用老面引子发起来的大馒头,家乡土地生长出来的大馒头,俄罗斯总统一次吃两个的大馒头,象征着纯洁的大馒头,形状像十二斤重的西瓜拦腰切开的大馒头,远离家乡的游子啊,一见馒头双泪流。"

《表弟宁赛叶》中宁赛叶自以为超越了莫言《红高粱》的《黑白驴》更是让人啼笑皆非,"诗人"的自恋、自嗨、狂妄甚至到了无知的地步,因而如此滑稽——"本报即将连载著名作家莫言的表弟宁赛叶的小说《黑白驴》!这是一部超越了《红楼梦》一千多米的旷世杰作!每份五元,欢迎订阅!"

我的忧虑倒不是别的,而是觉得以莫言的文学影响力,他对"诗人"的刻画仍会产生某种强烈的公众效应,并进而形成或加固对诗人的刻板印象——这与赞美或批评诗人不是同一个层面的问题。诗人似乎又是社会中最为无用的人,又对一切充满了不满甚至偏见,比如宁赛叶对刊物、编辑、小说家、网络、商人、工厂、体制等的不满就是典型。作为小说的虚构性，小说家基于自己的理解或社会印象所建立起来的"诗人"形象不管是多么不堪，都必然具有小说家伦理的合理性，这是无可厚非的。但是莫言在极力批评金希普和宁赛叶的时候并不单单是以小说家的身份，甚至在阅读体验中我们会认为这两个倒置的"诗人"形象——以小丑的形象反衬出普希金和叶赛宁伟大诗人——并非完全是虚构的，而会带有现实的影子和本事的成分，因为莫言在叙述和虚构的过程中是通过"莫言"的见证人的身份来现身说法予以旁证的。无论是宁赛叶对莫言《红高粱》的批评还是以莫言视角的评说都使得这两个诗人被某种程度上认为来自现实，"前不久，我去济南观看根据我的小说改编的歌剧《檀香刑》，入场时遇到了金希普""屋子里乌烟瘴气，遍地烟头。桌子上杯盘狼藉，桌子下一堆空酒瓶子。我一进门，宁赛叶就说：莫言同志，你有什么了不起？我连忙说我没什么了不起，但我没得罪你们啊！他说：你写出了《红高粱》，骄傲了吧，目中无人了吧？尾巴翘到天上去了吧？但是，我们根本瞧不起你，我们要超过你，我们要让你黯然失色"。

此外，余述平的中篇小说《没有开出城的火车》、东君的中篇小说《诗人独孤卫的十年》均以诗人为主人公。

通过列举一些小说家笔下的"诗人"形象，我们也并不能得出一个确凿无疑的答案，即诗人是什么样的或者诗人应该是什么样的。在虚构的文本中，"诗人"在社会功能层面显然是一次又一次失语的，这也印证了诗歌功能的式微。而从精神分析的角度来看，诗人的形象更为复杂也更令人唏嘘，无论是作为一个存在的个体还是复杂的精神复合物，"诗人"已经不再属于单纯的个人范围，而是会折射出一个群体的形象，甚至会与一个时代的复杂结构发生互动关系。既然我列举了这么多小说家笔下的诗人，那么，读者朋友们，你印象中的诗人应该是什么样的呢？你有自己的答案吗？

摄影：时代底片与景观社会

世界就是一个巨大的摄影棚。

——徐冰

新的无信仰时代加强了对影像的效忠。

——苏珊·桑塔格

我甚至期盼诗歌写作应该具有摄影术的功能，或尽力地去找到摄影术所不能呈现的感人部分。

——雷平阳

媒介即信息，媒介即修辞，媒介即话语权，媒介即世界观和认识论。尼尔·波兹曼认为媒介的独特之处在于它指导和影响着人们了解和认识事物的方式，但是人们往往忽略了媒介对他们生活的介入。据统计，全球视频监控市场2018年收益就高达三百六十亿美元，可见景观社会已经成为不争的事实。人人都是主角，也人人都是配角；人人都是观看者，也人人都是被观看者和被捕捉者。

摄影曾经被认为是极其重要的关于时间和历史的艺术，甚至拍照那一刻的光线都被赋予了近乎神性的象征,"有个摄影师告诉我他在拉萨附近花了许多时间在等一只老鹰凌空展翅的一刹那。其实,他没意识到,他等的是光线,一种神性。要不我们为什么会选择天气呢?——因为我们不知道谁在那云层的背后给我们光线"(钟鸣《涂鸦手记·光线》)。

1

相机是一种曾经无比时髦也无比令人激动的修辞化工具。

暗盒、银盐,都指的是摄影。所谓银盐是指卤素与金属银形成的化合物的总称,包括氯化银、溴化银和碘化银等。由于胶片的化学感光材料主要成分是卤化银,其化学分类属于盐,所以称银盐。即使是从摄影术自身来说,其具有的价值也是历史性和突破性的:"摄影这门最精确的技术竟能赋予其再现的东西一种神奇的价值,一种在我们看来绘成的图像永远不会具有的神奇价值。不管摄影师在这张照片中运用了多少精湛技巧,设计好了多少完美姿势,观者还是会感觉到有股不可抗拒的冲动,要在影像中寻找那些闪动着的细小意外,那属于此时此地的东西。借此,面对照片的感受就穿越了其影像特质;观者还会不可抗拒地要在这张照片中去寻觅那看不见的地方,那些早已成为过去的时光隐匿的地方,那里栖居着未来,以至我们即便今天也能由回眸过去来发现未来。"(本雅明《摄影小史》)

在瓦尔特·本雅明看来,摄影及其发展(比如前工业时期的摄影以及摄影工业化之后的变化)是关乎历史和哲学问题的,但是一直以来被忽视。诗歌和摄影以及纪录片在本质上所发挥的功能是一致的，它们都是关乎理解、发现和创造的一种艺术形式："电影中的诗？这不是说向电影里额外加进若干诗歌情绪。在于坚的创作中，电影与诗的亲缘，存在于构成和动作的层面上。他的电影就像他的诗，拥有一种强大的运动不居的结构力，在它所表现或创造的种种关系里，不断自我追寻。"（克洛德·穆沙《撕开世界的平乏——关于于坚的未定笔记》）

显然，照片的颜色（同是一张照片其彩色和黑白色的观看效果会完全不同）、尺寸以及存放和使用照片的空间（比如相册、档案、证件、报纸、电视）、悬挂照片的场地、居所和建筑也会起到非常不同的功能，比如一个2寸的照片放大几倍之后就是遗像的大小，比如一张照片继续放大到一定程度——比如展览尺寸——则会起到巨大的视觉刺激和精神引导作用，而一幅悬挂在公共空间的政治人物照片其功能则是政治文化和意识形态的表征。

摄影实际上也是一种关于日常生活甚至公共生活的修辞方式。这让我想到的是年幼的卡夫卡的一张肖像照片："小男孩大约六岁，身着一件窄小，甚至有些不太体面的童装，上面挂着许多的饰物。照片以冬天花园景象为前景，棕榈树叶为背景。为了使这人为设置的热带景观看上去显得更闷热，男孩左手还拿着一顶巨大的宽边帽子，如西班牙人戴的那种。无疑，要不是那男孩无限忧伤的眼神住在了预先为他设计好的风景中，他势必会被风景吞没。"（本雅明《摄影小史》）

摄影需要主体和前景以及背景，而一个时代也是由个体进而到整体的前景和背景搭建起来的复合结构。当年的余华在老家拍照，背景是一块描画着天安门图像的布景："照片中的我大约十五岁，站在广场中央，背景就是天安门城楼，而且毛泽东的巨幅画像也在照片里隐约可见。这张照片并不是摄于北京的天安门广场，而是摄于千里之外的我们小镇的照相馆里，当时我站着的地方不过十五平方米，天安门广场其实是画在墙上的布景。可是从照片上看，我像是真的站在天安门广场上，唯一的破绽就是我身后的广场上空无一人。"（余华《十个词汇里的中国》）很多年前，余华在南方小城是通过照相馆里的天安门画像背景来认识世界的；很多年后，他真实地站在天安门前的那张照片则被国内外刊物和媒体广泛使用。

当我们通过镜头的捕捉最终将目光凝视在一张张黑白或彩色的照片上的时候，那些面孔、景物和空间以及细节就具有了此时此地与彼时彼地之间的时间互动和空间往返。这是过去时和当下之间的对话和彼此凝视，这样产生的结果类似于挽歌和追悼的功能，尤其是黑白照片。"我有点儿害怕照片。尤其是那些肖像，给我墓地的感觉。这是死去的人们，他们的容貌被留在一张纸上。我从来没有见过我的外公，他只留下一张照片，与几个男子的合影，穿着黑马褂，戴着中间镶有玉石的瓜皮帽。他位居中间，面目清秀而倨傲。"（于坚《我与摄影》）甚至，苏珊·桑塔格还说过更为残酷的令人惊悚不已的话："你生前的每一张照片都在争夺你死后遗像的位置。"摄影作为一门黄昏艺术和挽歌艺术，苏珊·桑塔格认为："所有照片都是死亡的象征。拍照片就是参与到另一个人（或物）的死亡、脆弱和易变之中。正是通过分割此刻并将其凝固，所有照片都证实了时间的无情流逝。"（《论摄影》）

摄影就是以影像的形式占有世界。有时候，我们又不自觉地沉溺于照片所营造的历史光晕中，尤其是从整体性和宏大视野的角度来看，"虽然一张照片作为一幅记录个人观察的作品的成分很少，但它几乎不可避免地会成为某个档案的（潜在的）一部分"（苏珊·桑塔格《意大利摄影一百年》）。这不只是来自暗盒、胶卷、快门、曝光、显影液、定影液的神奇效果，而是照片以更为真切和鲜活的直观方式打通了读者和文学史家进入当年沧桑历史的通道，单向道的人生有了再次返回的途径。在这些凝固的熟悉而又恍惚的影像中，捕捉和遗漏、真实与虚构（比如摄影中常用的布景、道具、构图就是另一种层面的虚构）、再现与变现、场景与细节、可见的和不可见的都因为被有意无意地"放大"而格外引人注意，也从而具有了打通过去、现在和未来的物理性和精神性兼而有之的时间结构和心理结构。甚至在特殊的社会转折期以及重大事件的历史时刻，时间和空间凝结成的照片具有编年史的意义。在二战结束后的日本，尤其是20世纪60年代，由于经济和居住条件等诸多问题，很多年轻人在晚上不愿意挤到那些狭小的阁楼上去而来到城市各个角落的公园里。这些公共空间已经因为那些青年男女的到来而带有了某种隐秘性，尤其是在夜晚公园黑黢黢的角落里。但是这些青年男女在约会和接吻的时候却没有注意到那些带有夜拍功能的相机早已经对准了他们。当这些照片在媒体上公开的时候，很多日本青年无比愤怒，为此成群结队的上街游行开始了。

进入21世纪，日常生活与此前相比发生了近乎天翻地覆的巨变，强社交媒体、拟像空间、视频直播平台等景观装置社会已经诞生，那一个几乎覆盖了所有角落的摄像头和电子眼就是最为显豁的事实。确实，放眼全球化，当代社会已经进入这样一个阶段，即日常生活中的每一个细节都已经无形之中被影像异化、分化为独特的景观主义社会，"所有活生生的东西都仅仅成了表征"（居伊·德波《景观社会》）。

我们可以看看现在手机屏幕上全天候播放和直播的各种短视频，这些视频几乎都是被统一编剧、导演、排练好的，比如卖萌耍贱装傻扮酷自虐自贱的，直播带货大呼小叫的，娱乐圈大咖秀吐槽洒狗血演员翻车现场发飙的，撸猫逗狗羊驼喷口水大熊猫上树的，碰瓷撞车酒驾闯红灯扇交警耳光的，扭摆屁股露脐装健身短裤镜头前晃来晃去的，瑜伽撸铁广场舞武术控搏斗笼里秀肌肉的，各个景点直播和风水墓葬探秘的，小品化的荤段子素段子和拙劣模仿，等等。这些令人头晕目眩的奇观影像和满足各种欲望的景观秀以及无处不在的离奇后现代的碎片导致的另一个更为可怕的结果则是日常生活中每一个人"发现能力"和"自审能力"的弱化甚至丧失，这也随之导致了体验方式的空前同质化。

而更为普遍的图像技术、多媒体和自媒体手段表面上看起来是一种不言自明的流行的景观，背后改变的则是社会与人、人与物、人与自我的整体关系："这个世界越来越成为一个图像的世界，文字的传统地位正在慢慢地被图像所取代，有时候我很担忧人类在未来的时代里，可能连文字都不需要了，交流什么事情直接用图像就可以，连话都可以不用说了。"（《于坚谢有顺对话录》）

2

乔弗里·巴钦说过,"所有的照片都具有隐喻的意义"(《更多疯狂的念头：历史、摄影、书写》)。就诗人照片和"肖像"而言,荷兰汉学家柯雷将之归为三类：第一类是新潮时尚、风格化的、有时带有表演性和挑逗性的肖像照,包括单人照和合影;第二类是各种照片都有,有些摄于公开场合,如诗歌朗诵会或研讨会,另一些则是诗人生活照,大部分是近照,但有时也包括家庭影集式的童年照片、诗人手写稿影印件等影像作品;第三类是肖像照,常见于近年大量出现的诗歌回忆录。(《中国先锋诗：文本、语境与元文本》)

先来看看几组镜头下的"诗人肖像"。

镜头 1

1968年冬天,二十岁的郭路生赴山西汾阳杏花村插队。临行前,北京火车站广场。郭路生的朋友高小刚、张小红等和他一起照了合影。照片上的人们都穿着厚厚的棉衣,有人光着头,更多的则戴着棉帽,也有的还戴着夹帽。在这些表情僵硬的年轻人当中只有高大的郭路生面带微笑。郭路生在这一年写成了名满天下的《这是四点零八分的北京》和《相信未来》,郭路生就是诗人食指。

镜头 2

朦胧诗人江河（1949年生,本名于友泽,现居美国）在白洋淀交游时期曾给当时的女友潘青萍（潘婧）拍过这样一张照片：少女时代的潘青萍正在织苇席,她半蹲半跪,低着头,面带微笑。甚至芒克和一个姑娘都到了谈婚论嫁的程度,"大多数人都经历了恋爱,因为无事可做;大多数的爱情都顺理成章地以失败告终"(潘婧《抒情年代》)。

镜头3

吉林大学20世纪80年代的赤子心诗社有一张集体合影。照片上共八个人,前排三个人或躺或坐,后排五个人一字排开成站姿。王小妮单手托腮似乎正在构思一首诗作,而徐敬亚意气风发,双手叉腰,面带自信的微笑。

镜头4

20世纪80年代四川诗歌的生猛可以从当时四川诗人的日常生活中窥见一斑。我曾看过一张非常生猛的"匪气"和"侠气"十足的照片:万夏和宋渠、宋炜兄弟从陡峭的山上一跃而下的瞬间。三个人都留着那个年代特有的长发,双臂老鹰一般张开,嘴巴更是张得大大的好像是在喊着什么激越亢奋的口号。尤其是万夏双眼"凶猛"地瞪视前方……李亚伟在80年代有一张照片非常值得回味。画面上李亚伟的长发被风吹向左边,他的左手紧紧握住右边的手臂,仿佛受了重伤或者正准备挽起袖管还击。而他那双不羁而凌厉的眼睛正斜视前方,准备随时发出挑战。这鲜明体现了这位大学时代的校拳击队成员的不安分个性。四川诗人生动的诗歌故事和诗人形象在李亚伟等人的照片影像中得到最为传神的诠释。1983年夏天,李亚伟和万夏、胡钰在离开校园的路上。有照片为证:远处是一片山地和低矮的庄稼,三人并排站立。李亚伟头戴一顶农民式的草帽,歪着身子,左手放在右臂下;胡钰个子小居中;万夏,左手叉腰,右手搭在胡钰肩上。三人表情有些严肃,可能正在为路费和吃饭问题发愁。1984年夏天,李亚伟留起了长发和小胡子。照片上的他蹲在床上,双手抱拢,眼睛无所事事地瞪视前方。他的身边是床上正在练习倒立的二毛,只穿短裤。

我越来越感兴趣于一个写作者的日常影像和精神肖像,所以从画面和摄影的角度切入诗人的日常生活和精神世界是别有一番意味的,这也是非常必要的——"这个痕迹既肯定了我们存在的现实,又把它牢牢记住,潜在地作为那一存在的脆弱的护身符存留下来,即便是在拍摄对象早已逝去之后。想必驱使我们继续拍照的,是为这一存在提供见证的渴望——以视觉的形式宣告'我曾在这里!'。"(乔弗里·巴钦《更多疯狂的念头:历史、摄影、书写》)

个人或集体肖像展示的是文学史上的公共场景,而特殊的历史时期和文化语境中诗人肖像(形象)有时会成为一种巨大的象征和隐喻,"在某种程度上,朦胧诗人仍然操练着自己试图质疑的主流意识形态话语。80年代中期以降,政治生活在诗坛的影响并未消失,又出现了与之相对立的诗人形象建构趋势"(柯雷)。确实,诗人的肖像总会带有格外特殊的时代表情,"诗人身份这一通行资本的极大重要性,特别是在'世俗'派诗人当中:如果照片里的人是位诗人,照片内容自然而然就变得意味深长吗?哪怕诗人的行为不过是吃碗面条"(柯雷)。

一度作为绘画特权的肖像如今是直接与摄影尤其是数字化摄影联系在一起的,"布罗纳尔的照片符合那老师的报告:一个稳重的少年的愉悦面孔。强壮的下巴,形状精致的嘴唇,突显的鼻子因其粗短而有点儿孩子气。目光直接,警惕,有点儿抒情。我想,大概正是他的眼睛和嘴唇令我印象深刻,因为它们使我想起我们家族中某个亲近我的人的眼睛和嘴唇"（米沃什《布罗纳尔：喝酒时讲的故事》）。

显然包括肖像照在内的摄像也是一种修辞手段，并非纯然客观和自然化的呈现，必然有种种主观因素的介入，甚至也是一种特殊的拟像手段，"亚当-萨洛蒙拍摄的肖像照，比如作家阿方斯·卡尔的肖像照，被认为是'世界上最好的肖像照'。但是，有人觉得这种成功很可疑，并断言它们肯定是经过了画家的润饰。不用说，油画肖像通常是要不断修饰的，这样才能取悦于被画像者，但润饰却是与摄影的性质相悖的，因为照片就是某一特殊瞬间的记录"（尼古拉斯·米尔佐夫《视觉文化导论》）。

这些历史烟云深处的黑白照片和诗人肖像唤起的不只是一代人的记忆，更为重要的是类似于纪录片式的画面为我们勾勒了当初激动人心的往事。书信、日记、照片在一定程度上为我们还原了那个时代的一个侧面和一部分事实，尽管这只是一个侧面，甚至驳杂的主观情感如藤萝一样笼罩、盘绕在这个侧面的周围。

3

比较有意思的是，于坚关于云南空间的摄影作品几乎都是黑白色的。当然也有例外，比如1987年拍摄的《昆明郊区的一个早晨》就是彩色的。郊区的树林，坑坑洼洼的土路，一个戴着红围巾的中年妇女推着一辆自行车，后车架上是一个竹筐。于坚的这些黑白照片正如苏珊·桑塔格所说的摄影就是挽歌的艺术。这对应了于坚内心深处的乡愁和世界观,"从未离开 我已不认识故乡／穿过这新生之城 就像流亡者归来""就像后天的盲者 我总是不由自主在虚无中／摸索故乡的骨节 像是在扮演从前那些美丽的死者"(《故乡》)。摄影,在于坚这里成了"镜头后面的忏悔","我成了一个忏悔者,我的拍摄就是在请求宽恕。这是一个悖论。我通过纪录片来反抗机器。难道我是一个伪善者吗?一边拍摄一边为自己辩解,我永远在等待着末日审判……摄制纪录片的过程就像是一个仪式,兼具手术刀和忏悔室之功能的仪式"(《棕皮手记:镜头后面的忏悔》)。

于坚对于摄影的钟爱,也来自童年期特殊的视觉,他的耳感则被病症无情剥夺了。耳感关闭之后,倒是视觉为于坚洞开了一个特殊的窗口。一个时代、一个空间的观察者必须有足够的耐心和足够优异的视力,"我耳朵不太好,我眼睛的功能就比较发达一些,相对于一般的人来说。我一般特别喜欢看。人类与世界的关系是从看见开始的"(于坚《为世界文身·568》)。

于坚出生的时候没有见过祖母,"长得像祖母的妇人垂着双目在藤椅中／像一种完美的沼泽其实我从未见过祖母／她埋葬在父亲的出生地那日落后依然照亮着的地方"(《左贡镇》),而那时他的外祖父也已经过世。裹着小脚的外祖母(铜匠的女儿,十六岁出嫁,"我小时候并不知道缠足是旧社会的罪恶。我外祖母就是小脚。60年代中期昆明有些平静的时光,蔚蓝天空笼罩的下午,外祖母喜欢坐在阳光外面的阴影里洗脚,洗脚对她来说,完全是一种仪式,完成一次至少要半个小时。她把缠着的白布一层层地揭开的时候,令我想到五月端午的粽子。她的脚也确实像两只粽子那样，白生生的，呈三角形"）和母亲在日后的讲述中逐渐刻画出一个渐渐清晰起来的外祖父的形象。这是一位勤俭持家的手艺人，给人做过寿衣，开过店铺，亲手做的扎染非常出色，四十岁左右购置了宅院。可是，平常人家也会飞来横祸。在于坚母亲生日的前一天，于坚外祖父雇了一个挑夫进城进货，"走到墙根的时候，挑夫忽然凶相毕露，拔出刀来，捅进他的肚子。我外祖父浑身是血，死死地抱着自己的布匹，强盗没有办法抢走他的布，就跑掉了。当我外祖母闻讯赶来时，他已经死去，双手还死死地抓住布匹不放"（《我的故乡，我的城市》）。

直至外祖母去世，于坚才在箱子里看到了外祖父的黑白照片。也是这张实实在在的家族照片使得于坚对摄影、对生活、对文学有了新的认识——比如后来的他那些日常生活的"史诗性"作品《罗家生》《感谢父亲》《邻居》《女同学》《有朋自远方来》《送朱小羊赴新疆》《成都行》《外婆》《纯棉的母亲》《往事二三》《在牙科诊室写诗》《芸芸众生：某某》《礼拜日的昆明翠湖公园》等。于坚都是将一个或一些极其日常的人物置放于看似日常实则具有深层历史结构（往往具有戏剧性效果）的场景之中。

于坚早在80年代开始就用镜头记录他所见到的云南空间和社会景观，"1980年，我考入云南大学中文系，作为奖励，父亲为我买了一台海鸥205照相机。他知道我一直喜欢照相，总是借别人的照相机。这是我私人摄影的开始。这台照相机与其说是一个创作工具，不如说是我的一个玩具，我从来没有想过要去当摄影家，我只是觉得照相好玩"（《我与摄影》）。随着对相机和摄影认知的深入，于坚已经获得了认知自我和现实的特殊途径，"相机其实是对日常生活的一种升华，它原本的目的是记录世界，但任何一种生活一经它切片，就升华起来，具有了意义，成为典型。我怀疑我们是否可以记录世界。我们记录的只是我们理解的世界，而世界的存在恰恰是由于它的不可理解"（《暗盒笔记Ⅱ》）。从最初的海鸥相机，到后来的 LEICA Minilux Zoom 以及 LEICA X1、TMAX400、手机，于坚重新认识和理解了日常生活乃至世界图景。在 20 世纪 80 年代的于坚看来，摄影是一种可以让自我通向世界之谜的方式。禁欲的年代，照片还能够起到启蒙和成长教育的功能——好奇、窥视、欲望，"1984 年的某日，有人告诉我们，一位中学教员藏着一张裸体照片，他将带我们去看。兴奋、紧张，在夜晚穿过学校的员工宿舍，一个小个子的男人在门洞里出现了，他说，没有外人吧？没有，都是最可靠的兄弟。我们跟着他进入房间，他从一个大箱子里拿走一些衣物，下面埋着一卷纸，打开来，这是我平生第一次看到女性的裸体，而其实那不是一张照片，而是一幅拙劣的油画的印刷品：裸体的马哈"，"多年后我在东京与荒木经惟见面。我曾经在 80 年代看过他那些裸女的照片，人家是当作黄色照片给我看的。荒木很好玩，摄影是他的游戏，因为玩得好，所以他成了富翁。我们一见如故，他立即给我拍照片，他在我周围放了一些小玩具，那是塑料制成的小鳄鱼"（于坚《我与摄影》）。

在很大程度上，于坚的那些纪录片以及推送的镜头所对准的正是最为普通的人群［底层（subaltern）及空间的影像记录］和毫无诗性可言的日常场景（比如中国在 20 世纪 80 年代末和

90年代初的新纪录片运动),"摄像镜头的运动,把我们推进人群之中——这个'我们'当然是假定的,伴随影片的进展而形成——并使我们与他们产生瓜葛。这些被拍摄的人,似乎通常意识不到镜头的存在。有时,他们根本不知道镜头在拍摄,比如《碧色车站》中那位信号员,在他的小调度室里,隔着窗栏杆被于坚拍到。有时,却是直视镜头,直视我们,比如同一部电影中的一位村妇,讪笑着,将信将疑地冲着镜头问:'你们来拍这?'她是要告诉甚至告诫我们:这里没有什么好看的东西。有时,是一个孩子惊异的目光。有时,是一个沉默而呆滞的男子,目不转睛地盯着镜头。拍这个男人的镜头延时很长,长到让人无法忍耐。这是于坚电影中最具震撼力的场面之一:一种纯粹状态下的平乏,体现在他的似乎毫无期待的目光中"(克洛德·穆沙《撕开世界的平乏——关于于坚的未定笔记》)。

而于坚之所以尤为喜欢摄影、绘画以及法国的新浪潮电影和新小说,是因为它们的凝视状态以及"保存细节"的观察方式。这让我想到了约翰·伯格评价保罗·斯特兰德摄影作品的一段话:"斯特兰德有一双能攫取精华的利眼,可以在墨西哥不知名角落的一道门槛上发现'奥秘',也可以在一个意大利村落中围着黑围巾的女学童拿着草帽的手势中找到'奇妙'。这一类照片是如此地深入人心,就好像是一条文化或历史的河流,让我们融入那个主体文化的脉络。一旦我们见过这些照片的影像,它们就会深深烙在我们的心底,直到某一天我们亲眼看见或亲身经历到某桩实际发生的事件时,我们将会不由自主地将照片的影像与现实的真相相互对照。"(《看》)这一细节和个人行为能够在瞬间打通整体性的时代景观以及精神大势。尤其要格外留意那些一闪而逝再也不出现的事物，以便维持细节与个人的及物性关联。这样的话，人和一棵植物的命运是平等的、没有主次之分的，体现在诗歌和摄影那里并没有本质的区别，而是具有同等的重要性和诗性，而这回复到了真正意义上的"诗性正义"，"人和树面对面站着，各自都带有始初的力量，没有任何关联：两者都没有过去，而谁的未来会更好，则胜负难料，两者机会均等"（布罗茨基《文明的孩子》）。

  1942 年夏天
  瓦格纳在黑森林中沉睡
  蜻蜓在莱茵河畔交配
  一条铁路穿过荒凉去东部
  雅利安先生彬彬有礼
  一边瞟着擦得雪亮的长筒皮鞋
  一边用歌德的母语谈犹太人
  追求最高的抽象　冻结象征功能
  只启动数学物理几何化学方面的单词：
  货物　方程式　载重量　字母 W 或 BE
  一氧化碳　密封　热处理　时刻表
  高 24 英寸　宽 18 英寸　长 2000M
  精确如游标卡尺　妙语连珠如史上那些
  致命的诗　超以象外　省略肉体
  准备#　准备 ø　准备 ÷　准备 X　准备%
  "准备 6000000 个 0"　完毕
  保罗·策兰诞生　他的舌苔与史上出现过的不同

长满了铁丝网　那么尖锐　那么花哨
那么血肉模糊　难以确认所指
又一个词被脱光衣裳送进沐浴室
他说　"杏仁眼的阴影"

　　于坚这首写于2011年9月1日的诗《"杏仁眼的阴影"》就在另一个空间通过一部纪录片（克劳德·朗兹曼耗时十一年之久的《浩劫》）的影像揭开了一段幽冷的历史和精神档案，用镜头寻找没有痕迹的旷世浩劫和重新归来的游魂。

　　与此类似的还有于坚的另外一首《在一部纪录片中看贾科梅蒂工作》。这回复到的是一种精深的手艺，影像与个人和历史之间的多重构造："慢慢地　一点点地加入／这里捏进去　那儿挤出来／左边加厚一些　旁边掐掉一点儿／加进盐巴　加进糖　加进泥巴／他的手在虚空里　握着一个什么／就像子宫有一个东西要从那里／生出来　要长大成形　这处出现了／一些　那点儿又消失了　大师迟疑着／像是狮子　在夜晚的边上徘徊／闪着光　它要进去　它的猎物／从明亮的石膏开始　中间是黑暗　那边是／青铜　终于　存在于虚无中的一只／眨起了睫毛　另一只却埋在岩石底下……"

　　摄影在于坚这里是与诗歌互补的另一种"发现"方式和个人独特经验以及视觉伦理，"我经常独自一人，提着一个傻瓜相机，背着一瓶矿泉水在空荡荡的街道上走，浏览那些静止不动的橱窗，在一个石头的窗台我看见一只红色的小手套，在另一处，街道的下水道的铸铁封条上，我发现神秘的另一只"（《被光线照耀的建筑》）。于坚后来的很多书都具有文字（诗歌的、散文的）和图像互补的特征，比如《印度记》《昆明记》《众神之河》《并非所有的沙都被风吹散——西行四章》等。这印证了相机依然被当作是把一个人的经历真实再现的手段，"对于乘船沿尼罗河逆流而上或在中国旅行十四天拍摄了大量照片作为战利品的旅游探险者，以及在埃菲尔铁塔前摄影留念的度假者来说，拍照满足了他们同样的需要"（苏珊·桑塔格《论摄影》）。

2010年，加德满都，于坚用镜头记录下了火葬场旁边一个坐在长椅上的男子。那个男子正在发呆，椅子已经相当老旧，绿色的油漆剥落。他右手搭在椅背上，左手半握拳托着左腮——如果仔细看似乎是在打电话。他有意无意地看着前面，脸上还稍稍掠过一丝不易察觉的微笑。他与水泥隔离带的前面就是火葬场。年轻与死亡、现在和终点的对峙与沉默。

4

中国当代诗人中痴迷于摄影的不在少数，一些诗人尤其喜欢用手机拍摄黑白照，比如王寅、于坚、雷平阳、沈苇、宋醉发等。如果把这一个别现象展开、辐射，我们就会发现每一个人都成了拍照者，同时也是被拍照者，"照片是一种观看的语法，更重要的，是一种观看的伦理学"（苏珊·桑塔格）。

雷平阳喜欢用手机拍照是很多人都知道的，他也曾说过："我有'记'的愿望。记什么？我越来越觉得这个世界仿佛一个作案现场。为此，我甚至期盼诗歌写作应该具有摄影术的功能，或尽力地去找到摄影术所不能呈现的感人部分。"（雷平阳《我诗歌的三个侧面》）

2015年夏天，在南京燕子矶，我与周伦佑、雷平阳、胡弦、梁雪波等人出行时已近黄昏。水边的堤坝上空有一个高大的电塔，还刚好有人在放一个哆啦A梦图形的卡通风筝。雷平阳用手机拍下了戏剧性的一幕：周伦佑表情夸张而严肃，头顶就是那个卡通风筝，二者的相遇实则构成了奇妙的戏剧化的效果。再来看看当年陈超先生对周伦佑的评价简直是神来之笔："我有时会开玩笑地说，周伦佑是潜在的'极端主义者'。他的遗世狂傲和吁求拥戴心理令人惊异地扭结在一起。在交谈和倾听别人意见的时候，周伦佑常常咧嘴大笑，他用亲切的表情告诉你必须加以修正你自己。他从来不是安静的观望者，从来不忍心让自己脱离噬心话题的中心。这使周伦佑难以保持儒雅的风度。"

当凝视着一张张黑白照片上的那些或熟悉或陌生的面孔，我们不得不一次次寻找逝去之物以免于记忆的衰退，但是这种特殊的记忆方式已经随着旧物的彻底丧失而变得愈加艰难。这注定是新旧交替时代充满层层悖论的记忆方式。

> 很多东西是模糊的，比如黄昏；比如云南北部青草堆上的拂晓，以及在那儿萦绕着的气若游丝而又确切得如针尖刺背的喊魂的声音。不要指望我们的身体里都有着一个高密度的照相机、设备先进的选矿厂和冶炼车间，让事实和警示继续潜伏，好比让容易腐烂的樱桃上面继续盖着一层墨绿色的叶子。
>
> ——雷平阳《有关卡尔维诺的谵言》

在杨昭编选的《温暖的钟声：雷平阳对话录》（中国青年出

版社2017年5月版）一书中，责任编辑兼出版人彭明榜专门做了一个特殊的设计，将十四张黑白照片以及雷平阳为这些照片撰写的十四段文字说明放在了该书的开端。如果是去除了时间背景和必要的说明文字，影像的功能和指向有时候则会充满模糊和含混性，"照片上确定无疑的信息只有马头上套着的缰绳，而这显然不是要拍这张照片的真正缘由。光是看着这张照片，人们甚至弄不清它究竟是做什么用的：是一张家庭照，还是一张报纸上的新闻照，抑或是一帧旅行者的快照？会不会照片不是为那个男子，而是为那匹马儿拍摄的？那个男子会不会只是一个饲养员，牵着自己马儿的饲养员？他会不会是个马贩子？要不，这是某部早期西部片当中的剧照？照片当然提供了无可辩驳的证据，表明这个人、这匹马，还有这根缰绳是存在过的，却丝毫也没有告诉我们他们的存在有过什么样的意义"（约翰·伯格、让·摩尔《另一种讲述的方式：一个可能的摄影理论》）。

这些照片分别是《我的父亲和母亲》《老屋》《河流》《我有过癫狂的郊区生活》《虹山新村的五金杂货铺》《碧色寨》《海鸥》《定西桥》《对话的时候》《清迈》《在文字中间》《我的朋友杨昭》《房顶上打太极拳的人》《与胡弦的外衣合影》。这些照片构成了雷平阳生活中的重要链条以及一个诗人特有的取景框，甚至凸显出家族的某些命运特征，正如苏珊·桑塔格所说，通过照片每个家族建立了本身的肖像编年史。

那么，20世纪80年代，时在乡下读初中的雷平阳第一次进城拍照是什么样的情形呢？

极其遗憾的是从影像记录来看雷平阳的童年几乎要消失了，

因为他人生的第一张照片是初中毕业照。城市、照相馆、摄像机和背景幕布在当年成为令乡下人既向往又不适之物,因为那种陌生和新奇的经验显然与长期以来的乡村经验有着天壤之别,甚至照相馆和摄像机作为城市化的代表已然对乡村、农民以及乡土经验形成了令人不安、焦虑的压抑之物。还是让我们回到当年那个拍摄现场吧,看看这个农民的儿子第一次的肖像:"三年初中将尽,班主任通知全班统一进城照毕业相,并特别强调要洗头和穿干净的上衣。裤子照不着,可以不管,脚上自然也可以不穿鞋子。记得当时的我,因家贫,鞋是没有的,脚上常因踢到石块而血迹殷殷。至于裤子,膝盖上通着,两瓣臀也通着。是的,这些在照相时都用不着,便老老实实地用皂角在河滩里洗了头,衣服除了两肩有些破而外,还算新……第一次坐在照相馆的高凳子上,我记得我的一双黑脚悬空,双手死死地按住膝上的两个洞,在强烈的光线里,摄影师曾用他的手左左右右地摆弄过我的头,而同学们则在黑暗处逗我笑。'嚓'的一声响过,摄影师对着暗处高声喊道:'下一个!'"(雷平阳《一张照片》)

再来看看当时雷平阳这个乡村少年的第一张照片吧:"照片上的我,半身,穿当时乡下颇流行的天蓝色棉布对襟衣服。样子比现在的我还要精神,一点儿也没有饿饭的感觉,头发也极其意外地清爽顺畅,有几缕发丝上闪着白光。眼睛稍微有些上抬,很难说清是因为怎样的心态而流露出一些与年龄不相当的傲慢和冷酷。"

记得我第一次拍照是在五六岁的时候,那是很冷的冬天,我和父亲步行到镇上唯一的照相馆去拍照。至今我仍极其清晰地记得棉帽子是从隔壁堂兄家借来的,有些大也有些重。当我将帽子归还的时候头皮立刻感觉冷飕飕的,那时的拍照没有快乐之处,只是觉得那个照相馆是不能轻易进去的,童年有一张照片就足够了。

2008年6月出版的《我的云南血统》一书中也有雷平阳拍摄的黑白照片,深有意味的是每篇文章的标题都是单独为一页,除了标题那几个字是白色字体外,整个纸页背景都是黑色的,只在最外围留了一个白色的边框,这刚好构成了一个遗像式的黑白相框。黑色背景白色边框的纸页的背面,就是雷平阳拍摄的那些黑白照片。在《我的云南血统》中,这些黑白照片近四十张,上面有老旧的楼房、盯着镜头的乡下孩子——他们的眼神好奇而又茫然、小贩、代书人、卖甘蔗的中年人、菜市场、街道、荒山、老建筑以及标语、废墟、废弃的农具、荒废的田园……由此可见,追挽、悼怀的意味就非常明显了。的确,雷平阳一直对这些"旧事物""旧空间"予以了强烈的时间性、精神性观照。

2016年8月,雷平阳1996年至2016年的诗选《我住在大海上》由新星出版社出版。当年秋天,在北京的单向空间花家地店举行了"无边的现实主义——雷平阳《我住在大海上》"分享会。在中午我单独陪他吃饭的时候,雷平阳从随身的挎包里掏出这本诗集,在扉页上写了这么一句:"住在大海上　俊明大三郎正　平阳　丙申秋月"。

当时,翻开这本诗选我又看到了雷平阳拍摄的黑白照片。当这些关于乡村、城市、异域、山林、底层、人物和场景的照片串联起来之后,它们实则构成了雷平阳的个人生活史和观照空间、精神视野。这些不同时期的照片共同组成了特殊的空间结构和精神背景，比如故乡、老宅、河流以及郊区、城市的对话关系。我们很容易认为这些照片构成了一个作家的生存背景，实则对于雷平阳来说它们却并非简单的背景交代，而是构成了一个个看似波澜不惊实则痛彻心扉的时间节点和转捩点，它们对雷平阳意味着痛彻和丧失，代表了一段真实和虚构相夹杂的现实寓言和生存档案。

已经有人注意到了这个特殊现象，雷平阳近年来所拍和自拍的照片基本上都是黑白色调的。苏珊·桑塔格认为"很多摄影师继续偏好黑白影像，因为黑白被认为比彩色较得体、较稳重——或者说较不那么窥淫癖、较不那么滥情或粗糙得像生活。但是，这种偏好的真正基础，再次是暗暗与绘画比较"（《摄影信条》）。这也让我想到了英国伟大的诗人、小说家、画家、摄影家和艺术评论家约翰·伯格与瑞士摄影家让·摩尔的那本黑白照片的书《另一种讲述的方式：一种可能的摄影理论》。

对于很多底层者来说，他们就是名副其实的沉默者、匿名者和隐藏者，是最容易被忽视的面孔模糊的灰暗人群，而只有摄影或者文学能够给他们以"出镜"甚至"重生"的机会，"有一天，伐木者的老婆在村口停了下来，对我说：'我想请你帮个忙。你能给我丈夫拍张照片吗？我一张都没有，如果他在林中死去，我连张用来纪念他的照片都没有。'"（约翰·伯格）。这个无人知晓的深山中的伐木者经过摄影而得以重生或者死后仍被亲人铭记，这是加了黑框式的个人肖像。经过摄影术，我们看到了这位名叫加斯顿的伐木者。他挥舞着斧头用力地砍着雪松，树木被砍削过程中的裂口，他拿着电动机器切割木头，他浑身上下都是散落下来的木屑,他抬头看着那些即将倒下来的巨树。这些照片不一而足,统统都是黑白色的。

当手机出现后,每个人借助手机和摄影成了随时随刻"讲故事的人",这同时也是关乎个人、现实乃至世界的"观看之道"和视觉伦理。当我们通过镜头的捕捉最终将目光凝视在一张张黑白照片上的时候,那些面孔、景物和空间以及细节就具有了此时此地与彼时彼地之间的时间互动和空间往返。正如雷平阳所说"有个地方必将一生往返"(《慈善家——献给母亲》),这样产生的结果类似于挽歌和追悼的功能,类似于灵魂出窍、肉体下沉。尤其是黑白照片,过去时和当下之间进行着无声对话和彼此凝视。这种拒绝了颜色的单向度的呈现方式正印证了一种特殊的观照方式,而最终这形成的是一个人经由个体主体性所构筑成的精神肖像。

一定程度上摄影和图像正在代替现实本身,拟像已然成为新的视听法则和理解现实的主导方式。

无形之中人们越来越依赖于借助影像来表达和寻求答案。

影片开头出现的是一间与世隔绝的房间。这间房间如果让我去描述,我将使用上诸如荒凉、萧条和死寂之类的词语。它里面,能让人清楚地看见的只有一张床和一缕游魂一样飘着的烟雾。因为有了这缕烟雾,我们才得以注意到深陷在床上的那个吸烟的人。这个镜头是缓慢的、凝固的、幽暗的、死的。我们没法知道这个吸烟人在荒凉中、萧条中、死寂中吸了多长时间的烟卷,正如我们没法真切地把握镜头中随后出现的字幕:没有什么比 Samurai 更孤

激进与迟缓

独,或许除了森林中的一只老虎……
——雷平阳《三十八公里》

苏珊·桑塔格认为摄影是一种观看的语法,是观看的伦理学,更是挽歌的艺术。这也在深层次上对应了雷平阳内心深处的乡愁、现实经验以及世界观。但是在镜头面前,有着乡村经验的人还是有着天然的不适,因为镜头已经成了重要的现代修辞工具,"当昆明电视台的两位记者带着两台摄像机态度坚决地要求与我同往时,我又犹豫了,不是因为怕他们摄走老家的饥寒气象,露出自己的根底,而是不习惯在镜头下与父母相见,同时,也不愿给任何一个人留下'衣锦还乡'的印象。作家、诗人的世俗华彩,对我的父母来说,不值分文"(雷平阳《关于母亲的札记》)。

现实即影像,影像就是现实,现实和影像之间甚至往往会形成修辞的关系。摄影是生活经验的呈现,而在特殊的时代节点上摄影还必然承担着主体特有的认知与价值判断,"吴家林先生的作品,如亨利·卡蒂埃-布列松所言,有着一个个的'决定性的瞬间',可熟知云南山地生活的人们都知道,所谓决定性的瞬间,更多的是日常生活经验,或可称之为人神共有的常识。而且,我一直认为,这些作品,它们之所以震撼我们的心灵,基于我们已经无力返回人类的童年期,基于伟大的乡愁遭损于集体意识,当然也基于家林先生个人记忆的强大性和警醒性。是有一些后来者,力图复制点儿什么,或以理论和技术的名义,在相同的生活现场,希望再进一步,可我们始终没看见一种'更新'或'更旧'的东西。图片,从来都是一个摄影家灵魂的切片,有神鬼附体者,非人力可以追逐","在灵魂不知所往的年代,我视家林先生的摄影术为摄魂术"(雷平阳《灵魂不知所往年代的摄魂术》)。

5

在景观社会,视觉经验只能会越来越流行也越来越具有话语权,"拍摄就是占有被拍摄的东西,它意味着把你自己置于与世界的某种关系中,这是一种让人觉得像知识,因而也像权力的关系"(苏珊·桑塔格《在柏拉图的洞穴里》)。

显然,前数字化时代的摄影与数字化复制时代的摄影之间是有明显区别的,比如拍摄频率和被拍照的机会,比如照片的功能和传播途径以及阅读效果,等等。无论是公共摄影、民间摄影还是佚名摄影和个人的日常摄影、家庭摄影,它们显然既承担了日常所需又起到了维护记忆的功能。而在时代的转捩点上或剧烈的社会变动时期以及突发的自然灾难面前,作家的文字记忆和摄影师的图像记忆就会变得愈发不可或缺——比如苏珊·桑塔格曾经专门提到过赫尔默·列尔斯基在德国衰退最严重的1931年拍摄了一整册的愁眉苦脸的面孔(《日常脸孔》),它们甚至会成为另一个逝去的时代和空间废墟的最后的证明和慰藉。

阿巴坐在窗前,回到高原上的干燥地带,折磨人的湿气正从骨头缝里一点点消失。看着镜框里妹妹的照片,他的心头又像锐利的闪电一样掠过一道痛楚。他叫了声妹妹的名字。他抚摸相框。手指轻轻滑过光滑的玻璃镜面。那是死去的妹妹的脸。那不是死去的妹妹的脸。他听见自己的声音：妹妹，我不知道这是不是你。

——阿来《云中记》

如此说来，文学和摄影都承担了挽歌和记忆的功能，比如布罗茨基所说的"诗歌是对人类记忆的表达"。相较言之，摄影在视觉经验上更具有沟通时间的直接性、便利性和有效性。

罗兰·巴特曾经如此提问："我不顾一切地想知道照片'本身'是什么，它以什么样的特点使自己有别于一般影像。"（《明室：摄影纵横谈》）我想，这个问题在诗人摄影家或作家摄影家这里很容易得到解答。最基本的，这是在场的真相！当然，涉及这一"真相"所包含的内容、目的以及作用是非常复杂的，对于影像来说这一在场的指认和记忆既是真实的又可能是虚构的。可见，摄影和照片都是一种特殊的讲述方式——视觉化、感官化和欲望化的，这需要理解、阐释，也需要剖析和甄别，因为摄影是不可避免地掺杂了个人态度、经验过滤、社会成见、道德眼光、伦理判断以及历史意识的概念化，甚至摄影必然也会有虚构、修辞和想象的成分，"照片制造的着迷，既令人想起死亡，也会使人感伤。照片把过去变成被温柔地注目的物件，通过凝视过去时产生的笼统化的感染力来扰乱道德分野和取消历史判断"（苏珊·桑塔格《论摄影》）。

景观社会，摄影术则是特殊的讲述方式和记忆方式，且这种方式在当下已经变得极其重要，尤其对于个人和日常生活来说手机摄影显然成了不可替代之物。

尤其是那些无处不在的监控器、摄像头确认了一个极其丰富多变而又芜杂不堪的世界影像,而每个人每天被监控摄像头捕捉次数不下三百次。正如国际著名艺术家徐冰所说:"当我看更大量的监控影像的时候,我还是被震惊了。它有一种不被意识到的真实状态,和所有的剧情都不一样。监控给我们提供了全知的视角,同时我们可以看到现实的无情。"显然,无处不在的视觉伦理和景观社会已经诞生。

2019年,徐冰用网络下载的摄像头视频材料构成了影像社会的现实叙事,这就是在国际上产生了很大影响的艺术影像作品《蜻蜓之眼》。徐冰和他的团队历时四年从1.1万小时的公共公开摄像头视频素材中剪辑出八十一分钟的成片,编剧是翟永明和张撼依。在今日美术馆的"世界图像:徐冰《蜻蜓之眼》"展览现场,人们在巨大屏幕前可以看见一行极其醒目的文字:"世界就是一个巨大的摄影棚。"

韦斯顿早就下过如下断论:"摄影已拉开朝向一种新的世界视域的窗帘。"在越来越突出旅游文化、物质文化、视觉伦理和图像经验的今天,如此发达的媒介和讯息使得人们更为强调影像的重要性并欲罢不能。这是一种跟风的时髦,无疑这是一个视觉过剩的时代,是光影娱乐的消费快感的影像图腾和欲望乌托邦,"视觉文化并不取决于图像本身,而取决于对图像或是视觉存在的现代偏好。这种视觉文化使现代世界与古代或中世纪世界截然区别开来。视觉化在整个现代时期已经是司空见惯,而在今天它几乎是必不可少的"(尼古拉斯·米尔佐夫《视觉文化导论》)。

视觉伦理和景观社会使得人与人之间的关系通过图像和景观得以沟通,甚至成为虚拟和欲望化的关系,也就是说所有活生生的东西都仅仅成了表征,"世界图像的专业化已经完成,进入一个自主化的图像世界,在那里,虚假物已经在自欺欺人,而普遍意义上的景观,作为生活的具体反转,成了非生者的自主运动"(居伊·德波《景观社会》)。

由对个人经验、生活记忆乃至整体性的时代景观的处理和呈现方式,我们还必然注意到另一个同样重要的问题,即写作者以及拍摄者对景观和空间的态度——认同、赞颂、否定、批判、沉默、不偏不倚,"对相机背后的人们所持有的丰盈的想象力,我持肯定的观点,但是,作为借助机器而产生的艺术品,我希望它是及物的、在场的,它甚至应该是最有力的证词和档案。事实上,我们常常受骗上当,有的'纪实',让相机也学会了流泪"(雷平阳《相机不会流泪——与孟涛涛笔谈录》)。

6

诗人通过时代景观中的"视觉引导物",或者雷平阳所说的"咔嚓学"来投射出内心情感的潮汐、时代的晴雨表以及身份认同或者现实焦虑,"人们有一种普遍的观念,认为一个人若是对视觉有兴趣,那他的兴趣就必会或多或少地局限于处理视觉的技巧。因此,视觉被简化区分为几个特殊兴趣的领域,例如绘画、摄影、写真和梦,等等。被人们所遗忘的——正如实证主义文化中所有的基本问题一样——是'可见'本身所包含的意义和不可思议的部分"(约翰·伯格《看》)。

有时候摄影这一修辞性的戏剧性的方式,在历史场域中会因为扮演道德化或意识形态化的角色而维持一种社会秩序和时代伦理,这同时也是扮演、修饰和偏离了事实真相的过程。"一个摄影师在昆明搞了个影展。作品全是他'深入'云南边寨拍摄的,内容清一色的儿童百相。请了我去,意思是希望我为之写篇文章,吹吹他。看了不到三分之一,我掉头就走了。他来电话催文章,我告诉他,他的摄影作品让我非常恶心。第一,他冒充了神;第二,他可以是个慈善家但不具备艺术工作者的素质;第三,他与乡村生活隔着一堵墙……我还告诉了他,在三十年前,我亦是那些孩子中的一个,贫穷固然让我痛彻心扉,但快乐也让我成了一个小神仙,如果艺术成为方法论,他所用的'艺术'是虚假的、伪善的,和我搭的不是一辆车,用的不是一本字典。"(雷平阳《我为什么要歌唱故乡和亲人》)

这我们必须得承认,摄影这一特殊的看起来清晰确切的"窗口"却具有无比暧昧的欺骗性。与此同理,在罗兰·巴特看来,照片构成了一座巨大的迷宫。"照片并非像它们现在这样——或者更准确地说是像从前那样——是一些让人们观察世界的透明窗口。照片提供证据——经常是以假乱真的证据,始终是不完整的证据——来支持占统治地位的意识形态和现有的社会秩序。它们虚构出这些神话和秩序并且加以确认。"(苏珊·桑塔格《意大利摄影一百年》)

摄影实际上也是一种关于日常生活甚至公共生活的修辞方式。个人与时代通过摄影形成了一种戏剧性的修辞(修版、美图、PS 则是另一回事儿)关系。一定程度上,镜头会使得现代性的生活碎片重新获得观照和意义。尤其是在景观化社会,每个人都持有一个电子化的取景框的时候,这种类似于复眼的"发现"能力不是变得越来越容易,而是越来越艰难了,"摄影

179

不只是提供给我们新的选择,它的使用和'阅读'变成了司空见惯的事,变成了不需要反省检查的现代生活知觉的一部分"(约翰·伯格《摄影的使用》)。这种日常的发现与一个整体空间发生关联的时候,还会因为复杂的现实境遇而带来诸多龃龉。

即使是相机,甚至清晰度越来越增强的设备,都与真正的发现以及现实本身是两回事。吊诡的则是最初的摄影技术带来的那种震惊和不可思议的神奇效果越来越弱化,"如今,照相机变得越来越小,越来越能捕捉漂浮不定的隐秘影像,所引起的惊颤(shock)使观者的联想机制处于停顿状态"(本雅明《摄影小史》)。摄影同时也会是一种强行介入甚至企图修改生活(生存)本来面目的暴力工具,"这是一个影像泛滥过剩的年代,如同近年语言论述商品化的通膨洪流,但更为夸张怪诞,更具侵略性。摄影特质经过一段仿生物合成过程(anabolisme)后产生变异,我们已远离本雅明所指的机械复制时代氛围,环绕影像的神秘灵光不再,影像所赖以居停与希冀的记忆之宫逐渐崩解"(陈传兴《银盐的焦虑》)。

更多的情势却是这样的:人们戴着面具,社会戴着面具,世界戴着面具,即使是摄像机本身也是一个具有遮蔽性的公共化面具。

书信: 手写体档案与先锋时代的终结

　　一封信总给我一种永生似的感觉,因为它是没有有形朋友时的孤独的心。

　　　　　　　　——艾米莉·狄金森

　　它的书名我永志不忘 / 浮生如寄 / 而友情也就是 / 荒漠甘泉

　　　　　　　　——陈超《信：荒漠甘泉》

　　杜鹃在窗外的微雨中一直叫着,只闻其声,不见其形。这多像世界本身,我们看到的听到的感受到的只是冰山显露的极其微小的那一部分。面对着案头1981年至2014年间陈超先生的这些发黄变脆的书信,我想到了从二十五岁开始就弃绝社交的艾米莉·狄金森所说的"一封信总给我一种永生似的感觉,因为它是没有有形朋友时的孤独的心"。

　　书信是一种私密而特殊的"文体",甚至在郁达夫等人看来书信并不是单纯的实用文体而是具备"文学"的特质。书信是面向了更为真实和复杂自我的档案或精神掩体："不要小看了这两部小小的书,其中哪一个字哪一句不是从我们热血里流出来的。将来我们年纪大了,可以把它放在一起发表,你不要怕羞,这种爱的吐露是人生不易轻得的。"(陆小曼《爱眉小札·序》)显然,信件与日记一样属于非虚构性质的个人文本,其私密性、对话性、真实性、纪实性、复杂性对于揭示当事人的"性格"具有不可替代的价值。围绕着陈超先生的这些书信,我们看到的是异常生动、复杂的私人叙事以及深度透析的精神全息图景。这些书信进而还原甚至构建出20世纪80年代以来另一种面貌的先锋诗学景观和知识分子档案,通过一个个片段和现场尤为生动地展现了诸多诗人、作家、学者们差异性的人格、处世态度以及精神际遇和时代氛围,而陈超个体的生活史、交往史、阅读史、写作史以及繁复的灵魂图式也得以最为深邃、全面地凸显。

1

然而,"见字如面"的手写体书信作为曾经最为重要的交流方式已然终结,写信的人和收信的人都被封存进历史的黑匣子之中。"信使"不在,人们被迅速席卷到全媒体时代的数字化乌托邦和屏幕化社交的狂欢或自溺之中。这是我们必须正视的事实,尽管它的确很残酷。携带性格、体温、呼吸和命运轨迹的书信时代和手写体时代宣告落幕,自20世纪70年代末开启的英雄主义、理想主义与怀疑主义、个体主体性并置的先锋时代和诗歌黄金时代也迎来了结局。

当重新翻检、晾晒、打开和阅读当年陈超与同时代人的一封封信件,我们穿越时空来到那个远去年代的现场以及一代人真实不虚的身旁,他们的喜怒哀乐以及一个个细微的表情又生动起来。我们已然看到他们在夜晚伏案写信的情形,听到他们怦怦不已的心跳,目睹了他们因为真诚、理想、激情以及怀疑、孤独、痛苦、愤怒而微微鼓胀和变形的脸庞。这些手写体的文字是有生命力和灵魂的,一代人的身影、命运和精神肖像也在这些书信中越来越清晰、生动、感人……

就80年代以降的中国先锋诗歌而言,陈超的信件是那个异常复杂而又变动不居时代不可多得的见证和物证,它们甚至构成了一座精神体量极其庞大的先锋诗歌博物馆。其所包含的个人信息以及历史信息量极大,也展现了先锋诗歌场域中不为人知的诸多横断面、侧面以及样本、切片,而它们正是构成"历史叙述"不可替换的关键部件,它们是"真实""历史"以及"诗性正义"本身。

在三十四年间,陈超与近百位文坛好友的重要书信留存下来了二百七十多通,展现出蔚为壮观又繁复异常的当代先锋文学景观,史料价值极高。大体而言,这些书信涉及重要的诗人、作家、翻译家、评论家、编辑家、文化学者,比如作家铁凝、贾平凹,比如评论家、文化学者以及编辑家谢冕、钱理群、何锐、唐晓渡、程光炜、陈晓明、王晓明、沈睿、南帆、陈仲义、施战军、李震、李劼、巴铁、沈奇、张颐武等。陈超的诗人朋友则涉及面非常广,比如牛汉(七月派诗人)、唐祈(九叶派诗人)、昌耀、洛夫、邵燕祥、舒婷、伊蕾、张烨、王小妮、徐敬亚、西川、韩东、于坚、欧阳江河、王家新、钟鸣、周伦佑、万夏、杨黎、李亚伟、孟浪、宋琳、王寅、陆忆敏、陈东东、老木、朱文、何小竹、车前子、梁晓明、刘翔、林莽、周涛、寇宗鄂、张洪波、杨克、雨田、伊沙、臧棣、西渡、沈苇、郑单衣、叶舟、岛子、黑大春、刑天、蔡天新、庞培、阿坚、靳晓静、高星、刘向东、胡茗茗、见君、刘洁岷、育邦、安琪、康城、余丛、赵宏兴、胡丘陵、姜红伟、稚夫、人与等。"人事有代谢,往来成古今。"在通信的这些诗人中,牛汉、唐祈、昌耀、洛夫、邵燕祥、伊蕾、何锐、孟浪、老木、周涛以及陈超已经过世。

与陈超通信最为频繁的是王家新（21通）、于坚（21通）、周伦佑（17通）、刘翔（17通）、韩东（11通）、臧棣（11通）、伊蕾（8通）、唐晓渡（8通）、欧阳江河（7通）、西川（7通）、陈仲义（7通）、郑单衣（7通）、徐敬亚和王小妮（6通）、梁晓明（5通）、程光炜（5通）、张洪波（4通）。极其遗憾的是当年陈超写给于坚、周伦佑以及欧阳江河等人的信件却因为当事人的原因而散佚,这些原因包括特殊的时代背景、搬家以及家庭纠纷等。按照陈超在日记中的记述,他曾经与海子和骆一禾有通信往来,但极其遗憾的是在他留存下来的信件中没有找到。透过这份长长的交往名单,我们发现围绕着陈超所展开的不只是先锋诗歌史,还有极为丰富的中国当代文学史、文化史、思潮史以及社会史,而陈超与几十位先锋作家尤其是与"朦胧诗""第三代"诗人的深入交往和多年友谊是同时代其他人所无法追及的。甚至其中很多诗人在书信中所附的一些诗作以及文章已成为孤本,其中有的诗作并未公开发表和出版,有的文本则与后来公开刊行的版本存在着比较大的差异,因而具有诗歌史和版本学的重要研究价值。

在1978年至1999年间,各种民刊（不只是诗歌刊物）对推动先锋文学的发展起到了至为重要的作用。陈超的这些信件就涉及当时整个文学界的诸多官刊、民刊（包括刊物的约稿函）以及报纸，比如《诗刊》《人民文学》《中国》《中国作家》《诗神》《诗选刊》《诗探索》《飞天》《艺术潮流》《艺术新闻》《文化艺术论坛》《中国电视》《星星诗刊》《扬子江诗刊》《作家》《花城》《十月》《山花》《读书》《北京文学》《河北文学》《天津文学》《外国文学评论》《作品与争鸣》《小说评论》《大家》《清明》《美文》《滇池》《天涯》《江南》《青春》《文学自由谈》《百家》《百花洲》《光明日报》《文艺报》《文论报》《诗歌报》《作家报》《中华读书报》《中国图书商报》《读者导报》《厂长经理报》以及海外的刊物《美国诗歌评论》《芝加哥评论》，涉及《他们》、《非非》、《非非评论》、《中国当代实验诗歌》、《巴蜀现代诗群》、《声音》、《阵地》、《理想》、《倾向》、《开拓》、《发现》、《九十年代》、《北回归线》、《一行》、《南方诗志》、《汉诗》、《诗人报》、《汉诗编年史》、《现代汉诗》、《现代汉诗年鉴》、《小杂志》、《银河系》、《外省评论》、《中国诗选》、《中国诗歌评论》、《创世纪》（陕西）、《海内外》、《北门》、《地平线》、《审视》等重要民刊。此外，这些书信还涉及一些重要的诗集、小说、专著以及选本，比如舒婷的《双桅船》、昌耀的《命运之书》《昌耀抒情诗集》、铁凝的《玫瑰门》以及牛汉的《新诗三百首》，陈超创作或编选的《生命诗学论稿》《中国探索诗鉴赏辞典》《中国当代诗选》《以梦为马——新生代诗选》《海子诗全编》《中国先锋诗导读》《先锋辞典》（含未完成的书），其中有的只是当事人在信中提及的出版计划而最终未能实现。无论官刊还是民刊，在 90 年代社会转型和经济转型的过程中办刊的难度是前所未有的，个人诗集出版（多为自费）以及同人办刊都面临严峻挑战，比如时任《山花》主编的何锐在与陈超的通信中就数次谈到办刊的经济压力。所以就出现了在通信中朋友们夹带诗集和民刊的征订广告、启事和邮购说明的情况，比如昌耀、于坚、陈仲义、王寅以及《非非》《非非评论》《北回归线》《艺术新闻》《朦胧诗全集》等都存在这一现象。

  陈超的这些书信涉及1978年以来诸多重要的诗人、作品、现象、诗学问题以及大规模的文学争论（论战），比如"朦胧诗""地下写作""第三代""先锋诗歌""后朦胧诗""后新诗潮""女性诗歌""海外写作""四川五君""后现代主义""大众文化""传统""古典主义""新浪漫主义""台湾现代诗""纯诗""北方诗派""河北乡土诗""90年代诗歌""民间写作""知识分子写作""写作伦理"以及"当代诗歌批评"的现状、生态、问题、分化和转向等，甚至周伦佑在给陈超的信中还谈及了包括金庸在内的武侠小说。这些通信还涉及一些重要的诗歌会议和活动，这对还原历史现场和诗学问题的发生、发展具有重要意义，比如兰州会议、运河笔会、扬州笔会、榴花诗会、'86诗歌大展、汝州诗会、贵州红枫湖诗会、华北五省市青年诗会、"1988年诗歌创作座谈会"、盘峰诗会、龙脉诗会、全国青年作家创作会议、"'91中国当代诗歌创作研讨会"、首届"幸存者"诗歌艺术节、文采阁座谈会、青年诗歌研讨会、洛夫国际诗歌节、石虎诗会、孔孚诗会、乡土诗会、"后现代主义与当代中国"研讨会等。

2

那时的诗人都在通信中极其严肃、认真甚至较劲儿地谈论着创作、评论、阅读、文化、哲学以及情感、人生、社会问题，甚至有的信件本身就构成了极具诗学洞见、精神重量和思想载力的文章。韩东从20世纪80年代开始在与陈超的通信中所深入探讨的诗歌的语言、结构以及功能等问题，其中很多观点今天看来仍然具有重要的启发性："我设想的诗歌也许是一种不同的东西，这里可以肯定的是它是一种关系，不仅是语句间的关系，更重要的是语句与事物间的关系。当我们否定了作为工具的语言，语言自身必须从对它工具性质的游戏中产生。除此之外，语言自身无从建立一种关系，它的运动亦不能成立。所以我设想的也许只是一种转移，而语言中所有可变因素都应予保留。至此，诗歌揭示性的目的在于给出一个独一无二的结构。这样，诗歌就不再是一种语言分裂的产物，它合二为一了，它仅仅是一种新的东西，全新的东西。"（1989年12月24日韩东致陈超）

20世纪八九十年代的诗人在书信中谈论比较多的一个话题就是读书，那是一代人在逐渐开放的文化空间中不可或缺的"阅读史"、"对话史"以及"写作关系史"，甚至西川在1989年的后半年竟然累积阅读了高达四百万字的书。当时西方的诗学、哲学、社会学以及方法论对中国诗歌界和文化界的影响是巨大的，比如"当代思想家访谈录""20世纪欧美文论丛书""现代西方学术文库""20世纪西方哲学译丛""汉译世界学术名著丛书""国外马克思主义和社会主义研究丛书"，比如现代主义、结构主义、后现代、存在主义、新批评等。当时好多朋友在书信中及时地互通有无，时时交流各自近期的阅读书目和心得体会，甚至还主动提及要帮助对方买书。与此同时，各种思想和文化风潮的涌进也使得中国诗坛存在着大量模仿式、速成式、贩卖化、知识化的写作倾向。陈超对这种写作和评论所存在的问题是非常审慎和尖锐的批评者，也是最早的反思者之一，他认为当时一些作家和评论家普遍存在着智力障碍和良知障碍。西川在1997年5月24日给陈超的长信中非常详尽地谈到了自己的阅读经验，这实则也是一代人的阅读史。西川对当时阅读经验的反思则非常及时而可贵，写作者不能简单和盲目地通过阅读去追附、模仿以及致敬："上海人民出版社出版的《福柯访谈录》《哈贝马斯访谈录》《德里达访谈录》《布尔迪厄访谈录》我都读了一遍（未读《利奥塔访谈录》），觉得前两种比后两种要有价值得多。福柯代表了法国学界的'拆解'，哈贝马斯代表了德国学界的'整合'，两人虽有共同之处，但对立之处也很明显。由于我从前一直不自觉地倾向于'整合'，因而对哈贝马斯心领神会。但福柯的确是一个带给我们礼物的天才，他使我们熟悉的世界变成了陌生的世界，他使我们的定式思维发生地震，这正是我目前的写作所需要的刺激。不过，我肯定不会急急火火地向福柯致敬，福柯关于作者不存在的观点是我不能同意的。福柯和德里达从不同侧面对于西方知识系统所做的颠覆工作看来已受到了西方其他一些理论家的挑战。"

差不多每一个作家和诗人都有公开发表的文本以及属于自我的私密文本（"抽屉文学"），在诸多文本中最特殊、隐秘、内在、真实的无疑是书信，这揭示了一个人最为真实的性格、心理状态以及三观。在书信构成的"私人文本"和"传记材料"中,我们更易于与那些真正意义上的生命和灵魂相遇。"我向来喜欢读伟大作家的信件、对话录,读他们的思想,读关于他们性格、习惯、生平的一切细节;特别是当这些文字没有被其他人编撰过,没被别人根据自己的喜好构建过时。"(夏尔·奥古斯丁·圣伯夫《文学肖像·狄德罗》)

从1981年开始一直到去世的2014年,陈超与朋友的交往更多的是通过信件来完成的,受媒介的影响,后期的时候用邮件和电话交流较多。陈超择友是苛刻的、谨慎的,而他为人的真挚、平和、纯粹、有趣是有目共睹的。

今夜细雨如织
我正好给你复信
你知道我不大复信
尤其是在夏天

可是今晚雨丝缠绵
窗外响着好听的声音
我要给你复信
我要把心思抻得很长很长
有一些隐情
是要到下雨的时候才萌芽的
想象你后天读我信的样子
我就温柔起来了朋友
我要写上我的歉疚

激进与迟缓

> 我的过失
>
> 被我伤害过的心灵
>
> 在落雨的时候听我忏悔听得深沉

在陈超的《夜雨修书》这首诗中我们目睹了一个人时而快乐、平静,时而暗翳、纠结的内心世界,感受到了一颗在干涸中紧绷而又渴望朋友慰藉和等待甘霖的心,还有对自己性格和生活中过失的自责和深深忏悔。而诗中提到的"你",显然是陈超非常值得信赖的心灵朋友,但也可能正是诗人自己。细雨在酷夏的降临更像是人生际遇的恰切隐喻。溽热的夏天,突然降临的细雨在瞬间将坚硬软化,将干燥润湿,将"暴戾"的性格转化为自审。在陈超的一生中,那些真正的朋友恰如暴烈、燥热、焦躁之际降临的柔润的细雨、和风,恰如荒漠甘泉带来的抚慰,"同一位久别重逢的友人握手。我甚至觉察不到这是一种触及快乐还是痛苦的感觉:正像一个盲人用手杖一端直接感觉事物那样,我直接感觉到友人的在场。无论什么生活境遇都是如此"(西蒙娜·薇依《重负与神恩》)。

在陈超的阅读中,《重负与神恩》以及《荒漠甘泉》占有特殊的位置。1995 年,陈超家里遭遇诸多变故,他几乎每天奔波在学校、医院以及深夜回家的路上,当时评教授职称也受挫。更不幸的是儿子陈默(后改名为陈扬)被确诊为孤独症,陈超和妻子杜栖梧为此承受了巨大的心理压力,但在当时仍然抱有一丝信心和幻想,"这种病没有治愈可能,但我相信有改善希望,孩子自己也在努力,语言的进步比较明显……"(陈超日记)。在这一年的最后一天,新年的钟声即将敲响的冬夜里,陈超静静独坐,回顾这一年以及近年来的诸多波折,身心疲惫,但也只能尽力面对:"1995 年快过去了。近几年我对时间已失去敏感,心境平和……三十七岁已过,真是到了中年,意识中相对主义成分更大。生活使我厌倦,但凭习惯还能认真对待身边的、手头的事情。人活着没有什么可兴奋的,但死更无聊。有多少死去的人其实还是以活人的价值观为基准的。否则,用不着死。"(陈超日记)一位朋友在 1995 年春天给陈超的信中附带了一本《荒漠甘泉》。这本书犹如一封长信使得陈超重新认识人生、自我以及命运的渊薮。

这年我一家频遭颠踬
命运沉着地完成着
它令人费解的计划
你寄来一些钱和这本书
——《荒漠甘泉》

多么好的名字
神,仿佛要用一个朴素的喻象
勉励和安慰他虚弱的众儿女

往返于忙碌的医院和寥落的家之间
这本书始终与白色保温饭盒为伴
外出携带着它,但从未阅读
一是没有时间
再者,是出于莫名的恭敬——

颠顶的我本来一直没有信仰
临时,我怎能让神服务于人?
我要在无所祈求时读它
比如今天,阳光照耀着
刚刚整理干净的家
我倒掉了未用完的
许多药片与几盒针管
我读了这本书
在给你写信

我的朋友
钱我刚寄还,请查收
而这本书,让我诚实地说
不如我期待中的那么好
(因我已读过数遍《重负与神恩》)
但它的书名我永志不忘
浮生如寄
而友情也就是
荒漠甘泉

——陈超《信:荒漠甘泉》

信件面对的是具体指向的"个别读者",具有明显的指向性和私密性质,而书信也是对"命运伙伴"和"灵魂朋友"的寻找。书信是两个灵魂之间"对话"的产物,是朋友之间获得交流以及慰藉的最好媒介,而每一个人的性格以及生活都是多层面的,都是紧张与松弛、悲苦与欣慰、黑暗与亮光、重负与神恩等矛盾体彼此交集、纠结的复杂化过程。

四川诗人周伦佑在十年的时间里写得最长的一封信就是给陈超的,他也是诸多朋友中最早认识到陈超诗歌写作具有重要意义且对其评价甚高的人之一:"我以为你的诗歌写作不仅对于你自己,而且对于当代诗歌的品质转变都具有重要的意义。"(1993年3月18日周伦佑致陈超)1997年5月24日,西川写给陈超的信竟多达五千字,深入剖析了当时很多重要的诗歌问题。朋友中给陈超最短的一封信是于坚在1993年2月20日写的,算上标点也只有寥寥四十二个字:"陈超好!新年曾寄一贺年片给你,收到了吧?遵嘱寄上诗几首。我会给你打电话的。祝好!于坚"。如果电报也算作是特殊书信的话——加急的信,欧阳江河在给陈超的电报中只说了九个字(标点计算在内,电报当然是字数越少越省钱):"上级决定,会议取消"。

3

陈超的这些书信在中国先锋诗歌史上简直就是不可复制的奇迹,是书信、手稿时代的全息记忆与最后投射。它们最为真实、立体、复杂、深刻地展现了80年代以来中国先锋诗歌的衍生、发展、分化、转捩、内耗、博弈以及消隐的运动轨迹,揭示了一代知识分子绝不轻松的心灵履历,见证了激荡岁月中他们灵魂的生动纹理和命运潮汐,凸显了深邃且不乏戏剧性的社会文化场域的内核和机制,透析出代表性的诗人、诗作、观点、文章、现象、活动、运动与波动不已的现实之间的深入互动

激进与迟缓

关系。

陈超的书信让我们看到了当时以"朦胧诗"和"第三代"为主的重要先锋诗人对于人生、社会以及写作的态度,也折射出个体的性格、癖好以及为人处世的差异性法则。与陈超交流、交往的这些诗人、作家和批评家,他们的个别观点和文学观念甚至是冲突的,在旁人看来他们处于水火不容的"阵营",至于各自的为人、禀性更是千差万别,但是他们都在陈超的包容心和凝聚力中共时性地呈现了多元发展的中国当代先锋诗歌的真相。质言之,陈超以深度参与和开放包容的态度见证了中国先锋诗歌最后的手稿时代和书信时代。之所以像舒婷、陈仲义、徐敬亚、王小妮、唐晓渡、西川、韩东、于坚、王家新、欧阳江河、周伦佑、杨黎、李亚伟、孟浪、梁晓明、陈东东、王寅、臧棣、伊沙等都能够成为陈超的好友,这离不开陈超个人的魅力、凝聚力以及诗歌美学的尺度、辨识度、包容力——而不是站队、排斥和打压、攻讦。

这些信件涉及一些当事人的自我评价以及对旁人的态度,其中有的是中肯的,当然也排除不了龃龉、相悖的成分和意气之争。这也让我们看到了先锋诗歌内部的差异之处,甚至涉及同一个人、同一个诗歌流派以及同人刊物在不同阶段的变化和矛盾,比如当时同属"他们"的韩东和于坚之间的差别:"于坚喜欢长的、大的。他改诗总是越写越长,而我总是越改越短。"(1988年10月24日韩东致陈超)就先锋诗歌的"裂变"而言,于坚就说道:"我则仍企图通过诗来和所谓'第三代'人、先锋决裂。"先锋诗歌也因内部动因和社会文化的裂变而处于不断的调整、否定和修正的过程之中,"人在各个时期,想法不同,甚至自相矛盾，我也常常如此。这是好事，不断自我否定、自我调整，为的是更近真理"（1998年2月5日于坚致陈超）。这些信件涉及一些诗人在不同时期自身写作风格的转变，比如西川在给陈超的信中以长诗《致敬》《厄运》等为例谈及自己诗歌在90年代的明显转向："《厄运》写得已经不太像诗歌了，所以我有点儿不安。如果你对这篇'四不像'不满意，就请把它退还给我。"（1996年8月24日西川致陈超）

其中一部分信件涉及80年代和90年代的社会文化转型的复杂背景，而当时一些诗人和翻译家纷纷远赴海外，比如江河、顾城、多多、杨炼、张枣、宋琳、老木、孟浪、李笠、赵毅衡以及短期出国的欧阳江河、王家新、翟永明等，那时无论是在精神境遇还是在写作关系上他们都处于跨文化跨语际交流的影响与焦虑之中。当然，这也是"对话诗学"的开启时期，而中国诗歌话语场也开始了"向外"倾斜和转向，很多诗人主动或不自觉地踏上了"西游记"的过程。一部分诗人即使暂时寄居或游学海外也与陈超保持着书信往来，比如王家新在欧洲（1992—1994）、欧阳江河在美国、孟浪在美国布朗大学、臧棣在美国加州大学戴维斯分校、蔡天新在美国弗雷斯诺。1995年5月8日，远在华盛顿的欧阳江河给陈超寄来一封信。这封信是用毛笔小楷写的，按传统信札的形式由上而下、由右往左书写，并随信附上欧阳江河写的三幅字："我在这里没有文房四宝，毛笔仅一支（写信及写那三幅字用的是同一支笔，我喜用大笔写小字）。还好，买到了纸，问题是我的印鉴不在美国。我给你出个主意，若兄对这些字尚感兴趣，不妨自己找朋友或朋友的朋友刻一印章（欧阳江河），我想这在石家庄并不困难，在美国则难如上青天（找不到刻字的金石家）。印刻出后，可找一写字或作画的朋友盖在字上，这会使字变得好看一些。由于笔的限制（这是一位学中文的美国人赴中国前送我的，典型的初学者之笔），我只强调书卷气的一面，但愿能合兄之口味。"

90年代的社会转型尤其是市场经济大潮和物质主义的影响对诗歌界（不只诗歌界）形成了剧烈冲击，生存、写作和精神的分化、裂变时期开始了，比如当时很多朋友在与陈超的通信中都谈到了海子、骆一禾和顾城的死。很多诗人改弦更张，有的放弃诗歌而转向小说或其他文体的写作，比如韩东、朱文、李劼、梁晓明、刘翔、郑单衣等人。当1991年陈超陆续在刊物上读到韩东的十几篇小说时，他的第一感觉是有点儿蒙和震惊。尽管陈超认为韩东的这些小说技巧成熟并且非常出色，但是他当时不免发出疑问：韩东为什么不再写诗了？诗歌使韩东厌倦了吗？韩东不仅就小说与诗歌的关系以及为什么自己要转向小说写作专门向陈超谈过，而且在1992年至1993年之间数次写信给陈超，反复、深入地交流这些问题："感谢你的来信。如此热情地论及我的诗集，十分让我感动。一年多来，我的时间主要花在小说上。从今年夏天起我已辞职在家，专事写作。此举可谓'逆历史潮流而动'，因此很可能成为一个'时代的牺牲品'。你知道，我的写作亦不可能以赚钱为目的。好在写出来的东西十之六七能发。最重要的问题仍在小说内部。"（1992年12月9日韩东致陈超）1992年韩东选择辞职而专事写作是冒了极大的风险的，为此心理上的压力和经济上的不安全感是显而易见的。1993年8月6日，韩东在致陈超的信中谈及小说的重要性，而对诗歌意义上的"史诗"表达了不信任感："关于小说，我尚没有发言权,而且这件事正在进行中,我不便脱出来做一番审时度势的研究。你知道我仍然爱着诗,所以相信小说不过是这个时代里的一种史诗。史诗以小说的形式出现,这便是我的发现。我还想说一句:如今小说形式以外的'史诗',都具有某种程度上的不可理解的虚假性。"实际上不只是韩东,当时很多诗人都在尝试着诗歌之外的散文、小说、批评等不同的文体,这对个体综合写作能力的提升是有裨益的,当然更多是写作内部的驱动而非文体之间的层级权重,即文学观念与写作经验的更新和拓展,"我这几年一直想写小说。倒不是写诗的人写小说被认为是种时髦,而是一种需要。我在用散文语言来缓解那个过分紧张的自我,没料到一写就没完没了。刚写完一个叫《低烧的鱼群》的中篇,接着就是层出不穷的构思与臆想,天知道会怎样"(1999年7月3日郑单衣致陈超)。值得注意的,即使是同一文体内部的变化也呈现出复杂性和陌生化的一面,比如90年代初以西川、于坚为代表的"反常规""反美文""反抒情""反诗歌"的长诗写作实验,其中笔记、随感、杂谈、小说等非诗的元素大量渗透进诗歌当中。西川有一首诗名为《小说家》,非常戏剧化地谈论了小说创作:"两条必将相遇的道路上走着两个 / 必将相遇的男人。他们握手的姿势 / 被桥梁模仿;他们吹牛,叹气, / 并且煞有介事地探讨起道德的含义。 / 他们并不知道是你让天空阴沉着脸, / 是你让夜晚下起了小雨。// ……你暗自发笑,躲进垃圾箱, / 你创造的人物朝你倾倒垃圾。 / 他们互不相识因而互相提防, / 只有你掌握他们各自的心理秘密。"陈超在与韩东和西川的通信过程中也意识到诗歌与小说之间的互动、"对话"可能会获得完全不同的精神视角、语言可能以及写作的活力，甚至会有意想不到的收获。这种特殊的"互文"对批评家们来说也有重要的启发效果："我现在'移情别恋'于小说评论，也是基于同样的原因。不要以诗观诗，要以广义的文学'书写'或'写作'这一视域观诗，我们会发现诗歌在日益变成狭隘的'孤芳自赏'。缺乏结构中的互否、盘诘，缺乏具体生活的真容，缺乏幽默的历史想象力。"（陈超《南方诗·北方三人谈》）那时陈超也搞过一段时间的小说评论，比如关于铁凝的作品。在1993年出版的《以梦为马——新生代诗卷》中，陈超在自己的简历上还特意强调了一句"另有随笔及小说评论发表"。

事隔多年再来看，以韩东为代表的由诗转向小说的转型风潮提供了一个重新审视当代人的写作、文体、观念、文化症候等深层问题的角度。李劼在当时的跨度更大，直接由文艺评论转向了写作电视剧："这种活儿不像写论著，得花大量的时间去跟人谈判，因此带有一定的商业性。"（1996年1月17日李劼致陈超）一部分诗人和作家则放弃得更为彻底，比如万夏、张小波、李亚伟等人直接转战商海成为中国最早的那批个体户书商，此外还有开餐馆、办酒吧、建客栈、跑业务、拉赞助的。"那是一种什么生活呢？隐秘的诗人生活。公开的身份是教授、书商、餐馆老板、小说家、自由撰稿人、记者、编辑、酒徒、混子，而暗地里却是一个诗人。"（何小竹《柏桦与张枣》）而仍在苦撑坚持写作的一批诗人则不得不在突变的市场天气中主动或被动地调整，而这一调整过程掺杂了诸多分裂、矛盾和戏剧化的成分，其中最典型的例子当数柏桦。那时的柏桦一边在撰稿，一边给《厂长经理报》做编辑，并给一些个体户书商做策划兼撰稿人。是的，写作（精神）与生存的分裂时刻已经猝然降临，甚至这种戏剧化的分裂感很快就会被强大的物质力量所弥合、消解，"不正常"的现象将很快成为见怪不怪的文化常态和社会潮流。"柏桦有好多年都过着艰苦的生活，给书商做稿子做到完全没有脾气。有次老朋友聚会，不常出门的柏桦喝醉了，很兴奋，主动要求跟我们转台，并不停地说，我还是很颓废的，这么认真地做一件无聊的事情，就是一种颓废。"（何小竹《柏桦与张枣》）陈超与柏桦的交往最初也是通信。那时的柏桦工作调动频繁，一会儿成都，一会儿重庆，一会儿南京，所以陈超的信往往被退回。陈超认为尽管柏桦是重庆人，但是天生地有着江南才子般阴凄、幻美的性格。陈超在1986年才读到了柏桦写于1981年10月的《表达》："我要表达一种情绪／一种白色的情绪／这情绪不会说话／你也不能感到它的存在／但它存在／来自另一个星球／只为了今天这个夜晚／才来到这个陌生的世界。"1988年12月1日，于坚在给陈超的信中对此时代诗人的"转型"表达了强烈的不满："久未见信，近况如何，是否穷坏了。现在诗人纷纷挣钱去了。人就是如此虚弱。这时代，只有坚强的灵魂才禁得住折腾。"在社会转型期诗人们在信中谈论比较多的是商业社会对人文精神的冲击，比如陈超、陈仲义、徐敬亚、唐晓渡、王家新、于坚、王小妮、周伦佑、郑单衣等都反复提到了这一问题。

在20世纪90年代初，陈超在北京与王家新有过一次彻夜长谈，按陈超的说法这是"彻骨交流"，而诗人之间倾心的纯粹的"交谈时刻"很快在此后发生断裂，荒诞不稽将成为常态。王家新的《转变》《日记》《卡夫卡》成为这一时期知识分子精神遭际的有力见证，它们是切斯瓦夫·米沃什意义上的"见证之诗"："《日记》比较偏爱，那里有一种接近本质的东西，一种美，一种不是从别处而是从写作中开始的。一平对这首诗特别赞赏，说许多人可以写出类似《卡夫卡》这类深刻的诗，但却写不出《日记》这类。他的话有道理，也让人沉思。《卡夫卡》虽然也很肯定，我想我们刚进入一个卡夫卡的世纪，虽然他已离去多年，也可以说，我们的日子刚开始变黑，而这似乎已和外在时代无关，而是和我们自己的呼吸、写作，个人的隐私、内心障碍及神学相关。起码对我个人来说，分离与荒诞感愈来愈强，而写作似乎只成为一个对黑暗与死亡的进入过程。当然，所谓'存在的勇气'也就体现在这里。记得另一个朋友谈到卡夫卡时讲到卡夫卡是他的'英雄'，我当时一愣，但又的确如此。"（1994年3月31日王家新致陈超）值得注意的是，西川、于坚、王家新、欧阳江河、刘翔等人在与陈超的通信中都谈到了卡夫卡——甚至王家新直接通过《卡夫卡》《卡夫卡的工作》等诗文来处理这一"对话""互文"关系，但他们切入的角度和理解的程度、侧重点却不尽相同。在西川看来，他人（包括阅读经验）是不能替代个人的经验和生命的，而一部分中国诗人是缺乏创造力的，他们借助卡夫卡、庞德、奥登、布罗茨基、维特根斯坦、海德格尔等来感受中国的问题（1997年5月24日西川致陈超）。这一时期中国诗人"卡夫卡式"的精神境遇除了与整体性的时代氛围相关外，自然也与诗歌内部机制的转换密切关联，"我甚至感到这是一个需要卡夫卡那样的写作者的时代。你很难说他是一个'小说家'，或是'随笔作家'，或是格言、断片、书信的写作者，但他是一个能够'对文学说话'的人。这也就是拉康所说的'话语创始人'。相形之下，许多人把他们的'诗歌'或'小说'自身弄得很是精美、完善，却不能对整个文学说话，更不要说开创出新的边界或话语的可能性了"（1994年7月15日王家新致陈超）。

4

这些信件印证了同时代诗人"进入"或"处理"时代在写作方式以及认知方式上的差异。这首先来自个体对"时代"和"写作"的不同理解，至于文学表达的差异更是霄壤之别。我们更多看到了一代人的探索和实验以及在此过程中他们的迷惘、分裂、痛苦和孤独，他们对当时写作现状以及整个文化生态的不满与批评——比如西川谈及的当代诗人与传统和文化的关系，当然也让我们目睹了一代人的丰富性和复杂程度。总而言之，那是一代人通过阅读和写作寻找对称或对抗的时代，也是校正精神和自我启蒙的时代。

陈超与西川在80年代后期开始通信，陈超是西川那一时期自我诗歌革命的直接见证人、倾听者以及不可替代的谈伴和建言人。真正有益的交往和彼此兄弟般的信任确实只能属于极少数人："前些日子河北电视台来了几个人，找我和姜杰。那个摄像说是你的学生。我便慷慨地送了他一本《大意如此》。以后我再见到你的学生，一定要他出示你手写的证明（证明你认他做你的学生），否则我只送他《中国的玫瑰》。"（1999年1月9日西川致陈超）

西川对陈超的评论文字极其信任："读到你的溢美之词。我心想，什么时候才能为这家伙'两肋插刀'干一回呢？我绝不

激进与迟缓

希望你倒霉,我祝你好运连连。可我什么时候才能向你显示我的'侠肝义胆'呢？你看,生活中真的到处是'两难'。"(1999年1月9日西川致陈超) 陈超对西川的诗歌特质的"提前关注"更是同时代批评家中少见的,这是一个"诗人批评家"的精敏、卓识、特异的感受力、语言直觉以及诗学视野的开阔程度所致。"1986年初春,在林冲发配之地沧州的'华北五省市青年诗会'上,我见到西川。那时他面孔白皙、身材高大健壮、长发飘拂、精力充沛。但和善的表情和专注于诗歌审美的发言,加上身穿蓝色中式对襟罩衫和灯芯绒裤,却稍稍掣住些他的青春英气,显得成熟而大方,古典而又前卫。这个形象与他的诗歌给我的感觉吻合了。80年代初至中期,西川诗歌质地精纯而稳定,特别是长诗《雨季》等带来的反响,使西川在'本体诗'的向度上成为诗坛独特的'一元',被称为'西川体',并影响了许多诗人的'艺术主题'陈述和形式自律意识。"(陈超《让蒙面人说话——西川诗歌论》) 在陈超的个人通信史上,回信长度之最的当数西川。1997年5月24日,西川给陈超写了一封五千余字的长信,可见两个人之间互信的程度和交往之深笃。在西川看来,陈超不但为人诚实而有趣,而且是真正懂得先锋诗歌秘密的少数人。在这封信中,西川尤其谈到他非常珍视和看重陈超的阅读感受和建议,因为在西川看来陈超具备很多批评家所不具备的特殊品质和卓异才能。"收到你4月20日的来信后我非常高兴,这不仅是因为你对我的褒奖(我不否认我的虚荣心),也因为你使我感到我们之间友谊的珍贵。你信中提到我把《广场上的落日》一诗改糟了,看来如将来再有机会出版此诗,我得恢复此诗从前的旧貌。我也听到其他人对我改动此诗的意见,我大概做了一件蠢事。将来我是否应在《广场上的落日》诗后注上一条:我是听了你的意见才将此诗恢复原状的?事实上,你是我最敬重的批评家和诗人。在你身上蕴藉着对于思想、历史、文化、艺术的广泛关怀,而这却是其他一些搞批评的人所不具备的。阅读其他人的批评文章时我总有一种气短的感觉,那其中只有临时性的策略术语,却没有对于文明的穿透,因而看不出作者的知识品位、灵魂修养和个人创造力。"2014年1月,江苏文艺出版社推出西川的短诗集《小主意》,在正文之前的说明文字中西川又特意提及自己对旧作的态度:"在某种程度上我是个悔少作的人。我敝帚自珍的感觉不算强烈。"西川尤其谈到一个人在修改旧作的过程中可能存在的风险,为此他特意谈到陈超对他修改《广场上的落日》一诗的建议:"修改也有修改的危险:你有可能把一首不太好的诗修改得更糟糕。本诗选中《广场上的落日》一首就遇到过这种情况:我曾经对该诗原稿做过改动,但在修改稿被收入《西川的诗》后,批评家陈超提出了反对意见,认为我把诗改坏了。这一次,我部分恢复了原稿的风貌。"(《小主意·说明》)在该诗集的正文中,西川在《广场上的落日》下特意加了一个注:"本诗两稿。陈超先生认为诗二稿改坏了。现部分恢复初稿。本诗以此稿为准。——西川,2021.4"。通过陈超与西川的交往,我们看到的是诗人与批评家之间极其难得的命运伙伴般的关系,这无论是对具体的写作实践还是一个时代整体的诗歌观念的推动都大有裨益且不可替代。重读这些信件,我们深切地感受到那一时期知识分子之间的交往方式和信任程度,他们彼此促进、相互砥砺、精神相通,真挚、脱俗而又"迂阔"得可爱。

陈超之所以能够赢得这么多的知心朋友，在于他的诗学观念是包容的、开放的——其核心则是"生命诗学"和"文本细读"，所以他的文学朋友从性格、风格来看差异巨大，比如和西川的写作完全不同的韩东、于坚也是陈超多年的书信伙伴。

尽管韩东是哲学系毕业，但他从来不在诗歌中炫弄知识和智力，而恰恰是在"日常""口语"中完成日常精神现象学的深度还原。敏锐的陈超精准地指出韩东作为"他们"的领军人物自然有"领袖欲"，但是韩东的可贵之处在于他仅仅是提供一种姿态或可能性就赶快摆脱追随者而继续向前。陈超与韩东的首次见面是在1988年淮阴的"运河笔会"（全国当代新诗研讨会）上，当时已经是渐渐潮热起来的5月。那时韩东还穿着高帮鹿皮靴，他留给陈超的印象是时而用手去扶滑下来的深红色的玳瑁眼镜。当时陈超感觉韩东更像是一个中规中矩、历经沧桑的老三届学生。与体质略显单薄、白皙，态度持重的日常交往不同，韩东在此次会议上的发言《三个世俗角色之后》却是不留余地、咄咄逼人的，他对以往诗人作为政治动物、文化动物和历史动物给出了极为尖锐的批判。就诗人与日常生活的关系而言，以韩东、于坚为代表的"日常写作""市民精神"重新发现了诗歌的另一重秘密，并在诗歌中以"日常精神事件"的方式再次激活和命名了多层次的"生活"以及"现实感"。通过这次"运河笔会"，陈超非常欣赏韩东的犀利、诚实、直接，从此二人在书信交往中的信任感与日俱增，甚至建立起不可替代的"知音"关系。在1988年6月25日的信中，韩东对陈超做出了非常高的评价："一直想给你写信，'运河笔会'上你几乎是唯一可以信任的人，我早已把你视为朋友。"显然，这是建立于彼此的真诚个性和诗歌互信的基础之上的。"你肯定我的诗我相当得意,因为是你而不是别人。我零零星星地看过你的一些文章,觉得特别好。唐晓渡、李劼和你三人中选择,我举双手赞同的只能是你。晓渡缺乏直觉,文章虽结实但面目较刻板。李劼是个直爽的人,但他说的比他写的好。他的文章较之晓渡或许有流动的气势,但仍然缺乏语言上的尖锐性。读你的文章是一种享受,只是我很少有这样的机会。你能否给我寄一些来?"(1988年9月14日韩东致陈超)尽管很多年间陈超和韩东的见面只"运河笔会"这一次,但韩东已把陈超视为不可多得的好友:"节后遇到唐晓渡,说你曾到了上海、杭州一趟,为何不来南京找我玩?也许是离不开大队人马——我为你开脱了。很想念你!虽然你我只见过一次,且通信不多,你亦没有写过我的专论(欠着!),但我总以为若有机会我们会成为真正的好朋友的。也就是说,所有见过的又没再见的人中我最想见的就是你。别人我总是躲着,而他们认为我做作——看来是永远不能理解和原谅了。"(1993年2月27日韩东致陈超)

平心而论,每一位作家都像韩东这样期待着可遇而不可求的终极意义上的"知音读者""至上的读者"出现,这一特殊读者在完备的意义上深度理解这个写作者的个性、风格乃至生活、情感等内在的秘密。1989年的平安夜,住在南京瑞金北路的韩东给陈超写下了这样一封特殊的信。

寄出《他们》后我一直有一种感觉:你会给我来信的。这和我写诗时潜在的读者形象有关。我总觉得有这样一个至上的读者,我努力取悦于他。我想他读到某处时会由衷地叫好,这样我就没有白写。这个读者既是神,同时又具体化为我的朋友,我所信任的那些人。虽然他不具体是谁,但肯定包括了你。虽然已隔一年我仍记得你的样子,包括我从未见过的你读到喜欢的作品时的样子,就是这个道理。

陈超正是韩东眼中的那位难得的最值得信赖和托付的"终极读者":"我最好的东西发不出,自我感觉又越写越好,这的确是个压力。给你寄的这几首是我最满意里的一部分,不是有意挑出来的,只是手边有它们。这么说是想让你看我作品的全部,但我又不可能尽数抄去。这样吧,什么时候你来南京,我一首一首地拿给你看。我现在越写得自信就越只能要求个别的读者了。大众承认我是另一个意思,与我本人现在的诗歌几乎无干。我直觉上感到你可能是我最好的'读者'。"(1988年7月24日韩东致陈超)

经过韩东的介绍,陈超还结识了吕德安、朱文、刘立杆等人,而陈超给朋友们的印象一直都是温暖、会心、智慧而充满激情的:"收到你的信,总很感动。你的激情和热情会给我一股力量的。"(1988年6月16日车前子致陈超)

5

陈超正式结识欧阳江河等人也是在1988年5月的"运河笔会"上。

那时交通不便,大家能够见上一面实属不易,所以彼此之间也格外珍惜谋面的机会。在那次会上,陈超第一次遇到的除了韩东之外,还有欧阳江河、车前子、何小竹、邹静之等人。"在扬州见面,我便对你独立的批评观很有好感。我认为,不论其地上、地下,独立的批评家都不应受其左右。当然,对地下诗人们,考虑其处境,对其缺点作些适当的回避,在某种时候也是需要的。但适当的时候,自然应正言。不为别的,这对诗歌有好处。"(1990年4月9日何小竹致陈超)那次诗会几乎包括了当时重要的青年批评家,比如陈超、唐晓渡、朱大可、巴铁、李劼、李震、老木以及加拿大诗人、汉学家戴迈河(Michael M. Day),而西川、于坚、欧阳江河、王家新、韩东、周伦佑、柏桦、伊蕾、翟永明、孙文波、宋琳、杨黎、何小竹、车前子等七十余位诗人到场。"运河笔会"结束后,陈超和欧阳江河开始频繁通信。极其可惜的是陈超寄给欧阳江河的信都散佚了,我们目前看到的只是欧阳江河写给陈超的部分信件。陈超那时已经意识到欧阳江河的长诗写作体现了诗歌(语言)对生存对抗、对称的写作立场:"欧阳江河的诗具有深邃的智力、知识、理性色彩。对玄学话语的刻意深入,对揭示生存/生命立场的倾力达成,使他的几首长诗成为这个时代最令人重视的'备忘录',他是某种程度上的集大成者。广阔与细腻,犀利和润泽,含混和澄明,抽象和具象,在他的诗中得到浑融。诗歌据此成为与生存对抗/对称的'质的知识'。"(陈超《以梦为马——新生代诗卷·编选者序》)与其他批评家所不同的是,陈超是对欧阳江河的理论专业性以及诗歌创作才能同时予以看重和深度观照的:"此后,我就将欧阳江河当作优秀的诗人看待了。不仅仅由于他的诗,更由于他绝对专业化的理论态度。这是我判断一个诗人价值的重要角度。精湛的理论头脑,往往使诗人的写作由自发上升到自觉,由即时性触发上升到有方向性。"(《印象或潜对话》)1991年乍暖还寒的时候,陈超接到欧阳江河的来信,要其参加四川举办的先锋诗歌研讨会。会期将近,已开始准备行装之际,陈超突然接到了一贯"喋喋不休"的欧阳江河最为简短的来信:"上级决定,会议取消"(电报)。

尽管于坚是四川人,但因为母亲是昆明人的缘故,所以在很多人看来于坚属于典型的云南高原土著,矮小、较胖、神情憨厚、眼神固执而明亮,同时又自负而坚韧,适度而又有些世故。"在我的朋友中,于坚是极少数的那种深悟自身素质的人。这使他的写作,一直保持着恰如其分的适度:个人主义和自然主义的结合。酒精、聚会、钓鱼和网球,并没有使他的诗歌表现得兴致勃勃、潦草和迷惘。他有时也赞赏别的诗人,但更像是在尽朋友的'义务',言不由衷,含有迁就所有同人的'集团主义'动机。这也许说明于坚老于世故,也许说明于坚对自己声望的估计,或兼二者有之。"(陈超《印象或潜对话》)第三代的"龙头"诗人于坚是陈超相交三十多年的好友,他们从80年代初开始就保持了常年的通信。诗人们普遍认为于坚是后现代式的"怎么都行"的人,陈超却认为老于坚其实是特别认真、忠厚的人。对此,在《于坚之"明白"》一文中陈超给出了证明:"某年我'挈妇将雏'要到云南几个地方一游。提前给老于坚通了气,无非是到昆明聚一下的意思。没承想很快接到于坚回信,要我制订严格的'旅行日程表'马上发他,要具体到某日到某地,怎么玩、住、行,如此等等。他马上将安排云南数地朋友按时接应我们。我的行程全无计划,一贯喜欢浪哪儿算哪儿。望着于坚铆工车间'工长日志'般的周详,我和妻子深为感动。为了朋友能玩得开心、方便,他要不厌其烦地将细节搞'明白',萝卜未至坑先挖好,免得露天晒蔫。吓得怕给人添麻烦又做事率性的我,决定先不予回答,自己各处瞎玩了十天,最后才流窜到昆明。"

在陈超与于坚的交往史上我们又不得不提到那场"盘峰论剑"。

1999年4月16日至18日,由《诗探索》、《北京文学》、中国社会科学院文学研究所、北京市作家协会联合举办的"世纪之交:中国诗歌创作态势与理论建设研讨会"在北京平谷的盘峰宾馆举行,这次会议被称为"盘峰诗会""盘峰论战""盘峰论剑"。"盘峰诗会"几乎一夜之间改变了很多诗人朋友之间维持多年的友谊——包括于坚和陈超,但是对于坚的为人、诗歌和诗论的理解深度以及整体性考察的准确度上还很少有人能出陈超之右:"矛盾的诗歌'酋长'。左手麻利地摆弄云南某部落的风水盘,右手挥舞'后现代'的解构柳叶刀。他是诗歌界仅见的能奇诡地将语言哲学和自然主义,波普尔的'批判理性主义'与海德格尔的'诗意栖居',文研会的'为人生'和巴尔特的'零度写作',金斯堡的癫狂的'嚎叫'与奥修的'静心'唠嗑……无任何心理负担地杂烩于一体的人物。他成功地反对了思想意识乌托邦,但又要建立'原在乌托邦'。他的诗歌常常充满活力,富于实验精神,但对大多数读者都有可感性。于坚近年的理论文本矛盾纠结、'蛮横无理',像粗糙羊毛团的激流,但时有个人的睿见,羊毛长在羊身上。这位棕色酋长想告诉我们的是:虽然'诗有别材',但到'拒绝隐喻'为止。"(《速写28家》)

激进与迟缓

尽管周伦佑偏居西昌小城,但是从20世纪80年代开始就与陈超保持了常年的通信,私交甚笃。1993年春天,周伦佑来北京办事,在唐晓渡的家中他说过这样一句话:"陈超是我迄今的朋友中最本真的一个,是文友中少有的'真人'。"由此可见,在周伦佑心中陈超是不可多得的朋友。"每次收读你的信都给我带来愉快。虽然我们很久没有通信了,但这几年来,在谋生的艰难中,我也常常想到你。真正的友谊是超越时间和空间的,这不是套话,是我内心的坚执信念。"(2000年12月18日周伦佑致陈超)多年后,再次重读陈超对周伦佑的印象记时我仍感怀不已,这一评价简直太准确了:"我有时会开玩笑地说,周伦佑是潜在的'极端主义者'。他的遗世狂傲和吁求拥戴心理令人惊异地扭结在一起。在交谈和倾听别人意见的时候,周伦佑常常咧嘴大笑,他用亲切的表情告诉你必须加以修正你自己。他从来不是安静的观望者,从来不忍心让自己脱离噬心话题的中心。这使周伦佑难以保持儒雅的风度。"至今我和周伦佑有过三次见面,一次在漳州旧镇,一次在深圳,一次在南京。第一次见周伦佑是在道辉的书院举行的"先锋诗歌十大流派"研讨会上,当时是我和周伦佑联合主持。周伦佑在主持的时候往往喧宾夺主、自己口若悬河,甚至还时时打断发言嘉宾的话。结果富于戏剧性的场面出现了,在场的诗人集体表决,罢免了周伦佑的主持资格,而由我单独主持。2015年夏天,在南京燕子矶,我与周伦佑、雷平阳、胡弦、梁雪波等人出行时已近黄昏。水边的堤坝上空有一个高大的电塔,刚好有人放一个哆啦A梦图形的卡通风筝。雷平阳用手机拍下了戏剧性的一幕,周伦佑表情夸张而严肃,其头顶上的那个卡通风筝看起来更为滑稽甚至诡异。

陈超与唐晓渡、徐敬亚的第一次见面是在1986年8月底在兰州举办的全国诗歌理论研讨会上。而在此前的两三个月，陈超给唐晓渡留下的印象是写于1986年4月的《"人"的放逐——对几种流行诗潮的异议》这篇文章。这也是唐晓渡在《诗刊》社的作品组工作四年调到评论组后刊发的第一篇理论文章。该文中，陈超对人的主体性原则的提出在当时不仅具有重要性、启示性，而且还具有超前意识："人是主体的原则，是所有文学样式的基本原则。这是带有质的规定性的原则，严肃的诗人是别无选择的。从这个意义上说，我认为人在诗中地位的差异，其间就不是创新与守旧的区别，而是真理和谬误的区别了。"

20世纪80年代中期掀起女性诗歌的热潮，其中以伊蕾、翟永明、唐亚平、张烨、陆忆敏、林白、海男、沈睿、张真、傅天琳、李琦等为代表。她们将女性经验和主体意识呈现在这一时期的诗歌写作中，挑战了沿袭已久的男权话语中心论，带来了特异的性别文化景观。尤其是翟永明的《女人》(《诗刊》1986年第9期)、伊蕾的《独身女人的卧室》(《人民文学》1987年1—2月合刊号)、唐亚平的《黑色沙漠》(《人民文学》1986年4月号)以集束炸弹的效果引发了整个诗坛的空前轰动。这犹如巨大的磁场吸附了当时如此众多的新奇、热烈、不解和批判的目光。陈超在信中称呼伊蕾为"老孙"。这个称呼是信任，是会心，是欢愉，还带着几分幽默和顽皮，而这正是陈超性格的一部分。2015年4月9日，伊蕾从北京远郊给我快递了1987年到1991年间她和陈超通信的复印件，她在一张纸上还详细地注明了每封信的写作时间。1989年5月，伊蕾依托"七月诗社"在天津创办《诗人报》并担任主编。陈超不仅在《诗人报》上发表了一些诗论，而且还受伊蕾的委托向韩东、于坚、张枣、欧阳江河、严力、王寅、孟浪、唐亚平、杨小滨、伊沙、岛子等人约稿。1988年12月，漓江出版社出版了伊蕾的诗集《独身女人的卧室》。1987年8月1日，陈超在给伊蕾的信中涉及为这本诗集写序的经过："诗稿再三读过，使我对你的诗有了第一次真正的理解。我为它写了三稿序言，最终还是弃置了。'知识型'的序根本无法进入它们；'体验型'的序才可能抵近它的最高限值。那是一个酷热难当的夜，我在冥冥中感到了你。我在痛苦的灯光下，让一行行血滴在白纸上渐渐显形。"正是源自陈超的理解和鼓励，伊蕾在诗集《独身女人的卧室》的后记《确认自己，实现自己》中予以精神上的呼应："我是理想主义者，我属于未来，我的诗是基于未来观，对传统文明进行叛逆式的冲击。"1991年，伊蕾离开诗坛，远赴寒冷的俄罗斯。二十年后，2010年1月，《伊蕾诗选》由百花文艺出版社出版，其中的序仍出自伊蕾最为信赖的陈超之手。这篇序的写作时间是2009年4月5日深夜："在2009年今夜，这个春风沉醉的晚上，'嘘——'轻轻叩门，依然充满热情、充满活力，依然充满魅力、充满神奇。这里似乎有一代诗歌青春所吟述的关于爱的梦想，一代青春关于独自生活的愿望，一代人对生命体验之诗的趣味……"

6

当时好多当事人有在书信中夹带诗歌、自印诗集以及评论的习惯，如果在邮寄或接收过程中信件不慎丢失，这对当事人的打击是巨大的。要知道，那是一个手写稿的时代，而当时很多人并没有保留底稿的习惯。

1994年4月，陈超将两篇关于王家新诗作《诗》和《日记》的评论文章寄给王家新，但迟迟未收到王家新的回信。双方都以为信件丢失了，于是陈超在无奈情况下又重写了这两篇文章。极富戏剧性的是这封信并没有丢失，而是被邮局耽搁了十多天的时间。

其中一些通信中夹带的诗歌和评论涉及当事人之间的深入交往和交流，也与当时官刊和民刊的约稿有关，比如陈超为《文论报》《诗神》《诗人报》《长城》的组稿。其中信件里涉及的代表性的文本有陈超的《空无与真实》《博物馆或火焰》《我看见转世的桃花五种》，伊蕾的《妈妈》《独身女人的卧室》，西川的《致敬》《厄运》《汇合》《广场上的落日》《鹰的话语》《悲剧真理》《在路上》《与弗莱德·华交谈一下午》《虚构的家谱》《大意如此》《中国的玫瑰》《隐秘的汇合》《让蒙面人说话》《西川诗选》《内行的工作》，于坚的《作品第6号》《心灵的寓所》《乌鸦》，韩东的《他们 人和事》《有关大雁塔》《我听见杯子》，王家新的《临海的孤独的房子》《诗》《日记》《铁》《卡夫卡》《守望者》《谁在我们中间》《卡夫卡的工作》《最后的营地》《帕斯捷尔纳克》《守望》《庞德》《反向》《词语》《另一种风景》，朱文的《十七首诗谣和半个梦》，梁晓明的《开篇》，周伦佑的《头像》《自由方块》《带猫头鹰的男人》《日蚀》《狼谷》《红色写作》《白色写作》，刘翔的《他》，臧棣的《燕园纪事》《宇宙风景学——为陈超而作》《在海滨疗养院，或黑洞

激进与迟缓

学》,张洪波的《诗歌练习册上的手记》,黑大春的《黑棺材钢琴奏鸣曲——为亡弟而作》《老家》《雪夜病中吟策兰》《兰》《仲夏夜之梦》《自省》,郑单衣的《昏迷组诗》《重逢》《给云》《丢失》《子曰》《生日》《从来也不曾》《夏天的翅膀》,庞培的《自然历书》,安琪的《纸空气》,育邦的《身份证》《飞鸢》,等等。信件中所附的这些诗作、论文带有版本学的重要价值,其中一些诗作在不同时期经过了编辑或作者本人的修改,比照它们之间的差异和微妙之处会重新面对文本发生学的过程,比如王家新的代表作《帕斯捷尔纳克》《卡夫卡》以及欧阳江河的《风筝火鸟》《哈姆雷特》在信中给陈超的版本与后来结集出版的版本就差异非常明显,我已在相关文本中做了必要的说明。王家新还分两次给陈超寄过《谁在我们中间》,一个是草稿,另一个是定稿。

当时许多诗人谈到了一个共同的现象,即他们的诗歌在刊物(包括民刊)上发表或结集出版时被编辑和出版方删改的情况。欧阳江河、西川、于坚、王家新、陈超、黑大春都谈到了此类状况。西川的诗集《隐秘的汇合》(改革出版社1997年版)最初的题目为《汇合》,"隐秘的"三字系出版方所加,理由是这个标题更能吸引读者而增加销量。甚至陈超编选的《以梦为马——新生代诗卷》,出版方为了节省成本(纸张和印刷费用)而擅自撤掉了包括刘翔在内的九位诗人的作品,而陈超本人根本不知情。

这些书信是机械复印时代未到来前的最后的手写时代,是一份份极具趣味性和个性化的不可复制的礼物。就信纸而言,就有稿纸、备课用纸、打印机专用纸、白纸、活页笔记本、个人专用信纸等。这些稿纸和信封所涉及的单位和机构（有的早已经不存在了）就成了历史档案，比如四川文化报社、大时代文摘报社、现代汉诗年鉴、佛山文艺、《为了孩子》杂志社、布朗大学英语系、北京大学、北京大学中文系、中国社科院文研所、中国社科院外研所、陕西省社科院、陕西经贸学院、四川社科院、浙江大学中文系、杭州师范学院、南京财贸学院、深圳大学、湖北师范学院、西昌农业专科学校、河北师范大学、河北师范大学中文系、北京电影学院、福建省戏曲研究所、河北省文联、河北省作协、中国作协福建分会、中国作协云南分会、中国美术家协会云南分会、云南省文联、中共昆明市委党校、雨果摄影艺术学校、湖北省书刊发行部、中国儿童发展中心、江苏省档案科学研究所、冀外经贸、杭州民生药厂、杭州青年诗社、杭州青年诗活动中心、劳动报社、龙华迎宾馆、上海明星纸品厂、浣花杂志、新疆维吾尔自治区国家税务局、凉山彝族自治州文化局、凉山彝族自治州社会劳动力管理处、华能南京电厂、《热风》杂志、中国保险杂志社、《华人世界》杂志社、《人民文学》杂志社、诗刊社、诗刊社全国青年诗歌刊授学院、文艺报社、诗神杂志社、作家杂志社、《中国作家》杂志社、《滇池》文学月刊、大西南杂志、南京文艺、涪州论坛、《江南雨》杂志社、《青春》杂志社、《环球》杂志、中国新闻社、中华读书报、人民文学出版社、华东师范大学出版社、冶金工业出版社、浙江文艺出版社、内蒙古人民出版社等。

　　从这些书信当事人的手写习惯和笔迹我们也看到了个性鲜明的差异，比如沈睿会连用三个大大的感叹号，比如徐敬亚、李亚伟和万夏的字写得非常大。陈超的书写基本是中规中矩的，唯一书写潦草的一封信（1999年8月14日陈超致王家新）则是因为那支笔漏油，所以不得不加快书写的速度。这些书信也折射了一些人的性格和习惯，比如郑单衣往往是写完信之后并不急于寄出，而是拖一段时间再说，其中他给陈超的一封信就是在写好之后近一个月才寄出的。"在我的书桌上有写好的未寄的大量信件。这种习惯养成多年了，我就是在这种方式里和朋友交谈的。"（1996年4月3日郑单衣致陈超）

手写体的时代结束了，书信的时代结束了，先锋诗歌运动结束了，而以陈超为中心的一代人的书信交往却见证了伟大而坎坷的中国先锋文学的历史轨迹。这份沉甸甸的历史档案重新打开了一扇隐秘的先锋之门，他们一代人立体而深沉的精神肖像得以更为清晰地錾刻与显影。也许，先锋精神并未远去，它就在每一代人的身边、心中、笔底……

"诗人散文"：突然传来的一声呼哨

> 谁也不知道诗人转写散文给诗歌带来了多大的损失；不过有一点却是可以肯定的，也即散文因此大受裨益。
>
> ——约瑟夫·布罗茨基

> 我看见散文是裸体的岬角，镌刻着一个群落悲怆的铭文。
>
> ——陈超

在我们的文学胃口被不断败坏，沮丧的阅读经验一再上演时，看看时下的散文吧！琐碎的世故、温情的自欺、文化的贩卖、历史的解说词、道德化的仿品、思想的余唾、专断的民粹、低级的励志、作料过期的心灵鸡汤……

散文或散文化写作是更为接近日常的一种陈述或"交代"方式，这就避免不了"叙事性"和"戏剧化"倾向。布罗茨基曾经说过在日常生活中把一个笑话讲两三回并不是犯罪，然而不能允许作家在纸上这么做。具体到当下的散文写作，落实在叙述和讲故事的层面，如何能够避开布罗茨基所说的这种危险

激进与迟缓

而又能够反复叙述一个时代互文的"故事"？讲述故事的有效性是至为关键的，这需要从物化现实空间向精神象征空间的转化能力。而当下的很多散文写作者包括小说家们却在重复着看似新奇的陈词滥调而又自以为是，每个人都证据确凿地以为发现了写作的安全阀，而文字从来没有像今天这样变得如此个人、自由而又如此平庸和矫情。当代散文是否进入了"枯水期"？

1

我这里提及的"诗人散文"并不是泛指具备诗人身份而写出的散文，也并非等同于"诗人的散文""诗人写的散文"，而是作为一种专有的特殊"文体"概念来强调的，也即"诗人散文"应该具备写作难度和精神难度。

诗人写作散文不是个别的写作现象，而是特殊的文类现象。更为重要的是诗人在散文这里找到了区别于其他作家所写的散文的不一样的质素，甚至找到了区别于自己诗歌表述的那一特殊部分。有意思的是一个诗人可以轻而易举地写出散文，但是反过来的情形在文学史上却少之又少，即最初写小说和写散文而又转入诗歌的成功案例罕见。"在20世纪，写诗往往是散文作家青年时代的闲时消遣（乔伊斯、贝克特、纳博科夫……）或以左手练习的一种活动（博尔赫斯、厄普代克……）。"（苏珊·桑塔格《诗人的散文》）

布罗茨基、茨维塔耶娃、曼德尔施塔姆、苏珊·桑塔格以及陈超、于坚、雷平阳等人都曾对"诗人散文"做过专业的界定，甚至我们可以将"诗人散文"看作一种特殊而独立的文体。

"诗人散文"同样彰显了诗人的特殊写作能力和精神诉求。苏珊·桑塔格在《诗人的散文》中说过下面这段话:"诗人被假定为不仅仅是写诗,甚至不仅仅是写伟大的诗:劳伦斯和贝克特都写伟大的诗,但他们通常不被视为伟大诗人。做一个诗人,是定义自己只是诗人,是坚持只做一个诗人(尽管非常困难)。因此,20世纪唯一被普遍认为既是伟大散文家又是伟大诗人的例子——托马斯·哈代,是一个为了写诗而放弃写小说的人。"

从常识和惯性印象看来,一个诗人的第一要义自然是写诗,然后才是其他的,这也是陈超一直强调的"诗歌是什么?它是散文的语言无法转述的部分"。约瑟夫·布罗茨基的《诗人与散文》广为人知,我第一次读到的时候印象最深的是如下这句话:"谁也不知道诗人转写散文给诗歌带来了多大的损失;不过有一点却是可以肯定的,也即散文因此大受裨益。"写作实践证明了布罗茨基的这个说法是正确的。诗人和散文是可以兼容的,甚至因为诗人的参与,散文的边界、内核以及面貌都发生了深刻而显豁的变化。

事实上"诗人散文"一度是处于隐蔽和遮蔽状态的"边缘文体"。

在很多诗人、批评家那里,诗人写出的散文是从属性质的文体,散文往往成了等而下之的诗歌下脚料或衍生品。即使在全世界范围内来看,散文的地位也往往被认为是低于诗歌的。质言之,诗歌和散文具有鲜明的文体等级观念,甚至在很多人看来二者是不能兼容的。布罗茨基对此就曾强调:"平等这一概念不属于艺术固有的本质,作家的思想存在着等级观念。在这一观念中,诗歌的地位高于散文,从原则上说,诗人的地位也优于散文作家。其所以如此,主要原因不在于诗歌的历史较之散文更为悠久,却在于诗人能在贫寒的境地坐下来写诗,而处于类似窘迫环境中的散文作家几乎不会产生写诗的念头。"(《诗人与散文》)

的确,诗歌和散文是很容易被比照甚或对立起来衡量的特殊关系的文体,"散文的读者较诗歌为多,是由于散文可以窥秘,或可以摹仿'识字人'的生活方式使自己附庸风雅"(陈超《诗野游牧》)。格特鲁德·斯泰因则认为如果诗歌是名词的话,那么散文则是动词,"显示运动、过程、时间——过去、现在和未来"。甚至散文还被一些人认为是诗人的"暮年事业"和"老年文体"。李敬泽认为照之小说和诗歌已经完成了现代转型,现代意义上的散文转型还没有完成,"散文的惰性太强了,因为它背负的是那个最深厚的'文'的传统"(《面对散文书写的难度》)。曼德尔施塔姆则认为对散文作家或随笔家来说有意义的东西在诗人看来可能是完全没有意义的。布罗茨基还强调伟大的散文是以其他方式延续的诗歌,诗人转向散文写作永远是一种衰退,"如同疾驰变成小跑"。

确实,当代散文的发展和变化并非像其他文体那样明显,所以就必然会携带问题,甚至局限性会在文学史和文体比较中被特意放大。早在1989年3月,陈超就对散文的历史传统、自身属性和堪忧的当代命运以及散文研究予以了历史化的梳理和论析:"我十分讶异的是,新时期以来,人文科学和艺术变构的实质性进展,在散文界几乎一无体现。散文成了可有可无的、顽健的、艺术力衰竭者们的温柔乡。不仅专门的散文家如此,那些在别种艺术形式中无力进取的人,也纷纷到宽容平庸的散文界找到了安慰。散文已经不再是一个独异的、需要经过痛苦磨砺才能进入的范畴,而成了一个可以任人涂抹或者说施虐的东西。成了某些人要做的一件'事情'!人的生命与生存临界点上的困境,在散文中达到了一种可怕的平衡,生存和生命的真容一再被掩盖起来。"(《散文之路——兼与诗歌本体依据比较》)

随着写作语境的转换以及文体各自的发展和位移,诗歌和散文固有的"等级观念"不断遭到质疑。"我以为作品就是作品,不存在主副之分。如果有意识地这么做,那么对一个作家来说,是非常糟糕的事。读者为什么要读一位作家的副产品呢?"(于坚《棕皮手记·后记》)

2

我们还要意识到诗人写作"散文"是90年代以来个人经验以及文体发展的必然结果。尤其是越来越复杂的日常经验对写作经验提出了更高的要求,文体之间的界限也变得越来越模糊,而更多的诗人和作家则展示了"跨文体"的写作能力。

随着对"诗人散文"的不断实践和认识,陈超也更新和校正了此前对散文的一些认识。陈超对诗歌和散文的特殊关系以及各自的特殊性做了极其深入的论述:"散文与诗歌最根本的区别是:诗歌有时可以是一种零度的客观物,它的文辞通过粉碎恒定的秩序展示生命中一次性出现的图景,所有的文字现实都不可能是虚假的。而散文则强调文辞之间的关系意向,它是坚卓的、可验证性的、有背景的生命过程的缓缓展开。生存—个体生命—文化—语言在这里通过分裂、互否,达到新的把握和组合。散文失去了诗歌那种令人神往的自由，就意味着它必须独立承担自己的困境。这就是散文的意义，它不能蛊惑，不能回避，一切都赤裸裸地接受精神的审判！在这个意义上说，散文应该是最冷酷无情的、维护人们精神性的东西。它通过直接的穿透、一无依恃的犀利，进入生命的核心。它的价值信念，不应是'乐'的向往，恰恰应该是对焦虑、时间、死亡、分裂的直接进入。"(《散文之路——兼与诗歌本体依据比较》)

同样逸出了传统意义上诗歌文体规范的西川则强调"诗文合一"，即更侧重表达多样性和思想自由度的笔记体。这是介于诗歌和散文之间的"第三种"文字，从诗歌到散文的色谱上来看，它也更接近于散文诗。

1993年，西川完成长诗《致敬》。在同一年，于坚推出了惊世骇俗的面貌更为"怪异"的长诗《0档案》。显然，《致敬》和《0档案》这两首长诗都带有"诗""文"渗透的融合特质。

需要强调的是诗人写作"散文"也不是为了展示"跨文体"的能力，而"跨文体"现象也没有什么值得格外夸耀之处。

无论是诗人写作"散文"还是"小说"，最关键的还是在于写作的难度、活力和效力，这是任何时候都值得反复强调和提醒的。"先锋诗人有意消除文体'等级观念'，与其他文体'调情'，让散文话语嫁接（甚至'焊接'）到诗歌中，的确有助于扩大诗歌的载力、韧度、新鲜感、可信感。诗歌于此不会消解，它的根茎反而会成为随机应变、多方汲取养分的精灵。当下诗歌的丰富健旺已经证明了这一点。而散文家、小说家借鉴诗歌话语的'跨文体写作'，也为滞缓的文本注入了'强心剂'。"(陈超《诗人的散文》)

我们已经越来越明确诗歌和散文以及叙事性文本之间的文体边界已经因为彼此渗透而变得越来越模糊，从而逐渐兴起一种超级链接式的超文体、超文本写作现象。"那个似乎明显适合于抒情诗的标准（根据这个标准，诗作可被视为语言工艺品，这之外再也没有发挥的余地），现在影响了散文中大部分具有现代特色的东西。正因为自福楼拜以来，散文愈来愈追求诗歌中某些密度、速度和词汇上的无可替代性。"（苏珊·桑塔格《诗人的散文》）

3

2019年，花山文艺出版社郝建国先生对我第一次提起要策划系列出版计划"诗人散文"的时候我就没有半点儿犹豫。这事值得做。

"诗人散文"第一季、第二季、第三季、第四季已经推出了翟永明、王家新、大解、叶舟、耿占春、商震、雷平阳、张执浩、梁晓明、郁葱、李琦、傅天琳、沈苇、汤养宗、何向阳、路也、林莽、刘立云等三十多位诗人面貌各异的散文——第五季也将推出。记得当时我们谈论"诗人散文"的时候是在石家庄的一个宾馆里，在茫茫夜色中我自然想到了作为先锋诗人和先锋诗歌批评家的陈超的散文写作。

尤其在2014年陈超先生去世后，他的诗歌和评论不断引起人们的关注，但是他的札记、散文、随笔却并没有引起诗歌同行们足够的注意。

陈超的散文、随笔和回忆录魅力独特且思想深邃，这不得不归功于他的诗人身份、语言自觉以及开拓性的文体意识,归功于他一贯坚持的对写作活力和精神效力的追求:"一个成熟的写作者面对的不仅是狭隘的'文体意识',而且是更为开阔的'调动整个文学话语去说话'的能力。不论是诗歌,还是小说、散文乃至文论,无非都是'文本';而写作者最终需要捍卫的,不是什么先验设定的绝对文体界限,而是保证写作的活力、自由和有效性。"(陈超《诗人的散文》)这印证了诗人的"散文"必须是和他的诗歌具有同等的重要性,而不是非此即彼或相互替代,二者都具有等量齐观诗学的合法性和独立品质。

在陈超的散文中,我看到了日常情境的深度还原、经验的复杂性以及精神品质的纯粹性,此外还有日常的超级细写和精神世界的隐喻、象征体系的共时化呈现。散文基本上是描述和回溯式的,同样携带了个体记忆和历史记忆的功能,由此最为需要的正是日常经验和本真细节的呈现和还原。甚至像陈超这样的诗人能够通过散文体现出更为真切的"显微镜"式的超级细写,而在容纳日常经验的丰富性方面诗歌却恰恰显现出了不足。"一个真正的写作者,在他的内心深处总还有一种细密的日常经验,在被压抑既久后要寻找一个通道迸涌而出。它无关乎形而上,无关乎先验真理,无关乎终极价值;但是,它对活生生的个体生命而言,具有不可或缺的重要性。一般来讲,诗歌话语的'筛眼'太大了,难以挽留那些琐屑、分散、黏稠、减速、延宕、不发光、限量的日常经验。"(陈超《诗人的散文》)

就"诗人散文"这一特异的写作现象,我们还会发现散文具有其天然的话语优势,比如关于经验和超验的综合处理:"我不是否弃诗人对超验世界的处理,因为它是诗人的'天职'之一。但是，超验往往会通向绝对主义乃至独断论。而散文与诗歌相比，含纳矛盾的可能性更大些，在素材上更能容忍'不洁'。如果说诗是舞蹈，散文是走路，那么是否可以说，舞蹈关注的是自身的美，而走路却有可能流连沿途环境，与遇到的'邻人'对话？"（陈超《诗人的散文》）

陈超的散文和随笔显然不是"美文"写作，而是容留了异质感和复杂经验。陈超的这些散文和随笔更具有自由性、跨越度、开阔感以及活力、生成性。我们在阅读陈超的散文时可以格外留意这些特殊的"非散文"和"反散文"的诗人能力。关于陈超的散文写作，我一直想到的是瓦尔特·本雅明提示过的三点要求："写一篇好的散文有三个台阶：一个是音乐的，在这个台阶上它被组织；一个是建筑的，在这个台阶上它被建造；最后一个是纺织的，在这个台阶上它被织成。"（《单行道》）

陈超已经写出了"诗人散文"意义上的重要文本，比如《懵懂岁月——童年经验和最初的诗歌感动》《学徒纪事——我的师傅和文学启蒙老师》《"七七级"轶事》《击空明兮溯流光——外国文学与我的青少年时代》《红色苍凉时代的歌声》《母亲与文学》《我们的生活》《最后一刻》《回击死亡的阅读》《野性的思维与诗意的生活》《我想献给人类一件礼物——重读〈查拉图斯特拉如是说〉》等。陈超曾经评价过于坚、西川等人的"诗人散文"，这一评价同样适合于他自己的散文写作："其诗与散文像鸟的双翼，精彩地在写作中达成了平衡。他们的性情，被连根拖起。考虑到他们诗歌的高贵质地、诗人形象的严谨，其散文别有一种令人感动又开怀的世俗惦念。"

"感动又开怀的世俗惦念"，这句话说得太贴切了。陈超的散文就是充满了令人感动又开怀的俗世惦念,那是一个越来越老的人对童年、少年和另一个"我"的隔着模糊岁月的重新对望,那一个一个细节正是回忆本身,那一点一滴正是生命本身。生命在损耗,时间在单向道中永逝,而只有文字能够重新走回岁月深处,能够重新用文字抚摸那些模糊的、磨损的事物。

陈超的散文写作再次证明了一个真理——任何文学,最终都可以落实为生命诗学,都是一个往日的"我"、现在的"我"、将来的"我"在文字世界的相逢或告别。

> 我已经多年没听到呼哨声了。现在的孩子晚上秘密招呼同伴出去玩,用的是电话,撒的是"去对对得数"的谎。可今天晚上,我突然听到了一声呼哨。我的心被拽了一下,忙奔到窗前,见前楼一鬼机灵的瘦男孩儿,把食指和中指钩在嘴里用力吹,边抬头望着楼上哪家窗户。这声音这情景我太熟悉啦,它本是我少年时代呼朋引类时的"暗号"哇——一长声代表"快出来",两短声代表"坏啦,我爸要修理我,出不去了"。现在的孩子都不会打呼哨了。因此,我特别喜欢这个怀有绝技的小崽儿。他的一声呼哨,使我想起了自己的少年时代……
>
> ——陈超《懵懂岁月》

这些独特的"诗人散文"体现了陈超作为一个杰出诗人和诗歌批评家对"文体"的自觉姿态和自省意识。陈超的散文既区别于其他作家、批评家的散文,也与其他诗人同行的散文有所不同。陈超的写作一直倾心于自由、本真的心灵诉说,一直强化着生命诗学和修辞意志力,一直强调语言和写作的创造性,一直延续着疑问和自我盘诘的精神能力。这些特殊的散文文字,既带有知识分子的省思姿态和精神难度,又有诗人话语的特殊性、生成性和创设性。

在陈超这里,散文同样体现了一贯的诗性,有性情,有见识,有活力,有热度。这也正是陈超所说的:"有感而发,笔随心走,释放性情,带着热气。"这些带有日常趣味又深具精神难度和文体意识的散文写作,对于当代文学创作和批评都具有重要的启示。

陈超与散文的关系多像是平淡无奇而又值得珍惜的日常生活中突然传来的那一声呼哨,让人恍惚又莫名感动……

4

进一步探究,我们会发现诗人写作"散文"的深层动因在于他能够在"散文"的表达中找到不属于或不同于"诗歌"的独特东西。这一点,至关重要。这也正是我们今天着意强调"诗人散文"作为一种不同于一般意义上的"散文"的写作方式的特质与必要性。陈超富于发现性地给出了自己的答案:"我注意到,先锋诗人的散文写作,就充满了对话和自我对话感。对话不是'精英独白',它无意于引领、启蒙、训诫众人,而是平等地交流、沟通、磋商。它更令人愉快和安慰些。对此,无须我多说。而值得特别说说的是,先锋诗人的散文与常规散文家不同,他们还喜欢'自我对话'。似乎在'我'之外,还有一个生灵在写作,构成'双声的独唱'。"(《诗人的散文》)

"诗人身份"和"散文写作"二者之间是双向往返和彼此借重的关系。这也是对"散文"惯有界限的重新思考与反拨。因此,"诗人散文"的内质和边界更为自由也更为开放,自然也更能凸显一个诗人精神肖像的多样性和写作向度的可能性。

我们还应该注意到很多的"诗人散文"具有"反散文"的特征,而"反散文"无疑是另一种"返回散文"的有效途径。这正是"诗人散文"的活力和有效性所在,比如不可被散文消解的诗性、一个词在上下文中的特殊重力等。

"诗人散文"的重要既在于拓展了一般意义上的散文文体的惯例、行规和"规定动作",又随时有属于"诗人"的独一无二的声音和特质出现。诗人甚至应该能够对一切文体具有发言权和实践操作能力,"菲利浦·西德尼在著名的《诗辩》中,将诗歌的概念扩展到一切重要的语言形式中。在他看来,诗歌指向人类已存或可能存在的一切富于想象力和净化力的文字之中,不论是论述性的散文还是艺术性的韵文,诗歌都渗入其间,成为'最初给愚昧带来光明的语言'。这样,诗人从内在精神上就本质地通向先知、承担者或神祇"(陈超《诗野游牧》)。

对于一些"诗人散文"的实践者来说,甚至"散文"还可以带有"诗歌"的特质,比如好的散文的语言本身就具有诗的质感和特性,比如伟大作家海明威的《永别了,武器》可以作为典型例证:"那年深夏,我们住在村里的一所房子里,越过河和平原,可以望见群山。河床里尽是卵石和大圆石,在阳光下显得又干又白,河水清澈,流得很快,而在水深的地方却是蓝幽幽的。部队行经我们的房子向大路走去,扬起的尘土把树叶染成了灰蒙蒙的。树干也蒙上了尘土。那年树叶落得早,我们看到部队不断沿着大路行进,尘土飞扬,树叶被微风吹动,纷纷飘落,而士兵们向前行进,部队过后大路空荡荡,白茫茫,只有飘落的树叶。"陈超对这段散文进行了精确的剖析:"你可试着分行。它多么干净,真切,肌理鲜活,节奏(即使是译文)呼之欲出。这样的语言富于真正的质感,这难道不是诗吗?新诗,没有严格的诗型成规,它更重视的是把活在现代人口头的语言,完美地提炼出来。"(《诗野游牧》)

当然,我们还看到与此相反的情形。一部分诗人的诗歌渐渐写不动了,于是退而求其次,转向散文甚至小说写作,还写得越来越起劲儿。那么,这说明了什么?说明他已经不再是一个"诗人"了吗?说明"散文"真的是一种"老年文体"吗?

在写作越来越强调个人趣味而成为无差别碎片的情势下,写作者的精神能力、写作经验以及文体观念都受到了一定的忽视或遮蔽。由此,"诗人散文"正是应对这一写作难题的绝好策略或路径之一。

这一特殊话语形态的散文凸显的是一个写作者的精神难度和写作能力,它们区别于平庸的日常化趣味,区别于故作高深的伪乌托邦幻梦,同时也区别于虚假的大主题写作和日益流行的媚俗的观光体和景观游记。甚至在一定程度上,"诗人散文"因为特殊的诗人化的语调、修辞、技艺以及个人化的历史想象力和求真意志的参与而呈现出别样的文本质地和思想光芒。

5

然而吊诡之处在于写作者们越来越迫不及待地谈论和评骘此刻世界正在发生的，作家们急急忙忙赶往的俗世绘现场。与此同时，人们也越来越疲倦于谈论文学与现实的复杂关系。由此，我们读到的越来越多的是"确定性文本"，写作者的头脑、感受方式以及文本身段长得如此相像却又往往自以为是。蹭热度的、媚俗的、装扮的、光滑的、油腻的文本在经济观光带和社会调色板上到处都是。

显然，有什么样的文学观念就会有什么样的写作实践，即文体意识与语言态度是互为表里的。于坚认为"散文化"写作和一般意义上的"散文"是有根本区别的："写作就是对自由的一种体验。而散文化的写作可能是一种最自由的写作。我强调散文化这个词，是为了与发表在《散文》《美文》之类的杂志中的那类东西相区别。散文化，出发点可以是诗的，也可以是小说的、戏剧的，等等。相对于某种已经定型的文体，它是一种更为自由的写作。""我一直在寻求一种可能的最自由的写作，我的意思是，你可以只是写，而不必担心编辑先生会把它放在哪一个栏目之中，也不必担心读者会把它作为什么文本来读。我一直在试探着触摸一种'散文化的写作'，散文化，就是各种最基本的写作的一种集合。"

于坚强调的是更为自由的充满了可能性的写作。就智性和沉思的品质而言，于坚是十足意义上的"精神性诗人"。他的散文或散文化写作是更为自主、自由、开放和综合的写作方式，正如他所说《尤利西斯》是各种文体的散文式狂欢。

较之诗歌，于坚的散文和随笔更具有自由性、跨越度和开阔感，比如随文字配发的摄影作品——大体是黑白照片，比如各种日常空间、社会空间以及国外的游历、观察。各种现实以及相应的体验方式在散文空间里拼贴、错位、共置、混搭、杂交。与此同时，经验世界与象征、隐喻体系在于坚散文的叙述中携带了"自传"色彩和"原型"意识。这也是于坚的散文写作并不能用流行的社会学意义上的"关键词"涵括的原因。对于坚来说散文写作是在完成一场场的"精神事件"。注意，是"事件"而非单纯的偶然的"发生"。由此，写作就是自我和对旁人的"唤醒"，能够唤醒个体之间各不相同的经验。即是说，于坚并不是在诗歌无话可说的时候进而在散文中寻求一种日常式的废话，尽管他的散文和诗歌之间具有极其明显的"互文"关系。这可以理解为于坚的一场可选择或者别无选择的"诗歌拓边"行动。于坚曾经比照过自己的诗歌和散文写作之间的特殊关系："我的诗歌是我散文的黑暗，我的散文是我诗歌的黑暗。"(《我的诗歌是我散文的黑暗》) 这证明了诗歌和散文是不能彼此取代的，而是独立的各自有各自的合理性。

"诗人散文"必然要求写作者具备更为特殊的写作才能。在很大程度上以于坚为代表的"诗人散文"具有"反散文"特征。关于散文的功能，于坚一再强调的是"交代""自供状"："我的方法是，不仅是交代，又是对如何交代、如何说的怀疑、批判、自供。这个时代，交代是司空见惯的，但也没有比它更需要勇气的了。我的写作就是交代。"(《我的诗歌是我散文的黑暗》)

诗人所写下的散文、传记和回忆录具有内在的共通性。正如当年巴勃罗·聂鲁达自陈的那样："这部回忆录是不连贯的，有时甚至有所遗忘，因为生活本身就是如此。断断续续的梦使我们禁受得了劳累的白天。我的许多往事在追忆中显得模糊不清，仿佛已然破碎无法复原的玻璃那样化作齑粉。传记作家的回忆录，与诗人的回忆录，绝不相同。前者也许阅历有限，但着力如实记述，为我们精确再现许多细节。后者则为我们提供一座画廊，里面陈列着受他那个时代的烈火和黑暗撼动的众多幻影。也许我没有全身心地去体验自己的经历，也许我体验的是别人的生活。"（《我坦言我曾历尽沧桑》）尤其是叙事性和本事色彩突出的散文带有自传的性质，切斯瓦夫·米沃什在强调诗人传记和自传具备可信性的同时也不忘提醒其缺陷："明摆着，所有的传记都是作伪，我自己写的也不例外，读者从这本《词典》或许就会得出这样的结论。传记之所以作伪，是因为其中各章看似根据某个预设的构架串联成篇，但事实上，它们是以别的方式关联起来的，只是无人知道其中玄机而已。同样的作伪也影响到自传的写作，因为无论谁写出自己的生活，他都不得不僭用全知视角来理解那些交叉的因果。传记就像贝壳；贝壳并不怎么能说明曾经生活在其中的软体动物。即使是根据我的文学作品写成的传记，我依然觉得好像我把一个空壳扔在了身后。因此，传记的价值只在于它能使人多多少少地重构传主曾经生活过的时代。"（《米沃什词典》）

6

接下来，我再结合雷平阳的散文谈一谈。

我之所以要单独谈论和强化雷平阳的"诗人散文"或者"寓言式散文"就是为了与当下一般意义上的散文写作区别开来。"重细节的叙事写人和诗意呈现,在雷平阳的散文里比比皆是,体现了他的文体的自觉。他的散文每一篇都是一个寓言,这种寓言化的写作,在多个精神维度里,天地融合,外在的人、神、鬼,向内转化为灵魂的丰富性。他只求精神的真实,这是一种自内向外的自由自在。我觉得他的散文再一次证明了散文的精神就是一种解放,散文就是自由自在的性情之文,文体和语言皆可开放。可以说,雷平阳的散文拓展了散文的文体边界,他不仅诗赋融合,还频频虚构细节,追求精神真实与艺术真实,这也是对散文自由自在的一种文体实践。散文之'散'最初指无韵,不拘于韵,便是一种解放。用文字诉说生命、思想和性情,这种生命的迸发当然会使雷平阳的散文气韵生动,不拘一格。当然,这来自雷平阳的个人修为和文学态度。"(张燕玲《人神世界的别样文本》)

雷平阳把一部分精力投入散文中,这也是对诗歌写作的拓展。这是一个在失去了象征世界的转捩点上对自我和生活的重建,尽管这一重建变得愈发不可能。从乡土到城市的现代性裂变使得每一个人被同时置放于两个价值体系的时间和空间,还必须要承受此时此地、彼时彼地两种时间观和空间伦理的挑战。

"如果说意象的本质在于被当作现实来接受,那么,反过来,现实的特点就在于它能模仿意象,装作是同一种东西,具有同样的意义。知觉能毫不中断地将梦延续下去,填补其空隙,巩固其不稳定因素,使梦尽善尽美地完成。如果说幻觉能显得

像知觉那样真实,那么知觉也能变成有形的、无可挑剔的真正幻觉。"(福柯《疯癫与文明》)

雷平阳的散文(他也写过小说)我多年来一直在阅读,但并不是将其作为其诗歌的"附属品"来看待。我只想提醒大家注意的是雷平阳的散文尤其是散文集《乌蒙山记》《白鹭在冰面上站着》让我们关注的是"诗人散文"的内在特质和深层机制。"对殉道者般的诗人来说,那条穿州过府、掠城取国的诗歌捷径早就不复存在了,他得尝试着在不同的学科王国里,打破行业壁垒,充分汲取各个王国的牛奶和蜜糖。"(《农家乐》)

雷平阳是一个在大地和山川间对现代性的采石场、火力发电厂和水电站心怀恐惧的人,这一恐惧并不是出于个人原因,而是缘于对地方文化风物由此被抹平的焦虑:"金沙江水电建设逐渐掀起高潮,溪洛渡、向家坝电站和白鹤滩电站相继开工建设,电站大坝蓄水后,金沙江沿岸的许多村庄将消失在水位线之下,历经千年沉淀形成的金沙江村庄文化即将消失。"(《寻找文化新向度 探索新闻高维度——〈穿越金沙江·昭通即将消失的村庄〉的新闻实践》)这让我思考的是现实中的焦虑、分裂、挫败感以及丰富的痛苦与写作之间的内在关系。

雷平阳的散文坚持的是"起底式的写作",他提前抽出了那张底牌。他拔起了那棵现实土壤上怪异的语言之树,树干、根须连带其上的昆虫、腐殖土都一起被等量齐观。这需要阅世,也需要预见。雷平阳的散文写作是偏执的、一意孤行的,不给自己和这个时代留退路的,但是这种写作策略显然在形成其文本内在法度以及思想深度的同时使得风格化的雷平阳业已出现。值得注意的是雷平阳的诗歌曾经有一段时间更多通向了散文甚至小说以及非虚构写作的元素,这并不是说明他更应该做一个小说家或者散文作家,而是说文本经验因此得到了拓展,也使得我们通过一个写作者的文本现实来再次看看现实境遇中的故事和切实发生的遭际。实际上,雷平阳的散文和诗歌中的寓言因素一直都非常明确,他的散文基本上是小说和笔记体的写法,比如——

> 死人王小丽积压在胸腔里的气息,像泄洪的洪水,猛然地冲开喉咙,发出一声巨响,全部的气息都喷在了抱着她的那人脸上。死人嘴里的巨响,把抱王小丽的那人吓得魂飞魄散,脚下一软,抱着王小丽就滚下了山。并且,待那人与王小丽的滚动停止,王小丽正好伏在那人的胸膛上,长长的舌头垂落在那人的脸上。我的叔叔说,那抱王小丽的人,后来就疯了。

值得注意的是雷平阳早期的《白毛记》《金色池塘》《丧心病狂》《斧头》《哺鼠小记》《毒药》《意外》《诅咒》《屋顶上的歌者》《自由落体》《乌鸦之死》都可以当作介于随笔、寓言和小说之间的笔记体小说来读。这是"世说新语"和"酉阳杂俎",这是极其荒诞而富有戏剧性效果的现实与寓言并置的世界,可解与不可解、真实与魔幻如此复杂地融为一体。其中最典型的文本是《石城猜谜记》。里面所涉及的人物都是真实的,甚至有现实中的人物(比如提及的《滇池》原主编张庆国先生),但是故事很难说是真实发生的,作者的冥想、虚构和想象参与的成分更多:"白天乘坐的车在乌蒙山的峰岭间颠扑了一整天,我早已累坏了,再加之不想吃饭,于是就和衣躺下了。睡了三四个小时,也就是晚上十一点钟左右,我醒了过来。睁开眼,最先看到的是窗外白晃晃的一轮圆月,转个身,就看见月亮的一束白光中,房间门边的木凳上坐着旅馆的主人。我没从惊恐中回过神来,旅馆主人就说,小伙子,你一定梦见了什么,你一直在讲着梦话。我本想告诉他我梦见了朱厚照设在宫廷里的那一间裁缝店,可我还是脱口而出,你是怎么进来的?"至于其间提及的明史则更像是纪晓岚《阅微草堂笔记》的写法,是志异列怪或痴人说梦:"也就是那一天晚上,围着北京城奔跑的银狐,像荒芜的雾气一样消失了。在一本流传于云南会泽县民间的明代一个叫水嫣的宫女的日记中,曾提到了这事。同时提到的还有朱厚熜那天夜里的表现,大意是:那天晚上,朱厚熜下令把皇宫里所有的烛火都弄灭了,不准有半点儿光亮,使得来来往往的宫女和宦臣像鬼影一样。奇怪的是,到了午夜,整个皇城都飞满了只有湖北才有的离斑水蜡蛾,它们像潮水一样,一浪推涌着一浪,那翅膀击打空气或互相碰撞的声音,乃至碰到墙壁、柱子、假山、花树以及家什的声音,是软绵绵的,同时又仿佛千千万万个小小雷霆。水嫣的日记最后说,这些蛾子是黎明前离开的,一只不剩,也没有谁看见它们的一个尸体。"

为什么雷平阳会反复提及《聊斋志异》《酉阳杂俎》以及《阅微草堂笔记》?这并非一个诗人一味地向"传统"示好,而在于文学的古和今之间是共通的。对此,陈超先生一语道破天机:"魏晋志怪既可以看作'前小说',也可看作'先锋派';'断竹,续竹,飞土,逐肉'既可视为'前诗歌',亦可视为'新客观主义'。东西没变,是眼光变了。"(《讽喻的织体》)雷平阳所提及的这些文本实则代表了一种类型的文学路径和精神方法，看似荒诞实则无比现实，不经怪谈却能植入精神腠理，比如《阅微草堂笔记》中提及的"以人为粮""菜人"不正是真正的"现实主义"传统吗？

至今读到纪晓岚关于"菜人"的文字，我仍有惊悸不已之感："盖前明崇祯末，河南山东大旱蝗，草根木皮皆尽，乃以人为粮。官吏弗能禁，妇女幼孩，反接鬻于市，谓之菜人。屠者买去，如刲羊豕。周氏之祖，自东昌商贩归，至肆午餐，屠者曰：'肉尽，请少待。'俄见曳二女子入厨下，呼曰：'客待久，可先取一蹄来。'急出止之，闻长号一声，则一女已生断右臂，宛转地上。一女战栗无人色，见周并哀呼，一求速死，一求救。周恻然心动，并出资赎之。一无生理，急刺其心死；一携归，因无子，纳为妾，竟生一男，右臂有红丝，自腋下绕肩胛，宛然断臂女也。"（《阅微草堂笔记·滦阳消夏录》）余华直接受到了《阅微草堂笔记》的影响，甚至在1988年的小说《古典爱情》中套用了我刚才提及的"菜人"的故事，只是余华拉长了纪晓岚的叙事，将残酷的不忍直视的细节反复拖到我们的眼前来示众。纪晓岚最终通过转世让"菜人"重生，余华甚至也在《古典爱情》中重复了这个"死后重生"的故事，只是在小说的最后打破了这个故事圈套："小姐依然是昨夜的模样，身穿月光，浑身闪烁不止。只是小姐的神色不同昨夜，那神色十分悲戚。小姐见柳生转过身来，便道：'小女子本来生还，只因被公子发现，此事不成了。'说罢，小姐垂泪而别。"有效力和生命力的传统并不是存在于封闭的过去时空，而是向未来时间的无限打开，比如"笔记体"小说对余华等后世作家的重要影响，犹如《聊斋志异》《酉阳杂俎》《阅微草堂笔记》之于雷平阳。

赞美和苦难是一体的，真实和幻象也是一体的。而从终极的生存角度来看，叩访时间本身同样是异常艰难的，这时往往会有白日梦以及愿景、乌托邦来缓解现实中的焦虑和分裂。

优秀的诗人在散文创作中做到的是推己及人、感同身受并将现实经验转化为历史经验。前现代性的废墟导致的内心的余震仍在嗡嗡作响，人们无言以对、无以言表，往往以沉默来对抗悖论。心怀执念的写作者奔波于日常现实和文字中的"现实感"与"求真意志"。

毫无疑问，"诗人散文"让我们再次回到文体和写作的起点。如果没有持续的效力、创造力以及发现能力，散文将会沦为什么样的不堪面目呢？

◎ 原型第三

遥远的目光：诗人童年与记忆诗学

> 童年时，他们没能把我从井边，
> 从挂着水桶和扬水器的老水泵赶开。
> ——谢默斯·希尼《个人的诗泉》

> 它们是日常生活中的逃避，而逃避只有在时间中才能最为彻底，也只有在自己的童年中才最为深沉。
> ——让·鲍德里亚《物体系》

谈论一个人的性格及其精神成长史，我们会最为直觉地联系到他的童年，而对于更为精敏的诗人和艺术家而言，他们现实与精神世界的"童年"所带来的影响意味深长，甚至天然地具有戏剧化的成分，譬如弗洛伊德极其深入地剖析过达·芬奇的童年及其与后者艺术成果的内在关联。

激进与迟缓

1

个体的童年期与人类的童年期几乎一样,它们都意味着古老的原初的秩序,意味着时间和空间的伦理从未改变,"就像我童年家乡土地上那棵树;它得到一种强大的有形存在的支持,并且充满着见诸诗人与其所处地点之间的种种识别标志;它象征着根植于社区生活的深情,其背后有一种想象力做依靠,该想象力仍未放弃其源头,如同仍未断奶,也就是说,是一种依附的功能而非脱离的功能"(谢默斯·希尼)。

与此同时,"童年期"还意味着生活习惯、精神原型以及存在景观亘古如此,意味着原初母体的物性、神性以及文化教养:"乌有乡藏身在几条江交叉之处的一块飞地上,只有几十个人。有人是金沙江的儿子、横江的女儿、白水江的主人,有人是水稻之父、玉米之母、豆腐西施、茶叶公主。在基督教从扬子江逆流传播滇土的那些年,那儿还有耶稣之子、主的仆人、光的使者、摩西式的圣徒。对应他们的,是巫师、守灵人、佛爷、灵魂工程师、梦的解析者、播种希望的恶人、太阳之子、思想奠基者、先驱、转世灵童、鬼神的送信人、神一样的人物、降魔者、典范、圣贤、宗师、万世师表……"(雷平阳《乌有乡》)

于此,我们必然会想到更为复杂的写作问题,即一个人如何将出生地、童年经验、现实记忆以及个人生活转化为语言现实和精神世界?"他总算明白,与其写一本关于童年的书,不如写下他的童年记忆;与其写一本关于真实的书,不如写下真实所呈现出来的样貌;与其写下阿拉卡塔卡与当地人的生活,不如写下他们眼中所见的世界;与其让阿拉卡塔卡在他的书中复活,不如以说故事的方式向它告别——不仅通过当地人的观点,也通过所有发生在自己身上的故事,通过他所理解的世界、过去的他,也通过他身为 20 世纪末拉丁美洲人所体会到的一切。换句话说,与其把阿拉卡塔卡与那间房子从世界中抽离出来,不如带领世界进入阿拉卡塔卡。"(杰拉德·马丁《加西亚·马尔克斯传》)

童年记忆类似于"遥远的目光",它一直在时光碎片中回望此刻以及未来的我们。"童年生活是不稳定的、模模糊糊的、摇摇晃晃的,一部优秀的文学作品却应该提供给读者一个稳定的清晰的世界,读者需要答案,而作家那里不一定有,其中隐藏着天生的矛盾,一个清醒的作家应该意识到这种矛盾,然后掩饰这种矛盾,一个优秀的作家不仅能意识到这种矛盾,而且能够巧妙地解决这种矛盾,解决矛盾的方法多种多样,但是有一点是共通的,那就是这些优秀的作家往往沉溺于一种奇特的创作思维,不从现实出发,而是从过去出发,从童年出发。"(苏童《童年生活在小说中》)

在我的冀东老家有这样一个座钟,甚至时至今日它仍在时时刻刻地嘀嗒作响,当钟摆停止了,父亲就会再次给它上紧发条。白天还不太明显,尤其到了寂静的夜晚座钟的嘀嗒声显得异常清晰,它就在你睡眠的耳畔,它让你一下子与乡村生活和童年记忆融合在一起。如今,农村的座钟早已经成了摆设和废弃之物,因为与之对应的乡村时间已经停止,其象征功能也自然终结。当过往的一切被连根拔起的时候,记忆空间也被抽空了。"这个孩子不是我,而是宇宙,是世界的爆炸:这童年不是

我的童年,它不是一种记忆,而是一个团块,一块无比匿名的碎片,一种永远当下的生成。"(吉尔·德勒兹《批评与临床》)

对于诗人而言,童年成了典型意义上的"仪式时间",他们可以在反复的回忆中获得穿越和重新凝视的机会。童年也类似于利奥塔所说的不断把时间推向远处的极限语言的运动。童年是遥远的过去时,但是又像古老的破损的而又温馨无比的秋千一样不时地荡回来。这是一种自然的天性和情感的本能使然,至于强行到来的外置式的现代性和城市伦理则使得这一回望的过程更加艰难。

> 我童年时代是喝井水的,井边的绳子、木桶、站在水井边的害怕、犹如一面圆镜的井底,忽然碎了……打水要一桶一桶地打,长长的长出了绿毛的绳子放下去,像是完成一个仪式,当桶终于抵达水面的时候,汲水者已经完全感受到水的珍贵。

这段话出自于坚,而童年经验在众多诗人那里可以得到更多的回声。如果童年是一口深井,那么对于不断成长的人来说他们一直时时弯下腰去,趴在往昔的井沿儿上向幽深的水里探望。如果是在夏日,他们干脆将那只木桶缓缓探入井底,然后在同样的缓慢中提拉上来。

> 童年时,他们没能把我从井边,
> 从挂着水桶和扬水器的老水泵赶开。
> 我爱那漆黑的井口,被框住了的天,

> 那水草、真菌、湿青苔的气味。
> 烂了的木板盖住砌砖墙里那口井,
> 我玩味过水桶顺绳子直坠时
> 发出的响亮的扑通声。
> 井深得很,你看不到自己的影子。
> 干石沟下的那口浅井,
> 繁殖得就像一个养鱼缸;
> 从柔软的覆盖物抽出长根,
> 闪过井底是一张白脸庞。
> 有些井发出回声,用纯洁的新乐音
> 应对你的呼声。有一口颇吓人;
> 从蕨丛和高大的毛地黄间跳出身,
> 一只老鼠啪一声掠过我的面影。
> 去拨弄污泥,去窥测根子,
> 去凝视泉水中的那喀索斯,他有双大眼睛,
> 都有伤成年人的自尊。我写诗
> 是为了认识自己,使黑暗发出回音。
>
> ——谢默斯·希尼《个人的诗泉》

这是认识自我的过程,而这一过程早在童年期就已经开始了。与此同时,这不仅是希尼的让黑暗发出回声,而且是为了让童年、记忆和自我再次现身。水井、镜子、那喀索斯,再次在时间的渊薮中发出声响。诗人的回忆使得那个童年时期的他不断回到过去的现场,并将这一记忆的细节放大、挽留,将过去时的时间拉长为精神的波长。童年不只是个体感受而是普世

性的人类经验，是与具体的社会历史语境尤其是新旧冲撞的时代联系在一起，它也就更具有了被追挽的意味。这也是阿甘本所指出的"经验的毁灭"的一刻。确实，童年记忆不只是个体的，有时候又与乡村、城市以及时代现实甚至一个国家联系在一起。"我在记忆中试图回到战争以前那段时间。那时候我是什么样子？我想自己继承了母亲喜欢寂寞的秉性。"（伊凡·克里玛《一个如此不同寻常的童年》）

2

如果从精神分析阅读的角度，我们会在诗歌文本中寻找到深层的性格、肖像以及家族密码，这也正是诗歌文本特性的内在动因之一。

家庭生活无论是对一个人童年性格的形成还是对其日后的性格、命运以及写作都产生着极其重要的影响。"我们知道，一个诗人的经验之圈／隐喻视界只有一部分来自阅读，更多的还是来自他从童年时代起积累的感性生活。"（陈超解读狄兰·托马斯《羊齿草的山》）确实，家庭环境如此深刻而又复杂地影响着一个人的性格，比如伊丽莎白·毕肖普的漫游、漂泊的一生与其抑郁症父亲的早逝以及母亲的精神病都有密切关系。与毕肖普同为自白派诗人的西尔维娅·普拉斯（Sylvia Plath 1932—1963）短短三十一岁的一生有过三次自杀经历。在《拉撒路夫人》一诗中她对自己的自杀经历以及惊悚的内心世界予以撕裂般的自白，她时时为破裂的情感以及童年的阴影和忧郁症所困扰："表面上，我也许小有成就，但是我心里却有着一大片、一大片的顾虑和自我怀疑。"无论是我们不断强化和沉溺于童年经验还是有意化解它,这都证明童年经验的重要性。赫拉巴尔在四十九岁才第一次公开出版作品,在创作中他不时地回到遥远的童年。他的父亲远走他乡,他一个人经常回到喧嚣的码头、灰暗的啤酒厂以及厂区里的果园和花园。赫拉巴尔终其一生坐在童年的那棵巨大的樱桃树上不时回望:"树枝一直升到铁皮屋顶上,有些树枝干脆就趴在铁皮上。每当樱桃熟得几乎呈黑色时,我便从一根树枝爬到另一根树枝,一直爬到高过屋顶的树冠上,摘上满满一手的樱桃。"(《甜甜的忧伤》)

在我看来,任何一个诗人的写作"出处"或者精神"来路"是相当重要的,这既指向了生命的出生地又指向了童年经验和存在背景。从生命的出生地来说,其首先指向的是童年、童年经验以及成长的生存环境,这成为他日后得以维系的原初记忆场景。这使得人们在成年后还要不断回溯这一特殊的时间和空间:"我不知道当我迷失在屋后田野的豌豆条播沟里时我有几岁大,但对我来说,那是一种半梦状态,而我是如此经常地听人说起它,以至我怀疑这是我的想象。然而,如今我是如此长期而经常地想象它,以至我知道它是什么样的:一个绿色网状物,一个由有条纹的光构成的网膜,一团由棍棒和豆荚、叶柄和卷须构成的纠结,充满怡人的泥土和叶子的味道,一个阳光照射的藏匿处。"(谢默斯·希尼《摩斯巴恩》)。当每个成年人甚至垂垂老矣者重新在梦中、记忆中或文字中重返这一具有强大召唤力的原初之地,他们又重新变成了那些孩子、那些少年。记忆使得童年凝固了,在原地不断地向下挖掘。也正如米沃什所说想象往往倾向于遥远的童年地区,而"童年视角"甚至会决定很多作家的一生。这既指向了实体的出生环境又指向了时间背景、童年经验、现实境遇以及精神性格和思维方式。童年经验几乎会贯穿一个人的一生,无论是一个人的性格、精神成长还是观看世界的位置以及方式都会受到童年经验的影响:"也许我后来的悲观主义可以追溯至年幼的某些时刻,那悲观主义是如此无远弗届,以至当我长大成人时,我真正欣赏的哲学家只有一个,就是那苦味的叔本华。"(米沃什《幸福》)甚至在剧烈动荡的时代这一童年经验除了个人属性之外还会沾染乃至烙刻上社会整体的印记。童年经验和记忆的诗学也由此诞生,这是痛苦的诞生过程,类似于精神分娩的阵痛:"在我有记忆之前,欧家营都是寂静的,仿佛有永远的暮色罩着。记忆的来临,或说欧家营的景物、发生的事件开始进入我的身体,并无论怎么驱赶也赶不走的时候,是我四岁左右的一天。那一天,利济河两岸的白杨和核桃树的叶子,被密集的雨滴打得噼啪作响。有一条通往天边的利济河,就有一条通往天边的音响带。没有雷声,也没有闪电,利济河的狭窄的河床上,流水被一个滩涂阻挠,也接受着一蓬蓬水草频频的弯腰致敬,作为矮处的景象,它们似乎没把雨滴的敲击当成一回事。"(雷平阳《土城乡鼓舞——兼及我的创作》)越是随着时间和年龄的推移,童年期的事物会越来越发挥化学效应,最初是一个火星儿,之后是一场燎原大火,而往往最终也成为一团灰烬:"直到今天,看到绿色潮湿的角落、水浸的荒地、柔软而多灯芯草的低洼地,或任何令人想起积水地面和苔原植被的地方,甚至从汽车或火车上的一瞥,都会有一种直接而深切的宁静的吸引力。仿佛我与它们定了亲,而我相信我的定亲发生在一个夏天黄昏,在三十年前,那时另一个男孩儿和我脱光衣服,露出白皙的乡村皮肤,浸泡在一个苔穴里,踏着肥厚的烂泥。"(谢默斯·希尼《摩斯巴恩》)尤其是对于出生于 20 世纪 60 年代和 70 年代的那两代人,童年经验几乎贯穿了他们不同时期的诸多文本之中:"1965 年的时候,一个孩子开始了对黑夜不可名状的恐惧。我回想起了那个细雨飘扬的夜晚,当时我已经睡了,我是那么小巧,就像玩具似的被放在床上。屋檐滴水所显示的,是寂静的存在,我的逐渐入睡,是对雨中水滴的逐渐遗忘。应该是在这时候,在我安全而又平静地进入睡眠时,仿佛呈现出一条幽静的道路,树木和草丛依次闪开。一个女人的哭泣般的呼喊声从远处传来,嘶哑的声音在当初寂静无比的黑夜里突然响起,使我此刻回想中的童年的我颤抖不已。"(余华《在细雨中呼喊》)人与自然环境和生存场所的关系已经更多转换为紧张和焦虑,很多诗人不断在这些心理体验和情感症结中写作。对他们而言,写作是为了维持最后的记忆,这些已经失去了精神依托的事物成为最后的梦想和隐喻。"通过这类意象我们可以发现,诗歌不会游戏,而是产生于自然的一种力量,它使人对事物的梦想变得清晰,使我们明白什么是真正的比喻,这类比喻不但从实践角度讲是真实的,而且从梦的冲动角度讲也是真实的,因此,可以说它的真实性是双重的。"(达高涅《理性与激情:加斯乐·巴什拉传》)

在童年和故乡面前,诗人的空间感、空间距离和空间想象变得如此重要,尤其是 20 世纪以来的现代性制度对原有乡土世界的撬动和碾压使得空间伦理愈发显豁。"想象倾向于遥远的童年的地区,这在怀旧文学中是很典型的(空间距离往往成为普鲁斯特式的时间距离的伪装)。怀旧文学虽然普遍,但它只是我们处理与故乡的疏离关系的众多模式之一。那个用于确定空间方向的新立足点,就其本身而言是不能消除的,即是说,你不能抽离你在地球上某个确切地点的有形存在。这就是为什么会出现一个奇特的现象,也即两个中心和环绕在它们周围的两个空间互相妨碍或——这是一个快乐的结果——合并。"(米沃什《流亡札记》)

在人格分析心理学鼻祖荣格的记忆中,童年是从树荫下开始的:"我躺在树荫下的童车中,夏日煦愉,天空蔚蓝;金晖闪耀,绿叶婆娑;车篷掀起,我正好美滋滋地醒来,觉得通体舒泰,妙不可言。我看着阳光闪烁,树叶幢幢,花枝幢幢。一切奇异至极,斑斓美妙。"(《荣格自传:回忆·梦·思考》)与荣格充满了阳光和树荫的愉快童年不同,雷平阳的童年充满了饥饿的印记,而从童年开始他就对树木报以格外的留意和关注。当日后有机会走入热带雨林,他看到的却是人类正在加速度改造的现代性景观,在新旧时代的裂缝中遗漏或渗透出来的则是废墟之上的幻象和幻听:"我醒来的时候,已是第二天的黎明,作为证人之一的一阵没有出处的音乐正从堤坝的下面朝着堤坝的顶部幽魂一样漫上来。类似的音乐我在西双版纳雨林中遭受瘟疫灭绝的村寨的废墟上听到过,基诺族人认为那是死去的人在给幸存者演奏,借以传达大地之母阿嫫杳孛目睹人间灾难时不安的心跳声。我再次听见,以为它是源于我的幻听,雨林中那些'不知名的乐器'出于仁义而给我的一份安慰。"(雷平阳《梦见》)

3

　　一座花园、一片草地以及一棵树,它们往往是维系童年的重要之物:"有一天——我应该是三岁左右——两个人来了,开始砍后院唯一的那棵树的主枝,我非常愤怒,冲过去打他们。谁也没料到我的愤怒突然爆发,我父亲甚至都没有惩罚我。"(W. S. 默温)质言之,"风景"的发现与观看者的主体意识、心理结构以及时代伦理所形成的景观秩序密切关联。"风景"的差异并不仅仅来自环境和自然本身,也与空间的同质化和差异性在一个特殊的历史时期所呈现的复杂关系相指涉。"风景"的陌生化更容易激起观察者的冲动,这份新奇是人与环境发生精神化学反应的时刻,与此同时还必然携带了人类童年期的原初记忆:"眼前的壮观风景与列维-施特劳斯所熟悉的欧洲风景截然不同。这风景属于一个不同的层级,其恢宏他从未体验过。多年之后,在回忆这段往事的时候,他指出,要能欣赏这风景,看的人必须做心理调适,调整心中的视角和比例,因为其硕大无朋会让人整个被缩小。"(帕特里克·威肯《实验室里的诗人:列维-施特劳斯》)

　　谢默斯·希尼对乡下那个盖屋顶的人处于长时间的凝视之中,而这正是最深切的记忆方式,是童年的乡村经验的一次次现身。由希尼笔下的麦秸、屋顶和修补人的叙述,我想到了雷平阳当年笔下的草垛:"从碧色寨出来,我驱车漫无目的地在滇南游荡,就在出了建水,往通海前行的某个地方,我发现了几堆'金字塔一样上升的火焰',它们是草垛,在建水辽阔的田野上，以草的方式，选择了'挺住'。当时乃至现在，我都一直没有想清楚，人们是采用了怎样的手艺，出于怎样的目的，把草，像金字塔一样地垒起，高达六十米左右。"（雷平阳《建水的几堆草垛》）草垛具有温暖的触觉，尤其是阳光下的草垛让人觉得更像是窝巢。草垛还具有特殊的气味，干枯的草茎特有的气味以及混合着泥土的味道。按照段义孚的说法，气味成为童年感知和记忆的重要部分，"在人的童年时期，鼻子不仅更为灵敏，而且与大地、花坛、高草、湿土这些散发各种气味的事物离得更近。这样，当人进入成年以后，一丛草的清香就能激起我们的怀旧情结"（《恋地情结》）。

土地伦理总是会涉及一个回顾者的童年期："我们在谈到过去时，总是建造神话，因为忠实地重构飞逝的时刻是不可能的。然而问题依然是：为什么一些人谈到他们的童年时，把它形容为幸福的，另一些则把它形容为悲惨的？我的经验那极端的生动和强烈，迫使我相信它的真实性。我毫不犹豫地说，它是一种对大地着迷的经验，把大地当作乐园。"（米沃什《幸福》）然而在空间的拆迁法则中，曾经与人的童年经验和乡土生活联系在一起的树木也遭受到了腰斩的时刻，连带着的记忆功能也遭到了无情碾压。没有了亲人和老物件的房屋、乡村和故土已经不再具备共时体层面的特殊精神容器的象征功能和心理载力，因为支撑乡村和故土合理性的恰恰是这些具有强烈象征意味的实体的存在："在私生活的环境里，这些物品形成一个更加私密的领域：它们与其说是拥有之物，不如说是象征上有善意影响力的物品，就像是祖先——而祖先们总是'最私人的'。它们是日常生活中的逃避，而逃避只有在时间中才能最为彻底，也只

有在自己的童年中才最为深沉。"(让·鲍德里亚《物体系》)

当这些携带过去时痕迹的人和物终有一天隐身于地下,故乡最后的黄昏就到来了,此后是漫长的黑夜。

这些残存之物或记忆之物使得诗人和作家写下的书留有一个特殊的孔洞,这个孔洞使得这些记忆者和写作者可以经由文字穿越回过去。当这些可以凭依之物不再存在的时候,这些书本上的孔洞也就彻底弥合了,再也不能借文字世界来完成回溯和穿越。

4

对于诗人来说,既然记忆和怀恋之物已经沦丧,既然人类的童年期早已结束,既然孤岛式的文学方式已经产生,既然只能是白日梦,那么诗人对这些事物、空间和记忆的追挽就只能成为一次次的精神幻象,这是似乎只能安抚自我的精神现实。"山居的时光,我是如此地 / 依赖一棵棵树。看到它们 / 绷得笔直的腰杆,我佝偻的腰身 / 仿佛就多出了一根根坚挺的硬骨头 / 它们的枝叶间藏着很多种鸟儿 / 听到鸣叫,我就会觉得有很多人在头顶上 / 为我抚弄琴瑟。我在它们中间随俗从流 / 做过每一棵树的影子,和每棵树一样 / 用影子安慰过自己的落叶 / 曾作为折断的枯枝,在空中 / 感受过死亡来临时向下坠落的宁静 / 某些黯然神伤的节日,我想我就是 / 一棵麻栎,叶片上挂着闪光的露珠儿 / 在它们的领空内 / 像个孤儿院里饱含热泪的孩子。"(雷平阳《光芒山》)

人类童年期曾经代表了精神源始和语言、文化以及记忆的中心，这成为文学和艺术的伟大起点和开端。"诞生和起源的那个时刻，它在历史语境中就是所有这些材料，它们进入了思考一种既定过程、它的确立和体制、生命、规划等如何得以开始之中……心灵在某些时候有必要回顾性地把起源的问题本身，定位于事物在诞生的最为初步的意义上如何开始。在历史和文化研究那样的领域里，记忆与回想把我引向了各种重要事情的肇始。"（爱德华·W.萨义德《论晚期风格——反本质的音乐与文学》）如果这一精神起源和记忆中心遭受到了挑战，那么也必将产生反本质的言说方式，遗忘和废墟将取代记忆和共同体。

当诗人置身于山谷中的时候——在文化人类学家看来山谷是阴性而神秘的，他们感受到了类似于人类童年期伟大母亲子宫一样的呵护而免于惊扰。对于威廉·福克纳而言，密西西比州也曾经存在着一个人类童年期的图景和记忆，"20世纪初，这些兽类仍在那儿出没，有些地方仍未开发，当时，那男孩自己也就是在这地方开始狩猎的。但是，除了偶尔在某张白人或黑人的脸上可以寻见印第安人的一些血统之外，奇克索人、乔克托人、纳齐兹人和亚祖人都如先民一样迁走了"（《密西西比》）。

当年克洛德·列维-斯特劳斯的结构主义人类学关于现代性的焦虑症的观点是非常突出的，《忧郁的热带》中关于热带丛林地带的卡都卫欧、南比克瓦拉、瓦克雷托苦、波洛洛、蒙蝶、吐比卡瓦希普等部落、土著的肖像（脸画、穿鼻针、唇塞）、民俗（服饰、进餐方式、狩猎手段、射箭方法、嘴唇装饰、干草冠头饰、牛吼器）、仪式（比如鼻孔插着羽毛的巫师、女巫、成年仪式、葬礼仪式、祭祀仪式）、建筑、工具、家庭私密生活的照片实则是对人类原初记忆和"失去的世界"的挽留："原住民的裸体似乎受房屋外墙那种草性的天鹅绒,以及附近的棕榈树所保护;他们走到房子以外的时候,似乎就像脱掉一层巨大的鸵鸟羽毛所织成的披挂一样。他们的身体,这些多汗毛的珠宝箱,建筑得异常精细,他们明亮的化妆与绘彩使肌肉的色调更为突出;华丽的其他饰物:牙齿的闪亮,羽毛和花卉簇拥之中的野兽牙。似乎整个文明都蓄意强烈热衷于喜爱生命所展现的颜色、特质与形状,而且为了把生命最丰富的特质保存于人体四周,便采用展现生命面貌的各项特质之中那些最能持久的,或是最易消逝却又刚好是最宝贵的部分。"(《忧郁的热带》)但是时代变了,"遥远的目光"被匆促的现代性世界景观所终止,列维-斯特劳斯不得不提出了诸多的警告,尽管他知道这些警告是徒劳的,因为人类似乎已经走上了不归路:"经过思考以后,我们发现城市化与农业本身是创造惰性不动的工具,城市化与农业所导致的种种组织,其速率与规模远比不上两者所导致的惰性与静止不动。至于人类心灵所创造出来的一切,其意义只有在人类心灵还存在的时候才能存在,一旦人类心灵本质消失了以后,便会混入一般性的混乱混沌里。"(《忧郁的热带》)在本质上,列维-斯特劳斯的焦虑、忧郁是出于对人类心灵史和地方性知识的维护与拯救,但是这一维护和拯救显然是徒劳无功的,甚至会进一步增加记忆中的苦痛、尴尬和阵痛的成分。

像列维-斯特劳斯带来"忧郁的热带"一样,雷平阳带来的则是一个个现代性的碎片以及"忧郁的云南":"1990年代末期到2010年以前,我经常在版纳、临沧、德宏、红河几个州跑。我去版纳不是调查茶山,相反,是因为对当地的少数民族感兴趣,想了解他们的生活。"那里曾经是名副其实的"边地",这使得它保留了陌生化、复杂多样的地方知识。雷平阳从2000年开始一直行走在云南的六大茶山(基诺山、革登山、莽枝山、易武山、蛮砖山、倚邦山)以及其他的大山大川,他是田野考察者和一定程度的民俗学家,同时更像是行脚僧。对云南茶山的考察实际上涉及地域文化、民族文化以及植物学、文化人类学、民族学以及地缘政治学。在寻访山林、古寨的过程中,雷平阳始终怀有的是一切终将丧失的忧虑和悖论,因为人类的童年期早已结束,原乡已经成为废墟。"一切终将消失,古风犹存的山谷终将凋零,艺术家将沦为人类学家、民俗学家。但在这之前,仍有些值得珍惜的地方,有些并未与时俱进的山坳,生活周而复始,不为世事变迁所侵扰。它们不是寄托乡愁的所在,而是人迹罕至的圣地,寻常而纯朴,就像那里的阳光。平庸威胁着这些地方,正如推土机威胁着海岬,勘测线威胁着榄仁树,枯萎病威胁着山月桂。"(德里克·沃尔科特《安的列斯:史诗记忆之碎片》)

行文至此,我想到瓦尔特·本雅明所说的:"有时候,远方唤起的渴望并非引向陌生之地,而是一种回家的召唤。"

童年,就是个体乃至人类的"家",尽管我们已经处于剧烈的现代性力量的冲涌之中……

诗人的 "父亲"

但在他的眼里
只要我平安
天下就是太平的
　　　　　　——潘洗尘《父亲的电话》

一些关于父亲的诗，不仅仅是我的父亲。
　　　　　　——沈浩波

"父亲"一直是文学作品中最为重要的原型或家族寓言，而当代诗人与"父亲"形象之间建立起来的亲情象征、文化谱系、诗学构造以及所反映出来的命运境遇和精神场域既有内在关联又有明显差异。通过代表性的诗歌尤其是长诗中历史、文化、现实与经验、想象融合之后的诸多的"父亲"形象，当代诗歌"父与子"的文化构成、终极指向的"父亲之死"以及围绕"父亲"展开的个人经验、童年记忆、族裔文化、土地伦理和大地共同体的复杂关系和变化就共时性地展现出来。

激进与迟缓

1

无论是从精神分析、原型象征还是从日常家庭生活和人格心理的影响来看,"父亲"的作用对于孩子的成长、性格尤其是童年经验的形成都至关重要。克洛德·列维－斯特劳斯引述过发端于弗拉特瑞角地区的一个神话,关于年老的丑陋父亲和年轻优雅的妻子以及年少英俊的儿子之间的乱伦故事。斯特劳斯把之引申为"家族气象学",父亲往南被称为南风,儿子往北被称为北风,而女人被惩罚为一棵树,"临走之前,老头命令女人走进森林深处,人们今后就叫她簇嘎结,一种长满节疤的针叶树。从那时起,南风带来暴风雨,北风带来晴天,簇嘎结生出很旺的火"(克洛德·列维－斯特劳斯《猞猁的故事》)。这个古老神话实则涉及世界的元素性构成与人类家庭角色的互动关系,同时也是"父亲"的原型以及矛盾重重的"父子"关系。

"父亲"总会成为作家们叙述道路中绕不开的关键形象,他有时是一个具体的家庭个案,有时则带有整体性的时代象征,后者更像是一个个精神的寓言支撑起来的家谱、档案或历史深处被湮没的草丛中的一角墓碑。如果"父亲"形象成了一个时期的文化符号,那么他们的寓意指向会更加复杂甚至充满戏剧化的效果。那么,什么才是真正意义上的与时代和个体相关的真实的父亲?每个人的体验和命运差异巨大,而再现、塑造或虚构的方式更是不同,我们只能从精神场域、现象学、传记学和文本细读的角度来探究多侧面的镜像之中由碎片、点阵、拟像建立起来的复数的"父亲"。"父亲"形象往往是历史化的,是家族历史和时代文化精神的气象站。"父亲"形象或"父系"的精神谱系可以向家族的上游("祖父""祖先")和下游("儿子""孙子""子孙")这两个维度扩张。"父性"代表的是一种原始的、朴素的、粗粝的、强硬的、沉默的、隐痛的、深广的精神法则。

对于很多人而言，现实生活中的父亲往往是不擅长直接对子女表露情感的，所以诗人们看到和呈现出来的往往是沉默的"父亲"形象。潘洗尘正是精准地抓住了"父亲"这一普遍化的性格特质："我离家四十年／父亲只打过一次电话／那天我在丽江／电话突然响了／'是洗尘吗？没事了！'／还没等我反应过来／父亲就挂断了／／这一天／是2008年的5月12日／我知道／父亲分不清云南和四川／但在他的眼里／只要我平安／天下就是太平的。"（《父亲的电话》）一首好的诗歌往往具有生命体验和精神能力上的共通性，也更具有共情的空间。沈浩波在《父亲的手掌》中所写到的是一位朋友的父亲，他同样是内向而拙于表达的，而他在自己儿子和旁人面前的举动却充满反差："师江的父亲／手掌搭着我的胳膊／送我到村口／粗糙的掌心／温热发烫／那一刻我恍惚觉得／我就是李师江／我怀疑师江的父亲／也有这样的错觉／那时阳光灿烂／我真想喊他一声'父亲'／回到北京后／我把这种感觉说给师江听／他愣了一会儿说：／'但他从来没有对我这样！'"为此我们在沈浩波一系列关于"父亲"的诗作《旅程》《穿过这片雾》《父与子》《仿佛在等着和他一起抽烟》《但我很晚才理解》《如果时间有光芒》《父亲的手掌》《父子球迷》《爸爸》《温暖的骨灰》《父亲》中目睹了一个个陌生而又具有情感共通性的细节、场景以及精神肖像。"父亲"写作的互文既揭开了世界普遍存在的共性法则又携带了写作方式的个人性和差异性。

沈浩波说过："一些关于父亲的诗,不仅仅是我的父亲。"确实,"父亲"形象带有明显的文化意旨和象征空间,对于具有乡土经验的写作者而言"父亲"还代表了逝去的时代以及土地伦理。"父亲"形象曾长期与中国乡村社会直接关联。萧公权在《中国乡村:19世纪的帝国控制》中强调19世纪的中国农民虽然过着艰辛的生活却因为消极保守而能够长期默默地忍受。"父亲"是乡村主体,他们还可以再细分为农民、工匠(手艺人)、走街串巷的小贩、无业游民以及乞丐。对于有着不同地方文化差异的人来说,"父亲"的形象带有明显的地理文化区隔的特征,甚至福建诗人汤养宗强调"父亲"(书面语)和"爸爸"(口语)所指向的并不是同一个事物:"父亲与你们习惯叫的爸爸绝不是 / 同一个词。绝,不是。/ 棉布与纤维板,一嗅就嗅出差别在哪里。"(汤养宗《父亲与爸爸绝不是同一个词》)

出生空间、家庭关系以及"父亲"性格对于一个成长期的人来说是动力和限制并置的特殊精神空间,是记忆的根系,是生活的伦理,是性格以及世界观形成的发源地。确实,"空间""地方"以及掺杂其间的"父亲"、传统、伦理、秩序、风习对于写作者来说该如何将之个人化、历史化并且在美学上具有重要性和创造力就变得愈发重要。在父权家族体系中"父亲"是家庭日常生活中不可替代也不容置疑的权威象征,他所在的位置需要家庭成员尤其是孩子们仰望:"作为父亲 您带回面包和盐 / 黑色长桌 您居中而坐 / 那是属于皇帝教授和社论的位置 / 儿子们拴在两旁 不是谈判者 / 而是金纽扣 使您闪闪发

光／您从那儿抚摸我们。"（于坚《感谢父亲》）

尽管具体到诗歌文本"父亲"们的形象差异很大，但是"父亲"身上所携带的正是特殊的家庭教育和子女性格成长的重要环境，甚至是孩子们记忆的起点。在《我父亲二十二岁时的照片》中，雷蒙德·卡佛为我们展示了更为陌生、隐秘、矛盾和戏剧化的父亲性格以及更为难解的家族命运和不可思议的基因延续："十月。在这阴湿、陌生的厨房里／我端详父亲那张拘谨的年轻人的脸。／他腼腆地咧开嘴笑，一只手拎着一串／多刺的金鲈，另一只手／是一瓶嘉士伯啤酒。∥穿着牛仔裤和粗棉布衬衫，他靠在／1934年的福特车的前挡泥板上。／他想给子孙摆出一副粗率而健壮的模样，／耳朵上歪着一顶旧帽子。／整整一生父亲都想要敢作敢为。∥但眼睛出卖了他，还有他的手／松垮地拎着那串死鲈／和那瓶啤酒。父亲，我爱你，／但我怎么能说谢谢你？我也同样管不住我的酒，／甚至不知道到哪里去钓鱼。"（舒丹丹译）卡佛后来在《我父亲的一生》中再次提到了这首诗。他着意告诉读者的是诗和现实是有区别的，而这来自诗人的主动选择和变调，比如这首诗中与"父亲"相关的背景是10月，而现实中则是在6月。卡佛之所以将6月置换为10月是因为他的结婚纪念日以及孩子的生日都是在6月，他不想让这个月份变得如此不祥，而父亲也不应该在这样一个美好的月份去世。卡佛眼中的"酒鬼"父亲形象是可怕、可憎的，可是令人不解的是卡佛后来也成了一个疯狂的酗酒者——"但我怎么能说谢谢你？我也同样管不住我的酒"。卡佛写过很多与酒有关的诗，其中一首，连题目都会让人惊出一身冷汗——《驾车时饮酒》。

激进与迟缓

父亲与儿子之间似乎存在着天生的而又难以跨越的距离:"父亲和我／我们并肩走着／秋雨稍歇／和前一阵雨／像隔了多年时光∥我们走在雨和雨／的间歇里／肩头清晰地靠在一起／却没有一句要说的话∥我们刚从屋子里出来／所以没有一句要说的话／这是长久生活在一起／造成的／滴水的声音像折下一枝细枝条。"(吕德安《父亲和我》)从传记学的角度来看,我们会发现在一个不短的时期内"父亲"在陈先发的文本中是空缺的,反倒是"母亲"成为其反复抒写的"深度意象",甚至陈先发将极其普通的乡下母亲提升到"本纪"这样的个人史高度。其原因在于陈先发的父亲给本地一个湖笔小作坊做推销员而常年离家在外,这导致了陈先发童年记忆和生活现场中"父亲"的缺失。于坚在童年期患上了精神和食物双层意义上的饥饿症,以至于到了乱吃"药"的地步,而只有严厉的"父亲"能够及时挽救他:"在三个小时中,我把一大瓶钙片吃掉了多半瓶。当我吃烦了钙片,开始把其他的药倒出来,堆起一座小山时,门突然开了,父亲魔鬼般高大地走进来,一把夺过我手中的瓶子,吼叫着,罢免了我的帝位。"(于坚《治病记》)很多诗人都要面对人生和文本中的"父与子"命题:"1992年我的儿子:／被根包裹的零岁男人,长出了地面。／他手持繁衍的血的长链,睡在／灯里。作为父亲我将重新诞生一次／'……酒徒、情感的强盗和跛马……／我的三重精灵,会不会抵达他心中'／被我穿旧的时间,会不会／在他命中哗哗倒灌回来。"(陈先发《1992,新父亲日记》)甚至父子之间还存在着"古老的敌意"——对抗型父子关系。在自白派女诗人西尔维娅·普拉斯的《父亲》一诗中,我们看到的是更为极端的情形。一个在童年即被黑暗、死亡和惊悸所笼罩的阴影型人格："你下葬那年我十岁。／二十岁时我就试图自杀，／想回到，回到，回到你的身边。／我想即便是一堆尸骨也行。"在"父亲"原型的影响焦虑下，我们时不时地听到了"父与子"之间的龃龉和辩难之声："漫长的告别还未有过结束，／作为儿子继承了自我向前的航行，／太平洋的眼泪在无边的黑暗中／发出巨大的声响：我欠你一个理想的儿子，／犹如我欠你一个完美的命运。"（阿翔《远游者说——献给父亲》）

2

个体的童年期与人类的童年期几乎一样，它们都意味着古老的原初秩序，意味着时间和空间的游戏精神，意味着第一次打量时带来的惊异和欢喜，意味着他们对子宫和母体的眷恋，"就像我童年家乡土地上那棵树；它得到一种强大的有形存在的支持，并且充满着见诸诗人与其所处地点之间的种种识别标志；它象征着根植于社区生活的深情，其背后有一种想象力做依靠，该想象力仍未放弃其源头，如同仍未断奶，也就是说，是一种依附的功能而非脱离的功能"（谢默斯·希尼）。

童年期的记忆还来自民族的文化构成和精神原型："自从听懂波涛的律动以来，／我们的触角，就是如此确凿地／感受着大海的挑逗：／／——划呀，划呀，／父亲们！／／我们发祥于大海。／我们的胚胎史，／也只是我们的胚胎史——／展示了从鱼虫到真人的演化序列。"（昌耀《划呀，划呀，父亲们！》）然而在现代性和城市化的语境下人和环境以及事物的关系发生了根本性变化，它们不再是空间关系而是意识系统。一个成年人、离乡之人之所以要不断回到出生地，回到那些围绕"父亲"以及家族展开的记忆之物，是因为他仍然希望在幻想中有可依赖的安慰之物和栖身之所，这也是现代性时间和工具理性所形成的个体心理的补偿机制。记忆之物和精神栖身之所可以是具体的、现实的，也可以是虚拟的、想象的。如今，包括"父亲"在内的这些记忆更多存在于闲置之物、废墟和幻象之中。无论是现实的物象还是精神的幻象，它们都一同指向了血缘和记忆的源头。一旦这一源头和精神根系被切断，那么一切都将成为虚空之物而彻底丧失意义。没有家族和生命体的村庄已经与个体无关，这片土地也已不再是"故乡"——起码不是完整的故乡。曾经是一个个"父亲"支撑着这片土地，他们是故乡的灵魂，是维系乡土文化、家族血缘、生活秩序的命运链条。一旦以"父亲"为代表的灵魂根系被连根拔起，一旦乡村和大地上的地基成为废墟，那么这些怀乡、回乡的人就成了走投无路者，徒剩一个躯壳而成为孤魂野鬼了："那一夜，我的睡眠一如悬浮，无处可依。凌晨五点多钟，家里的座机电话骤响，翻身起床，未接电话，我已泪流满面……我居住的地方离父亲所在的地方，有近四百公里的距离，他抽身离去，仿佛还把我也捎上了，这种骨血间的感应，给予我的不仅仅是对生命关系的认知，也让我洞察到了他与'一群人'的命运之链。"（雷平阳《关于〈祭父帖〉》）所以，在雷平阳的写作中，父亲、家族和亲人谱系一直占据了非常重要的位置，而相关抒写一直延续了挽歌的基调。即使不去阅读他的相关文字，看看那些作为亡灵记忆方式的照片也已经足以说明一切了，比如站在篱笆前的眼神茫然的父亲和母亲，比如患了阿尔茨海默病的父亲，比如昭通乡下欧家营的三间破败的土坯房。

支撑父权、乡村和秩序合理性的恰恰是这些具有强烈象征意味的家庭空间以及具体物件等实体性的存在，它们实则是家庭构成、主次位置、乡村关系和土地伦理功能的日常化维系和精神投射："其结构为建立在传统及权威上的父权体制关系，而其核心则是凝聚各成员的复杂情感关系。这个'温暖的家'乃是一种特殊空间，它并不重视客观的布置，因为在其中，家具和物品的功能首先是作为人与人关系的化身，并且要居住在它们共享的空间，甚至要拥有灵魂。"（让·鲍德里亚《物体系》）

谢默斯·希尼对乡下那个技艺高超的盖屋顶的人处于长时间的凝视之中，而这正是最深切的记忆方式，而童年期开始累积的乡村经验由此一次次现身。在乡土伦理、大地共同体延续和发挥效力的时代，"父亲"总是与童年期、土地、作物、常年的劳作以及沉重的命运黏着在一起的。当"父亲"与土地、饥饿联系在一起的时候，诗人的精神重负几乎是不可承受的："父亲不是从手中的镰刀片上看见云朵变黑的，他是觉得背心突然一凉。这一凉，像骨髓结了冰似的。天象之于骨肉，敏感的人，能从月色中嗅出杀气，从细小的星光里看出大面积的饥荒。父亲气象小，心思都在自己和家人的身上，察觉不到云朵变黑的天机，他只是奇怪，天象与其内心的恐惧纠缠在了一起，撕扯着他，令他的悲伤多出了很多。"（雷平阳《嚎叫》）谢默斯·希尼在《挖掘》一诗中以超级细写的方式将"父亲"延续了二十多年的挖掘的动作、细节和场景展现在我们面前："窗下，响起清脆刺耳的声音／铁锹正深深切入多石的土地；／我的父亲在挖掘。我往窗下看去 // 直到他紧绷的臀部在苗圃间 / 低低弯下,又直起,二十年以来 / 这起伏的节奏穿过马铃薯垄 / 他曾在那儿挖掘。// 粗糙的长筒靴稳踏在铁锹上,长柄 / 紧贴着膝盖内侧结实地撬动。/ 他根除高高的株干,雪亮的锹边深深插入土中 / 我们捡拾他撒出的新薯,/ 爱它们在手中又凉又硬。"(吴德安等译)这是乡土命运情势下几乎超越了时代和民族的"我们的父亲"形象。当这些携带大地伦理和过去时代痕迹遗留的"父亲"和器物终有一天隐身于地下,故乡最后的黄昏时刻就到来了,此后将是漫长的黑夜。没有了亲人和老物件的房屋、乡村和故土已经不再具备共时体层面的特殊精神容器般的象征功能和心理载力。

在世界性的工业大潮和现代性时间的景观面前,"精于使用铁锹"的"父亲"(农民)从大地上消失了,"铁锹"(农具)再也没有用武之地——在荒置中渐渐生起红锈,长期赓续的精神掩体和记忆寄居之所也随之破碎、坍塌、消亡,甚至连曾经被挖掘的大地也变得空无一物。就乡村伦理和大地共同体而言,诗人们还有一个家族谱系用来连接历史、乡村和家族:"酒酣耳热,我向父亲说出了读读家谱的愿望,父亲开始不肯,最后还是同意了。他踉踉跄跄地走向里屋,黑暗中碰倒了箩筐和锄头,然后听见开箱的声音。父亲在把家谱递给我之前,用袖子轻轻地擦了几下家谱的封皮,而当我翻动着家谱的时候,父亲的眼神更是从未从家谱上离开过半瞬,见我翻重了,他就骂一声。那时,屋外的雪下得很大,整个世界洁白而安详。"(雷平阳《家谱的酒香》)

出生地、家谱、童年经验与空间性格的互动就渐渐凝成了一个人一生不可替代的精神出处，或者像是坍毁老宅门上的封条以及墓碑上的那一行简短而不能抹平的文字刻痕。家族和宗族既是血缘枢纽又是合作群体，曾长时期在乡村中起到重要的凝聚作用，而修撰家谱和祭祖活动在其中占有重要位置。雷平阳之所以要不断写到那些"雷氏"家族正是为了揭示这一凝聚作用已经涣散瓦解了，流动性的液体社会使得乡绅文化和乡村秩序和伦理空间不复存在。在此境遇下，如果你想再次获得精神支撑就必须进行类似于在废墟上"挖掘"和重建的工作，这也是与大地共同体相关的记忆被一点点重新拼合的过程。陈先发则自称"桐城的乡下人"，在此身份的提示下，一个人才会自认为找到了源头而不至于完全被现代社会的离心力甩弃于无地，尽管和同时代人一样陈先发也没有免于沦为"异乡人"的尴尬角色："我们深陷在这一点一滴的爱中／一点一滴的恨中／什么也不敢忘记／什么也不敢放下／仿佛唯有如此，自己才是个有源头的人／才是个可以被拯救的人。"（陈先发《个人史》）

2008年，以色列、法国和德国合拍了一部电影《柠檬树》（阿拉伯语／希伯来语），寡居多年的果园主萨玛为了保护这片栽种了六十多年的柠檬树果园——更确切地说为了保护父亲的记忆——而将位高权重的邻居（以色列新任的国防部长）告上了法庭。

"80后"诗人王单单《祭父稿》《遗像制作》《病父记》《父亲的外套》《一封信》《堆父亲》《自白书》等一系列写作"父亲"的诗不仅与个体和家族有关，而且与乡野历史和现实密切关联。王单单通过对"父亲"寓言化发现和再造，揭示了一个精神化的"现实"，一个现实中的逝去的父亲也在精神世界得以一次次地现身、还原或重生:"流水的骨骼,雨的肉身/整个冬天,我都在/照着父亲生前的样子/堆一个雪人/堆他的心,堆他的肝/堆他融化之前苦不堪言的一生/如果,我能堆出他的/卑贱、胆怯,以及命中的劫数/我的父亲,他就能复活。"(《堆父亲》)在时间的单向道上我们总会有朝一日、或早或晚地面对家族至亲的死亡:"父亲常从这空白中回来/告诉我一点儿/死亡那边的消息/有时,也会有多年前的/一场小雨停在那里。"(陈先发《秋兴九章·之三》)

死亡是时间中最为永恒的一面。约瑟夫·布罗茨基在长诗《献给约翰·邓恩的大哀歌》中向人们提问:"如果生命可以与人分享,那么谁愿意与我们分享死亡?"彼得·汉德克的母亲在临终前发出最后的呼救,这是死亡的恐惧以及无比痛苦和无助的严峻时刻,最终彼得·汉德克在那些柏树身上看到了古人那些神奇的树棺。在"父亲""死亡"等终极问题面前,诗人、哲学家以及僧侣、教徒在做着同一件事,甚至他们会同时做得非常具有典范性。

3

在当代诗人抒写"父亲"的长诗中有三个不可替代的标高,即雷平阳的《祭父帖》、陈先发的《写碑之心》以及吉狄马加的《迟到的挽歌》。三者的影响都非常大,而悖论在于它们都是以"父亲"的死亡以及重述死亡为代价的:"我父亲去世的临终一刻,我跪在他的轮椅前,紧攥着他干枯的手,在他瞳孔突然急剧放大、鲜血猛地从鼻中眼中涌出的最后一瞬,我的内心处在被攻击时的瓦解状态中，此刻是没有诗的。我纪念他的诗，全部产生于对这一刻的回忆。换个说法，我父亲要在我身上永远地活下去，就必须在我不断到来的回忆中一次次死去。"（陈先发《困境与特例》）

在父亲去世后两个月的夜里——2009年10月7日，陈先发在痛定思痛中完成了《伐桦》一诗。伐树与死亡获得了精神同构和命运关联，这是时间的杀伐声中一个人的自审，也是通过语言完成自我的救赎："砍掉第一根树枝。映在／临终前他突然瞪大的／眼球上。那些树枝。／那些树叶的万千图案。／我深知其未知，／因为我是一个丧父的人。／我的油灯因恪守誓言而长明／／连同稀粥中的鬼脸。／餐桌上。倒向一边的蜡烛。／老掉牙的收音机里，／依然塞着一块砖。我是一个在／细节上丧父的人。／我深知在万物之中，／什么是我。／我砍掉了第二根树枝和／树下的一个省。／／昨天在哪里？／我有些焦躁。／我的死又在哪里？／为什么我／厌恶屋顶的避雷针。／我厌恶斧头如同／深知唯有斧头可以清算／我在人世的愚行。一切／合乎诗意的愚行。"当诗歌指向了终极之物和场景的时候，人与世界的关系就带有了时间性和象征性，"父亲"已不再是日常的物象，而是心象和终极问题的对应，具有了超时间的本质。陈先发的父亲在去世前一年突发脑溢血，在重症监护室中，父亲昏胀的头无力地伏在陈先发的膝盖上。此后，他瘫痪卧床，加之癌症的袭扰，不断被病痛折磨得彻夜难眠："我用一大堆塑料管，把父亲的头固定在／一个能看到窗外的位置上。／整个七月，／他奄奄一息又像仍在生长。／铁窗之外。窸窸窣窣的树叶，／他知道，／是大片的，再也无法预知的河滩。"（陈先发《膝盖》）

而作为儿子也绝不轻松："下午在咖啡馆，为老父的病痛而浑身发抖——此刻却一字难成。"（陈先发《黑池坝笔记》）失去至亲的巨恸和死亡的震悚使得陈先发在此后几个月的"死亡重临"中无比艰难地完成了一首长诗，这就是《写碑之心》。在父亲病逝之后陈先发才重新找回关于"父亲"的记忆。那个已经变得异常恍惚的英俊的田野少年、念过两年私塾的莽撞的拖拉机手、剃头匠、杂货店主、推销员、倒提着儿子回家的"暴君"、酗酒者、捕鳗鱼的人、老党员、"老糊涂虫"、一生的寡言者以及生产队长……

雷平阳在写完《祭父帖》之后就随手放了起来，一次时任《边疆文学》主编的潘灵来访，读到这首长诗之后数次哽咽、泪流满面。后来圈内的朋友读到这首诗后都认为这是一部极其重要的作品，经过斟酌，雷平阳把这首诗发给了《人民文学》，得到了李敬泽、商震等人的高度肯定。商震希望雷平阳就其中的个别段落修改一下，但雷平阳说他已经无力再读第二遍这首带有"史记"性质的泣血之作了……最终，长诗《祭父帖》只字未改发表在了 2009 年《人民文学》第 5 期。在雷平阳和陈先发沉暗的笔调下我们看到了"无名的父亲"被逐渐正名的过程，面孔模糊的"父亲"形象也越来越清晰。他们是无名的父亲、童年的父亲、乡下的父亲、沉默的父亲、病痛的父亲，也是文化基因和血脉链条上的"我们的父亲"。雷平阳的诗集《云南记》的扉页上有一句献词："献给我的父亲雷天良。"其父亲的名字更是具有戏剧性和荒诞感，叫了一辈子"雷天阳"的人居然应该叫"雷天良"，误名、正名和无名构成了底层草民的卑贱史："像一出荒诞剧，一笔糊涂账，死之前 / 名字才正式确定下来，叫了一生的雷天阳／换成了雷天良。仿佛那一个叫雷天阳的人／并不是他，只是顶替他，当牛做马／他只是到死才来，一来，就有人／把六十六年的光阴硬塞给他／叫他离开。"(《祭父帖》)这是艰难异常的"正名"和重新寻找父亲记忆的精神还原过程。雷平阳的父亲在去世前几年患上了阿尔茨海默病，他的记忆消失了。没有比亲人的死亡更可怕的事情了！雷平阳父亲的去世不断将他带入黑夜、坟冈、墓碑、阵痛和死亡当中去，它们所组成的巨大的寒流和闪电包裹着一个诗人远非强大的内心。当诗人不断在诗歌中出现"我像他们留在世上的墓碑""一个人，在路边的野草丛中／錾他的墓碑"等这样的诗句，我们能够体味真正的死亡和死亡般的气场所带给一个诗人的究竟意味着什么。甚至在这种家族的命运和死亡阴影的旋涡中，亲人会因痛苦和怀念而有企图"修改"现实的渴望。父亲的离去成了诗人写作的资源，死亡所牵扯出的命题更为切实也更具张力，诗歌也同时具有了个人性与普遍性、现实性和寓言性容留的空间："在三百六十公里长的高速路上，我亦感到／有一个人，从我的身体里／走了出去，空下来的地方，铁丝上／挂着一件父亲没有收走的棉衣。"(雷平阳《奔丧途中》)最终，这些"父亲"形象和死亡场景汇聚成了长诗《祭父帖》中的"终极意象"。《祭父帖》将"父亲"形象推向了极致——写作的极致和痛苦精神的极致。"父亲"是从土地、河水和乌蒙山生长出来的，这是一个世代又一个世代"父系"的影像叠加和基因承续。雷平阳笔下的"父亲""爷爷"以及其他雷氏家族对应了生存在穷乡僻壤的自生自灭的小灵魂，如同草茎和露珠，如同蚂蚁和蜘蛛。值得注意的是雷平阳和陈先发既是站在"儿子"和

"乡下人"的角度来讲述，又是站在"同时代人""同时代性"位置的正名者和讲述者。质言之，他们是站在个体命运、乡土现实和个人化的历史想象力交叉的位置来予以综合叙述和重塑"父亲"的，这些空间既是日常空间、地方空间又是想象空间、历史空间。由此，"父亲"不再只是个体的父亲，而是融合了不同个体的差异性经验之后的想象的父亲、寓言化的父亲以及命运共同体的父亲。"父亲之死，我祈盼的是他们这一代人生不如死的命运戛然而止、永不重演。我的几位朋友，每年清明节，都会复印《祭父帖》，烧在他们父亲的坟头，我想这集体主义式的命运，假如再延续，它会让多少生者或后人变成未亡人，生不如死。这是必须呈现并进行审判的一种命运，如果我们因为死去的是父亲而对其进行美化甚至神化，那就绝对不是情感问题、写作问题、孝道问题，而是一个严肃的锋利的道德问题，至少我们会因此失去一次政治也不可能横加干涉的控诉的机会，更别说其中还存在着'为生民立命'之类的永恒课题。"（雷平阳《我只是自己灵魂阅历的记录者——答刘波问》）正是借助这一复合体的"父亲"结构，雷平阳得以一次次如此艰难异常地完成对人性、土地、乡村、家族、命运的综合考察和深度挖掘。《祭父帖》无论是在家族叙事、历史想象力、诗歌结构、语言成色、现实经验的深度上都具有不言自明的精神能量和思想载力，而一个朴素、卑微、沉默和病痛的父亲最为真切的乡村命运，我们感受到的是扑面而来的生命的温度和死亡所带来的无边无际的虚妄，这印证了"诗中有命"。这既是真实不虚的个人家族史，又是艰难异常的草民生存史，与当下有关，与乡土、历史有关。

4

吉狄马加《迟到的挽歌——献给我的父亲吉狄·佐卓·伍合略且》这首长诗多达二十四条"注释",如此高密度的"引文"对应了彝人的族群世界、语言体系和精神信仰:"那是你与语言邂逅拥抱火的传统的第一次/从德古那里学到了格言和观察日月的知识。""克玛阿果""吉勒布特""日都列萨""阿布则洛""兹兹普乌""毕摩""姆且勒赫"等陌生的"加密"词汇对应了"地名""传说""古老部落""神山""女神""谚语""箴言""图腾""护身符"等彝族神秘世界的元素。按照古彝文经典《勒俄特衣·雪子十二支》,"草、柏树、蛙、蛇、鹰、熊、人等动植物源出于雪,都是雪的子孙"。在吉狄马加诗歌的词语构成和意象世界中,这一切带有人类童年期记忆的遗留:"回到幻想虫蛹的内部,童年咬噬着光的羽翼""谁能解释童年的秘密,人类总在故伎重演"。所以,诗歌要想承担记忆功能的话,诗人面对"母语"就要不断完成对语言的加密和解密的过程。尤其是在世界性图景的扁平思维中,诗歌中越来越频繁出现的是表象世界,而像吉狄马加这种加密类型的语言系统和意象谱系已成为极其稀罕的个例,"对事物的解释和弃绝,都证明你从来就是彝人"。

对于族裔和本地居民而言,地图和魂路图还意味着他们的精神依托和记忆标识,尤其是在地方性知识和大地伦理遭遇前所未有挑战的时候,"那是一个千年的秩序和伦理被改变的时候/每一个人都要经历生活与命运双重的磨砺"。在吉狄马加这里,"彝人地图"是属于不灭的记忆和自由意志的,那些地图上近乎被忽略的点和线是有表情的,有生命力的,是立体和全息的,是可以一次次重返、抚摸和漫游的。实际上每一个写作者都有自己现实故乡的地图和更为精神化的记忆式地图,这些地图不只是一个个点和一条细线,而且是实体和记忆结合的产物,是想象的共同体,因为地图上以往的事物已经不复存在,只有精神地图维持了记忆的持续和往昔的景象。这既是地理上的又是精神上的标识——最后的标识:"常常是用来标识与所有作品或生产者相关的最表面化的和最显而易见的属性。词语、流派或团体的名称专有名词之所以会显得非常重要,那是因为他们构成了事物:这些区分的标志生产出在一个空间中的存在。"(皮埃尔·布尔迪厄《艺术的法则——文学场的生成和结构》)经由吉狄马加诗歌中这些小点以及点和点之间构成的线,我们看到了一个诗人的精神原乡和多年来寻找的返回路径。

《迟到的挽歌》是一首显而易见的关于"父亲"的诗,关于死亡的挽歌,关于永恒和重生的原型象征的浩叹,也是一个家族英雄的史诗。在阅读《迟到的挽歌》这首诗的过程中,我不断被这位"父亲"撞击着,这既是一个彝人的"父亲"——"你与酒神纠缠了一生,通过它倾诉另一个自己",一个诗人的"父亲",又是精神世界中"我们的父亲"。死亡的父亲尽管肉体已经消失于一场大火之中,但是他的性格、精神、印记都通过基因和记忆的方式得以延续,所以这是能够穿越死亡而得以"永生"的精神共时体的"父亲"。

"父亲"正是经典的原型象征,而原型象征在现代诗中常常以人格模式和情结模式的方式来达成。原型象征是指诗人在写作中直接从神话原型（archetype）或仪式、种族记忆等母题中找到象征体。由此，我一次次想到当年威廉·福克纳所说的一句话："他的父亲不仅肉体上为他播下种子，而且往他身上灌输了做一个作家必须具备的那种信仰，那就是相信自己的感情是很重要的，父亲另外还灌输给他一种欲望——迫切希望把自己的感情诉说给别人听。"（《舍伍德·安德森》）

在吉狄马加沉暗和光明夹杂的笔调下我们看到了一个无名的父亲被正名的过程，面孔模糊的父亲越来越清晰，他是童年的父亲、沉默的父亲、英雄的父亲。"父亲"因为诗人的记忆和命名能力而成为永生的信条，"遗失的颂词将从褶皱中苏醒"。"父亲"形象在"集体失忆的黑暗时代"（雅各布森）变得愈加必要而又无比艰难。必须注意的是吉狄马加既是站在"儿子"和"彝人"的角度来讲述父亲的，又是站在"同时代人""同时代性"位置的正名者和讲述者。他的讲述是从大山、土地、大地的胎盘、黑夜和"垂直的晦暗"开始的——由"父性"形象我们总会直接想到土地、家族以及大地伦理，也从火把、光、雄鹰、羚羊、双舌羊、阶梯和"白色的路""白色的世界"讲起，这是一个世代又一个世代"父系"的影像叠加和基因承续。

吉狄马加是站在现实和想象交叉的位置来予以叙述和重塑"父亲"的，这些空间既是日常空间、地方空间，又是想象空间、信仰空间。质言之，在生与死的对视中，诗人发现和创设了"第三空间"——

树木在透明中微笑，岩石上有第七空间的代数

隐形的鱼类在河流上飞翔,玻璃吹奏山羊的胡子
白色与黑色再不是两种敌对的颜色,蓝色统治的
时间也刚被改变,紫色和黄色并不在指定的岗位
你看见了一道裂缝正在天际被乘法渐渐地打开

在"祖先的斧头掘出了人魂与鬼神的边界"这样的"第三空间"中,物化和精神化、人性和神性、死亡与永生能够被同步观照和探测。由此,经过了综合处理的"父亲"形象在这一常识文本中反复现身。这一"父亲"显然不是吉狄马加一个人的父亲,而是融合了不同个体的差异性经验之后的"我们的父亲""想象的父亲""寓言化的父亲"以及"命运共同体的父亲"。正是借助这一复合体的"父亲"结构,吉狄马加得以一次次如此艰难异常地完成对人、彝人、人性、家族、命运、现实以及历史的综合考察和内在挖掘。"父亲"这一形象的寓意和精神指向显然既是变化的,又遵循了古老的精神法则。总之,这是一个无比寻常又不同寻常的"父亲"形象或"父系"的精神谱系,经由"父亲"向家族的上游("祖父""祖先")和下游("我""儿子""孙子"等)两个维度拓展。

《迟到的挽歌》是关于"父亲"的挽歌,这经由彝人的口琴和火葬的大火一起来完成,这必然会涉及死亡与葬仪的母题。

你的身体已经朝左屈腿而睡
与你的祖先一样,古老的死亡吹响了返程
那是万物的牛角号,仍然是重复过的

成千上万次，只是这一次更像是晨曲。

对于死亡的深度关注，吉狄马加如是说："唯有在失重时／我们才会发现生命之花的存在，也才可能／在短暂借用的时针上，一次次拒绝死亡。"我想到 E. M. 齐奥朗说的一句深刻而惊心的话："只有在命悬一线的时候你才真正活着。"

在居住于尼罗－刚果分水岭地带的阿赞德人那里，巫术和降神会仪式也往往借助击鼓和锣来进行，"除了巫医之外，还有其他人也会出席降神会，我们可以把这些人分为观众、鼓手和合唱男孩儿来分别描述。男人和男孩儿坐在离鼓很近的树上或谷仓下面，女人则离男人远远地坐在这户人家的另一边"（E.E. 埃文思－普里查德《阿赞德人的巫术、神谕和魔法》）。"死亡"成为写作的终极命题，而关于死亡的抒写不只是与生命体验有关，也与原型意识和终极想象有关，"存在之物将收回一切，只有火焰会履行承诺"。自然、事件、宏伟之物和无限之物给了我们面对这一终极时刻的特殊平台，这不单是心灵冲击和检省生命："最爱生命的时刻，也是我感到最接近死亡的时刻，无以过之。恐怖将我束缚于这个世界，比酒色之欢的丰盛更有过之。若不是身后拖着死亡在生命中载沉载浮，我会找个地方与野兽同群，像它们一样在无意识的怠惰中沉沉睡去。难道我沉迷死亡只是出于植物般的隐秘渴望，是与大自然的葬礼乐章沉瀣一气？更有甚者，那难道不是，拒绝对我们必死的事实视而不见？因为没有什么能比对死亡的思索更讨巧——但只是思索，不是死亡本身。"（E.M. 齐奥朗《眼泪与圣徒》）

布罗茨基在长诗《献给约翰·邓恩的大哀歌》中向人们提

问:"如果生命可以与人分享,那么谁愿意与我们分享死亡?"而吉狄马加通过长诗《迟到的挽歌》对布罗茨基的提问予以了回答,即这是一首"愿意与我们分享死亡"的诗作。实际上,吉狄马加在其早年的诗作中对凉山地区彝族人的葬礼写过一首诗《黑色的河流》,这也是其早期的代表作,诗的开头和结尾以复沓的形式抒写了一条死亡的黑色的河流:"我了解葬礼。/我了解大山里彝人古老的葬礼。/(在一条黑色的河流上,/人性的眼睛闪着黄金的光)。"而其近作《迟到的挽歌》则将死亡和葬礼主题提升到了新的高度。

生死观念和葬仪习俗又与具体的生活环境和生存空间、地缘文化密切联系,比如大海、山地、草原、森林、沙漠和平原地区的丧葬差异就很大,至于边远地区、少数民族以及人口较少地区的丧葬习俗就更是多种多样了。这一定程度上是环境与人类意识互动而最终形成的具有差异化的自我中心主义、民族中心主义以及世界观,"人类,无论是个体还是群体,都愿意把自己当作世界的中心。自我中心主义和民族中心主义在全世界似乎是普遍存在的,不过其强度在个体和群体之间是不大相同的"(段义孚《恋地情结》)。彼得·汉德克的母亲在临终前发出最后的呼救,这是死亡的恐惧以及无比痛苦和无助的严峻时刻,最终彼得·汉德克"在那些柏树身上又看到了古人那些神奇的树棺"(《圣山启示录》)。吉狄马加在《迟到的挽歌》中不断抒写和渲染的死亡的场景、葬礼仪式以及祭祀仪式实则是对人类原初记忆和"失去的世界"的一次次挽留。在此我们看到了死亡世界和招魂仪式的特异,我们看到了光、羊骨的炉膛、烧红的卵石、白银的冠冕、白色的路……在终极问题面前,诗人、哲学家以及僧侣、教徒在做着同一件事，甚至他们会同时做得非常具有典范性："我经常想起古埃及的隐士，它们掘了自己的墓，然后在里面没日没夜地哭。若有人问他们为什么哭，他们就说是在为自己的灵魂流泪。在无边无际的沙漠里，一座坟墓就是一片绿洲，一个令人宽慰的所在。为了在空间中拥有一个固定点，你在沙漠里挖了个洞。然后你死去而不至于迷路。"（E. M. 齐奥朗《眼泪与圣徒》）在喊魂者和安魂曲的层面，我们又会再次来到吉狄马加的"父亲"和"挽歌"面前。

在现代性时间还未真正抵达和全面覆盖之前，生与死的界限以及人与世界的关系是复杂而奇异的："对于外祖母来说，生者与死者之间并没有什么明确的界限。鬼怪神奇的故事一经她娓娓道来，便轻松平凡。"（加西亚·马尔克斯、P. A. 门多萨《番石榴飘香》）然而，随着时代的发展，人与空间的禁忌、生与死的关系都发生了根本变化。值得强调的是吉狄马加并不是孤闭的"地方主义者"，而是以"土著""人""诗人"的三重眼光来看待、审视"死亡"这一特殊的精神结构，从而既有特殊性、地方性，又有人类性和普遍性，个人经验、族裔经验进而提升为历史经验和语言经验。长诗《迟到的挽歌》的最后一句是"哦，英雄！不是别人，是你的儿子为你点燃了最后的火焰"，我想说的正是"人与死亡最后的契约"产生的正是诗，也许还是终极的诗。

通过以上这些代表性的诗歌文本及其分析，我们看到了个体、历史、现实与虚构融合之后的诸多的"父亲"形象，他们既是具象的又是抽象的，既是个人性的又是共时化和具备历史效果的，既是真切感受、现实经验的又是寓言化的转换和变形。

当代诗歌中的"父亲"形象、"父与子"的文化构成、"父亲之死"以及围绕"父亲"展开的家族命运、童年期经验、土地伦理和大地共同体的复杂关系和变化都值得我们不断深入地探讨下去。

与灾难共生的成熟：内部传记与晚期风格

> 夜色中的杜甫，身边一定全是鬼魂。
> 他用典就是与鬼魂说话，或者让鬼魂代自己说话。
> ——西川《我是谁》

面对着一千二百多年前卧病湘江孤舟的暮年杜甫，我们会发出这样一个疑问，他是"失败诗人"或"悲剧诗人"吗？显然，杜甫一生的传记尤其是晚期风格的成熟是以挫败、孤独、疾病、动荡以及国家灾难为前提的，诗人也由此获得了校正与自我救赎的力量，个人性最终成为共时性、时代性和普遍性，诗歌的历史逻辑与人格魅力也由此不断走向完善。

作为耗散和流逝的生命个体，诗人总要面对残酷而又不容回避的时间法则，而其作品的命运也未尝不是如此，"时间腐蚀我们、摧毁我们，而时间更残酷地磨灭庸劣的小说、诗歌、戏剧、故事，不论这些作品道德上如何高洁"（哈罗德·布鲁姆《史诗》）。是的，附着于作品之上的道德优势和时代伦理必然会像粉末一样随风而逝，除了永恒之外一切都是速朽的，唯有伟大的诗人及其重要作品能够一次次挽留住时间并一次次还魂、复活、生长。

面对杜甫以及歌德、里尔克、叶芝、米沃什、特朗斯特罗姆、德里克·沃尔科特这样的伟大诗人和总体性诗人，我们必然要谈论一个重要的诗学问题，即诗人的晚年作品、晚期风格以及迟暮之年的身体危机（比如身体机能的衰颓、疾病、死亡的阴影）、精神境遇、生命意识等问题。

1

暮年这一命运的回光返照时刻成就了一些诗人和艺术家，这是特殊生命境遇下携带了预言与寓言双重质地的精神档案。首先需要明确的是，处理"晚年"题材的诗作以及诗人的写作年龄与所谓精神难度和写作难度意义上的"晚期风格"不是一回事。质言之，这不单是物理时间的问题。显然，晚期风格意味着写作的变革和精神的转向："与写作年龄对应，《白鹭》是一部老年之诗。病痛折磨，爱的丧失与死的临近，这几乎是所有老年人的现实，沃尔科特写得尤其惊心动魄。也许是因为在他的生活中，爱与死更具张力的缘故吧。"（程一身《诗歌超人的词语钻石》）

我们已然注意到生理或精神层面的"晚年"总会来到诗人这里，对于叶芝这样理性足够强大的诗人而言这是"随时间而来的智慧"，"一个人会随着年龄而变得更聪明，艺术家在其生涯的晚期阶段会获得因岁月而带来的独特感知质量和形式吗？在某些晚期作品里，我们会遇到某种公认的关于年龄和智慧的概念，那些晚期作品里反映了一种特殊的成熟，一种新的和解精神与平静"（爱德华·W. 萨义德《论晚期风格：格格不入的音乐与文学》）。无论是风格意义上的"平静"还是"紧张"，这都是时间和命运制造的必然命题，诗人也必须对晚年做出应答："他已几乎度过了一生。／他从冬日的北京起飞，穿过黎明灰烬的颜色，／而在灰烬之上，透出珍珠色的光。／在血液的喧嚣中，／现在，他降临到一个滨海城市，／就在乘车进城的盘山路上，大海出现，／飞机下降时的耳鸣突然止息。／他看到更美妙的山峰在远处隆起。／他恍如进入一面镜子中，／在那一瞬他听到／早年的音乐。"（王家新《晚年》）

我们今天读到的杜甫约一千五百首诗作中百分之八十以上都是他于四十七岁之后所作。就杜甫的暮年以及写作的晚期风格而言，这并不是一种对日常现实（共同现实）奇迹般的转换而表达出来的新的和解与平静。对于杜甫这样的诗人，这是对生命的晚期阶段以及写作的晚期风格予以双重转化与深化的结果，是动荡的羁旅与放逐中对惯性的日常姿态与固化写作风格的调整、反拨、否定甚至超越。伴随这一过程的是无法完全被化解与和解的抗辩、孤寂、焦虑、阴郁、恐惧以及幻灭感，是难以调和的内在矛盾、深刻的命运冲突以及博弈中的语言焦虑，"它涉及一种不和谐的、不安宁的张力，最重要的是，它涉及一种蓄意的、非生产性的、相悖的生产力……"（爱德华·W. 萨义德《论晚期风格：格格不入的音乐与文学》）。杜甫的晚期风格也完全符合哈罗德·布鲁姆所认定的想象性文学要想伟大所要具备的三个标准，即审美光芒、认知力量以及智慧。

毫无疑问，晚年是诗人的另一个更为内在化的时钟，按照西奥多·阿多诺的说法，这属于"断裂的景观"。在生命的回光返照中，时间观和存在意识都由此发生着深刻的裂变，这最终在伟大诗人和艺术家那里形成了精神的难度与写作的难度,并与当时主流的同时代作品形成了巨大反差。以杜甫为代表的这些在晚年爆发出来的诗艺和思想最终赢得了写作的尊严和时间的敬重,在对自我以及时间的双重辩难和最终超越中,写作的持续性、矛盾性、复杂性以及精神效力、思想活力也画上圆满的句号或惊叹号。

隔着岁月的迷阵,诗人们总是会想到杜甫深刻而沉暗的面孔,而其晚期风格往往更加迷人而深沉。一个诗人或艺术家的晚期风格总会在同行那里受到极大的尊重。冯至坦言,相较于歌德早期的作品,他更喜欢其晚期的作品:"我数月以来,专心 Goethe。我读他的书,仿佛坐在黑暗里望光明一般。他老年的诗是那样的深沉,充满了智慧。"(冯至1932年11月17日致杨晦的信)众所周知,晚年的歌德写下了影响甚巨的自传《诗与真》。无论是杜甫还是歌德,他们的晚期作品无论是作为命运自传还是诗学注释都一并留给了未来的读者。"一个伟大的诗人离去了,/有人读他的诗,有人写文章悼念,/而我翻开他的画册——/在他的诗中多了一些'我',/也多了几分雄辩,而在他的画中,/他让我看到树木在热浪中的影子,/看到岩石的干渴……/他似乎只是用一双马眼来观看。/而突然间,画框变成了窗口,/整个荷马以来的大海/向我涌来……"(王家新《沃尔科特》)

与此同时,像杜甫、歌德这些具备伟大的"晚期风格"的诗人,他们实则对其他诗人以及读者提出了更为苛刻的要求。限于体验方式、人生阅历、诗学趣味以及由于历史感的不足,好多年轻人是不太喜欢或不能接受杜甫的,而往往是随着时间的逐渐推移和涉世渐深才愈加发现"晚期风格"杜甫的伟大之处和魅力所在。"中年后，经历渐多，阅历日深，才逐渐理解到历史上经过考验的伟大人物之所以'伟大'，自有它的理由存在。我个人在年轻时曾经喜欢唐代晚期的诗歌，以及欧洲 19 世纪浪漫派和 20 世纪初期里尔克等人的作品。但是从抗日战争开始以后，在战争的岁月，首先是杜甫，随后是对歌德，我越来越感到和他们接近，从他们那里吸取了许多精神的营养。"（冯至《歌德与杜甫》）

晚期风格对具体的写作实践提出了巨大的挑战。

被誉为加勒比海地区最伟大诗人的德里克·沃尔科特，他极其重要的《白鹭》是其 1992 年以长诗《奥麦罗斯》获得诺贝尔文学奖十八年之后的作品——于 2010 年结集出版。这部短诗集属于典型的晚年之作，也是这位诗人自己最满意的作品。毫无争议的，这部"具有冒险精神并且几乎无懈可击的作品"（安妮·史蒂文森语）是其"晚期风格"的代表作。沃尔科特在诗歌中直面自己的晚年境遇，他写到了糖尿病的侵扰，写到了无尽的孤独以及死亡面前的战栗与惶恐……与此相应，词语和事物都泛着命运的微光，而死神的黑色身影已经越来越逼近——

> 在这个鼓声隆隆的世界里它让你疲惫的眼睛突然潮湿
> 在两个模糊的晶状体后面，日升，日落，
> 糖尿病在静静地肆虐。
> 接受这一切，用相称的句子，
> 用镶嵌每个诗节的雕塑般的结构；

激进与迟缓

  学习明亮的草地如何不设防御

  应对白鹭尖利的提问和夜的回答。

——《白鹭》

  甚至沃尔科特这个身患糖尿病的孤独、疲惫的老年形象让我们直接想到了更早时期的杜甫。确实，杜甫晚年的饥饿、疾病、流寓、死亡以及相应的诗作更易引起更多人的共鸣。"那一晚，微山湖上，我在一个剧组里拍夜戏。天快亮的时候，大风突起，霜寒露重，我便躲进了一大丛芦苇之中。芦苇丛里竟然还有一条小船，我干脆在船里蜷缩下来，不知不觉便睡着了。也不知道睡了多久，船舷上飞来一只鹧鸪，低低的鸣叫，将我惊醒，当我惺忪着打量天上的月亮和湖上的微波，再清晰地闻见芦苇根部被湖水浸泡之后发出的清苦气息，不自禁地，我便想起了杜甫，还有他的死。"（李修文《枕杜记》）

  暮年晚景是追思和回溯的时刻，此时一切物象、心象都染上了暮年的理性、静穆以及死亡阴影中难以掩盖的落寞、孤寂和变形的紧张之感。"死亡有时确实在等着我们，人们有可能更深刻地意识到它在等着。时间的特质因此改变了，就像光线中的变化一样，因为当下竟如此彻底地被其他时节所遮蔽：复苏了的或正在远逝的过去，无可限量的新的未来，无法想象的超越时间的时间。伴随着这样的时刻，我们便抵达了对于晚期之特殊感受的各种境况。"（迈克尔·伍德《论晚期风格：格格不入的音乐与文学·导言》）

2

谈论杜甫的晚期风格就要先谈谈晚年的杜甫遭际,正如王安石所说这是"惜哉命之穷,颠倒不见收。青衫老更斥,饿走半九州"(《杜甫画像》)。

至德二载(757年)杜甫从长安往凤翔投奔唐肃宗,被任命为左拾遗,后因房琯事件而遭贬谪。众所周知,杜甫的晚期风格或诗歌中的晚年大体是从乾元二年(759年)秋天开始的:"乾元二年是一座大关,在这年以前,杜甫的诗还没有超过唐代其他的诗人;在这年以后,唐代的诗人便很少有超过杜甫的了。"(朱东润《杜甫叙论》)对此,汉学家宇文所安也深有同感,只是理解杜诗的角度有所差异而已:"在759年,杜甫放弃了华州的官职,往西北赴秦州,在那里待了不到两个月。不再在朝中求官后,杜甫似乎开始将全部精力用在诗歌上,虽然他如同大多数退向个人生活的诗人一样,从未完全放弃政治价值。在杜甫生活的最后十一年中,政治事件和'外部传记'减少了重要性,诗人的'内部传记'占了主导地位。杜甫最后十一年的诗发生了重大的变化。"(《盛唐诗》)

对于晚期风格的杜甫而言,生存以及写作都变得前所未有的艰难。

乾元二年七月,杜甫从华州辞官,开始走上没有退路和归路的人生逆旅,举家翻越陇山前往秦州(今甘肃省天水市)——"乾元元年,复为秦州。旧领县六,户五千七百二十四,口二万五千七十三。天宝领县五,户二万四千八百二十七,口十万九千七百。在京师西七百八十里,至东都一千六百五里。"(《旧唐书·志第二十 地理三》)此际,身处异地的杜甫满目怅然,前途渺茫。"身危适他州"的杜甫一家苦于没有出路,又不得不在秦州待了三个月后前往同谷,"无食问乐土,无衣思南州"(《发秦州》)。同谷,即今天的甘肃成县,唐时为成州治所,成州所辖区域大体为今天甘肃的成县、西和县、礼县、徽县、两当县和康县部分地区。此时已经是寒冬,临行前杜甫与老朋友赞上人告别,生死别离之际凄切之情溢于言表:"百川日东流,客去亦不息。我生苦飘荡,何时有终极。赞公释门老,放逐来上国。还为世尘婴,颇带憔悴色。杨枝晨在手,豆子雨已熟。是身如浮云,安可限南北。异县逢旧友,初欣写胸臆。天长关塞寒,岁暮饥冻逼。野风吹征衣,欲别向曛黑。马嘶思故枥,归鸟尽敛翼。古来聚散地,宿昔长荆棘。相看俱衰年,出处各努力。"(《别赞上人》)一千多年之后,仍有诗人为杜甫的老年遭际鸣不平,"可是现实的雨已经抹掉那个同谷县令 / 志忑的脚印。你被势利硌得生疼的传说 / 如今没有一只鸟的后裔,鸣不平 // 我在回不去的同谷路上,躬身捡拾秋风 / 你来时的大雾,却至今未散"(彭志强《雾未散》)。

此后,孤苦无援、饥寒交迫的杜甫又于寒冬辗转入蜀,从栗亭、木皮岭、白沙渡、水会渡到栈道(栈阁、阁道)、飞仙阁、五盘岭、龙门阁、石柜阁、桔柏渡、剑门关、鹿头山、成都府,这一路上极其艰难的行旅难以想象。正如杜甫所言"艰险不易论",一路上"汗流被我体,祁寒为之暄"(《木皮岭》)。在苦寒窘困之际,杜甫一家终于抵蜀,暂住在成都府西浣花溪畔的寺庙之中,"古寺僧牢落,空房客寓居"(《酬高使君相赠》)。关于杜甫寄住的这所寺庙，一般认为是草堂寺。"草堂寺在府西七里，浣花亭三里，寺极宏丽，有名僧履空居其中，杜员外居处逼近，常恣游焉。"（唐·卢求《成都记》）

由秦转陇入蜀，杜甫的诗歌气象、精神格局以及对人生、自然、家国乃至整个世界的认知都已发生剧变。"在杜甫的一生，759年是他艰苦的一年，可是他这一年的创作，尤其是'三吏''三别'以及陇右的一部分诗，却达到最高的成就。"（冯至《杜甫传》）明代陆时雍对杜甫秦州之后的诗风之变评价甚为准确："老杜《发秦川》诸诗，首首可诵。凡好高好奇，便与物情相远，人到历练既深，事理物情入手，知向高奇者一无所用。"正是在命运、思想以及语言、诗艺的反复淬炼下，杜甫的陇右诗（一百一十多首）以及成都时期的诗歌迅速提升至另一重境界，"少陵入蜀诸篇，绝脂粉以坚其骨，贱丰神以实其髓，破绳格以活其肢，首首摘幽撷奥，出鬼入神，诗运之变，至此极盛矣"（周珽《唐诗选脉会通评林》）。

说到杜甫在成都时期的写作以及生活，我们不能不提及严武（726—765）这个人。

严武为严挺之（673—742）之子。严挺之，华州华阴（今陕西省华阴市）人，进士出身，曾任义兴尉、右拾遗、给事中、濮州刺史、汴州刺史、尚书左丞。严武是杜甫流落蜀地期间最重要的朋友。严武性格直爽、英武，天生霸道之气。《新唐书》载："武，字季鹰，幼豪爽。母裴不为挺之所答，独厚其妾英。武始八岁，怪问其母，母语之故。武奋然以铁锤就英寝，碎其首。左右惊白挺之曰：'郎戏杀英。'武辞曰：'安有大臣厚妾而薄妻者，儿故杀之，非戏也。'父奇之，曰：'真严挺之子！'"

激进与迟缓

严武在二十岁时任太原府参军事,后任陇右节度使哥舒翰的奏充判官。安史之乱中严武随太子李亨(即唐肃宗)往灵武。至德二载(757年)严武任给事中,后任绵州刺史、东川节度使、成都府尹、剑南节度使、太子宾客、京兆尹兼御史大夫、检校吏部尚书等职,封郑国公。严武数次大败吐蕃,立下赫赫战功。宝应元年(762年)七月,严武被召还京,杜甫为其送别并赠诗:"远送从此别,青山空复情。几时杯重把?昨夜月同行。列郡讴歌惜,三朝出入荣。江村独归处,寂寞养残生。"(《奉济驿重送严公四韵》)严武亦以诗深情回赠杜甫:"卧向巴山落月时,两乡千里梦相思。可但步兵偏爱酒,也知光禄最能诗。江头赤叶枫愁客,篱外黄花菊对谁。跂马望君非一度,冷猿秋雁不胜悲。"(《巴陵答杜二见忆》)严武到京后任太子宾客、京兆尹兼御史大夫。严武离开成都不久,剑南兵马使徐知道即发动兵变,杜甫不能回成都而只能羁留梓州并辗转阆州。吐蕃趁机攻占了成都西北部的松州、维州、保州。为了平定吐蕃之乱,严武被再次任命为成都府尹兼剑南节度使。764年秋,严武西征并迅速击败吐蕃,收复失地。在西征途中,严武写下边塞诗《军城早秋》:"昨夜秋风入汉关,朔云边月满西山。更催飞将追骄虏,莫遣沙场匹马还。"严武在《全唐诗》中存诗六首——《军城早秋》《酬别杜二》《巴岭答杜二见忆》《寄题杜拾遗锦江野亭》《题巴州光福寺楠木》《班婕妤》,其中三首都是写给杜甫的,可见二人感情之笃。杜甫称赞严武的诗"诗清立意新"(《奉和严中丞西城晚眺十韵》),严武是把杜甫视为知己的,他像李白一样亲切地称杜甫为"杜二"。

杜甫的性格是坦率而敢于直言,但是往往嗜酒放诞。有一次，杜甫见严武时"不冠"，这在当时是非常不礼貌的行为。甚至一次酒后，杜甫在严武家中闹事，二人还差点儿生出嫌隙来。当时，醉醺醺的杜甫竟然登上严武的床并厉声质问——"'公是严挺之子否？'武色变。甫复曰：'仆乃杜审言儿。'于是少解。"（《唐摭言》）《旧唐书》据此认定杜甫性格褊躁、狂逸，无器度，恃恩放恣。尽管严武生活奢侈且常常无度地赏赐手下财物，但是杜甫在蜀期间几乎是完全仰仗了严武。在杜甫落难之时，正是严武及时给予救济，带着酒肉亲自到草堂登门拜访，"竹里行厨洗玉盘，花边立马簇金鞍"。

经严武反复劝说，杜甫入幕府，任检校工部员外郎并且赐绯、鱼袋，故世称"杜工部"。唐代规定，三品官以上着紫服、佩金鱼袋，五品官以上着绯衣、佩银鱼袋。工部员外郎是六品，杜甫能够享受着绯衣、佩银鱼袋实属特例。在唐朝，五品是官员的一个极其重要的门槛，因为五品以上官员是可以封妻荫及子孙的。

永泰元年（765年）二月，严武因暴病卒于成都，追赠尚书左仆射。杜甫悲恸莫名，以长诗悼怀："郑公瑚琏器，华岳金天晶。昔在童子日，已闻老成名。巍然大贤后，复见秀骨清。开口取将相，小心事友生。阅书百纸尽，落笔四座惊。历职匪父任，嫉邪常力争。汉仪尚整肃，胡骑忽纵横。飞传自河陇，逢人问公卿。不知万乘出，雪涕风悲鸣。受词剑阁道，谒帝萧关城。寂寞云台仗，飘飘沙塞旌。江山少使者，笳鼓凝皇情。壮士血相视，忠臣气不平。密论贞观体，挥发岐阳征。感激动四极，联翩收二京。西郊牛酒再，原庙丹青明。匡汲俄宠辱，卫霍竟哀荣。四登会府地，三掌华阳兵。京兆空柳色，尚书无履声。群乌自朝夕,白马休横行。诸葛蜀人爱,文翁儒化成。公来雪山重,公去雪山轻。记室得何逊,韬钤延子荆。四郊失壁垒,虚馆开逢迎。堂上指图画,军中吹玉笙。岂无成都酒,忧国只细倾。时观锦水钓,问俗终相并。意待犬戎灭,人藏红粟盈。以兹报主愿,庶或裨世程。炯炯一心在,沉沉二竖婴。颜回竟短折,贾谊徒忠贞。飞旐出江汉,孤舟轻荆衡。虚无马融笛,怅望龙骧茔。空余老宾客,身上愧簪缨。"(《八哀诗·赠左仆射郑国公严公武》)

3

失去了严武这样的挚友和重要依靠,杜甫不得不举家离蜀开始了人生最后几年的漂泊苦旅:"五载客蜀郡,一年居梓州。如何关塞阻,转作潇湘游。"(《去蜀》)在忠州(今重庆忠县)时,杜甫目睹好友严武的灵柩而痛哭不止:"素幔随流水,归舟返旧京。老亲如宿昔,部曲异平生。风送蛟龙雨,天长骠骑营。一哀三峡暮,遗后见君情。"(《哭严仆射归榇》)

768年初,杜甫具舟,去夔出峡,转徙两湖,在此期间经过巫山、峡州、松滋城、江陵、公安、岳阳、长沙县、潭州、衡山县、衡州、耒阳,最终病逝于湘江的孤舟之上。尽管杜甫寓居夔州只有一年零十个月——766年春至768年正月,却惊人地创作出了四百三十多首诗作,占据了他一生诗作的近三分之一。天宝元年(742年),废夔州为云安郡,后废云安郡复夔州。杜甫夔州时期的诗歌大体范围是起自《移居夔州作》,终至《将别巫峡,赠南卿兄瀼西果园四十亩》。此外,杜甫在云安(今重庆云阳，在唐代属夔州）写有三十二首诗。

"残生逗江汉，何处狎樵渔"道出了晚年杜甫无尽的流落、动荡之苦。夔州时期，杜甫创作出了震撼千古的组诗《秋兴八首》——这组诗第一次译介成英文是在1877年。诗歌在杜甫的晚年犹如火山熔浆一样喷发出来，诗艺也自此达到巅峰。换言之，夔州时期是杜甫晚期风格的巅峰期，"杜甫在夔州期间成果丰硕，处于创造的高峰。一种严肃冷静甚至忧郁沉重代替了成都诗中那嘲讽的、半幽默的自我形象。在夔州及其后的岁月中，杜甫在风格上作了最激进的试验，夔州诗的象征世界最神秘、最迷幻，达到了极端的复杂多样"（宇文所安《盛唐诗》）。在家国不幸以及个人的暮年离乱中，杜甫的诗歌发生了剧变，"国家不幸诗家幸"在杜甫这里有了最具说服力的诠释。"百年同弃物，万国尽穷途"般的穷途末路使得杜诗最终达到"晚节渐于诗律细"（《遣闷戏呈路十九曹长》）和"老去诗篇浑漫与"（《江上值水如海势聊短述》）的至高境地。

唐代宗大历三年（768年），杜甫离开夔州出峡经江陵、公安往岳阳。浩荡无际的洞庭水在寒冬之际更是平添了孤苦无依的逆旅和歧路之悲，孤舟之中的病痛更是让人倍感晚景之悲凉。这该是如何令人心悸不已、抚胸难平的暮年时光——

  亲朋无一字，老病有孤舟。
  戎马关山北，凭轩涕泗流。

        ——《登岳阳楼》

杜甫在暮年的登临望远，已全无英雄之气，徒有满脸的愁容和虚弱的叹息。登上岳阳楼的杜甫已经浑身老病,患肺病以及风痹症多年,左臂偏枯已经不听使唤,右耳朵也聋了,真的是"百年多病独登台"。加之暮年漂泊异乡,满眼都是萧瑟之气以及衰败之感。

大历五年(770年)春,杜甫流寓潭州时竟然与多年不见的好友李龟年重逢,由此写下《江南逢李龟年》:"岐王宅里寻常见,崔九堂前几度闻。正是江南好风景,落花时节又逢君。"

杜甫感怀昔日开元盛景,悲叹今日之漂泊离乱。春光繁盛之际满卷满怀都是哀情,而更显其悲。同是天涯沦落人再加上社会动荡、感时伤怀,其悲恸之情可以想见。杜甫的这首诗可以与晚唐郑处诲《明皇杂录》里的记述比照阅读:"唐开元中,乐工李龟年、彭年、鹤年兄弟三人,皆有才学盛名,彭年善舞,鹤年、龟年善歌尤妙制《渭川》。特承顾遇,于东都大起第宅,僭侈之制,逾于公侯。宅在东都通远里,中堂制度甲于都下。其后龟年流落江南,每遇良辰胜赏,为人歌数阕,座中闻之,莫不掩泣罢酒,即杜甫尝赠诗所谓……"

杜甫诗中提到的"江南"在此多说几句。唐代在贞观元年(627年)设江南道,包括润、常、苏、湖、杭、睦、歙、婺、越、台、括、宣、饶、抚、虔、洪、吉、袁、郴、江、鄂、岳、潭、衡、永、道、邵、朗、澧、辰、巫、施、思、南、黔、费、夷、溱、播、珍等州。江南道又分江南东道、江南西道、黔中道,所涉范围大体为长江以南、岭南以北,即长江中下游以南地区。

大历五年(770年)是杜甫在人世的最后一年。

那一年京畿大饥,斗米千钱。此时,卧病的杜甫远在江湖苦雨中。这年寒冬，一身老病的杜甫病逝于湘江羁旅的小舟上。"甫以其家避乱荆、楚，扁舟下峡，未维舟而江陵乱，乃溯沿湘流，游衡山，寓居耒阳。甫尝游岳庙，为暴水所阻，旬日不得食。耒阳聂令知之，自棹舟迎甫而还。永泰二年，啖牛肉白酒，一夕而卒于耒阳，时年五十九。子宗武，流落湖、湘而卒。元和中，宗武子嗣业，自耒阳迁甫之柩，归葬于偃师县西北首阳山之前。"（《旧唐书·杜甫传》）

杜甫的晚年流离增加了他的"诗史"分量："杜逢禄山之难，流离陇蜀，毕陈于诗，推见至隐，殆无遗事，故当时号为'诗史'。"（孟启《本事诗·高逸第三》确实，陇右、两川以及夔州、两湖的经历对应了杜甫的晚期风格，"至甫，浑涵汪茫，千汇万状，兼古今而有之"（《新唐书》），"苟以为能所不能，无可无不可，则诗人以来未有如子美者"（《旧唐书》）。与此相应，杜甫的暮年心境、家国意识、世界观以及佛教宗派信仰也在长年的丧乱、奔窜、蹭蹬、颠沛流离的生存状态中发生转折——"飘蓬逾三年，回首肝肺热"（《铁堂峡》），这就如大唐从盛世不可避免地滑入乱世一样。在杜甫这里，回忆往昔的繁盛正是为了反衬当下乱世之悲慨，秋风般的"暮年"气息、满怀的沧桑以及满纸的肃杀扑面而至："重阳独酌杯中酒，抱病起登江上楼。竹叶于人既无分，菊花从此不须开。"[《九日五首》（其一）]

杜甫晚期诗作的题材、主题以及境界进一步放开与深化，他将纪行、述怀、咏物、见识、经验、想象、自传、寓言、随笔、札记与诗歌的高超技艺、语言淬炼、诗体自觉（比如晚期的七律、五律、排律）融合在一起。杜甫以《登高》《秋兴八

激进与迟缓

首》《咏怀古迹五首》《诸将五首》等为代表将诗格提升到云蒸霞蔚、气象万千的臻熟、圆融境界,从而冠绝古今、千载独步。尤其是《秋兴八首》被认为是"才大气厚,格高声宏,真足虎视词坛,独步一世"之作。当代诗人向以鲜认为《秋兴八首》是中国古典诗歌史上不朽的名篇:"它将七律这种最具汉语之美的诗歌形式推向一个前所未有的善与美的高度。没有《秋兴八首》的中国古典诗歌将会失去最富有表现力和华彩的一笔,如同四季失去了秋色。"(《盛世的侧影:杜甫评传》)

  杜甫的《秋兴八首》已经成为唐诗经典中的经典,也引得后世的诗人不断致敬甚至仿写。歌手周云蓬演唱过《杜甫三章》,在他反复吟唱的《赠卫八处士》《闻官军收河南河北》《登高》中,我们重新耳闻了杜甫这位伟大诗人超越时空的低沉而苍凉的嗓音。

  1998年秋到1999年秋,从厦门到天津,从异乡到故乡,辗转之中的青年诗人马骅(1972—2004)写下向杜甫"致敬"的《秋兴八首》。这多像是杜甫当年"丛菊两开他日泪"的重演。这组致敬之作,马骅特意在每一首之前都引用了杜甫的原诗。从南方到北方,两个秋天是有差异的,这也包括诗人的际遇、隐疾、情绪波动以及对城市空间的逆反心理。这位20世纪的年轻诗人还提前目睹和感受到了时代的氛围以及杜甫暮年式的万古愁,也是在分离和悖转的语境中诗人试图重建精神时间和自我世界,"秋天还未开始就已结束,仿佛狂风中 / 突然苏醒的紫荆。西风在二更到来,又在 / 三更离去,满头的黑发在一夜之间 / 被一张纸染白"。马骅在变老之前就提前在诗歌世界遭遇了杜甫的"暮年",令人痛惜的是澜沧江水在2004年6月20日这天最终吞噬了他，只留下一副眼镜和一顶毡帽。

对于诗人余光中（1928—2017），他对故乡和命运的回望一直都在化解不掉的孤独和愁苦之中，而杜甫则成了一条精神通道。2006年初秋，余光中终于来到成都并专程去草堂拜祭杜甫。他对着杜甫的铜像三鞠躬，献上白菊和百合，还在草堂认领了一棵历经七十多年风雨的黑壳楠树。这些还远远不够表达一个诗人对杜甫的致敬和崇敬，他还必须在诗中向"诗圣"致敬，必须向晚年的杜甫致敬："一道江峡你晚年独据 / 雉堞迤逦拥你在白帝 / 俯听涛声过峡如光阴 / 猿声，砧声，更角声 / 与乡心隐隐地呼应 // 夔州之后漂泊得更远 / 任孤舟载着老病 / 晚年我却拥一道海峡 / 诗先，人后，都有幸渡海 / 望乡而终于能回家 // 比你，我晚了一千多年 / 比你，却老了整整廿岁 / 请示我神谕吧，诗圣 / 在你无所不化的洪炉里 / 我怎能炼一丸新丹"（《秋祭杜甫》）。

2022年，庄晓明向杜甫致敬，写出《杜甫变奏：秋兴八首》："不觉间 / 暮年就这样来临 / 到处是凋零的声音 / 天地寥廓 / 翻转出荒芜的背面 // 战栗的拐杖 / 指点着残山剩水 / 谁能阻止世界的分崩离析。"

2023年秋天，深居大理苍山脚下的赵野又写出了超大体量的《秋兴八首》。该组诗由八首小长诗构成，每首小长诗由八首小诗构成，这八首小长诗分别对应"死者第一""时间第二""我心第三""诗人第四""他生第五""我在第六""人类第七""万物第八"。这也是目前为止，当代中国诗人致敬杜甫《秋兴八首》最为成功的范例——

> 生活与写作之间，我选择后者
> 努力守护祖传的使命
> 现实狂悖，我在黑暗中发怒
> 祈求好的天气和运气
> 巨大的荒凉降临白帝城头
> 他重新定义伟大的诗歌
> 秋风呼啸而来又呼啸而去
> 审视我的每一次驻足

赵野的这首致敬杜甫之作使我想到托马斯·曼谈到的"老年""经典性高龄"与"成熟""理想的优点"之间的复杂对应关系，"难道他不正是到了老年，到了耄耋之年才完全成为他自己吗？正如有生来就过早地长成但不成熟，更谈不上没有活过自己就变老的青年人一样，显然也有耄耋之年是唯一与之相称的年龄的人，这是经典性的高龄，可以说，这时他适于最完美地展现这个年龄段的理想的优点，诸如温厚、仁慈、正义感、幽默和诡谲的智慧。总之，那些孩提时代的无拘无束和天真无邪，即人性以最完美的方式在更高层面上的重现"（《老年的冯塔纳》）。

4

在四季轮回中，晚年和暮景属于"冬季"或由秋天向冬天过渡的时刻。

杜甫后期的诗歌，尤其是乾元二年（759年）之后，在四季轮转中他面向以及抒写得最多的正是秋天和冬天。为什么暮年的杜甫更能引起后世读者和诗人的关注与同感？显然，杜甫属于"秋天"式的晚熟型的诗人以及"冬季"般深彻的感悟者，而人生的暮年、晚景与诗歌的沉郁以及思想的难度有机地交织、榫接在一起。"想起了杜甫，血就热了，心就凉了。李白是夏天，王维是春天，冬天的诗人是晶莹坚脆的李义山，而杜甫，他是秋日苍茫大地。"（李敬泽《老杜茅屋顶上一棵草所化乎？》）

对于杜甫而言，晚期风格意味着生存与写作之间的既协同又紧张的关系，意味着时代、生存和现实中的种种"不幸"最终无可奈何而又有效地转化为"诗家之幸"，意味着生命轨迹的身不由己与写作的自由意志、开放品格之间的彼此支撑："'晚期风格'不是一个时间概念。它是一种'特殊的成熟性'，不同于古典风格的圆满、和谐。其实，阿多诺的'晚期风格'是'否定性'的，它始于矛盾、困境和对已'完成'的不满意，始于贝多芬那样的'批判性天才'。它意味着从危机中重新开始，重建与语言的紧张关系，甚至是自我颠覆，是一种如阿多诺所说的'灾难般'的成熟……"（王家新《"只有真实的手写真实的诗"——与青年诗人谈诗》）这也再次呼应了"诗与真""诗性正义"的命题以及写作实践的难度。

由生命的暮年状态与诗歌的喷薄而发，再结合复杂的历史语境、时代情势、写作场域以及未来的读者尤其是理想化的终极读者，发生在杜甫这里的"晚期风格"或"晚年写作"也与精神意义上的"遗嘱"、"绝笔"以及"身后事"发生难解而必然的呼应："'晚期'意味着一种'遗嘱性'的写作。任何一种延迟发表都可能使得文本成为一种遗嘱性的存在,尤其当一个写作者意识到他的写作极有可能延迟到身后的某个'时间'才能出版。"(耿占春《晚期风格及其他》)

天地辽阔,故乡缥缈,百年多病,万里作客,落叶萧萧,老病孤舟,江河无尽……这一切都让晚年的杜甫在寒秋、清秋、肃秋、冷雨与严冬之中寻找到了一个个的精神化身,这也是一次次异常艰难的自我劝慰、自我化解的时刻。

在杜甫晚期的诗中,我们已然注意到他是一个紧张的、焦虑的、反讽的以及充满分裂感的诗人,双向撕扯的力量越来越深入地渗透进他晚期的写作当中:"他又不断对自己诗歌行为和姿态的无效性表示担忧,痛苦地怀疑自己所做的是否真的有意义,怀疑诗歌能否有所拯救。"(陈威《重建家园:杜甫和诗歌的成功》)杜甫在晚年把所见、所闻、所感、所叹、所想都事无巨细地写进了诸多的纪行诗中,尽管已经身处孤独、痛苦以及幻灭的黑暗涡旋之中,但是他始终抱有关于诗道与人道的"诗性正义","从《发秦州》至《万丈潭》,从《发同谷》至《成都府》,入天穿云,万壑千崖,雨雾烟虹,朝朝暮暮,一切可怪可呼可娱可忆之状,触目惊心,直取其髓,而犁然次诸掌上"(卢世㴶《杜诗胥钞》)。家事、国事、世事以及诗人的心事都等量齐观地来到杜甫的诗中:"对于杜甫来说,战争不是什么历史性事件。一次地震,一场流行病,或者一次旱灾,都可以称为历史性事件,但战争不是。它是腐烂性的元素,渗透到了大地和天空,渗透到岸边和草丛、溪流的水中。"([法]勒克莱齐奥、董强《唐诗之路》)即使单单从杜甫的"山河意识"与观物方式以及抒写角度而言,他也已经是不可替代的伟大诗人:

"赵野即是一位内心在不断滋长'山河意识'的当代诗人，而杜甫即是赵野最热爱的具有'山河意识'的古代先贤，杜甫一生创作了大量的山河诗篇。"（江雪《诗人的远古形象和他的古宋山河——赵野诗论》）

我们已经可以明确，对于杜甫这样的诗人，其晚期风格的成熟是以现实生活中的灾难为代价的，所以我们可以称之为"灾难般的成熟"。

对于杜甫的暮年状态和生存窘境来说，他是一个不折不扣的失败者。乾元二年秋天到冬天，杜甫经历的是"一岁四行役"，自是苦不堪言，"诗人例穷苦，天意遣奔逃"（苏轼《次韵张安道读杜诗》）。自此，几乎杜甫时时处于夜行和夜宿的交替与动荡之中："很难想象，中国最伟大的诗人和他的妻子儿女驾着一叶小舟，漂泊在离家千里之外的地方，从一个码头漂向另一个码头。"（比尔·波特《江南之旅》）正如杜甫所慨叹的那样，"世乱遭飘荡，生还偶然遂"（《羌村三首·其一》），"我生苦飘荡，何时有终极"（《别赞上人》）。但是失败的羁旅生涯为杜甫的"诗歌成功"提供了必要的准备和支撑："大多数诗人在发誓放弃仕宦、过简单的'隐居'生活时，已拥有充足的资产庄园，可以优雅地享受隐居乐趣。杜甫显然没有这样的财产。他的放弃政治生涯和华州官职，奔赴无把握的秦州，是一个重大的、富于戏剧性的决定。这种严肃的生活决定，对于以'诗言志'的诗歌观念为背景的作家，必然要产生影响，这样的作家所表现的是个人对历史世界的反应。"（宇文所安《盛唐诗》）

此时，我的耳边正回荡着已经逝去的张枣（1962—2010）那句极其深刻而痛苦的追问："既然生活失败了，诗歌为什么要成功呢？"与此同时，我们又听到另一位诗人几乎相同的发声："在伟大的诗歌中／有一种伟大的失败。"（王家新《在伟大的诗歌中》）显然，张枣和王家新都已经注意到了诗人与处境尤其是逆境如何有效地转化为汉语和融合为诗性的问题，而这正是中国古典诗歌的奥秘所在。张枣还强调在中国诗人这里比较普遍的融合和转化是西方的很多诗人在晚年时期才能出现的状态："写的是处境的清苦和落寞，同时也写出了对这种逆境从容辽阔的心境，对糟糕的现实的圆润流转的看法，表达了个人精神面貌的独立和芬芳，这种合二为一的双层面，超越了对立和矛盾，这就是典型的汉语原初的美，诗意的美，这样一个伟大的作品从来没有讽刺过。这种融合，在西方最好的诗人晚年最好的作品中才有。中国诗歌有别于一切诗歌的真正奥秘就在于此。它写的是凄惨，或者说消极，但是它唤起了对待消极的心境之美。"（《绿色意识：环保的同情，诗歌的赞美》）

　　老年的动荡、病苦以及寄寓生涯却也正是杜甫诗歌的成熟期和高峰阶段。苍老的时刻与人生际遇和家国之难在一次次悲风和江河的裹挟与冲涌中转化为精神的万古愁，这既是杜甫个人的，又抵达了所有人。他是所有时代的化身，他是所有生命的挂系，他是所有的哀愁和离思，他是所有时代深挚的歌者，他是所有精神渊薮的内视者。这也必然是命运、人格、情绪、意志、悲愁在越发老到、臻熟的诗艺中一次次寻找寄身之所，是一个老迈病枯的身体一次次按捺住失衡内心的时刻，也是一次次把孤苦、病愁、乡思以及家国之悲转化为深沉之思的时刻。在此过程中，作为与晚景对应的"老病""老态""老境""老岁""老人"不断复现和叠加："这也是把历史的阵痛带往晚岁的写作,带往盛唐写作至高位置的晚岁写作!老杜之'老',也是他晚岁流浪于夔门之际而书写的自传:'万里悲秋常作客,百年多病独登台。'他的'老'乃是时间之老,乃是天地之老,乃是孤悲之老。这是多重时间的杜甫式叠加:个体的年岁,祖国长安历史盛衰的节点,自然枯荣的无尽循环,诗意感怀的语词节奏。老岁,怀古,古意,古韵,四重的旷古与荒古的意境,都将凝缩在一个'老而不老'的时间感怀中,都凝缩在一个诗人'杜甫'的名字之中,从历史深处的幽冥中被召唤出来,成为历史的见证者。"(夏可君《一群杜甫的安魂曲》)

晚期风格的杜甫影响了后世的诸多诗人。

陆游一生最为推崇的是杜甫,甚至在成都以及夔州任职时不断去故地凭吊杜甫,反复向杜甫致敬,而他的诗歌风格也在此过程中发生了重要变化:"放翁诗之宏肆,自从戎巴、蜀而境界又一变。及乎晚年,则又造平淡,并从前求工见好之意亦尽消除,所谓'诗到无人爱处工'者。"(赵翼《瓯北诗话》)除了陆游,还有黄庭坚这样的对杜甫晚期风格的极力崇拜者:"自予谪居黔州,欲属一奇士而有力者,尽刻杜子美东西川及夔州诗,使大雅之音久湮没而复盈三巴之耳"(《刻杜子美巴蜀诗序》),"但熟观杜子美到夔州后古律诗,便得句法简易,而大巧出焉。平淡而山高水深,似欲不可企及。文章成就,更无斧凿痕,乃为佳作耳"(《与王观复第二书》)。

当然,也有朱熹这样的对杜甫晚期风格持否定意见者:"杜子美晚年诗都不可晓。吕居仁尝言:'诗字字要响。'其晚年诗都哑了。不知是如何,以为好否?"(《朱子语类》)朱熹还说道:"杜甫夔州以前诗佳,夔州以后自出规模,不可学。"胡适对晚期风格的杜甫也不以为然,认为这一时期杜甫的很多律诗的尝试都是失败的,甚至对《秋兴八首》他也是全面否定的:"《秋兴八首》传诵后世,其实也都是一些难懂的诗谜,这种诗全无价值,只是一些失败的诗玩意儿而已。"(《白话文学史》)冯沅君和陆侃如在《中国诗史》中甚至批评《秋兴八首》"直堕魔道"。尽管冯至对杜甫评价极高,但是对于杜甫夔州时期的《秋兴八首》却多批评意见——尽管后来他又调整了自己的看法:"这些诗不是没有接触到实际的问题,不是没有说到国家的灾难与人民的贫困,不是没有写出时代的变迁和自己热烈的想望,可是这些宝贵的内容被铿锵的音节与华丽的辞藻给蒙住了。"(《杜甫传》)

也有一些研究者认为杜甫的《秋兴八首》陷入了技术主义和形式主义的泥淖,当然也有更多的学者对批评杜甫的意见表达了不满:"形式诚然华美,格律诚然考究,却不是另外打造出来的盒子所能恰切比拟,比作珠子本身的珠光宝气还差不多。如果再想到,这珠光宝气正见蚌胎含孕的辛劳,那就更像。"(舒芜《谈〈秋兴八首〉》)甚至在江弱水看来,杜甫的《秋兴八首》还可以从现代意识的角度来重新解读:"艾略特关于现代主义的'冥想诗'概念,为我们提供了一个独特的前提,使我们得以重新打量《秋兴八首》,辨析其文本特质,了解其生产过程,衡量其诗学价值。"(《独语与冥想——〈秋兴八首〉的现代观》)

总而言之,"晚年杜甫"的形象令人印象深刻,这是一个人不可替代的命运感。杜甫的"晚期风格"的形成离不开他个人的遭际,然而更重要的是他诗中的"真实",这成就了他伟大的永远不可能被取代的一面："当命运剥夺了杜甫飞黄腾达的富贵梦想，把他彻底逼成了一个穷病老丑的普通人、社会边缘人时，却又同时给了他成为一个伟大诗人的全部品质，不仅仅是真实的力量，还有因为这种真实而带来的更接近于平民的日常精神，这种接近于平民的日常精神，令杜甫的诗歌，获得了某种向下的、更彰显人性的、更真切的情感力量。这种气质的彻底形成，亦是在陇右期间。"（沈浩波《四十八岁那一年的杜甫》）

◎ 本事第四

树的传记学与 "红色的大象"

　　人和树面对面站着，各自都带有始初的力量，没有任何关联：两者都没有过去，而谁的未来会更好，则胜负难料，两者机会均等。

　　　　　　　　　　　　　　　——布罗茨基

　　假如一棵树来写自传，那也会像一个民族的历史。

　　　　　　　　　　　　　　　——纪伯伦

　　在很长时期里，人类与树木（森林）的关系是原初意义上的，二者具有天然的血缘和进化关系。"像其他的灵长类动物一样，人类的视觉也是在树林间的生活中进化的。在密集而复杂的热带雨林里，好视力比敏锐的嗅觉重要得多。在灵长目动物漫长的进化历史中，其成员们眼睛变大，而口鼻部分则缩短了，让视野更为开阔。"（段义孚《恋地情结》）

1

纪伯伦如是说:"假如一棵树来写自传,那也会像一个民族的历史。"在人类毁灭的大洪水中唯一保留了生命和记忆的正是一艘木舟。甚至人类伟大精神原型的孕育母体就是从树木开始的:"在一本神话读物中,孔丘和王梵志都是诞生于树洞的瘿生之子,是人世的孤儿同时又是老天爷的使者。那生下他们的树木,我想也应该是从天而来,这与德昂族人所信奉的起源学是一致的:德昂族人认为他们是茶树的子孙。"(雷平阳《梦见》)

在人格分析心理学家荣格这里,植物尤其是树木近乎原始地承担了"神界"的功能:"植物界则受制于其生长地的兴衰,它不仅表现出神界之美,而且表达出神界的想法,不抱什么企图,没有背离。尤其是树木神秘莫测,让我觉得直接体现了生命令人费解的意义。因而,人在森林里最为深切地感受到生命的深意和骇人的影响。"(《荣格自传:回忆·梦·思考》)

植物在神话原型上更接近于人类的乐园。在西方,树亦有丰富的精神内涵:"凝视一座坛城,提升自己的心灵。这种相似性并不止于语言与象征意义上的重合,而是更有深远的内涵。我相信,森林里的生态学故事,在一片坛城大小的区域里便已显露无遗。事实上,步行十里格路程,进行数据采集,看似覆盖了整片大陆,实际却发现寥寥。相比之下,凝视一小片区域,或许能更鲜明、生动地揭示出森林的真谛。"(戴维·乔治·哈斯凯尔《看不见的森林》)而植物与族裔、区域之间更是存在着复杂的对应关系，列维-斯特劳斯就注意到了多贡人与植物之间建立起来的特殊关联系统："多贡人把植物分成二十二个主科，其中一些又继续分成十一个子类。排成适当顺序的二十二个科被分成两个系列，其中一个系列由奇数诸科组成，另一个系列由偶数诸科组成。在象征单个生殖的前一类中，称作阳与阴的植物分别同雨季与旱季相联系；在象征成对生殖的后一类中，同一个关系颠倒了过来。每一种又分属三个属：树、丛、草。最后，每一个科对应着身体的一个部分、一种技能、一种社会阶级和一种制度。"（《野性的思维》）

列维-斯特劳斯在《猞猁的故事》中引述了发端于弗拉特瑞角地区的一个神话，关于年老丑陋的父亲与年轻优雅的妻子以及年少英俊的儿子之间的乱伦故事。斯特劳斯把之引申为"家族气象学"，父亲往南被称为南风，儿子往北被称为北风，女人则被惩罚为一棵树，"临走之前，老头命令女人走进森林深处，人们今后就叫她簌嘎结，一种长满节疤的针叶树。从那时起，南风带来暴风雨，北风带来晴天，簌嘎结生出很旺的火"。

当意识到正在使用的纸张和书本来自一棵棵具体的树的躯体的时候，我们正是在它们死亡的身体上阅读、书写、印刷。"我在黄昏的桌子上写着，用力地将笔架在它那几乎活着、呻吟并回忆着自己所出生于的树林的胸膛。黑色的墨水打开它巨大的翅膀。"（奥克塔维奥·帕斯《诗人的劳动》）法国小说家让-保尔·迪迪耶洛朗在小说《6点27分的朗读者》中写到了一个纸浆公司的工人朱塞佩。有一次在清理图书粉碎机时，他的双腿极其不幸地被搅碎在了机器中，与机器中的纸浆混在一起。这些纸浆最终印成了一本名为《从前的花园与菜园》的书。朱塞佩从此开始搜集这本书，因为他认为这本书的每一张纸都与他失去的双腿有关，他的骨骼和血肉已经掺杂在了纸页之中。显然，这是一个不幸的人寻找"完整"的故事。雷平阳在早期写过一首长诗《采访纸厂》，这既关乎生态的命题又关乎人的现代性精神困境，在尴尬不已的深度注视中真相和幻象同时产生了："从纸厂出来，望着四周的青山／望着脚下的大河，我做了次长久的呼吸／纳入的是阳光和花香，吐出的却是一张张纸／它们比原木干燥，比铁器洁白／却比原有的一切更渴望被改变／这不像真理的样子，也不像一种可以／被记住的真实。既不是开始，也不是结束／更不是过程，只能是幻象，我一生的幻象。"

雷平阳诗集《雨林叙事》的封面以及插图让我们看到了现实和精神世界夹杂下的热带雨林世界，由棕榈、茶树、橡胶树、桉树、村寨、木楞房、河流、寺庙、僧侣、废墟以及大象构成的雨林世界既是地方的生存景观又是遥远的寓言化的精神幻象，它们同时对应于现代性的现实境遇和灵魂世界。

> 只有飞扬的尘土获取了魂灵
> 舞者退入林中，掉在地上的绿色棕扇
> 我们弯腰捡起，仿佛找到了自己
> 刚刚遗失的衣冠与身体
>
> ——雷平阳《舞蹈》

热带雨林曾一度是人类童年期的母体："作为一个物种，人类的祖先起初像母亲腹中的胎儿一般，蜗居在雨林内部的庇护所里,后来才走出来,面对更加开敞和难以预测的环境。"(段义孚《恋地情结》)与此同时,热带雨林高大的树木和丰茂的植被使得人的视野被阻断了,"那片树林中任何一点/都是中心,桦树干/鬼影般迷惑你的方向感,/并即兴创造一个个魔法圈"(谢默斯·希尼《种植园》)。人们更为关注的是近在眼前的事物,所以感受和细节都被切近之物给放大了。值得注意的是热带雨林的季节变化是不明显的,气温、湿度以及生态环境的变化都不大,这使得时间更多是当下和静止的,所以生活在热带雨林的原住民基本上过着封闭的生活,生活的节奏、劳作的速度以及时间观念是被放缓了数倍的结果。

在人格分析心理学鼻祖荣格的记忆中,童年是从树荫下开始的:"我躺在树荫下的童车中,夏日煦愉,天空蔚蓝;金晖闪耀,绿叶婆娑;车篷掀起,我正好美滋滋地醒来,觉得通体舒泰,妙不可言。我看着阳光闪烁,树叶幢幢,花枝幢幢。一切奇异至极,斑斓美妙。"(《荣格自传:回忆·梦·思考》)与荣格充满了阳光和树荫的愉快童年不同,很多诗人看到的却是人类正在加速度改造的现代性景观,在新旧时代的裂缝中遗漏或渗透出来的则是森林之中原住民的梦魇。

如果从植物生态图谱来看的话,热带雨林是一个奇异无比的世界。

> 热带的繁荣,是由二百六十四科高等植物
> 迅速地完成的,其中还不包括
> 那些亚种和变种。当假鹊肾树的纤维
> 死死地缠住一棵伞树,我们知道

> 一种非植物学的树种又诞生了
> 见血飞是另一种藤类植物
> 如果它们，彻底地蔓延，带着歹毒的叶片
> 龙牙草就将在自己的体液中腐朽……
> 我们所看见的密林，雨水的刀闪闪发光
> 我们所听见的声音，从根部爬向尖顶的
> 是三千八百九十三种植物在暗中呼叫
> 千千万万的亡灵，在一只鸟的带领下
> 正向天空奔逃。幸运的，是那些
> 大象、麂子、马鹿……它们在植物的
> 尸体里，找到了暂时的安乐窝
> ——雷平阳《读〈西双版纳植物名录〉》

热带雨林的高大树木天然地具有令人惊异的形貌、体量以及神秘力量，树神崇拜更是至今仍在云南的一些少数民族中存在。2018年的10月，我曾经和朋友们在德宏的一个寨子中参加一对傣族青年人的婚礼，他们对着村头的两棵大树下拜，据说那是这个村寨的树神。

树木代表了长时间以来人与自然万物和神性的相遇，而自然的神性几乎是语言所无法转述的，而这正是世界的核心。在诗人这里，树木也是有身体、骨骼、心跳、血液和灵魂的，它们所产生的正是原生的故乡信仰和万物有灵，在它们身上带有原始的不可解的神秘。

激进与迟缓

2

　　树木和植物似乎天然地通向了信仰和记忆，它们是特殊的见证者。

　　崇祯十一年（1638年）农历十一月六日，徐霞客（1587—1641）来到昆明武成路游览土主庙，看到了一棵巨大的菩提树而倍感惊异："树在正殿陛庭间甬道之西，其大四五抱，干上耸而枝盘覆，叶长二三寸，似枇杷而光。土人言，其花亦白而淡黄，瓣如莲，长亦二三寸，每朵十瓣，遇闰岁则添一瓣……"（《徐霞客游记》）显然，包括树木在内的山水以及自然在很多时候能影响一个人的心境，甚至会成为名副其实的"山水教育课"。"昆明附近的山水是那样朴素、坦白，少有历史的负担和人工的点缀，它们没有修饰，无处不呈露出它们本来的面目；这时我认识了自然，自然也教育了我。在抗战时期中最苦闷的岁月里，多赖那朴质的原野供给我无限的精神食粮，当社会里一般的现象一天一天地趋向腐烂时，任何一棵田埂上的小草，任何一棵山坡上的树木，都曾给予我许多启示……它们在我的生命里发生了比任何人类嘉言懿行都重大的作用。"（《山水·后记》）说这段话的是在1939年至1946年间任西南联合大学外文系教授的诗人冯至。

　　流行的说法是每一片树叶的正面和反面都已经被诗人和植物学家反复掂量和查勘过了，但是事实远非如此，一些树木的复杂面貌并非越来越清晰，这恰恰印证了人类经验仍存在着很大局限。"知道松树会开花的人数目寥寥。即使有幸见过松树开花的人,其中大多数也因缺乏想象力,错把这场开花的嘉年华看作是平常的生物的自然现象。但凡想知道松树的开花状况的人,就应该在五月的第二个星期在松树林里度过。"(奥尔多·利奥波德《沙乡年鉴》)

从认知和发现能力来说,诗人有着特殊的取景框和变形手段,所以在诗人这里一棵树不只是一棵树,而这正是诗人的精神"现实"。一个个自然的叶片和枝干最终转换成了命运的形状以及整体性时代的发展轨迹,个人记忆、地方性知识以及时代和历史的风雨雷电、季节轮回都在这一棵棵树上得以对应和留痕。2008年,以色列、法国、德国制片方合拍了一部电影《柠檬树》,寡居多年的果园主萨玛为了保护这片栽种了六十多年的柠檬树果园——更确切地说为了保护自己的记忆和父亲的记忆——而把邻居(以色列新任的国防部长)告上了法庭。质言之,"边界"或"悬崖"地带的树更危险,它们随时都有越界、坠落或被砍伐的可能,它们的命运也极容易被忽视和遮蔽。

卡尔维诺想象和虚构出了一个"树上的男爵",显然这种执拗的树上生活在现实中是不可能发生的,但是经过作家的虚构反倒是获得了精神意义上的真实和可能:"他的好处就在于他把那个树上的生活写得很自足,这种生活是现实生活中并不存在的,我们知道它是想象性的生活,是虚构的,但是他写的那个树上男爵的生活,把这种生活的状态描写出来了。至于这个树上的生活有没有隐喻意义呢,卡尔维诺先不管这个。他先把树上生活的可能方式现实主义地展现出来。"(吴晓东《一次穿越语言的陌生旅行》)

关于树木的幻象有时候来自一个人的精神渊薮,这需要诗人具有精神自剖的能力。由己及人，由物及理，树所面对的也正是人以及万物所面对的，人心世相中永远会有杀伐的刀斧在暗中闪亮。如果就树与人的生存意志相比，我们并不确信到底谁是最终的强者。然而，对于人类在空间上的过度扩展，植物的命运并不是生存意志、生态秩序和森林法则所能把握得了的。"我生活的镇上，到处都生长着桦树，而且数量越来越多，但是松树没有几棵，甚至越来越少。所以，我对松树的偏心可能源自我对弱者的同情。"（奥尔多·利奥波德《沙乡年鉴》）

众所周知，一座花园、一片草地以及一棵具体而微的树，往往是维系童年经验的重要之物："有一天——我应该是三岁左右——两个人来了，开始砍后院唯一的那棵树的主枝，我非常愤怒，冲过去打他们。谁也没料到我的愤怒突然爆发，我父亲甚至都没有惩罚我。"（W. S. 默温）在拆迁法则和经济伦理中，曾经与人的童年经验和乡土记忆联系在一起的树木也遭受到了腰斩的命运，连带着附着其上的对人类生活的记忆功能也遭到了无情杀戮。"细心的读者会留意到，在我上面叙述的梦里有两棵树的影子。一棵是前文提到的立于村南晒场上的被人拐卖的古树，它高大挺拔，气宇轩昂；另一棵则是我自家的枣树。两种意象组合在一起，成就了一个有根有据的梦里故事。谓之'有根有据'，是因为它们或多或少与我年少时的生活经验与感受有关。"（熊培云《一个村庄里的中国》）

3

人与树之间存在着近乎天然的对照法则。正如加缪所道出的:"我们所理解的世界,无非是我们事先赋予它的各种形象和图景,只因从此以后,我们再无余力使用这种伎俩了。"(《西西弗神话》)

我们知道在一些地方仍然保持着这样一个习俗,在一个孩子降生的当天由族人栽下一棵树,这棵树和这个孩子就具有了相依为命的性质。当有一天这个人死了,这棵树也将成为盛放他的棺木。树木和人之间产生了生死对应,但是又具有区别,比如树木的死亡就和人类以及动物的有别,它们不需要在死后另寻葬身之地,"它就在生长的地方耸立、死亡,看着它令人产生一种震撼和一系列特殊的激情;就像有些奇特的东西正在上演从脚下开始死亡的剧目"(阿兰·科尔班《树荫的温柔:亘古人类激情之源》)。

死者为大,对于尊崇万物有灵的民族来说,人和物的死亡都是平等的,这正是时间观和世界观的对应。彼得·汉德克的母亲在临终前发出最后的呼救,这是对死亡的恐惧,是无比痛苦和无助的严峻时刻,最终彼得·汉德克"在那些柏树身上又看到了古人那些神奇的树棺"(《圣山启示录》)。

当诗歌指向了终极之物和场景的时候,人与世界的关系就带有了存在性和象征性,"物"已不再是日常的物象,而是心象和终极问题的对应,具有了超时间的本质。

往往具有重要性的诗歌既揭开了这个世界普遍存在的法则,又通过各自不同的语言能力和写作方式携带了个人性和特殊性,比如江一郎的《一棵树》通过树的死亡和人的死亡的对比以及互文,揭示了那些深深撼动我们内心的生存真相以及更高意义上的终极图景:"门前那棵苍郁的大树/终于被父亲砍倒/两只老雀儿，在不远的空中盘旋／发出战栗的叫声／但我的父亲听不见／他锯断树梢，将枝干／斫掉，便坐在那里／一根接一根抽烟／等张木匠过来／天黑之后，大树消失了／在树生长的地方／出现一具白皮棺木／仿佛当年，父亲种下的／就是此等惊悚之物／而我的祖父，一个将死之人／那天傍晚，奇迹般／从床上挪下／颤巍巍走到旁边，不停地／抚摸，并用力拍打／一种沉闷的声响／像暮色在喊，又似乎／源自他苍茫体内／棺木上，那些来不及扫去的碎屑／拍打声里，白亮亮落满一地／先他一步变成了灰。"

人们总是能够从树木那里找到精神的源始和生命的源头："我站立着，体内所有的血液冲向双足又立即冲向头顶，我因而眼盲而面赤，如同一棵树，向树叶猛送由根部卷起而喷涌而出的水。我是怎么了呢？我站在桐叶枫前目瞪口呆，我凝视着巨大的树干。大树唤起回忆。你站在树下幽暗处，此处的光是蓝的，你心不在焉地凝视树干最粗的部分，仿佛那是一条又长又暗的隧道。"（安妮·迪拉德《听客溪的朝圣》）当树木以丛林的形式出现在我们面前，人类会感到格外孤单又极度恐惧，因为那不再是属于人的世界，而是另一个陌生的世界，夜晚之中黑魆魆的发出各种声响的树林似乎总是会随时出现可怕的事物。对于诗人来说，他们的视力和听觉都应该异于常人，因为森林的世界除了天然的神秘属性之外也对应于人类的现实社会伦理和生存法则。

树木具有高于日常民居的高度，属于区别于日常视觉的特殊过渡层："树是大地和天空的过渡者，处在地狱之神和天空之神之间，它参与了死亡和再生的过程。贺拉斯把它比作墨丘利

（Mercure），是在天地之间穿梭和勾连的信使。"（阿兰·科尔班《树荫的温柔：亘古人类激情之源》）树木总会引起人们的诸多想象，至于杜甫的"无边落木萧萧下"更是道尽了生存晚景和时间况味，而 W. H. 奥登诗歌中的树叶所寄寓的生存之悲与杜甫相似："现在开始树叶凋零得很快，/ 保姆手中的花不会常开不败，/ 她们走向坟冢踪影已不见，/ 而童车滚动着继续向前。"（《秋日之歌》）树的高度代表了一种特殊的区别于日常眼界的可能，在那一高度所看到的一切已经发生了变化，视角变了，精神世界也随之发生变化。树不只是代表了自然的力量，也代表了精神的能量。人们需要通过仰望或攀爬来达到树木的高度："蓝色的夜 / 有霜雾，天空中 / 明月朗照。// 松树的树冠 / 变成冰雪蓝，淡淡地 / 没入天空，霜，星光。// 靴子的吱嘎声。/ 兔的足迹，鹿的足迹 / 我们知道什么。"（加里·斯奈德《松树的树冠》）高大的树木总会让人心生敬畏："我想起了伟大的红杉 / 我看见高大的枫树挥洒着翠绿 / 栎树像神在秋天的金色里 / 整个地平线丛林般幽暗 / 我在那漫漫长夜下拜伏在地。"（艾尔·珀迪《北极圈的树》）树木是高于人的自然之物和精神之物的结合体，因而它们具有了区别于日常意义的神秘性和精神意指。

树木和丛林处于人与自然的边界，它们因此对应于人类的原生经验、人与自然之间的对话以及人对自然的生存依赖和精神寄托："这类感觉和激情曾引发各种行为。躺在树荫下，在那里放松、静思，待在植物中，藏躲在里面，攀爬植物，这些同样构成了回应深层冲动的行为。"（阿兰·科尔班《树荫的温柔：亘古人类激情之源》）这种来自树木的人类古老的激情和原生的经验在今天很少见到了，只是在一些特殊的地方才能看到一些远古式的场景："一伙人相约从曼赛镇去阿卡寨，途中，有人看见路边的橄榄熟了，停下来，吃了一捧，倒在树荫里便沉沉睡去；有人路遇猎山的朋友，朋友开口相约，瞬间便一起消失在原始森林之中；有人见茶山上采茶的少女，站在高高的茶树上，像只凤凰，于是猿子一样，很快便蹿到了茶树上……到阿卡寨时，就我一人了。"（雷平阳《我诗歌的三个侧面》）这是古老的仪式化的激情和仰望。"他们为树的存在而震惊，被这个天与地之间的过渡者的时间把戏攫住。他们懂得了欣赏，但同时也对这植物界王者心怀恐惧，他们几乎都懂得守候和倾听树的话语。"（阿兰·科尔班《树荫的温柔：亘古人类激情之源》）

当树木被种植在墓地，那么在终极的意义上人们所目睹的正是但丁式的精神的炼狱、灵魂的盘诘以及终极关怀的本质回声："我们就走进一个树林，那里没有一条路径可以看得出来，也没有青色的树叶，只是灰色的；也没有平整的树枝，只是纠缠扭曲，多节多瘤；也不结果子，只是生着毒刺……我听见悲泣之声从四面送来，但是又看不见一个人，因此吓得我呆在那里。我相信我的老师以为我在那里想着，这些声音是从那些躲在树林里的灵魂发出来的。"（但丁《神曲·地狱篇》）

树木的根系深深植入土地或岩层，树木让我们直接想到"大地""平原""山地""丘陵""高原"等母体。当这些树木来自故乡，那么诗人被激发起来的感情和记忆就更为长久和热烈，这是一种本能的观察、感受以及行走："我已经习惯于骑马。走过陡峭的黏土小径，走过急弯突现的曲折道路，我的生活变得更高远、更开阔了。我遇见杂乱茂密的树木花草，遇见幽静或大森林禽鸟的啼啭,邂逅一株花树上突然的繁花怒放——有的像群山上一位魁伟的大主教,身披猩红法衣,有的在不知名的花朵的争斗中裹上银装。不时地,在最不经意的时候,一枝桀骜不驯的野喇叭藤花,犹如一滴鲜血在茂密的灌木丛中垂下。"(巴勃罗·聂鲁达《聂鲁达自传》)

4

一旦诗人离开故乡前往异地或城市,树林和植物对他的牵引力就会越来越强。

现代生活与植物之间越来越多的是冲突和不解,奇异树种曾经带来的陶醉、震惊最终转化为生存的矛盾和人性的龃龉。"现代之初,与热带树木的冲突则刷新和加剧了这种惊愕并令其蒙上快乐的氛围。凝视未遭砍伐的树、被当作有机建筑的树,会产生某种陶醉。出乎意料的植物、无法被归纳的新经验、人类面对不熟悉的奇异树种所产生的不友好,都会激起矛盾的感情。"(阿兰·科尔班《树荫的温柔:亘古人类激情之源》)

在现代性景观中,树木还对应于现实的残酷和精神世界付出的代价,如果足够幸运的话它们还会成为个人史和时代史的见证。换言之,树木和其他植物所对应的不仅是自然史,而且是社会史和心灵史:"历史并没有让自然史研究变得轻松,等待着我们这些自然主义者去补救的过失还有很多。曾经有一段时间,田野成了绅士和淑女喜爱的漫步场所。然而,那些人并不想探索世界是如何形成的,而是为了增加一点儿茶余饭后的谈资。那是任何一种鸟都被称作'鸟'的时代,是一个用粗俗的

文字描述植物学的时代,是一个所有人都只会叫喊着'大自然是多么壮丽啊'的时代。"(奥尔多·利奥波德《沙乡年鉴》)

我们不得不正视树木和人一样都遭遇了"人心不古"的时刻,它们的命运同样接近于历史寓言和怪诞的现实幻象——恍惚而不真实,但是具有现代性景观中知识分子心灵史的功能。众所周知,树神崇拜古已有之,甚至天经地义。茶树王"沙归拔玛"(意思是"茶树的母亲")是作为僾尼人创世史诗般的活化石,在它身上附着了太多的民族的信息、文化根系以及历史档案式的象征:"在漫长的僾尼人史诗般的生命传承史上,'沙归拔玛'一直有云霞所笼罩,有金蛇护卫着她的每一根枝条和每一片叶子。这一场造神运动旷日弥久,非某一代人接一代人在某一时间段上的即兴之作,而是一代人接一代人火炬接力式地延续到今天,这当然就会让我们在体察如此宏阔的史诗结构的过程中惊讶地发现,在谁也无力改动的创世史的页面上,尚有一条条创世的支流在起源、在流淌、在哺乳。"(雷平阳《驿站:南糯山记(二)》)但是,悲剧还是发生了,这棵神树却在1995年不可避免地死去了。这并不是简单的一棵古树的死亡,而是神一般形象的坍毁,是承载了边地民族记忆和文化源头之物的烟消云散,与此相应的仪式、敬畏和崇拜没有了依托。正如当年叶芝所慨叹的那样:"一切都四散了,再也保不住中心,/世界上到处弥散着一片混乱。"这不只是人类学层面的习俗,而是根本性地涉及现代性场域中人存在的本质依据和终极意义上的合理性,根本性地涉及人的观念、信仰。

物的象征在现代技术和现代性景观中已经面向了终结时刻,"实际上,形式的完成遮蔽了一个基本的欠缺:经由形式的普遍传导性，我们的技术文明尝试去补偿，与传统工作手势相连的象征关系的隐退，去补偿我们的技术威力所导致的不真实感和象征面的孔洞"（让·鲍德里亚《物体系》）。这是最后的象征之物的消亡，风景的中心消失了。

随着现代性和城市化空间的快速扩张，尤其是自然生态边界的日益缩减，人与树木的原生的日常关系和精神关联早就遭受到了挑战，树的命运也正是现代社会下人的命运。

我想到 E. M. 齐奥朗说的一句深刻而惊心的话："只有在命悬一线的时候你才真正活着。"

"陌生人"的寓言已经发生，"陌生人"在故乡已经变得如此怪异而不为人所理解。"柯希莫可能是疯子，自从他十二岁时上树不肯再下地之后，在翁布罗萨人们一直是这么说他的，但后来，实际上，他的这种疯狂被大家接受了。我不只是说他坚持在树上生活，而是说他的性格中的各种乖戾之处，没有人不认为他是一个特殊的人物。往后，在他对薇莪拉的爱情顺利的那段时期内，他操着别人听不懂的语言做出一些动作，特别是在守护神节那天的举动，很多人认为是渎圣行为，把他的话解释成一种异教徒的呼喊。"（卡尔维诺《树上的男爵》）这是自然主义的灵魂被清空的过程，是连根拔起的过程，是在废墟上建立废墟的过程。

时间终于显现出了空前的残酷性，轮回的原始的古老的秩序已经瓦解。

橡胶林和桉树的诞生和惊人繁殖力对应的正是新的时间法则，对峙的世界已经发生且难以协调，较量的双方总会有胜利者，也必然会有失败者，诗人已经站在了失败者和丧乱者那里，他要完成的就是先行到失败中去的写作。

失败者似乎总是历史的相伴相生之物："我总是热爱眼泪、天真和虚无主义；爱那些无所不知的人，也爱无知而有福的人；爱失败者和孩童。"（E. M. 齐奥朗《眼泪与圣徒》）齐奥朗这里提到的"眼泪"以及诗人在诗歌中流淌的"眼泪"显然都具有精神洁净的作用和象征功能，"可以确定，快速流淌的眼泪是浪漫主义诗歌的重要素材：它们不会污染其他东西。这里部分原因是对于洗涤的象征意义来说，眼泪很自然地处于优先位置。眼泪就像流动着水的河，它们使眼泪纯净、清洁、得到濯洗"（玛丽·道格拉斯《洁净与危险——对污染和禁忌观念的分析》）。

一旦当这些古老的、"少数族裔"式的植物不再重现或整体遭受到城市化时代的连根拔起，那么这一切都将成为挽歌中依然闪亮的田园诗式的细节和情感载体，更像是一个个针尖，时时挑动着记忆，"绿色的语言"正逐渐向"黑色的语言"过渡。

城市空间的植物更是被规划过的，它们的栽种、移植、修剪甚至砍伐都是被动的，甚至城市树木也经历了近乎天翻地覆、改天换地的过程。一棵棵树的命运也正是现代人的命运，"现代人是分裂的、残缺的、不完整的、自我敌对；马克思称之为'异化'，弗洛伊德称之为'压抑'，古老的和谐状态丧失了，人们渴望新的完整。这就是我有意置放于故事中的思想—道德核心，但是除了在哲学层面的深入探索工作之外，我注意给故事一副骨骼，像一套连贯机制良好运行，还有用诗意想象自由组合的血肉"（卡尔维诺《树上的男爵》）。

在城市化的进程中，世界上的很多作家对此都有不适感，生态已经发生了很大的变化："城市本身相当丑陋，这一点是不得不承认的。它的外表很平静,但要看出它在各方面都不同于很多商业城市,那就必须花费一些时间才行。怎么能使人想象出一座既无鸽子,又无树木,更无花园的城市?怎么能使人想象在那里,既看不到飞鸟展翅,又听不到树叶的沙沙声,总之这是一个毫无特点的地方。"(阿尔贝·加缪《鼠疫》)这一特殊的现代性的城市化"风景"是以拦腰斩断一切旧事物、旧空间以及时间记忆和世界观为代价的。

诗人是一个目击者,所谓目击成诗直接对应于现实和生存中那些更为酷烈的部分。在新的时代伦理之下,过去时的认知装置无疑是病态的、酷烈的、有罪的,由此产生的只能是"战栗诗学""羞耻诗学""救赎诗学"。围绕着古老树木和树种的消失,我们最终看到的正是一片片的废墟。

5

2020年2月,
十六头亚洲象从版纳勐养保护区上路,
至6月,抵普洱倚象镇;
10月底,于景谷县境内短暂停歇;
12月17日,经宁洱县继续向北,
入墨江县,产下象宝一只。次年4月,
进入元江县(其中两头折返墨江),
在此停留、休整一月余;5月16日,
再起程,过石屏宝秀镇,八日后
抵峨山县;5月26日晚7点,

到达县城入口处（距县城仅三百米），
民众惊慌，相向守护——一群亚洲象，
昼伏夜出，跋山涉水，穿过村庄、城市、
密林、山谷、庄稼地、公路、铁路，
它们在玉米林中玩耍，在街头舞蹈，
走进场院，拐入工厂，用长长的鼻子喷水，
敲击紧闭的窗户和房门，入酒厂，食酒糟，
大快朵颐，宿醉，醒来再隐入群峰山密林。

——谷禾《向北的大象》

2021年，十几头野生亚洲象组成的"断鼻家族"（亦称"短鼻家庭"）北上"逛吃团"刷爆朋友圈。此前的2020年3月，它们已经从西双版纳勐养子保护区一路北上，历经普洱市思茅区倚象镇、景谷县、宁洱县、墨江县、玉溪市元江县、红河州石屏县宝秀镇、玉溪市峨山县、玉溪市红塔区、昆明市晋宁区双河乡、夕阳乡……

2021年8月10日，在人类的干预和指引下，云南北移亚洲象群已跨过元江，平安回归适宜栖息地。这使我想到雷平阳早年所写的关于大象的诗句，这种比社会事件和现实提前抵达的精神预见能力简直令人瞠目："走下神坛，向人间迈开步伐／那一瞬，一种生命对另一种生命／散发的天生的威慑力、冲击力和统治力／令我内心崩溃，令我眩晕，令我窒息／令我体量缩小、再缩小／它们从我身边经过，视我如无物／我主动示弱，藏身于灌木丛／目送它们远去，双手死死抱住自己／像抱着一头侥幸逃生的小野兽／像抱着一棵突然软下来的松树。"（《两头大

象从我身边经过》)

当大象因为各种原因离开"故乡"前往"异地",很多诗人发现了诸多隐秘的精神关联的按钮:"大象巡游如／另一种康熙／像是古物复活／逃亡十五位大帝／没有庸人随从／越过公路将虚无／的巨碾滚往北面／在我们的现实中扬起深灰／貌似推土机的庞然大物／没有图纸／它们要干什么？／关押的时间太长了／你们已忘记神的面目／你们的小辖区不是它的边界／徒劳无功真是令人着急／恐惧来到郊区的屏幕上／还是那么新鲜／那么原始／那么近在咫尺／时间过去了吗？／一百年？三千年／五千年或者永恒／它们浑身泥巴／牙齿发黄／一挥长鼻子就带回／脏兮兮的／混沌的荒原／现在走到了我十九岁／待过的农场一带／双河乡住着彝人／和他们的马匹／姑娘和太阳神／从前有个／光辉灿烂的黄昏／我在那里遇到豹子／它还站在对面的半山／审视我是否值得一啖／转身就跑尿了一裤裆／一头更小的野兽。"(于坚《2021年夏季野生象群逼近昆明城有感》)

从2020年3月到2021年6月,已经有三群共计四十二头亚洲象从西双版纳自然保护区"出走",对此社会各界给出了各种猜测,但其中一个重要原因就是生态环境的破坏。尤其是经济利益驱动下橡胶林被大面积种植。

大象是如今世界陆地上体量最庞大的动物。"世传荆蛮山中亦有野象。然楚、粤之象皆青黑,维西方拂林、大食诸国,乃多象。樊绰,《云南记》皆言其事。象出交、广、云南及西域诸国。野象多至成群。番人皆畜以服重,酋长则饬而乘之。有灰、白二色,形体臃肿,面目丑陋。大者身长丈余,高称之,大六尺许。肉倍数牛,目才若豕。四足如柱,无指而有爪甲。"(《本草纲目》)

大象是兽中之德者，是智慧、力量、稳定性和愿行殷深的象征，它在政治、礼乐和民俗文化领域的寓意亦很丰富。

中国文化中一直有比德的传统，其中大象就占有重要一席。"安南有象，能默识人之是非曲直。其往来山中遇人相争有理者即过；负心者以鼻卷之，掷空中数丈，以牙接之，应时碎矣，莫敢竞者。"(《太平广记》)

从殷商时期开始，大象的活动区域一直处于变化、流徙之中，比如黄河流域（中原地区）、江淮流域、珠江流域及岭南、云贵高原……人类与动物、自然、社会之间的复杂关系已毋庸多言，但是"大象北上"给人类社会上了最为生动、深刻又难解、神秘的课。人类不是全知全能的，更不存在"人定胜天"的强力哲学。

多年来，我们可以发现雷平阳一直凝视着"大象"这一神秘的庞然大物："我喜欢大象的外形，从中可以找到/菩萨和父亲。"(《大象之心》) 他也展开了以"大象""自然""生态"为中心的叹息和诘问，也一次次留下人类制造的灾难和擦痕，比如《大象》《红色的大象》《两头大象从我身边经过》《大象之死》《大象之心》《肉做的起重机》等。这些实有的、虚无的庞然大物一次次印证了诗人彷徨于无地的尴尬之境。

> 此刻，没有入睡的人
> 已经是少数。而且他们已接受我的邀请
> 关掉灯盏，静静地听着
> 夜空中那些翅膀折断的声音
> 之后，万籁俱寂，没有入睡的人

也假装睡了，小心翼翼地在夜空中攀登
不往地面掉下一滴眼泪
我无事可干，用红纸剪了一群大象
命令它们，在我的书房里
向声息全无的夜空游行示威

——《红色的大象》

人类对大象的猎杀早就开始了，据《太平广记》记载："象尤恶犬声。猎者裹粮登高树，构熊巢伺之。有群象过，则为犬声。悉举鼻吼叫，循守不复去。或经五六日，困倒。则下，潜刺杀之。耳穴薄如鼓皮，一刺而毙。胸前小横骨，灰之酒服，令人能浮水出没。"《太平广记》又载："广之属郡潮循州多野象，牙小而红，最堪作笏。潮循人或捕得象，争食其鼻，云肥脆，偏堪作炙。"而《本草纲目》则列举了大象的肉、皮、骨、胆的药用价值。

6

1867年10月，一支法国考察队在西双版纳做短暂停留。

其中二十四岁的摄影记者兼画家路易·德拉波特回到法国后制作了一百多幅关于云南的铜版画，其中二十多幅是关于西双版纳的。这些版画涉及西双版纳的哈尼人和滇南少数民族的寨子、服饰、文身、泼水节、放高升、赛龙舟、集市、曼飞龙塔、人像、热带雨林植物、竹制吊桥、石桥、渡口、澜沧江的河谷以及激流险滩、野象群、竹筏、热带丛林中捕食麋鹿的猛虎、茶马古道上的商队……据统计，傣族的叙事长诗有五百五十部之多，包括创世史诗、神话史诗、英雄史诗和悲剧叙事诗。创世史诗有《巴塔麻嘎捧尚罗》，神话史诗有《鸟沙巴罗》《粘芭细敦》《兰嘎西贺》，英雄史诗有《沽响》，它们被称为"五大诗王"。

西双版纳处于北回归线以南的热带北部边沿，横跨唐古拉—昌都—兰坪—思茅和贡山—腾冲两个褶皱系，以澜沧江断裂为分界线。因为特殊的地理特征，西双版纳素有"植物王国""动物王国""生物基因库"之称。西双版纳，古称勐泐，别名是勐巴拉娜西。"西双版纳"系傣语，"西双"是"十二"，"版纳"指的是一个提供赋税的行政单位。西双版纳，直译过来是"十二千块稻田"，实际上是指十二个傣族部落。西双版纳的先民属于古代越人的一支。西双版纳，光是这四个字汉语的发音就是令人愉悦的，"有些词是神奇的，比如，西双版纳，在汉语中，这个词读作西——双——版纳，光滑的拖音后，"版纳"二字干脆利落地弹跳出来，这时，你有一种快感，你可以感到四个音节之间舞步般花巧流利的节奏。是的，西双版纳，西双版纳"（李敬泽《与西双版纳共舞》）。

然而西双版纳并不是一块能够幸免的"飞地"。

西双版纳是全国第二大橡胶林生产基地。1975年到2014年间，西双版纳、临沧、普洱等地的橡胶林面积扩大了23.4倍之多，而热带雨林的面积则下降了48.2%。

基诺山区的土质和环境构造本来不适合种植橡胶树，而经济利益驱动下的橡胶树的普遍栽种使得生态环境和民族文化再生产都受到了影响。早在几十年前，沈从文就注意到了中国乡村经济破败的深层原因，不只是战乱，还有种植业自身的问题。

1963年,橡胶树在基诺山栽种成功。当地农场喊出响亮的口号——"一切为橡胶让路"。截至2013年,基诺山橡胶林的种植面积已近二十万亩。

基诺山只是"橡胶林法则"的一个"示范区",很快,基诺山区的种植经验在云南的其他地方被推广。

我们可以回看一下1981年发生在西双版纳的触目惊心的场景——

> 熊熊的烈火正在无情地烧尽一片片的森林,吞噬着一座座的青山。我们是4月7日从昆明出发乘车来西双版纳的。沿公路两旁视野所及,天天都见到毁林之火在燃烧。从小勐养到自治州首府允景洪的几十公里的一段路上,可说是"山山点火,处处冒烟"。
> ——《西双版纳毁林之火为什么越烧越严重?》

烧山、毁林开荒以及橡胶林的大面积种植直接导致原始森林的大幅度退减,这直接对基诺族、傣族敬畏自然、万物有灵造成毁灭性冲击。人们的生存观念、人际关系和处事法则也随之变化。

2007年6月的一个黄昏,雷平阳直接目睹了西双版纳的橡胶林……

> 橡胶林的队伍,在海拔一千米
> 以下,集结、跑步、喊口号
> 版纳的热带雨林

激进与迟缓

> 一步步后退,退过了澜沧江
> 退到了苦寒的山顶上
> 有几次,路过刚刚毁掉的山林
> 像置身于无边的屠宰场
> 砍倒或烧死的大树边,空气里
> 设了一个个灵堂。后娘养的橡胶苗
> 弱不禁风,在骨灰里成长

橡胶林和桉树作为热带雨林的异质物以及时代"风景"一次次强行进入当代诗人的精神视界。

"风景"往往意味着陌生,更易于激发观察者的冲动和惊异效果。现代性"风景"的发现与观看者的主体意识、心理结构以及时代伦理密切关联,其差异并不仅仅来自自然环境本身,"单一的橡胶林,取代了雨林的迷局"(雷平阳《渡口》)。惊悸不已的"风景"让我想到当年患病期间的荷尔德林。荷尔德林对故乡风景的观察和抒写让我们看到了无法逾越的距离和心理障碍:"在这些诗中,已经不再出现故乡了。这个词在荷尔德林的语言宝藏中消失了,风景的描写不再包含熟悉的特征。也许,大自然使观察者平静下来:'观察使内心安宁,正如画面那样。'但这是纯粹的画面,风景不再受到喜爱,因此也不再属于故乡。荷尔德林在观察风景的时候,保持着跟他的客人同样的距离。精神上故乡的缺失或许也同属于患病的症状。"(沃尔夫冈·宾德尔《论荷尔德林》)

伴随现代性的席卷,曾经不变的风景已经发生变异,事物的连续性终止,所有事物的相似性和同质化程度空前加强。标准化的世界正在诞生，否定性力量无处不在，"所有伟大的事物都已被否定，我们生活在一种新的、本土的神话的错综复杂之中，政治的、经济的、诗学的，它被一种日益扩大的不连贯性所肯定。与之相伴的是一切权威的缺席，除了力量，正在实施的或即将逼近的力量。所谓理性的降格是权威缺席的一个例子"（华莱士·史蒂文斯《高贵的骑士和词语的声音》）。

> 象牙的灯被黑暗压迫得无路可走
> 我在虚拟的灯光下读书
> 在古时的象群里写信
> 仿佛，铆在夜空中的萤火虫。
>
> 只是夜空也空
> 我用摸象的手，摸不到孤寂的苍茫而已。
> ——龚学敏《西双版纳寻野象不遇》

在隆隆的钢铁巨兽时常在耳边吼叫的时候，我一次次想到罗兰·巴特所描述的"埃菲尔铁塔"式的现代钢铁社会和资本化时代的寓言。曾经乐观的时代伦理耗散殆尽，而被现代性制度击败的惨烈事实却几乎无处不在。诸多诗人对"生态经济体系""物种交换""物种入侵""生态扩张""桉树法则""橡胶林法则"表示了极大的不适。2003年，来到云南德钦县明永村义务支教的青年诗人马骅（1972—2004）就注意到了澜沧江流域雨林遭砍伐之后的巨大灾难："在澜沧江峡谷周边地带，明永绝对是一个异数。长年的过度砍伐使澜沧江两岸的山都是光秃秃的,阳光一照,一片刺眼的死灰。在山上盘旋的滇藏公路也因此变得脆弱不堪,塌方、滑坡和落石几乎每天都在发生。"(《心灵的面具》)

而"桉树""橡胶林"只是符号,代表了与曾有秩序和原生空间的格格不入的异质力量。

与此同时,"桉树"或"橡胶林"又代表了工业法则对原生文明和自然生态的野蛮入侵,形成了带有恐怖、邪恶和神经质般梦魇氛围的现代景观。

一条条蔓延和覆盖的高速公路网络与过去时的空间和时间背道而驰,它们是以抹平以往踪迹、地标和记忆为前提的。大象不得不出现在高速路和隔离带上,不得不出现在不断倒退的热带雨林的边缘。这是遗忘对记忆的胜利,这是速度对驻足、凝视和漫游的取缔。由此,诗人只能借助于超验和幻象来完成减速、折返或者僭越的心路历程。

> 几头大象从森林中出来
> 它们想从基诺山,前往大渡岗
> 曾经自由的通道,被拦腰折断
> 太阳在上,树被砍光
> 一条横穿的高速公路,很像
> 滔滔无阻的澜沧江。只有横穿了
> 带头的那头大象,一脚,两脚……
> 费了很大的劲,才把金属隔离栏
> 踢飞到通往世界的路上
>
> ——雷平阳《大象》

元诗： 伟大元素与范本语言

> 所有时代的诗人都在为一首不断发展着的伟大诗篇而做出贡献。
>
> ——雪莱

> 我们像看幻影戏一样，心中感到词语被赋予血肉之躯的那个时刻。词语确有生命，它把我们放逐。词语在对我们诉说，而不是我们把它说出。
>
> ——奥克塔维奥·帕斯

诗歌的形态和表现千差万别，尤其在电子化的诗歌产量空前炸裂的今天，"世上的人们日日夜夜都在创作，彼此交换着亿万'无定形'的文字"（汉斯－狄特·格尔费特），但是诗歌又总是在终极趋向上呈现出一些本质化的伟大元素和范本式的语言，这就是"元诗"。

1

博尔赫斯在《致1899年的一位小诗人》中为诗人与"终极

之诗"的博弈留下了并不轻松的时刻:"要留下一首诗,为了那个在白昼尽头 / 等待着我们的悲凉时刻 / …… / 把你单薄的阴影交还给日月 / 只为了这疲惫的词语的呈现 / 几行本应容纳了那个黄昏的词语。"

1991年春天,身在西部的昌耀在近乎永恒的时空背景下——"苍穹。看不到的深处"——揭示了诗歌虚弱的一面:"诗人对窗枯坐许久深信写诗的事情微不足道: /一个字韵儿即便珑璁透剔又何如金黄的虫卵? /楼顶邻室的缝纫机头对准我脑颅重新开始作业, /感觉春日连片的天色随着键盘打印出成排洞孔。"(《圣咏》)

当我们注意到一些伟大的诗人通过词语的形式而一次次抵达诗歌真正的内核和直取要义的时候,一种极其特殊的诗歌形态已经诞生,这就是"元诗",即"以诗论诗"和至高语言层面的诗。

多多早在1973年就写出了一首极其重要的"元诗"。

> 披着月光,我被拥为脆弱的帝王
> 听凭蜂群般的句子涌来
> 在我青春的躯体上推敲
> 它们挖掘着我,思考着我
> 它们让我一事无成
>
> ——《诗人》

元诗(metapoetry)作为原型式的文本结构体现了诗人对词语的自觉、对诗歌本体特质的理解、对诗人自我形象的确认、对诗歌功能的张扬以及对"终极文本"和"范本化语言"的赴迫:"薄暮我回家,在剔亮的灯芯下,/我以那些纤微巧妙的词语,/就像以建筑物的倒影在水上/重建一座文明的七宝楼台。"(朱朱《江南共和国——柳如是墓前》)质言之,元诗作为一种"终极文本"最为直接地对应于词语、诗歌和诗人本身的内在规定性和创造力,同时在终极化的比拼中也更容易产生词语和心理的双重焦虑,"一个作者的先驱越多,那他言过其实的危险就理当越大"(汉斯-狄特·格尔费特)。

诗歌史上很多大诗人都公开或秘密地追赴着元诗写作,在赶往"语言风景"的探险和跋涉的途中,比如美国诗人路易斯·辛普森的《美国诗歌》:"不管它是什么,它必须有/一个胃,能够消化/橡皮、煤、铀、月亮和诗/就像鲨鱼,肚里盛只鞋子。/它必须游过茫茫的沙漠,/一路发出近似人声的吼叫。"而阿齐博尔德·麦克利什《诗的艺术》这首元诗对中国诗人的影响更大。

  一首诗应该可以抚触而沉默
  像一只浑圆的果实

  缄默
  如同拇指抚摸下的一枚旧奖章

  静默,像被衣袖磨光的窗台石
  那里如今已长满青苔——

激进与迟缓

　　一首诗应该默默无言
　　有如群鸟飞翔

　　一首诗应该在时间中凝然不动
　　像月亮攀登天空

　　离别我们,像月光恋恋不舍地
　　离开为夜色纠缠的树林

　　像冬天树丛背后的月光,它告别
　　心灵,离开一个又一个的记忆——

　　一首诗应该在时间上凝然不动
　　像月亮攀登天空。

　　对一切苦难的历史
　　它是一个空廊的门洞,一片枫叶。

　　对于爱
　　是依人的绿草和海上的双灯——

　　一首诗不应说明什么
　　而应该本身就是什么

　　　诗人必须是麦克利什这样的经历过词语和灵魂双重淬炼的

人,二者缺一不可。

德里克·沃尔科特如此钟情于"手艺"和"思想"的彼此激活和重生:"我的手艺和我手艺的思想平行于/每个物体,词语和词语的影子/使事物既是它自身又是别的东西/直到我们在一种不断发展的经验主义语言里/成为隐喻而不是我们自己/联系如此巧妙以至于它们闪电般/惊动我们当我看到佩蒂特·皮通/那一瞬间头皮好一阵发麻/一种和它相同的高山押韵的状态/直到,不只一瞬,我,也,变白了"(《我的手艺》)。写作对于每一个写作者来说都是巨大的挑战,每一个写作者都会有波峰和波谷,能够持续产生有效性的文本并不能完全预期,所以写作必然产生深深的"终极文本"层面的焦虑:"他的全盛期成为过去。如果这是真的/我的才华已经枯竭,所剩无几,/如果这个人是对的,那么没有别的事可做/除了放弃如同女人的诗歌,因为你爱她/不愿看到她被伤害,尤其是被我伤害;/就这样走向悬崖的边缘并在它上面屹立,/妒忌,怨恨,龌龊,连同牛肉桶上/军舰鸟的优雅,它的岩石;/感激你在这个地方写得好,/让这些破碎的诗篇像一群白鹭/在最后一声长长的叹息里从你身边起飞。"(德里克·沃尔科特《在悬崖上》)

阿什伯利通过元诗直接阐释诗学和写作伦理,比如写于1981年的《悖论和矛盾修辞》:"这首诗在一个很简单的层次上关注语言。/看它对着你说话。你朝窗外张望/或假装坐立不安。你拥有它但你不能拥有它。/你错过了它,它也错过了你。你们互相错过了。//这首诗是悲伤的,因为它想属于你但做不到。/何谓简单的层次?就是它和其他东西/让它们构成的体系进行游戏。游戏？／哦，实际上，是的，但我认为游戏∥是一种更深的、别处的东西，一个梦想中的／角色模式，仿佛在这八月的长日里分享的福泽／无法验证。无尽开放。在你觉察之前／它已迷失于打字机的腾腾热气和喋喋不休∥它又被游戏了一次。我认为，你存在就是为了逗我／来做这事儿，在你的层次上，然后呢，你就没影了／或者，已经采取了不同的态度。这首诗已把我／轻柔地放在你身边。这首诗就是你。"

  1993年，旅居国外的张枣在特里尔写下了一首元诗《猫的终结》。

> 忍受遥远，独特和不屈，猫死去，
> 各地的晚风如释重负。
> 这时一对旧情侣正扮演陌生，
> 这时有人正口述江南，红肥绿瘦。
> 猫会死，可现实一望无垠，
> 磋之来世，在眼前，展开，恰如这世界。
> 猫太咸了，不可能变成
> 耳鸣天气里发甜的虎。
> 我因空腹饮浓茶而全身发抖。
> 如果我提问，必将也是某种表达

  德国诗人阿希姆·萨托琉斯高度评价张枣这首诗："传达的是一种将自己从语言危机中解救出来的策略。当真情实景重新展开，就像诗中描写的那样，当猫——毕竟只是虎的模拟——退出历史舞台，从而揭开了新一轮的投胎转世的序幕，原初意义上的虎重新登台，诗人试图创作一首关于创作的告别的歌，而他所使用的语言的方式令他不再软弱无能。"

尽管萨托琉斯的解读我认为存在一定出入，但是我同意这可以认定为一首"元诗"，即"关于诗的诗"，"诗的形而上学"。张枣到了海外之后似乎对"元诗"的兴趣有增无减："作家把写作本身写出来的手法，也正是现代写作的一大特点，即对自身写作姿态的反思和再现，这种写作手法被称为'元叙述'（metawriting），写出来的作品被称为'元诗'（metapoetry）或'元小说'（metanovel）。"（张枣《秋夜》）

宋琳也很早就注意到张枣"元诗"写作的冲动："张枣的'元诗写作'与欧美现当代诗人如马拉美、史蒂文斯、策兰的写作之间存在着呼应，即叩问语言和存在之谜，诗歌行为的精神性高度是元诗写作的目标，而成诗构成本身受到比确定主题的揭示更多的关注。""元诗写作同时是对超级倾听能力的召唤，那个倾听者的存在甚至是诗人写诗的唯一理由，他经常隐身于周遭，随时准备纠正你的发音，当他离去，诗人便沦为'苦役'，像哑嗓子的黄鹂'苦恋着时代的情调'。""元诗即初始之诗、心智之诗、叩问寂寞之诗。""元诗写作在认识论上是对诗自身之诗性的原始反终，在方法论上是确立抒情的法度以使成诗过程呈现客观性同步。元诗写作是一种难度写作，通过选择障碍并排除障碍，一步步接近那个几乎由掷出骰子的偶然之手来决定的必然的格局。"（《精灵的名字——论张枣》）

2

元诗意识使得一些诗人自觉甚至"本能"地滑向或指向了诗歌本体畛域,比如约翰·济慈通过写作一首十四行诗来达成对这一诗歌体式的深度理解:"如果英诗必须受韵式制约,/可爱的十四行诗必须戴上镣铐,/不管多痛苦,像安德罗墨达般;/如果我们必须受格律调节,/那就让我们给诗的赤脚找到/编织得更加精美的草鞋穿上;/让我们审察弦琴,掂量每根弦/发出的重音,且看勤勉的听觉/和细心测试能求得怎样的音调;/正如迈达斯那样贪爱金钱,/让我们珍惜声韵,就连一张张/枯叶也善于用来编织桂冠;/如果我们不想让缪斯脱缰,/那就让她受制于自己的花环。"

在元诗中,诗人的主体意识和语言文体自觉同时得以凸显和彼此印证,而诗人的写作行为(行动)本身变得愈益重要。

这是诗人的"我说"与"语言言说"同时进行的共鸣和对话的过程。"诗最成功的瞬间,总有一个'我说'和'它说'交相辉映。有时诗人掌握话语,有时话语支配诗人;有时诗人使用话语,而有时是话语在呼唤诗人。"(让·贝罗尔《诗在话语的空间相互追逐》)这既是诗人"回答语言"的过程,也是"倾听语言"的过程,甚至有时让词语直接呈现比诗人的夸夸其谈更有效。"创造吧,艺术家,别高谈阔论,/轻轻一触亦可成为你的诗。"(黑塞)元诗是一种极其特殊的诗歌类型,"意在表达诗人对语言呈现/展开过程的关注,使写作行为直接等同于写作内容。在这类诗人看来,诗歌'语言言说'的可能性实验，本身已经构成写作的目的。诗不仅是表达'我'的情感，更是表述'元诗'本身"（陈超《论元诗写作中的"语言言说"》）。

张枣则在他那篇《朝向语言风景的危险旅行——中国当代诗歌的元诗结构和写者姿态》中就朦胧诗以来的元诗结构——实际上也是针对更为广泛和普遍的诗歌写作现象本身——进行了独特的剖析："当代中国诗歌写作的关键特征是对语言本体的沉浸，也就是在诗歌的程序中让语言的物质实体获得具体的空间感并将其本身作为富于诗意的质量来确立。如此，在诗歌方法论上就势必出现一种新的自我所指和抒情客观性。对写作本身的觉悟，会导向将抒情动作本身当作主题，而这就会最直接展示诗的诗意性。这就使得诗歌变成了一种'元诗歌'，或者说'诗歌的形而上学'，即诗是关于诗本身的，诗的过程可以读作是显露写作者姿态，他的写作焦虑和他的方法论反思与辩解的过程。因而元诗常常首先追问如何发明一种言说。"

元诗，是关涉"词与物""诗与思""人与诗"的终极写作，是关涉诗歌发生学的总体秘密。任何人要想做一个"强力诗人""诗人中的诗人"或"总体性诗人""终极诗人"，就必须保有个人化的历史想象力，甚至创造出属于个人的诗学才能或个人传统。这些诗特有的交织性的原型、原文和其他文本构成了明显的互文、共生以及彼此阐释的关系。由此考察，我们可以在"互文"的关系上看到一些诗歌文本在某些方面相通的精神构造，可以看到写作谱系和精神光谱上的相似性。这是重新命名的过程，在语言的层面呈现了词语的真实和精神的可能："恶人畏惧你的利爪／好人喜欢你的优美／谈论我的诗句时／我喜欢听到／这样的话。"（贝托尔特·布莱希特《题一个中国茶

树根狮子》)

任何一个时代的写作者都会面对整体性的精神大势和诗学责任,比如"在文字中造反""在诗歌里献祭"。这就是"向诗说话"或者"向命要诗"的过程,也是对更高标准诗歌的致敬,体现了诗人的文体自觉、经验和语言的再造以及自审。由诗到诗,由词到词,最终解决的是词语的挖掘和精神自审之间的交互。

从诗歌史的发展维度来看,元诗不只是局限于"以诗论诗"的文体规定性动作,甚至带有不同代际、语际诗人之间的精神对话、影响的焦虑以及诗学立场上的较量和角逐。

早在20世纪80年代后期,狄兰·托马斯对先锋诗评家陈超的诗歌写作和研究就产生了一个非常重要的影响,这就是"元诗"写作。

翻开狄兰·托马斯的诗集,我们会发现他的一部分诗都可以归入"元诗"序列,比如《在我缤纷的意象里》《当词语失效》《我的手艺或沉寂的诗艺》,其中最具代表性的是《在我缤纷的意象里》:"在我缤纷的意象里,我一步跨越两级台阶,/在人类的矿藏下熔炼,古铜色的演说者/把我的阴魂注入金属,/这孪生世界的等级大踏步地践踏,/我半身的阴魂披盔戴甲,在死亡的走廊,/悄悄紧随铁人侧身而行。"

诗歌的意象与诗人的终极精神世界构成了深入互动的结构,甚至对于狄兰·托马斯而言这些元诗还具有揭示一个诗人精神原型的特殊功能。而纵观陈超一生的诗歌写作,我们会发现其中有一部分诗歌用"元诗"的方式直接处理了诗歌的生成、技艺、修辞、语言、结构和功能等"元问题",用诗歌写作来处理对诗歌本体性认知的"以诗论诗"的方式，他运用得最为得心应手。

确实，"元诗"在陈超的诗歌写作中占有相当大的比重，这成了他写作的内在驱动和诗性自觉。对于当代诗人而言，"词语的招魂"既与诗人个人化的历史想象力有关，又与语言的求真能力有关，更与诗歌场域中诗人精神主体的反思能力有关。《堆满废稿的房间》清晰地呈现了陈超对写作史以及精神词源的重新反思："小林的披肩在颤抖／播撒出香膏和残叶的气味／她的双休日架在叠句和泪水之间／她想象自己是低语的爱玛／等着接他私奔的马车敲击路面／在她的书房，我踏实坐着／翻看新版的《汉语词典》／它与修辞无关，没有伤心的'夜莺'／'火焰'燃烧后产生一氧化碳／它是一个词与捐躯无关／／词典在一个外省教书匠手上／其意义在于控制'能指'无边的发展／三十八岁已不是涂鸦的年龄／只要准确，我不再担心意象的暗淡／诗是准确的力学，无论拉近或推远／／小林甩动她深棕的长发／房间的格局随之变幻／三年前我曾为这个动作心跳／犹如面对一张19世纪的倩女照片／如今，我只注意窗外赤日炎炎／／一个二十四岁的姑娘在挥霍语言。"

诗中的"小林"和"我"无疑是不同时期诗歌观念的投影和对应，而中国当代诗人曾经迷恋和沉溺于对西方诗歌的想象和仿写，被"爱玛""圣杯""玫瑰""火焰""夜莺""枝形烛台""管风琴""圣水盆"等这些"西方意象"深深吸引，但是经过时间的淬炼，诗人终于认识到诗歌不是简单的修辞练习和"二手玫瑰"式的模仿，而是对病态的"圣词"予以清洗，诗人还要对实实在在的事物和"窗外的赤日炎炎"的日常生活予以观照。

在元诗实践中,诗人树立起来的是崭新的诗歌世界观。于坚曾经有一段时间通过反讽处理了大量的"玫瑰"意象,比如《关于玫瑰》《被暗示的玫瑰》《正午的玫瑰》《正午的玫瑰另一结局》等:"在我的日常生活中几乎不使用玫瑰一词,至少我从我母亲、我的外祖母们的方言里听不到玫瑰一词。玫瑰,据我的经验,只有在译文中才一再地被提及。"(于坚《棕皮手记》)

这既是一种语言学层面的"拒绝隐喻",又是生活态度、日常观念以及诗人的世界观意义上的"元诗"写作。对于既写诗又做诗评的人来说,元诗还直接打通了诗歌写作与诗歌批评之间的隐秘通道:"我更热衷写诗。我的'诗'与二位很不同,是从评论者的立场写的,读者亦当'以诗论诗'来读。"(1996年1月24日陈超写给杨黎、何小竹的信)

元诗这种对话、互文、互证、互动、呼应、对称的写作方式恰好平衡了诗歌与批评之间的微妙之处。这也是"元诗"写作在"诗人批评家"的诗歌中占有着极其重要位置的动因。

3

元诗指向词语中心以及精神的核心,甚至在戈特弗里德·贝恩这里,词语和精神近乎是作为觉悟的垂直降临的隐喻方式:"一个词语,一行句子:从暗号中/涌起熟识的生活,陡然而至的知觉,/太阳静止,星体沉默,/万物皆向着词语聚拢。//一个词语——一道光芒,一次翱翔,一堆烈火,/一团喷射火焰,一闪流星弧线——/世界与我周围的虚无空间中/黑

暗再临,无边无际。"(《一个词语》)

这是创造性意义上的词语劳作和精神激荡,诗人把一个个老化的、无效的以及"死去的"词语重新激活。从这个层面来讲,诗歌是"动词"和"动作","一个新词像肤色冷白的合金/把自己收紧又收紧,轧出多余的空气/谁见到它谁就蓦然震悚,贴向汉语的锋刃/诗篇,你从言辞的矩阵脱险而出/又在本质的错视里捍卫孤单"(陈超《一个新词》)。

诗人要把一个个事物、细节从词语中解救出来,从而使之重新获得活力和生命膂力,从而把词语、事物和历史从遮蔽中拽出。"去秋我把他们写得芬芳清晰/守在某棵月桂下,各司其职/他们没有哪点冷落过我,也依稀/听闻过我的名姓,我依恋过/其中的某些面孔,对于别些个/他们的怯懦和不幸,我也多少抱有怜悯/今年这时节落叶纷纷,回头四顾/泥泞的道上又新添了几场霏雪//我潜心做着语言的试验/一遍又一遍地,我默念着誓言/我让冲突发生在体内的节奏中/睫毛与嘴角最小的蠕动,可以代替/从前的利剑和一次钟情,主角在一个地方/可以一步不挪,或者偶尔出没/我便赋予其真实的声响和空气的震动/变凉的物体间,让他们加厚衣襟,痛定思痛。"(张枣《秋天的戏剧》)

在张枣这里,词语和诗人之间发生了共生、共振的关系,词语也同时获得了"命运感"和"现实意义"。

具有创造力的诗人在"新词"那里找到了宿命般的抚慰与内心欢欣,但是这一寻找"新词"的过程是异常艰难的,因为这不只是个人写作能力问题,还与复杂的社会文化以及写作惯性、诗学传统直接关联。

激进与迟缓

> 一个新词让怀抱它的空气变冷
> 那些涌出喉咙的滥调用它拧干污水
> 诗篇,这个冬天你的骨头闪烁其词
> 但它们与灰色的木柴一样,干燥、急迫
> 坚持走向炉火,我已看到
>
> 一个新词交付紧张的笔画来生育
> 让哲学降低,或相反,撕开事物的表皮
> 现在保持着一枚花籽的内伤
> 诗篇,对于你,它是强加或被迫的
> 而它自身也成了被你围困的部分
>
> 一个新词走上最黑的道路
> 车轮的筋腱将圆周悄悄支离
> 背过通衢的狂欢,触点被戳深
> 诗篇,你深藏秘密,于黑箱中开路
>
> ——陈超《一个新词》

"一个新词走上最黑的道路",这就是"新词"诞生的紧张、焦灼而无比艰难的过程,也正是福柯所强调的"词与物"的话语场,而一个诗人的词语边界正是由其认知能力以及现实边界所决定的。狄兰·托马斯同样遭遇了艰难地寻找"新词"的过程:"当词语失效,我苦苦地申斥自身的贫乏和技艺,/我身体的大皮囊和丰年流血的饥腹,/此刻已歉收了三个月://奉献已尽,回赠饥饿时获取的一切。"(《当词语失效》)

这种对"新词"的渴慕以及对话、辩难、盘诘的姿势在很多具有语言和文体自觉意识的诗人那里是一以贯之的。这既深入了词语的内部生成，也指涉"词与物"的修辞和历史关联。这正是写作自觉性的表现，生命意识和写作意识的同步，"词与物"的重新掂量和彼此激活。在互动、互否的词语发现和生成中，诗人把病态的带有世俗和社会学意义上的精神疾病气味的词语从"超员的病房里一个一个拎出来"！

　　由元诗的语言意识出发，诗人必须对与此相关联的语言系统和意象谱系的"病症"进行重新的"清洗"，比如雷平阳的一首诗："月亮，我在一个肮脏的乡下诊所里／与医生讨价还价／补回来的硬币像一堆月亮／她浑身的水泡像月亮／为了止痛，她大声叫着／'杂种，月亮，杂种，月亮……'／医生说：噢，月亮／输液的患者也说：噢，月亮／他们叫着他们自己的月亮／唯独一个濒死的老人，无人守护／他一声不吭，偏着头看月亮／那真实的月亮挂在诊所的屋檐上／只有这个月亮是神的月亮。"

　　这就使这首长诗具有了元诗的精神趋向，这指向的是"乡土诗歌"语言的沉疴以及苍白浮泛的"伪抒情"方式。与此相应，诗人要建立起来的是有生命感的有效性和及物性的话语方式——"黑夜只是睡觉的时间段／我们发现并夸大为黑暗"。

4

　　很多优异的诗人终其一生都是为了写下一首终极意义的"元诗"，"人言说只是因为他回答语言。语言言说，其言说在它被言说中为我们言说"（海德格尔《诗·语言·思》）。

关于"词与物"关系的估量已经成为人文学科的重要传统。"词"和"物"首先要经过现象学和考古知识意义上的还原、纠正,对惯性认识和秩序予以拨正,对熟悉的事物进行"动摇",重现词语和事物的本源和临近可能,冲破自我思想界的限制,从而重绘一个时代的语言和精神现象学。"本书诞生于博尔赫斯(Borges)的一个文本。本书诞生于阅读这个段落时发出的笑声,这种笑声动摇了思想、我们的思想所有熟悉的东西,这种笑声动摇了我们用来安顿大量存在物的所有秩序井然的表面和所有的平面,并且将长时间地动摇并让我们担忧我们关于同与异的上千年实践经验。"(米歇尔·福柯《词与物:人文科学的考古学》)

也就是说,"词与物"是在历史场域和现实结构中进行的。这涉及连贯性、相似性以及差异性、经验性的区分,甚至在一些优异的作家比如博尔赫斯那里最终呈现出来的是"复杂的画像"、"紊乱的路径"、"奇异的场所"、"秘密的通道"和"出乎意料的交往"等。罗兰·巴特就认为每个看起来微不足道的词语背后都是隐含的复杂的地质构造,因为这不仅是一个历史化的过程,也会因为二者在不同时代所处的具体处境而发生诸多非文学的变化与龃龉,尤其是当世界发生巨变而激荡不已的时刻:"如今,飞机和收音机成了与我们最接近的物了,但是当我们谈到最终的物时;我们想到的却是完全不同的东西。最终的物乃是死亡和审判。物这一字眼在这里大体上是指任何一种非无的东西。在此意义上,艺术作品也是一种物,因为它毕竟是某种存在者。"(海德格尔《艺术作品的本源》)

词,如其所是。

这也许正是诗歌语言的内在秘密。由元诗意义上的词与物的重新衡量进而使得诗歌写作成为"语言事件",这实际上构成了个人史、语言史和写作史之间的互动。特里·伊格尔顿曾经提出"文学事件"的概念,这涉及语言和经验、历史的互动问题:"承认意义不仅是某种以语言'表达'或者'反映'的东西;意义其实是被语言创造出来的。我们并不是先有意义或经验,然后再着手为之穿上语词;我们能够拥有意义和经验仅仅是因为我们拥有一种语言以容纳经验。"(《二十世纪西方文学理论》)

从思想意识的方向来看,元诗写作也构成了"精神事件",凸显了一个诗人的精神词源和思想当量。

从"精神事件"的角度出发,我们必须注意中国当代诗人在时代转捩点上的诗学调校和内心转换。质言之,诗人除了秉持语言的炼金术和优异的想象力之外,还要深入时代、现实与语言之间的内核进而完成对"噬心主题"的命名与揭示,而这种诗歌观念的转变体现在20世纪90年代中期以来当代汉语诗歌写作的具体实践当中。如果将视线落在1990年,我们会发现一首非常具有代表性的元诗,这就是王家新的《词语》。

　　词语,刀锋闪烁
　　进入事物
　　但它也会生锈
　　在一场疲倦的写作中变得迟钝

　　世界是顽冥的

它拒绝一位年轻诗人的结论
却向一个老人敞开
向一个以沉默为家的人
敞开，伸手在即

这时就有刀锋深入，到达，抵及
在具体、确凿的时间地点
和事物中层层推断
然后，一些词语和短句出现
一道光出现

——它们是来自炼狱的东西
尖锐、明亮，不可逾越
直至刀锋转移
我们终因触及什么
突然恐惧、战栗

  词语的冷硬、色彩、质地甚至伦理意义与现实和时代发生了如此不可二分的同频关系，甚至在普世性的视角下词语在重大的精神时刻面临了一次次失语和失效的过程。
  这些对话、致敬性质的"元诗歌"，并非只是简单地与自我或其他诗人的精神对话，而是在更深的层面呼应了个体精神与人类终极精神之间的互动。或者说这种精神共时性的诗歌写作也是一种及物性的精神担当和自我调校，甚至看似平静的诗歌表象话语背后一直是一颗绷紧、纠结的心。这既是诗歌内部的修辞和语言的摩擦,也是精神对话和自我辨认,尤其是时代情势急剧转化的背景下"元诗"还体现了"个体乌托邦"和知识分子的自持与独立。这是新旧交叠时代的"守旧者说",是欲望狂欢时代的乌托邦的最后留守者,是离心力中甩出时代之外的老旧心脏,是一个持重、高峻、清凛而紧张、噬心的老式的先锋主义者。

这些"词语"和"写作"特征明显的元诗并非"由词到词"地孤立于写作的内部,也并非单纯地向叶芝、里尔克、艾略特、荷尔德林、玛拉美、史蒂文斯、毕肖普、布罗茨基、米沃什、拉金、沃尔科特等这样的异域诗人以及大师的"致敬",而是带有强烈的心理特征、自审意识以及时代精神大势。元诗还必然要放置在历史谱系和具体写作的整体情势下才更有效,才更具有美学和历史感融合之后的持久膂力和效力:"我的诗,的确/开始是假寐中的红鹳/它微敛手风琴的排扇/阳光邀约爽风在芦荻间逡巡/……/湖滨林中的果子/摇荡如环佩。但接着/飞矢蓦地嗖响/疾风拎碎了大水的神经/红鹳仆地,阳光遁驰/……/这不纯的情境惹你不快。/你需要'美',非常遗憾/我似乎执意要把一切弄糟/你热衷'牧歌'的温抚/我却不得不真实地发出骇怖的尖叫/……/我的词,的确/开始像羞赧披垂着千金榆叶子/当天光拍醒了花粒/恭顺地筛出安慰的字符/纯银的光斑绣上孩子的眼眸/两只蝶儿在梳理黑丝绒触须/有如妈妈摩挲头发所唤起的……但接着/时令在催促/天空纠结起搬运冰雪的货车/伐木者窒郁地挥动斧子/雪霰扑打千金榆苦涩的根块/发出钝响的膛音/……/别说这是我生命的'涕泣'/不,我把一切戕害视为必然/我受得了。可还是要谢谢你的关爱/(虽然你的关爱几乎……是多余的)"(陈超《反牧歌——回答一位前辈诗人》)。

这已经是一个诗人的诗学宣言和对陈腐诗歌观念的有力反击和清算了。诗歌不是"修辞训练"和"美文练习",更不是无视生活细节和更为复杂、沉暗甚至不洁存在现场的"牧歌",诗歌必然是灵魂的真正发生,是对存在和生命的有力揭示,是语言的重新发现和创设。

5

元诗是终极对话的过程,这是关于词语的对话,也是关于精神的对话。

时代语境以及个体生命的幽深纹理在这种"对话"类型的诗歌中能够得到复杂而有效的呈现。这是词语与现实精神互涉和彼此洞开。尤其是20世纪80年代中后期以来具有反讽和悖论意味的元诗歌在当代诗人这里得以不断激增,这是城市化和现代性话语对诗人的精神空间和写作行为予以直接挤压的结果,比如孟浪在1985年写于上海的一首诗《冬天》。

>   诗指向诗本身
>   我披起外衣
>   穿过空地
>   在这座城市消失。铜像
>   我无法插足
>   诗指向内心

四壁雪白
这间房子里可以住人

相反。我们还是一起穿过
这片空地穿过
这座城市穿过
诗本身

在那里我们也可以住下
生火,脱掉外衣
甚至内衣
露出我们本身。面对诗
或背离诗

关于孟浪《冬天》这首"元诗",张枣评析道:"恰恰是这样的一个城市,这样的一种现实,成为深陷其中的诗人的艺术环境的起点。于是,穿越城市的散步就等同于穿越诗歌本身的散步。诗中呈现的一些事物,如:'铜像''空地'内蕴的非诗的含义,获得了一层新的诗意维度,失去了它们的消极性,增添了某种奇异的、悖谬的自律。由此,孟浪的诗学声明可以理解为:只有直面赤裸裸的现实,诗歌才能抵达自律和纯粹。"(《现代性的追寻——论1919年以来的中国新诗》)

在任何时代和具体的写作情势之下,一个诗人都要遭遇"面对诗"或"背离诗"的时刻。无论是从语言态度、修辞策略还是从整体的精神趋向来说,我们应该认识到高密度的诗歌意象乃至意象滥用所产生的负面影响:"诗歌由单纯描摹客观事象到审美主体心灵的强渗透,是深刻地迈进了一步。但随之而来的是滥用意象。在许多人那里,意象的高密度仿佛等同于单位诗行里具有物质感的形象出现的频繁度。于是在大量诗中出现了无节制的大量的意象叠加、交融、撞击、派生,大暗示牵动小暗示,大通感催生小通感,大象征笼罩小象征。像是坚定的山岩不是覆盖着绿色植被,而是铺满了彼此勾连的蓬乱的荆棘。诗人过分耽溺于密不透风的意象铺排,把本来充满张力的艺术符号轧成僵直的惰性筹码了。这类诗给人一种卖弄的浅薄感,从而人为地切断了人们强烈而连贯的情感震荡线。"(陈超《悄然而至的挑战——诗歌审美特征的新变之二》)这一判断时至今日仍然是有效的,因为仍然时不时有着意象稠密偏爱症的诗人"招摇过市",而不明就里的读者和评论家们则被这看似高深莫测的"知识诗"和"技术狂"们所蒙蔽。

"诗与真""词与物""语言与现实"的关系在20世纪80年代以来的中国当代诗歌写作语境中变得愈加紧迫。这不只是与写作观念有关,更与先锋诗歌的时代情势和写作方向有关。这让人们思考的是现实中的焦虑、分裂、挫败感、精神离乱以及丰富的痛苦与写作之间的内在关系,以及这些精神性的体验是否在文本世界中得以最为充分和完备的体现。

于坚的《事件:挖掘》是献给著名诗人希尼的致敬和精神对话之作,从文本谱系的角度考量,这首诗带有典型意义上的"元诗"成分:"有一年 诗人希尼 在北爱尔兰的春天中 / 坐在窗下写作 偶然瞥见他老爹 / 在刨地垄里的甘薯 当铲子切下的时候 / 他痛苦似的   呻吟了一声   像是铲子下面 / 包藏着

一大茬薯子的熟地 / 某些种植在他的黑暗中的作物　也被松动 / 他老爹不知道　紧接着　另一种薯类　已经被他儿子 / 刨了出来　制成了英语的 / 一部分 / ……… / 事有凑巧　在另一天我用汉语写作 / 准备从某些　含义不明的动词　开始 / 但响动不是来自我的笔迹 / 而是来自玻璃窗外　打断了我的 / 是一位年轻的建筑工。"

在20世纪80年代，于坚和韩东等人都面临着写作转变的问题，甚至那一过程很艰难："如果是一种改良、一种渐进的话，产量或许还能保证，而它完全是推倒重来或从零做起。"（刘利民、朱文《韩东采访录》）而就当时的于坚而言，并不能归入韩东和杨黎那一时期的中性话语的写作之中，尽管于坚不断突出"物"自身的重要性，但是更为关注的则是"关系"，词与物的关系、物与物的关系以及人与物的关系。但是不可否认的是，于坚的语言方式体现在一些诗歌中确实带有一定的冷静和克制，也注重描述和呈现的平衡，比如《一只充满伤心之液的水果》。于坚在诗歌中尝试着对以往诗歌象征体系的纠正，由此他的这些诗歌带有了非常明确的"元诗"性质。于坚早期的代表作《对一只乌鸦的命名》与布罗茨基《黑马》和史蒂文斯《观察乌鸫的十三种方式》一样，都通过"元诗"的方式在一个物象之上投注了诗人个体主体性的极为开阔、精深的观照。不同之处在于，《对一只乌鸦的命名》几乎穷尽了一个诗人对"乌鸦"的所有常识、隐喻、语言、印象以及想象力。从这一点上来说，于坚和布罗茨基在《黑马》一诗中做的是同一件事。《对一只乌鸦的命名》也代表了此时于坚诗歌观念的调整与更新。这既与个人写作的转捩有关，也与当时整体性的时代精神境遇勾连。

而早期的于坚,也不可避免和同时代诗人一样使用传统型的抒情性的隐喻和象征。而在《对一只乌鸦的命名》中,于坚则显示了一个诗人综合处理事物的能力。多年后于坚解读了自己的这首前期代表作:"这是一场语言游戏,我与乌鸦这个词的游戏,它要扮演名词乌鸦,我则令它在动词中黔驴技穷。但是,这仅仅是语言学的游戏吗?恐怕不是,这种游戏是富于魅力的,仿佛是为一只死于名词的乌鸦招魂。它复活了吗?我不确定。"(《说我的几首诗》) 于坚诗中的"乌鸦"是词语叙述的重新发现,显然已经不同于纯身体构造的鸟类("在往昔是一种鸟肉 一堆毛和肠子"),也与饥饿年代诗人所企图征服的鸟巢里的肉体的具体的鸟有别,而成为精神对位过程中与日常表层现实和惯性的语言构造所区别的精神症候和象征物,比如对"黑夜修女熬制的硫酸""裹着绑腿的牧师""是厄运当头的自我安慰" "对一片不祥阴影的逃脱"的语法的反讽。这样的带有"第一次"言说和命名的难度是巨大的,需要对常识和语言的惯性进行双重的去蔽。这是一只"语言的乌鸦",是经由词语说出的另一种事实,"从童年到今天 我的双手已长满语言的老茧/但作为诗人 我还没有说出过 一只乌鸦"。这实际上也构成了一种语言的焦虑,这种焦虑显然不是于坚个人的,而是时代和历史的产物。在畸形的诗歌文化中,很多词语和事物之间的关系已经定型和僵化,诗人的语言能力降到了冰点。为此,语言的焦虑一定会在特殊的情势下转换成为新的语言事实——对事物的重新命名能力的恢复。由此出发,我们甚至可以将于坚的这首诗看作是一场20世纪八九十年代诗歌语言革命的一个并不轻松的诗歌语言学样本和案例。而这样一场语言的革命,其艰难程度可以想见——"这种活计是看不见的　比童年／用最大胆的手　伸进长满尖喙的黑穴　更难"。这实际上关乎以往整体性的象征、隐喻和神话原型系统。长满语言老茧的手要重新艰苦劳动，让那些老皮脱落，让那些新鲜的肉在阵痛中重新生长。于坚不是在与一只"乌鸦"作战，而是要与已经僵化的语言模式和思维方式作战。词与物的大战已经拉开——

> 我想　对付这只乌鸦　词素　一开始就得黑透
> 皮　骨头和肉　血的走向以及
> 披露在天空的飞行　都要黑透
> 乌鸦　就是从黑透的开始　飞向黑透的结局
> 黑透　就是从诞生就进入永远的孤独和偏见

诗歌认识论的偏见显然形成了一个巨大的吸附一切的黑箱，"乌鸦"正是那一只神秘难解的"黑箱"。诗人能否最终找到打开箱子的钥匙则未为可知，而打开黑暗的密钥只能靠那些真正具有创设性的诗人。就像乌鸦这只不祥的鸟一样，语言也是不祥的，因为任何挑战性的独立的语言都要经受住箭矢的"无所不在的迫害和追捕"，因为这同样是一个充满了"恶意的世界"。据此，诗人就是那个对笼统天空的打洞者，他手里拿着语言的钻头。此后，于坚的《在丹麦遇见天鹅》（1996）、《赞美海鸥》（1997）、《鱼》（1997）等这些"元诗"都是对传统诗歌物象学和语言学的反拨，从而掀起"白色的生物学的风暴"。这种元诗写作和更新的诗歌观念正是后来的人们津津乐道的于坚的名言和美学圭臬——"拒绝隐喻"。这种写作方式更能在反向度的意义上呈现和还原，这体现在于坚的诗歌中就是那些日常场景和细节的闪光，当然在本质上它们仍是诗歌的隐喻，只是使用的方式和效果不同。由此，无论是具体到于坚的"拒绝隐喻"还是韩东的"诗到语言为止"，或者回复到初始阶段的元隐喻，回到日常和身边的平民态度以及口语吁求的"诗言体"，都具有某种近乎革命性的意义。

6

如果我们了解世界诗歌史，就会发现在严峻的历史时刻，词与物都承担了受难者的角色："一个英雄时代已在词的生命中开始。词是肉和面包。词与面包和肉具有同样的命运：受难。人民在挨饿。国家更是在饥饿中度日。但仍有一样东西更为饥饿：时间。时间要吞食国家……"（曼德尔施塔姆《词与文化》）

任何一个时代的写作者都会面对整体性的精神大势和诗学责任："词语因为属性消失而原义趋向无解：众鸟发声／找不到源头。鸲鹆磔然而鸣，不是它的本音／也不是人的话语，疑似它在发出／火车过境时拉响的汽笛，但还存在其他的／可能性。昨天的记忆已然残缺／就像空中的枯叶制造了风，而风把无限增加的破洞／给了它们。"（雷平阳《化念山中》）

社会转捩以及写作语境的变动改变了词与物、诗人与社会的关系。从写作者来说，"词与物"的关联发生了主次倒置，这甚至是前所未有的。词曾经高于物，如今是物取代了词，所以写作的无力感、虚弱、尴尬和分裂成为普遍现象。这种词语无力感或语言的危机如何能够被拯救就成了显豁的写作难题。正是在此焦灼的"词与物"的紧迫情势下，当代诗人希望以此契机做一个"诗人中的诗人"，这同时也是语言态度、思想意识和诗歌观念时时更新的动态过程。"新文学，包括诗歌和小说，开始同时成为对语言的反思和创造出另一种语言的努力：一种促使现实浮现的透明的系统。为了实现这个目标，就必须净化语言，并清除官腔的流毒。因此，作家们不得不面对革命时期继承下来的而最终又完全腐化了的倾向：民族主义和社会承诺美学。"（奥克塔维奥·帕斯《发展与其他幻象》）。

元诗的写作实践和更新的语言观念与自觉的文体意识密切关联。

诗人必须把那些空洞的、预设的词语和语义以及附着其上的体制、政治、文化、知识（尤其是西方诗歌的知识体系）、常识、主义、思想等统统撤换掉。只有这样，才能让事物自身来呈现，让生命体验得以复兴，让语言重新完成对事物的命名，而不是靠惯性的语义循环来复制一首与生命和语言毫无关系的复制品。

"词与物"的有效共振保有了一个手艺人和知识分子的技艺良知和诗性正义——

不是母亲的话语
是母亲砧捣寒衣的声音
你用心听着它
无法转述
你不会感到陌生

>   但又永远不能洞悉
>   这就是诗的话语
>   它近乎不在
>   你相信了它
>   你活得温柔
>   安慰
>
> ——陈超《话语》

"词与物"的重新衡量使得诗人的声音变为多声部,诗歌的容留能力更为强大:"它是和动作(书写)同时出现的崭新叙述。在诗性场景(scene)中,它具有无限可能的速度。时间跨度浑茫不羁,表层结构和深层结构的区别不复存在,它把诗人独白转换成多声部的对话。这样一来,上下文之间发生了意义的自由竞争,变奏,展延,毁形。"(陈超《论元诗写作中的"语言言说"》)尤其是阅读那些高蹈、阵痛的元诗,我一再想到了个人经验、词语经验和历史经验、权势经验之间的紧张较量。这可能并不是直接加速度对撞的惨厉,而是持续摩擦时黑夜里四溅的火星。这一起构成的是一个诗人的个人化的历史想象力,这一想象力建立于个体真实的基础之上,并经由求真意志的参与而具有了普世性,从而抵达那些具有相同或相似命运的"旁人""陌生人"世界。这样的诗需要经验,更需要想象力,需要诗人对个体的和整体的现实进行必要的转换。

诗歌写作的内在秘密,尤其是"终极意象"和时代语境的纹理,元诗中得以复杂呈现,我更愿意认为这是辩难和对话的声音在诗人精神内部的展开。诗人该如何面对现实,如何撇开自恋的"不及物"写作，如何像钻探一样更为有效地探入这个时代的核心，而不是任意忽略甚至讥讽那些同样重要的"平常事物"。诗歌只与诗人的语言良知和思想道义有关，这种良知首先是对词语的发现和存在的命名。在20世纪90年代中期之后，在中国的先锋诗歌话语谱系中，一部分优异诗人以其精省、超拔、深迥、敏识和包容力确立了属于自己的"元诗"和"词语考古学"。他们在维系诗歌的本体依据和诗人的个体主体性的同时，也深刻地认识到诗人对语言的态度关涉到对世界的整体性态度。试图做一个"诗人中的诗人"，保有个人化的历史想象力和语言的求真意志，诗人更需要具有精准的擒拿七寸之术。

任何一个自觉的写作者都必须对自己的写作了如指掌，包括自己的长处和短处，也许情形恰恰相反，很多诗人看到的往往是自己的长处。一个自觉的诗人还必须具备对同时代人写作的考察能力，知道别人在写什么样的诗歌，知道整体情势下诗人的语言责任和诗性正义是什么。

欧阳江河一贯特有的智性写作和元诗化的语言（按照欧阳江河的说法是"词生词"）使得其诗近乎天然地携带了阅读难度。这对一部分专业批评家来说也是一种"冒犯"："最早读到的是《悬棺》，该诗的浓密晦涩半文半白使我大伤脑筋，我认为这是对读者的一种要挟，就弃之不读。但很奇怪，《悬棺》使我放心不下。欧阳江河在我心目中是充满才气、炫耀、危言耸听和目空一切的，这使我对其写诗的方式而不是对其诗产生了兴趣。"（陈超《印象或潜对话》）

自觉的写作者总会写出或找到"元诗"，雷平阳的《新年统计学，致王单单》正是这样的一首元诗，这里不需要读者和评

激进与迟缓

论者多余的阐释,看看这首诗歌就一切都明晰、了然了。

> 新的一年开始,我得
> 统计一下:三十多年来
> 我写下了多少关于天空和山巅的作品
> 高度中的高,高至多少米
> 飞升的愿望为什么这般迫切
> 我用多少笔墨书写了大海和草原
> 辽阔与自由比例各占多少
> 深度里的深,深到了何等程度
> 神秘莫测的死亡,诱因
> 到底是一些什么非物质元素
> 我还写了,那么多的寺庙
> 圣徒和菩萨,从中我得到了
> 多少安慰、启示和洗礼
> 写爱,写美,写独立性,写尊严
> 写思想的纯洁,它们究竟给我带来了什么
> 以黑暗写光明,用谬论开显真理
> 在巨鲨游荡的水域,寻找小人物的生路
> 在黑豹与豺狼的撕抢中
> 舍命救下苍白的道士,我使用了多少
> 并不优雅的子弹一样呼啸的文字
> 对了,我写过多少死亡与牺牲?写过
> 多少种死亡的方式和祭奠
> 我为什么要这么写,为什么要写出

雷平阳提供的这份统计学不是数字罗列，而是最大化地揭示了自己诗歌的基本特质以及"词与物"互相校对意义上的个人语言史和感受史。看看其诗歌中反复写到的天空、山巅、寺庙、家园、墓地、江河和旷野，我们就感受到了一个人一直处于紧张的语言境地，他试图自救，他一直在光明和黑暗、悖谬和真理的撕扯之中写作。雷平阳写到了那么多的死亡和牺牲以及祭奠的时刻，这是一个精神上的救赎者和灵魂的度亡人。尤其是在精神境遇层面，雷平阳这一首元诗还带有精神审判的意味。诗歌给诗人带来了安慰、拯救、启示和洗礼，同时也带来更多的虚无、阵痛和荒诞。这就是雷平阳试图通过诗歌所要回答的写作的终极问题"我为什么要这么写"。雷平阳通过"元诗"的方式直接处理了写作经验，而且还格外凸显了一个写作者的精神隐忧和旷世之难。这是一个不断向下、向黑暗、向过去的挖掘者，而那些掘出来的渐渐堆积起来的土堆更像是词语的骨骸和一个诗人的衣冠冢："我缩成一团的身体，/连同器械，像发疯的豪猪在冰冷的洞穴刨食。/离当代愈远，魏晋，《击壤歌》的作者，旷野/就在眼前。不与人论战，只与自己争论，/挖出的泥巴上带着墓地的寂静，像盐/但又不是。一个与太平洋和太平间平行的/空间，每个死角（处处是死角）均可/掩藏传奇与秘密，还能找到老聃、王勃、朱允炆/安托万·德·圣·埃克苏佩里和总是在安息日/失踪的福柯，以及60年代昆明东郊/神秘消失的祖庭法师的真身，与他们同时，同在，/无限的体验下落不明的狂喜与震惊。/每一天，一层叠着一层的竹简、残碑、金缕玉衣，/我都可以将它们埋得更深或运回地面，但我/气力不逮。在言论置于个人经验和理性之上的／地层，即一千米左右深的深处，复兴是革命的主题。／我在那儿开凿了一间书房，枯骨之间／摆放了一张巨大的书桌，供神灵与幽灵共用。／我一字未写，担心没有一个字经得起它们的审判。／向下的征程上，秘道上空偶有坠物，／时代的异端、垃圾、未经命名的新玩具落叶似的／盘旋而至，与锄头下面火星闪闪中露出的／某尊菩萨的头颅汇合，从两个方面试图阐释／挖掘的合法性或非法性。"（雷平阳《内心的喜剧》）

或者可以说，词语正是诗人精神世界的肉身，这些词语必须一次次淬火、一次次在炼狱式的境遇中受难、重生。诗人的文字道义和精神责任更容易在元诗这里得到有力的揭示："我是诗人，我所做的工作就是立字，自己给自己／制定法典，一条棍棒先打自己，再打天下人／／有别于他人，立契约，割让土地，典老婆，或者／抵押自己的皮肉，说这条虫从此是你的虫／我与鸟啊树啊水底中的鱼啊都已商量好，甚至是／一些傲慢的走兽，闪电与雷声，我写下的字／已看住我的脾气，这是楚河，那是汉界，村头／就是乌托邦，反对变脸术，釜底抽薪，毒药又变成清茶／我立字，相当于老虎在自己的背上立下斑纹。"（汤养宗《立字为据》）

诗歌如果要承担记忆的功能就得必须深入事物隐秘的内部和暗处纹路，诗人必须发现场域的内在机制："对于这样一种元诗学来说，水不再仅仅是在游移的静观中，在一系列断断续续的瞬时的遐想中的一组熟悉的形象；水是形象的载体，而且是形象的供给，奠定形象的原则。水便逐渐地在越来越神话的静观中变为物质化想象的本原。"（加斯东·巴什拉《水与梦：论物质的想象》）从诗人的人格和精神分析的视角来看，元诗指向了存在和死亡的终极境遇,甚至一个诗人的墓志铭在元诗中已经提前被雕凿好了:"当我不再写作的时候,我将静静地死去,/我遗留在世间的诗篇,没有人再读,/我也不再忧虑,烦愁,/因为我的灵魂也悠然飘飞,散去,/我已获得了最大的自由、宽慰,漠然处之:/世界已离我远去,我不再回望什么,/我的友人,我的战友,/继续你们无愧于人类的伟大事业吧!"(北海《当我不再写作的时候》)

元诗写作让我们目睹了诗人一次次躬身向下"挖掘"词语和灵魂的过程,这自然让我们想到了当年的谢默斯·希尼:"一直向下,向下挖掘。/白薯地的冷气,潮湿泥炭地的/咯吱声、咕咕声,铁铲切进活薯根的短促声响/在我头脑中回荡。/但我可没有铁铲像他们那样去干。//在我手指和大拇指中间/那支粗壮的笔躺着。/我要用它去挖掘。"(《挖掘》,袁可嘉译)"挖掘"层面的元诗印证了诗人和词语双重创设和复活的过程。我想到了郑愁予一首诗中的句子"生着翅膀的掘井人"。是的,诗人是一个躬身向下的挖掘者,同时也因为语言而长出了翅膀从而获得了更多空间和可能的特殊群类。

总而言之,元诗是非常特殊而又意义重大的话语方式。"我想将这种写作称为极端的'写作',而非极端的写'诗'。写——诗,通向的是约定俗成的关于'诗'(包括现代诗)的成规(decorum)。而'写作',强调的是写的过程,在不断地探寻'写'的过程中,对诗可能性的新的理解和接纳。"(陈超《诗野游牧》)

激进与迟缓

长诗：从"世界的血"到"私人笔记"

> 改变我们的语言，首先必须改变我们的生活。
> ——德里克·沃尔科特

> 想要写出一首好诗，是一个
> 世界性难题。
> ——雷平阳《难题》

上　篇

长诗写作是必然受到特别关注的"样本"，我这样说一点儿都不为过。

一首一般意义上的长诗并不见得能够抵得上短作，甚至有时候会情形相反，而一首具有重要性的长诗从精神体量和写作难度上肯定要比断章更具挑战性。

确实，长诗对诗人的要求和挑战是近乎全方位而又苛刻的，不允许诗人在细节纹理和整体构架上有任何闪失和纰漏，同时对诗人的思想能力、精神视野、求真意志以及个人化的历史想象力也提出了更高的要求。反过来，也必须给一些嗜爱长诗写作的诗人泼一盆冷水，因为从汉语诗歌传统来看，长诗未必是衡量一个诗人重要性的首要指标，甚至能够流传下来的恰恰是一些短诗以及其中耀眼的句子。

现代诗歌一百多年，诗人们在写作上的自信力显然不断提升，而很多浸淫诗坛多年的诗人也不断尝试进行长诗写作。这似乎都为了印证自身的写作能力以及诗歌实力，也是为了给一个想象中的诗歌史地理建立一个可供同时代和后代人所瞩目的灯塔或者纪念碑。

从一个更长时效的阅读时期来看，长诗与总体性诗人往往是并置在一起的，二者在精神深度、文本难度以及长久影响力上都最具代表性。"达尔维什晚期的巅峰之作长诗《壁画》，让我阅读之后深受震撼，这个版本也是薛庆国先生翻译的。达尔维什早期的诗歌基本都是抗议性的诗歌，当然它们也是极为优秀的，但是从人类精神高度的向度上来看，《壁画》所能达到的高度都是令人称奇的。我个人认为正因为达尔维什有后期的那一系列诗歌，他毫无悬念地成为 20 世纪后半叶最伟大的诗人之一。"（吉狄马加《在时代的天空下——阿多尼斯与吉狄马加对话录》）

每个具有写作"野心"的诗人总会试图在现实、命运以及文字累积中（尤其是长诗）逐渐形成"精神肖像"乃至"民族记忆"，尽管这一过程不乏戏剧性甚或悲剧性。

与此同时，在对事物的独特而复合的观察角度方面，我们也期待着长诗与总体性诗人。这是介入者、见证者、旁观者、局外人、肯定者、怀疑者的彼此现身。一个诗人一定是站在一个特殊的位置来看待这个世界,经由这个空间和角度所看到的事物在诗歌中发生:"必须获得自己固定的位置,而不是任意把它摆放在那个位置上,必须把它安置在一个静止而持续的空间里,安置在它的伟大规律里。人们必须把它置于一个合适的环境里,像置于壁龛里一样,给它一种安全感、一个立脚点和一种尊严,这尊严不是来自它的重要性,而是来自它的平凡的存在。"(里尔克)后期翟永明是"少就是多"的极少主义的写作:"一次,我置身于一个四方的、极少主义的窗户,发现窗外那繁复的、琐碎的风景被这四面的框子给框住了,风景变成平面的,脆弱而又易感,它不是变得更远,而是变得更近,以致进入了室内,就像某些见惯不惊的词语,在瞬间改变了它们的外表。于是我想到:对于一个词语建筑师来说,那些目不暇接的,词与词的关系和力量,那些阻断你视线,使你无所适从的物和材料,是无须抱怨的,我们只需要一个二维的、极少主义的限制。"(《面对词语本身》)

真正的诗人带给我们的景观是一个个球体而非平面,是颗粒而非流云,是一个个小型的球状闪电和精神风暴。

这样就尽最大可能地呈现出了事物的诸多侧面和立体、完整的心理结构。诗既可以是一个特殊装置(容器),又可以是一片虚无。就像当年的史蒂文森的《观察乌鸫的十三种方式》那样穷尽事物的可能以及语言的极限。这多少也印证了里尔克关于球型诗歌经验的观点。这最终产生的是特殊的"精神风景"和格物学知识。这一格物学知识意义更为重大,因为它不只是对环境、事物和细节的重新发现,也是对词语发现和创设能力的诉求。由这些封闭、半封闭或开放空间的事物细部出发,那些自然之物与诗人内心时常出现呼应或者矛盾，彼此摩擦、龃龉、碰撞，甚至一定程度上我喜欢长诗中粗粝、摩擦和未完全经过修辞化的部分；我喜欢那些日常现场的气息，喜欢一个人坐在雾霾笼罩的院子里对往事的追挽和自我厘清与忏悔。具象性的空间与模糊、抽象迷离的精神空间构成的正是特殊的精神之路。这一切所产生的结果就是真切而非实有，但又足以支撑起一个个孤独的生命夜晚和被切割的碎片化的时间体验。然而，汉语长诗曾一度沉浸于庞大的文化符号系统和形而上的蹈空以及偏狭的乌托邦迷阵，而恰恰是丧失了生命诗学意义上的个体主体性的存在感以及相应的语言方式和想象能力。当下的长诗既是自我之歌，也是个人立场、现实经验和历史想象的复杂关系的寓言化文本的交叉和错位。以身饲虎，或自食本心，这就是人作为精神之物的命运。这是真切精确的细节情境与精神性的心象交织成的寓言化文本。

无论是诗歌史叙事还是各种综合视野的诗歌研究与批评，长诗在一定程度上还是会占据很大的话语权，而不同时期写作者的心态、写作策略和某种更为直接的企图都会发生很大的变化。

关于长诗，早在20世纪三四十年代就有争论且分歧很大，比如当时有的观点认为其时已经不再是写作叙事长诗的时代了，因为叙事的功能已经让位给了现代小说。朱自清则认为那是一个极易产生现代史诗的时代。确实，从20世纪三四十年代开始出现了很多长诗，其中大体以叙事长诗为主。回顾百年新诗，叙事诗（包括剧诗）的写作倒是构成了一个传统，比如《十五贯》（沈玄庐）、《敲冰》（刘半农）、《凤凰涅槃》（郭沫若）、

《猫诺》(朱湘)、《宝马》(孙毓棠)、《往日》(陈梦家)、《一个诗人的故事》(窦隐夫)、《火把》(艾青)、《古树的花朵》(臧克家)、《蝶恋花》(李健吾)、《一代一代又一代》(徐迟)、《射虎者及其家族》(力扬)、《漳河水》(阮章竞)、《王贵与李香香》(李季)、《赶车传》(田间)、《白雪的赞歌》《深深的山谷》《一个和八个》(郭小川)、《划手周鹿之歌》(唐湜)等。除了叙事长诗(包括民间的叙事诗)和少数族裔的创世史诗、民族史诗(代表性的是云贵川西南地区的长诗传统和遗传因子的当代激活,这也是为什么彝族诗人善于和不断创造大量长诗的深层动因,比如吉狄马加、阿库乌雾、柏叶、倮伍拉且、阿兹乌火、阿索拉毅、普驰达岭、阿苏越尔、麦吉作体、马海吃吉、吉格喜珍等,至于"90 后"彝族诗人比曲积布用英语创作的一千五百行的长诗《语祭山梦》则带有更明显的"民族世界性"的用意)之外,一般意义上的个人前提下的长诗写作一直缺乏相应的传统,"虽然,从晚清开始,出于对现代民族国家的想象,一种史诗性的冲动,同样存在于新诗历史中,有关'长诗'的构想和实践,也吸引过不少的诗人,但在总体上并不占据主流"(姜涛《小大由之:谈卞之琳 40 年代的文体选择》)。

从 20 世纪 40 年代一直到 70 年代,长诗写作尤其是政治抒情长诗(甚至包括所谓的"诗报告")和民歌体的叙事诗一定程度上承担了强大的社会功能,比如救亡、革命和政治教化的主题。当然像郭小川那一时期的长篇叙事诗《一个和八个》《白雪的赞歌》《深深的山谷》在那个时代具有文本的复杂性,是多重声音的混杂,甚至有个人的分裂感的声音出现。而郭小川在当时受到批判就是因为他游离了时代主流规范的个人的知识分子的声音。尤其是20世纪六七十年代"地下"和先锋性质的长诗萌芽（比如食指的《海洋三部曲》《鱼儿三部曲》、根子的《白洋淀》《致生活》《三月与末日》、多多的《蜜周》、林莽的《二十六个音节的回想》、马佳的《北方之歌》等），以及80年代写作热潮的长诗热成为这一传统的重要节点。而80年代初期到中期写作长诗的热潮也是对那个特殊时代诗歌所做出的一种回应或应激反应——无论是修辞上还是主题上。这些文本对于考察那个时代同样具有社会学意义上的价值，尽管从诗歌内部的构成和机制以及某种写作惯性来看其中会存在着问题。

1993年唐晓渡在编选《与死亡对称》（长诗、组诗选，北京师范大学出版社）时强调长诗在一个时代的标志性作用："或许没有比长诗更适合作为一个时代诗歌标志的了；因为它存在的依据及其意义就在于，较之短诗，它更能完整地揭示诗自成一个世界的独立本性，更能充分地发挥诗歌语言的种种可能，更能综合地体现诗歌写作作为一种创造性精神劳动所具有的难度和价值。"（《从死亡的方向看》）

欧阳江河在晚近时期的一篇文章《电子碎片时代的诗歌写作》中认为"大国写作"需要"长诗"与"大格局"匹配："我们中国是一个大国写作，现在诗歌变成一个小玩意儿了，这是让我很悲哀的。大国写作从来不是举国体制的问题，但绝对不是小语种小国家的写作，不是小格局，大国写作是写作中的宇宙意识、千古意识，事关文明形态。当今美国可以想象宇宙，想象外星球的战争，想象高科技的很多东西，但美国没有办法想象万古。美国压根儿没有万古，整个国家的历史才几百年。中国的诗歌写作，情况不一样。怎么才能呈现那种诗歌写作意义上的大国写作，如果最好的诗人也不关心和追问，那就真的没有了。小诗、小情趣是可以的，但是能不能有更大的抱负，用更久远的历史眼光来看待诗歌？是不是另外有一个写作的坐标？"而在中国诗人的"大国写作"与"万古愁"这一点上，加里·斯奈德则认为绝大多数美国人是不习惯去思考"故乡"这一问题的。

尽管我们的诗歌史和经典化目光很容易被长诗所吸引，写作长诗也成为一代又一代诗人的"个体乌托邦"，但是批评长诗写作的也大有人在，比如沈浩波——"今天回头看，那些在20世纪80年代曾经被视为诗歌现象的史诗式长诗、组诗写作已经很少再能被人提及和想起，在事实上已经被宣判为无效。……为什么欧阳江河的《悬棺》和海子的若干长诗、诗剧已经无效了？因为前者建立在基本的现代主义深度意象派诗歌的内在规律基础上。而80年代更多的长诗、组诗写作者则将诗歌建立在文化野心、抒情野心、史诗野心的谵妄心态上，梦想成为时代的代言人，梦想用诗歌来让自己成为文化英雄。80年代如此，90年代也是如此。"（沈浩波、霍俊明、颜炼军、王士强《当代"长诗"：现象、幻觉、可能性及危机》）

长诗的写作实践以及相应的讨论与研究，首先有一个界定标准问题：多长才算长诗？是几百行还是千行以上？

在我看来，其实不一定有一个极其严格的标准，包括小长诗以及一些篇幅较大的主题性组诗也可在讨论范围之内。翟永明从20世纪80年代开始，除了极个别的几首长诗之外——包括近年完成的《随黄公望游富春山》，她的诗歌基本上都是主题性的组诗。翟永明自己也说她比较擅长这种方式，更能够代表自己的写作路向。

对于长诗的"长",于坚有自己的看法:"实际上,'长诗'并不存在。所谓长诗,只是在某个大主题下的短诗的集合体。我的长诗是由片段组成的,并不像长篇小说一样要有一个完整的叙事结构。长诗的内在结构并非叙事性的。它内在的我们叫作'长'的那个东西,是一种力量推进的质感的东西,是不断在空间上的推进,不是行数的问题,或者框架的问题。它的力所构成的长度,就像你敲一个很大很厚的钟,'咚——'的一下,它的声音相当绵长,响很久都不停止,这个就叫作'长'。"(《为世界文身·501》)值得注意的是长诗从其文本规定性比如长度来说一直是模糊不清的,显然长诗不是拉面似的物理意义上长度和体积的增大,而是扩展、增容甚至裂变运动。仅仅理解到长诗的量的扩张而忽视了长诗的内在结构、精神体积和思想质地无异于舍本逐末。这是长诗的常识。"何谓长诗?长就是扩展的意思。在短诗中,为了维护一致性而牺牲了变化;在长诗中,变化获得了充分的发挥,同时又不断破坏整体性。"(帕斯)而一部分所谓的长诗实际上是组诗的结合体或者抒情诗的拉长变形,"新诗史上特别是 90 年代以来,也出现过一些现代汉诗长诗,但是在我们的印象中它们更像是连续的抒情短诗的'焊接'"(陈超),"它不仅是指长度,同时也是指诗歌承载力,话语的扩展与变奏","我认为,真正的长诗应有强烈而连贯的智性和叙述性框架,如果仅凭感情和修辞炫技的驱动,二百行之后再优秀的诗人也会将自己渐渐耗空——除非诗人硬赖在情感和修辞的空洞中循环往复""现代诗,特别是'长诗',其能量不应是各局部单维的相加,而应是复杂经验在冲突中取得的平衡，即相乘的积。诗歌的张力就处于相摩擦的力彼此持存又彼此互动之处；经不起经验复杂性或矛盾的考验的长诗，只是一首被'抻'长的短诗"（陈超《试着赞美这残缺的世界》）。

在我看来，"长诗"是一个中性词，而对中国当代诗坛谈论"史诗"一词我觉得尚嫌草率，甚至包括海子在内的长诗写作。"史诗"无疑是对一个民族、国家、历史、文化的多元化的书写和命名，而这是对诗人甚至时代写作极其严格甚至残酷的筛选过程。在很多时代都会产生重要性的长诗，但是"史诗"的完成必然需要各种契机并最终要承受起历史和美学巨大的减法法则。由此，"大诗"是介于"长诗"和"史诗"之间的一个过渡形态。

回过头来看，尽管20世纪80年代以来长诗写作已经成为热潮，但是对于这一特殊的诗歌样式，无论是文体认识还是具体实践操作都充满了龃龉。

王家新从北戴河回来后不久收到了骆一禾的诗学文章《美神》。对于那时骆一禾和海子以及南方一些诗人的长诗甚至"大诗"写作王家新是持保留态度的。但是更为敏锐的王家新也注意到正是20世纪80年代特有的诗歌氛围和理想情怀使得写作"大诗"成为那个时代的标志和精神趋向，"在今天看来，这种对'大诗'的狂热，这种要创建一个终极世界的抱负会多少显得有些虚妄，但这就是那个年代。那是一个燃烧的向着诗歌所有的尺度敞开的年代"（《我的八十年代》）。当我们注意到评论者和诗人同行更看重海子的短诗这样一个不争的事实，长诗无疑属于更有诗歌难度的写作，而中国又是自古至今都缺乏长诗（史诗）写作的传统。

1987年之后，海子开始对自己的抒情短诗重新反思甚至抱有不满，因为他所寻求的是完整自足以及存在意义上的灵魂皈依，而这是一般意义上的抒情诗所无法承载的——"抒情，质言之，就是一种自发的举动。它是人的消极能力：你随时准备歌唱，也就是说，像一枚金币，一面是人，另一面是诗人。"海子的浪漫主义的"大诗"（现代抒情史诗、诗剧）实践是文体和主体自觉意义写作的一个开端或者阀门——"我写长诗总是迫不得已。出于某种巨大的元素对我的召唤，也是因为我有太多的话要说，这些元素和伟大材料的东西总会涨破我的诗歌外壳""伟大的诗歌，不是感性的诗歌，也不是抒情的诗歌，不是原始材料的片段流动，而是主体人类在一瞬间突入自身的宏伟——是主体人类在原始力量中的一次性诗歌行动……这一世纪和下一世纪的交替，在中国，必有一次伟大的诗歌行动和一首伟大的诗篇。这是我，一个中国当代诗人的梦想和愿望"。

海子要在20世纪80年代中期开始尝试长诗写作的动因，尤其是民族性的焦虑，所以他试图避免以往的失败，其任务就是把民族材料提升为整个人类的形象，其次还在于他对完整性的重新建构的冲动，是对"碎片"和"盲目"的反拨："本世纪艺术带有母体的一切特点：缺乏完整性，缺乏纪念碑的力量，但并不缺乏复杂和深刻，并不缺乏可能性，并不缺乏死亡和深渊。"（《诗学：一份提纲》）

海子是在古典理性主义、浪漫主义和西方中心现代主义精神的混杂中进行的长诗写作，他试图完成的是伟大的人类精神、伟大的创造性人格和伟大的一次性的诗歌行动。质言之，海子的长诗是行动的、人格的和神性的结合体。

20世纪80年代包括江河、杨炼、昌耀、海子和骆一禾，以及90年代的欧阳江河、于坚、西川、周伦佑等都曾在长诗写作中进行尝试和创新，但毕竟是曲高和寡而应者寥寥。从80年代到今天，在不同的阶段都有代表性的长诗文本出现，且不乏现象级的。但平心而论，很多诗人和评论家缺乏对这些长诗深入考察的能力和耐心，尤其是一些体量巨大的长诗使得专业阅读者也望而却步。

我一再追问的是，在这个迅捷而茫然的时代我们为什么要写作长诗和阅读长诗？哪些诗人还具有"强力诗人"类型一样的庞大精神体量和智性势能？而近年来似乎写作长诗比拼诗歌长度已经成为一个不容忽视的写作现象。而其中很多的文字转瞬就成为后工业时代的廉价纸浆。

文字的生命力需要什么来支撑？仅仅是长度和厚度的物理指标吗？

当然不是。先锋诗评家陈超先生在《深入生命、灵魂和历史的想象力之光——先锋诗歌20年，一份个人的回顾与展望》一文中以相当精审、敏锐的个人和历史视域回顾了先锋诗歌二十余年的文体和精神发展史。而我之所以强调这篇独特的文章，是因为想指出自20世纪90年代以来的诗歌写作尤其是极少一部分的长诗写作，确实蕴含了一种独具个性而又相当重要的个人化的历史想象力和深入现实的精神向度。这种个体主体性前提下的历史想象力较之80年代仍然带有写作"青春期"惯性和文化狂想症。按照陈超先生的解释，个人前提下的历史想象力是指诗人从个体主体性出发，以独立的精神姿态和话语方式去处理生存、历史和个体生命中显豁的噬心问题。换言之，历史想象力畛域中既有个人性又兼具时代和生存的历史性，历史想象力不仅是一个诗歌功能的概念同时也是有关诗歌本体的概念。

个人化的历史想象力和求真意志是企图重建个人化的乌托邦景象以及还原真实的历史核心。更为重要的是，个人化的历史想象力祛除了虚假的乌托邦神话和以往的宏大历史叙事对个体主体性和真实的遮蔽。当然，20世纪80年代以来这种诗人乌托邦情绪很大程度上不可能是属于一个人的，不可避免带有一代人所面对的诗歌理想主义时代终结的最后晚照。而这正是寻找精神词源的过程。但是，这种令人抬头仰望甚或垂泪的"光"又使一个个灵魂在灰暗的背景中震颤不已。这些痛苦、尴尬的诗句将一个诗人内心的青苔和阴影抹去，震颤、疼痛的利刃将一个即将逝去的年代在黑暗中反复擦亮。这甚至在一定程度上可以看作写作者的尴尬命运。穿越窄门的光芒是苦痛的！

长诗对于很多诗人而言更像是"一部行动的情书"（昌耀）。

对于任何一代诗人而言，没有任何人会轻视长诗写作——可能有的诗人一生都没有拿出一首像样的长诗，长诗在他内心的分量却无比重大，尤其是对于那些具有写作野心、雄心和文学史情结的写作者更是具有一种超强的磁力，"长诗的动机相对于短诗通常更为重大（同时更为复杂或更具有超个人性）""由于长诗写作较之短诗是一种更加深思熟虑的诗歌行为，由于长诗的写作动机或多或少具有整体把握的倾向，并且它处理的，是'更大的经验整体'，它在这方面的实践难度就更大，面临的考验更严峻"（唐晓渡）。

从这个意义上说，实际上只存在着一种想象中的长诗"元诗"范本，每个具体的诗人完成的只是其中的一个局部或者碎片。

毋庸置疑，这种写作"大诗""长诗"的当代意识是显豁的，但是其所遭遇的时代语境同样是显豁而尴尬的。如何在词语的精神世界建立起与日常生活之间的对应关系，我更愿意将之视为具有敬畏心理写作的呈现，而"敬畏"这一"关键词"已经在当下的诗歌写作者这里一再缺失。

就长诗写作而言，很多诗人更像业余的马拉松选手。当下的很多长诗，有的是一堆废话和知识以及场景的拼贴，更多的则呈现为急速的节奏中暴风骤雨式的寓言和荒谬性的戏剧性景观。无论是与诗人的生存直接相关的记忆、生活细节，还是历史想象，都是在质疑、反讽的基调中呈现出支离破碎的状态。

无论如何，任何一个时代都期待着总体性诗人的出现，期待着"大诗"和"大诗人"的现身。

写作长诗对于任何一个诗人而言都是近乎残酷的挑战。长诗对一个诗人的语言、智性、想象力、感受力、选择力、判断力甚至包括耐力都是一种最彻底和全面的考验。

写作长诗最需要具备的是实验精神和"有机知识分子"意识。一首长诗中必然会在一些环节出现不可避免的错误或者致命伤——这是任何一个写作者在写作长诗时都会出现的，一个诗人的各方面的能力是不均等的。用抽象完成抽象？用具体超越具体？经验的、现象的、个人的、历史的、超越的综合体如何完成？

事实证明，几代人写作长诗的努力印证了中国当代诗人写作"大诗"都是有可能的，当然这种可能性只能是由极少数的几个人来完成的——历史总是残酷的。在巨大的减法规则中，掩埋和遗忘成了历史对待我们的态度。长诗在写作动机的重大性甚至作为诗歌现象和诗学命题的"严肃性"上是不言而喻的，追求"诗歌的大格局"（欧阳江河），"更能完整地揭示诗自成一个世界的独立本性，更能充分地发挥诗歌语言的种种可能，更能综合地体现诗歌写作作为一种创造性精神劳动所具有的难度和价值"（唐晓渡《从死亡的方向看》）。从精神上来看，长诗写作就是"坚持诗歌中的英雄主义"（安琪《长诗写作笔记》）。但是，限于长诗对阅读者的挑战，比如人们更容易围观一场街头的吵架然后一哄而散，更喜欢在运动场上关注那些爆发型的选手（比如跳高、跳远、投掷以及百米短跑和110米跨栏），而对那些长跑和马拉松运动员提不起任何兴致。与此同时，这种长诗阅读的"冷漠症"还必然牵扯到多年来的诗歌阅读惯性。长诗阅读一直处于"个人"行为，而不带有整体性，更谈不上在普通读者那里形成一个时代的精神共振。这种阅读状况并不是一时形成的，而是有其历史的惯性机制，早在20世纪90年代初就有研究者对此问题予以关注："长诗在这些年间所取得的成果迄未得到，或者说还来不及得到认真的关注和对待。这反映了这个时代精神上捉襟见肘的一面。它与其说有意无意地忽略了长诗，不如说某种程度上无从消受长诗。长诗：巨大的精神奢侈品。看来不得不忍受长期孤独的命运。"（唐晓渡《从死亡的方向看》）

中　篇

很多诗人以及评论家对长诗所使用的标准以及背后的传统

机制并不是中国本土的,而是更多来自西方,比如庞德、但丁、艾略特等。这是一种不对等的、失衡的写作心理焦虑,也是汉语长期缺乏自信的一个显影(实际上从古至今汉语诗歌一直比较缺乏"史诗"的传统,尽管很多民族存在着口传意义上的民族创世史诗),更多的人太过于依赖西方中心主义的"史诗"幻觉了。仿写、复写成了一种习惯,当然中国古诗词也存在着这种"重复抒写"的现象,但是就现代诗歌而言更多体现为写作的历史化过程中的非正常姿态以及语言等内部问题。

按照奥登在《19世纪英国次要诗人选集》中的大诗人的标准(一是必须多产;二是他的诗在题材和处理手法上必须宽泛;三是他在观察人生角度和风格提炼上,必须显示出独一无二的创造性;四是在诗的技巧上必须是一个行家;五是尽管其诗作早已经是成熟作品,但其成熟过程要一直持续到老)来看,当代汉语诗人正在朝这个大的方向努力。尤其是从近年来的主题性组诗特别是长诗创作来看,影响的焦虑与创造的生长彼此交互,也在一定程度上回应了诗人"为什么写作长诗"的问题。

总体性诗人必然具备由内到外的各种精神能力和写作技艺。格物意志和精神词源在真正的诗人这里应该是同时到来的。在"词与物"的关系上汉语诗人有着深深的焦虑,当然在具体的诗歌实践中这一焦虑更多转换为博弈和再造。对语言的迷恋和怀疑、自审的悖论态度最终呈现出来的是奇特的语言景观。总体性诗人的独创性和个人风格也必然是突出的,而其作为强力诗人也必然会被谈论与传统的关系。

由此,我想到当年苏珊·桑塔格描述的本雅明在不同时期的肖像。这揭示出一个人不断加深的忧郁,那也是对精神生活一直捍卫的结果:"在他的大多数肖像照中,他的头都低着,目光俯视,右手托腮。我知道的最早一张摄于一九二七年——他当时三十五岁,深色卷发盖在高高的额头上,下唇丰满,上面蓄着小胡子:他显得年轻,差不多可以说是英俊了。他因为低着头,穿着夹克的肩膀仿佛从他耳朵后面耸起;他的大拇指靠着下颌;其他手指挡住下巴,弯曲的食指和中指之间夹着香烟;透过眼镜向下看的眼神———一个近视者温柔的、白日梦般的那种凝视——似乎瞟向了照片的左下角。"(《在土星的标志下》)

就作家而言,身份和角色感是不可能不存在的,甚至因为种种原因还会自觉或被动地强化这种身份和形象。在精神内里上,我想到了盖伊·特立斯的"被仰望与被遗忘的"。这一精神肖像在中国当代女诗人这里同样突出,翟永明说:"写作《女人》《静安庄》《人生在世》时,有整整三年时间我长期待在一间肮脏的病房里,常常在深夜十点以后,我忍受着寒风坐在病房外的长椅上写作,因为病房十点后关灯。晦暗的路灯滋养了我的晦暗心理,病房内外弥漫着的死的气息和药物的气味也滋养了我体内死亡的意识。"(《纸上建筑》)

总体性诗人的出现和最终完成是建立于影响的焦虑和影响的剖析基础之上的,任何诗人都不是凭空产生、拔地而起的。与此相应,作为一种阅读期待,我们的追问是,谁将是这个时代的"杜甫"或者"沃尔科特"?

博尔赫斯的《卡夫卡和他的前辈们》从影响的角度论证了卡夫卡的奇异性。而哈罗德·布鲁姆则在《影响的焦虑》《影响的剖析》中自始至终谈论文学的影响问题,甚至这几乎是无处不在的一个不言自明的事实。一百余年的新诗发展,无论是无头苍蝇般毫无方向感地取法西方还是近年来向杜甫等中国古典诗人的迟到的致敬都无不体现了这种焦虑——焦虑对应的就是不自信、命名的失语状态以及自我位置的犹疑不定。这是现代诗人必须完成的"成人礼"和精神仪式，也必然是现代性的丧乱。尤其是对于具有奇异个性和写作才能的优异写作者，他们反过来会因为能动性和自主性而改变单向度的影响过程，而对其他的甚至前代的诗人构成一种"时序倒错"的影响和反射。"一位强大的诗人好像帮自己的诗坛前辈写了诗"，"对一个优秀的诗人来说，奇异性就是影响的焦虑"，"强大或者对自己要求严苛的诗人都想要剥夺其前人的名字并争取自己的名字"（哈罗德·布鲁姆《影响的剖析：文学作为生活方式》）。

以往的长诗大体有一个整体性的结构，反之很难成立，比如神话原型、英雄传奇、民族史诗、救世主的当代翻版、家国叙事等。但是随着近年来诗歌和文化整体性结构的弱化，取而代之的是一个个即感的碎片，那么长诗的写作可能会面对着相应的挑战甚至危机。也就是说，如果没有了一个整体性结构的话，那么长诗该通过什么来完成？是继续通过故事、神话、英雄、原型还是通过精神主体的乌托邦或者反乌托邦的话语建构？还是通过后现代自身的碎片来完成同样碎片化的长诗？显然，准神性的史诗和大诗的时代似乎已经过去了，因为英雄和神话以及传奇早已在这个时代烟消云散了，人被无限放大或者无限缩小。但是靠单纯的抒情主义和修辞技术来构造和推进一首长诗显然是不可能的了，因为叙事性和戏剧化是长诗必备的地基，尽管它们在诗歌整体中所占有的程度和体现的方式会有所差别。正如翟永明所说："我对诗歌的结构和空间感也一直有着不倦的兴趣,在组诗中贯注我对戏剧的形式感理解。"(《词语与激情共舞》)翟永明坦言对自己的诗歌一直构成影响的是叶芝——面具(比如《静安庄》)、幻象、间接性、客观性隔离与戏剧化(比如组诗《道具和场景的述说》)。

"世界之夜"(海德格尔)和"黑暗时间"(荷尔德林)中的先知、烈士和真理式的写作已经消解,此前的诗人手里都提着一盏灯——救亡的、启蒙的、自我救赎的。在此之后,长诗中的精神依托装置和可靠性是什么?长诗的真实性是什么?长诗中的结构与神性因素缺失的文化语境下,长诗如何建构?

长诗写作显然需要一种秩序和整体性的文化观照。而20世纪80年代以降的江河、杨炼以及受此影响的海子、骆一禾、欧阳江河、石光华、廖亦武和宋渠、宋炜等大诗诗人都试图在建立一种精神和语言的秩序。而与秩序相对应的就是神话体系,由此我们会发现这一时期的诗人都在神话原型中完成类似于元素、先知、圣徒、超验、玄学的精神学工作,"世俗化的时代硕果仅存的高迈吹号天使"(陈超)试图在令人瞠目的宏大精神背景和整体性构架中建立起纪念碑式的价值尺度。这一时期的诗人流连和动心于神话和原型的幻象和心象。海子和骆一禾等人的"大诗",变调为个人神话和英雄史诗,完成的是类似于圣徒般的耶路撒冷式的救赎。20世纪80年代中期开始的文化寻根(民间故事和神话传说以及少数民族英雄史诗说唱传统的当代化重写)、向上拉抻式的精神自我以及准神性写作迷宫和难解的晦暗的经文教义的仿写,江河、杨炼、海子、骆一禾的"圣词""纯诗"长诗是这一类型中的代表性话语,精神自我向绝对中心的致敬和文化盘诘:"这里一盏明灯　那里一扇窗户/火把在黑暗的地球上嘶哑地晃动／照见那赤裸的双脚／并且被奔驰的闪电照耀／每逢我的力量布满潮汐和鲜血／每逢我的梦中之梦花园盛开／我念起你们的名字／未来和回忆就浇铸着芦笛 肺叶和磐石／向那片孤独的海里填着／当你在长途之上／你感到自己是孤独的。"（骆一禾《世界的血》）

长诗写作曾存在着整体性写作的两极：政治寓言与个人神话。

这构成了新的意识形态的神话和精神秩序，比如江河的《纪念碑》《太阳和他的反光》以及杨炼早期的长诗。而值得注意的是江河（现代"史诗"概念的提出）和杨炼的长诗对后来的海子、骆一禾、石光华以及宋渠、宋炜等都产生了影响，所以当时这一写作类型的延续被称为"后朦胧诗"。

20世纪80年代的长诗最为关注的是人类的复杂经验——世界之血。与此相应就是冲击极限的写作——最终的幻象和最后的抒情。

当时，以江河、杨炼、欧阳江河、廖亦武、周伦佑以及海子和骆一禾为代表的"大诗"追求的仍然是世界性的、中心的和整体性的元素，在这架整体性的庞大机器上诗人担当的是齿轮和润滑的驱动工作。而整体性写作也容易在不断建立一个绝对中心的同时而剥离、去除和排斥与此不相容的部分，而导向一种本质化的冲动。巴赫金说："任何抒情诗都是靠相信可能得到合唱的支持而存在着的"，"抒情诗只能存在于一种温暖的氛围，存在于一种声音上绝对不孤独的氛围"。抒情主义的精神和文化背景是整体性的、广场和纪念碑式的，其声调是合唱空间的领唱（类似于唱诗班的工作）。原型诗人、纯洁诗人和疾病诗人有时是合体的。而当城市化和随之而来的碎片时代到来，抒情和整体性就遭受到了颠覆性的挑战，一种神性诗学、抒情范式和照耀式的精神先知必然宣告结束，一次性的诗歌行动收场——"神话，或者说海子——骆一禾神话，它无非在向人指明一种精神奇迹的发生。从价值普遍错乱或佚脱的深渊，也就是从一个平庸的和二流的世纪，这两个人的容貌异乎寻常地燃烧着。复合的灵魂急促地穿过存在之桥，融入死亡的瑰丽光辉。但他们的言说却已镌刻在身后的世界，以点亮黑夜的信念之灯。"（朱大可）

从诗人精神类型层面再深入一步，20世纪八九十年代转捩和诗学转向之际的海子、骆一禾、顾城、蝌蚪、方向、戈麦等诗人死亡事件成为语言学意义上"诗人之死"的戏剧性呼应——"是谁，是谁／是谁的有力的手指／折断这冬日的水仙／让白色的汁液溢出／／翠绿的，葱白的茎条？／是谁，是谁／是谁的有力的拳头／把这典雅的古瓶砸碎／／让生命的汁液／喷出他的胸膛。"（郑敏《诗人与死》）

这实际上就是"精神重力"（西蒙娜·薇依《重负与神恩》）的诗学——重负之下的上升。这也是为什么多年来人们不断深度阐释"永生的诗人"海子和骆一禾的内在动因，正像当年的魏布林格追索荷尔德林的"疯狂"命运的做法一样，"从最初的起因和动机中推导出他这种悲惨的内在疯狂的产生，并追溯到他的精神失去均衡的那个关键点"。这也无形中形成了传记式的阅读和批评。但是，死亡寓言并没有上升为一个时代的诗歌教育，诗歌烈士的壮烈风景一去不返，存活下来的是世界诗歌的翻译体写作和精神的仿写以及个人中心的自我膨胀和自我耗损。诗人形象从此越来越呈现了一种分裂趋向，日常生活中的俗人和精神世界的成人，其中的极端者则有可能成为"非正常"的形象："这个人脸色惨白，骨瘦如柴，带着幽深粗鲁的眼神，头发和胡须又长又乱，穿得像一个乞丐。"（魏布林格《弗里德利希·荷尔德林的生平、诗作和疯狂》）

世纪末的阴影同样笼罩着中国诗坛。即使"盘峰论战"伤害了很多诗人之间的感情，甚至有的至今仍水火不容、形同陌路，但是具体到某一标志性的诗歌文本，比如于坚在20世纪90年代那首代表性长诗《0档案》（这首诗最早是1989年12月于坚开始写在纸上的一些片段，到了1991年，"有一天我翻开那张纸，那份物品清单，我忽然知道这个可以指向一个什么东西，我就如噩梦般地写起来"），还是能够征得认可的——尽管这一文本的阅读差异时至今日仍存在。例如，张清华在与唐晓渡的对话中就认为《0档案》是一个观念性写作的案例："我觉得阅读一段就够了，它的观念意义已经被呈现出来了，它的'长度'是靠量的平行增加来实现的。"（《当代先锋诗：薪火和沧桑》）显然，于坚绝对不会认同张清华指认的《0档案》是一部观念性作品。这种特殊、怪异的诗歌形式和极其细碎、并置、频繁断裂的高密度的语言方式按照于坚的说法并非什么创新或故作如此，"其实在很多部分，它只是重复最基本的古代形式而已，例如枯藤老树昏鸦那样的组合，这种组合造成一个意境、一个噩梦般的场"（《为世界文身·532》）。

《0档案》完成于1992年（3月至5月），在这一年西川完成了长诗《致敬》，二者都具有极其特殊的超文体性，都溢出了一般意义上对诗歌的理解，甚至西川直接把自己的笔记搬进了诗中。

西川的《致敬》也同样引起了文体学意义上的争议，文体上或许更接近于波德莱尔所提到的"诗散文"。显然，《0档案》与《致敬》都是极具综合能力的现象级的超级文本，逸出了20世纪90年代所理解的惯常意义上的诗歌观念，"从先锋诗歌内部，《致敬》和《0档案》都堪称里程碑式的作品，也都被奉为经典，尽管关于《0档案》的争议持续至今。这两个作品的发表时间表明，国内外读者倾向于将之归类为诗歌"（柯雷《外围的诗歌，但不是散文：西川和于坚》）。按照于坚的说法，《0档案》的整个写作过程非常痛苦、纠结。这是着了魔的写作，而整个过程甚至更像是一场噩梦。于坚自己对于这首诗的把握、定位也反复不定，"我几次想把它烧掉，心情大起大落，毫无把握，一时觉得它是不朽的东西，一时又觉得它是一堆语言垃圾"。1994年《0档案》发表于《大家》第1期（创刊号，双月刊）。今天看来，《大家》的主编和编辑当时的担心并不是多余的，《0档案》发表后备受争议，"包括台湾在内的全国范围的攻击持续了十年之久。国家文学史在描述我的写作历史的时候总是对这个作品保持沉默或者轻描淡写"（《答朱柏琳女士问》）。

从阅读和评价的效果史来看，《0档案》不可能是风平浪静的，而恰恰是掀起了巨大的波澜甚至风暴，因为在当时它对阅读方式和评价方法都提出了巨大的挑战。该长诗完全以当时看来"反诗歌""反语言"（有的批评其是"一个巨大的语言肿瘤""一堆语言垃圾"；张柠则指认为"词语集中营"，"当代汉语词汇的清仓'订货会'"——在那个汉语词汇集中的营地里，充满了拥挤、碰撞、混乱、方言、粗口、格言、警句、争斗、检查、阴谋、高密、审讯、吵闹、暴力、酷刑、死亡的活力,杂乱的丰富,等等,一切不和谐的因素)的方式成为当代长诗写作的高峰之一,"这首长诗正是以极端个人的方法来写一个极端非个人——或者说'去个人化'的经验,以最个人的方式来揭露、讽刺最贫乏空洞的存在"(奚密《诗与戏剧的互动:于坚〈0档案〉的探微》)。而20世纪90年代于坚完成的一系列的长诗《0档案》《飞行》《事件系列》,均体现了他作为一个诗人、思想者和"自觉知识分子"的写作态度和立场:"我当然是标准的知识分子,伯林说的那种意义上的,但这从来不是我的立场,我的立场是诗人的立场。"(《为世界文身·524》)

此外,还有一个突出的问题就是长诗中最容易出现的就是"引文""注释"——引用大量的中西方经典名句(有一段时期这一"引文"更多是由西方话语体系构成),这似乎说明很多诗人仍然有一个假想或依托的中心,这些互文的声调穿插在每一代诗的文本里面。这可能是一种致敬,或者是一种对话,但是我觉得很多诗人仍然没有通过原创力建立足够的自信来面对汉语和长诗,而是仍然需要用经典声调来支撑。我们已经注意到一个现象,很多中国诗人喜欢将西方的经典诗句放置在自己诗作的开端和行文中,从而构成了一种精神和写作明显不对等的互文(以西方想象为重心和精神词源)。

回到中国长诗语境,无论是出自焦虑式的学习还是同样出自焦虑的反讽,那一时期的诗人更多的是走在"西游记"的路上,比如西川的《远游》——"在路上的俄底修斯,/遇见在路上的圆桌骑士;/在路上的法师三藏,/遇见在路上的马可·波罗；/呼啦啦走过朝圣的毛驴、但丁和乔叟/但却无人见过苏菲黑色的马队；/上路的老爷带着金币和桑丘，/在太阳宫殿的背后/惊动了一大群宿营的死者"；翟永明的《静安庄》在《第四月》中反复强调的是"四月是最残忍的一个月"；而廖亦武在长诗《巨匠》中将但丁的《神圣的喜剧》作为开端："从我，是进入悲惨之城的道路；/从我，是进入永恒痛苦的道路；/从我，是进入永劫人群的道路。"而孟浪则在长诗《凶年之畔》的开头引用雅思贝尔斯和加缪的经典名句，陈东东在20世纪90年代的长诗《喜剧》的最后一章"七重天"引用但丁《神曲》。在更年轻一代的"70后"和"80后"诗人中，这种"致敬式"的写作仍在延续，比如朵渔、蒋浩以及一些深居或寄居于"学院"的诗人。在孙磊的早期诗作中有为数不少的自撰式"诗歌经文"不时闪现于游移、鼓胀和分裂的诗行当中。对年轻的诗人而言，这种诗歌与诗歌、灵魂与灵魂之间的对话和撞击可能是不可或缺的。这种互文写作容易唤醒和呈现共时性的情感体验，当然也极容易在一定程度上成为遮蔽写作者独创性的危险与障碍。在姜涛早期的诗歌写作中，诗人曾尝试长诗的写作，如《毕业歌》《秋天日记——仿路易斯·麦可尼斯》《京津高速公路上的陈述与转述》《厢白营》等。这些诗作中有大量的甚至令人目眩的隐喻和转喻。姜涛以一种特殊的叙述方式呈现了对诗歌和生活的双重思考。这些诗作的容留力量是惊人的，有着不同阅读履历的人都可以在其中找到产生共鸣的振点，其巨大的想象力和几近对修辞和抒情的钟情都会令人心生敬畏。《厢白营》是姜涛长诗的代表作。在这首诗中，阅读经验和想象空间在对话和独语的情境中得以尽情甚至"狂妄"地彰显，而在紧张和焦虑的叙述中一些矛盾甚至悖论的境遇被空前凸现出来。诗歌中的西方主义和东方主义以及不同理解下的民族主义一直在此消彼长的拉锯甚至撕扯中。以西方想象为精神重心和精神词源的失重的写作格局，通过译介完成的汉语中的"西方"和世界性的想象构成了一个无所不在的巨大潜文本或范本。而此"被动"（当然不排除主动选择）的写作方式促成了类似于次生林式的仿写文本，比如"仿某某""致某某""献给某某"的模式。这正印证了当代长诗的"学徒期"并未结束。

20世纪90年代在一定程度上成为考验所有中国诗人的一个特殊时期，压抑、迷茫、困惑、沉痛、放逐成为诗人的日常生活和诗歌写作的主题。而如何以诗歌来完成由80年代向90年代中国社会的转型、诗歌写作语境和诗人心态的暴戾转换就成了90年代诗人所面临的挑战和难题。当然，那时的诗人更像是在完成一场长途的精神跋涉，充满了"90年代"式的精神自传和灵魂箴言式的诗歌话语方式以及明显的互文性精神资源。中国诗人在向域外诗人的张望和集体性焦虑中寻找"精神依托"。这使我想到海子弃世后骆一禾对他的评价——"他是一位中国诗人，一位有世界眼光的诗人"。只不过在此后的历史阶段，"世界眼光"转换成以"西方世界"为圭臬，诗人开始在"中间地带"写作。诗人与诗人、词语与词语之间发出的摩擦、龃龉甚至冲撞之声几乎成为"90年代诗歌"的精神征候和必备的精神练习之一，即使是于坚、伊沙等人也不能例外——区别只是在于话语呈现的方式而已。确实长诗承担了抒写"沉重"限阈的责任，但是阅读效果与诗歌的深沉质素形成了某种"反差"。这种看似漫不经心的散淡的写作方式恰恰是承担了不无沉重的心理势能和"现实"情境。

值得注意的是近年来柏桦的《水绘仙侣》《别裁》和"史记"系列（编年体长诗），这是一种极其典型的注释式写作，甚至就正文和注释的关系而言，后者的笔力和重心明显超越了前者。正如柏桦在《别裁》一书的封面强调的那样"历史，读注释就够了"。确实当代汉语诗人对西方经典长诗的中国想象和写作焦虑一直未曾中断。这种焦虑和无意识中的比照心理一直像显影液一样地存在着，例如李陀在评价欧阳江河的长诗《凤凰》中的说法具有代表性："《凤凰》这样的写作，无论是其态度和策略，还是写作的具体成果，都让我们想起20世纪初那些诗歌的作风，想起以波德莱尔、艾略特和庞德的名字做标志的伟大诗歌时代。"这随之伴生的就是比照西方伟大诗歌文本的写作焦虑以及汉语长诗的经典化冲动，最意味深长的例子是欧阳江河的《凤凰》。2014年7月，中心出版社推出了《凤凰》的"注释版"。尤其是注释版的《凤凰》更耐人寻味，仅三百多行的正文和李陀的原版序言、注释版序以及吴晓东的注释和长篇论文《"搭建一个古瓮般的思想废墟"》构成了相互支撑的关系。但是欧阳江河的这一写作类型在一些追摹者那里也衍生出大词癖好以及限于神性和文化谜团的黑洞之中，很多诗人轻而易举地成为智力高手以及"经文圣训的仿造专家"。

与中西不对等的诗人关系而言，却有一个极富戏剧性的例子。

美国诗人加里·斯奈德（1930—）居然用四十年时间创作完成了长诗《山河无尽》，而他却是在宋朝卷轴画作的启发下使用了一种西方从来没有过的东方化的结构方式。诗人以一条贯穿美国的公路，由南自北卷轴一样慢慢打开了人生的斑驳光景和关于美国的个人化的历史想象力。

加里·斯奈德在《山河无尽》开篇即引用西藏密教修行者密勒日巴尊者以及13世纪日本著名禅师道元的语录，至于其采用中国传统绘画长卷致敬的写作方式更是旷古未有，尽管我们在中国诗人的长诗中会找到精神的对应，比如马新朝的《幻河》和翟永明的《随黄公望游富春山》。但就诗人与传统的个人创造性转化和再造而言，加里·斯奈德给我们的汉语诗人好好上了一课。这一极其个人化的文本尽管开篇引用的是中国诗人的诗句，里面也有大量穿插的"引文"，但是整体上充分展示了一个诗人的创造性。

而就目力所及的当代长诗创作而言，"纯诗"似乎难以为继，越来越多的是具有文体混合性特征的文本。这一与传统纯诗迥异的"非诗"的部分或结构并不是单纯指向了技艺和美学的效忠，而是在更深的层面指涉智性的深度、对"现实"可能性的重新理解和"词语化现实"的再造。一个优秀的甚至重要诗人的精神癖性除了带有鲜明的个体标签之外，更重要的是具有诗学容留性。诗人需要具有能"吞下所有垃圾、吸尽所有坏空气，而后能榨之、取之、立之的好胃口"。这种阻塞的"不纯的诗"和非单一视镜的综合性的诗正是我所看重的。当下汉语诗歌写得光滑、顺畅、圆润、平坦、流利，没有任何阻力和摩擦力，缺乏阻塞、颗粒、不洁、杂质在诗歌中的搅拌、混合。这大多为预设的没有生成能力的无效的诗。这种光滑和得心应手甚至有些面目可憎。当下诗歌越来越流行的是日常之诗、经验之诗、物象之诗，局限于个人一时一地的所见所感，开放时代的局促写作格局正在形成。显然，现实、经验和日常景观都在当下的写作中被庸俗化、世俗化和固定化了，词与物的关系不再有发现性，缺失了应有的张力与紧张关系。

"混合性文本"正在大行其道。链接式文本、白日梦文本、散文诗文本、解说性文本、戏剧台词文本、寓言性文本、仿写的童话自叙、知识性的引文都与诗歌的"正文本"之间形成了对应或对位。这就是"无尽的链条"一样的"混合性文本"。而每一个文本的"声调""气息""节奏""语调"显然是差异非常大的，中西的、文雅口语的、自我他者的、日常的与精神的都搅拌混生在一起。"混合性文本"简单理解为后现代的拼贴和立体主义式的组装，或一蹴而就的所谓先锋艺术的装置行为。

在文体的界限和混合风格上我们会看到一系列特异的诗人，欧阳江河对智力机巧和修辞技巧的超级迷恋，西川百科全书式的"非纯诗"的综合写作，于坚的碎片化的断句和超常句式，周伦佑典型的"非非"意义上的语言和意识反动，李亚伟制造优美词句的"才气"，柏桦的"博学"和饱学之士的学究气和"引文注释"作风，张枣后期写作中类似于保罗·策兰的干涩而神秘的理性，大解的超级漫游者形象，雷平阳对叙事和散文化的超级把控能力……西川并没有像其他人一样把20世纪90年代的诗歌转向归结为诗歌的叙事性，而是强调避免执于一端的"综合创造"。这与欧阳江河的"长诗一定要追求不确定性"具有互文性。长诗中的叙事性和反抒情（曾经一度是主观化的无限放大了个体的绝对的抒情方式），非诗因素、"反诗歌"因素（于坚的《0档案》、西川的《致敬》《厄运》等），文体界限的模糊实际上正是印证了一种容留性诗学的诞生，是将抒情式、叙事式和戏剧式诗歌的融合（埃米尔·施塔格尔），是回忆、呈现和紧张的共时性打开。更多的诗人因此成为"诗人哲学家""语言的反动者"。欧阳江河是机巧和技巧型的选手，智力深度、灵魂体操、修辞万象，雄辩式的炫技和炫智，词生词的拆字法和意外关系的焊接，"将汉语可能的工艺品质发挥到了炫目的极致"（姜涛《失陷的想象》）。显然，欧阳江河的长诗风格既赢得了声誉也招致了非议，而欧阳江河确实在不同时期都贡献出了标志性的长诗，带有强烈的个人风格以及同样强烈的时代主题性，这与他一贯的在词语中重建现实的写作志向不无关系。

诗歌中的哲学、智性和知识应该在有效平衡的前提下使用，杨炼在1984年就提出了诗歌的"智力空间"，这与诗歌的自足性相关联，而非外挂式的炫耀。埃利蒂斯认为诗歌是从哲学终止的地方开始的。由此，诗人的理性、智力和"思想抱负"需要重新审视，这样说并不意味着灵感、非理性、抒情和浪漫更有效。这是活力和有效性的追求使然，但是诗歌的"庄重仪式"也就此收场，从而导致了诗歌场域的空前混乱以及标准的失范。确实如此，长诗写作很容易导入复杂性，也因此带来模糊、艰涩和混乱。

20世纪90年代以来，长诗的个人化历史意识、分裂人格和求真意志的吁求在突然到来的时代的中断中猝然形成了"中年写作"（欧阳江河）和诗人对时代噬心主题的切入（陈超）。其中，欧阳江河的《傍晚穿过广场》和王家新的《帕斯捷尔纳克》等可为代表。程光炜先生在那本黑色封皮的《岁月的遗照》中完成着一场"不知所终的旅行"——在黑色衬布的角落是一把老式的木椅,椅背上搭着一块"疲惫的"却可能"驻满记忆"的方格子布,重要的是椅子缺少最关键的部位——坐垫。而约略渐洒过来的温暖的光晕足以呈现出"90年代"的诗歌精神,一种特有的怀念和追悼的方式。"90年代诗歌"的代表性长诗文本印证了"诗与诗人的相互寻找"的过程。

下　篇

20世纪90年代以来,尽管仍有少数诗人在倡导"神性写作",但是一个不争的事实是诗人的整体性前提已经不复存在。那么在此境遇下诗人还能够继续赴追伟大的诗歌共时体吗?还能在长诗中完成精神对位法并在读者那里构成阅读的同构性吗?显然,当下的长诗也正成为庞大无形的"日常之诗"的边角料——日常经验的平面化场景描述和现场主题的快速对接。那么,在当下这一丧失了神性和整体性,甚至诗人个人乌托邦和高蹈性也空前消弭的语境之下,一首长诗需要什么元素和基石得以完成呢?在"大诗"的神话思维和上升秩序必然得到限制和修正之后,普遍出现的是叙事性和戏剧性的世故和油滑,以及一个个被抒情或者知识驱使的自我重复和膨大的自动写作机器。

失去了整体性依托的隐喻和象征,失去了应和者的内倾式的现代主义诗人必须重新另辟门户,重新发现词语的可能性以及在词语中重塑现实和发现新景观的可能性。而90年代后期以来的长诗越来越突出的就是现实关怀,诗人普遍强调诗歌的现场感和现实感,强调诗人的承担和介入。质言之,诗歌与现实或者词与物的关系进行了重置。这大体又回到了苏格拉底的那句名言"未经审视的生活不值一过"。耐人寻味的是,诗歌的先知、教徒、烈士,诗歌的游民、民间歌手、市侩和暴徒在这一时期同时登场。有人试图打开先知之门,有人则在闹市的酒肆高声喧哗,追求语言的密码和拒绝隐喻彼此不为所动,对诗歌心脏的敲击和媚俗煽情的世故同时现身。在这样一个整体性丧失的时代,如果试图重新建立起长诗的秩序,通过文本重塑社会现实和精神自我,那么诗人要更为艰难。长诗的写作转向也由此发生。比如西川所一直追求的"偏离诗歌的诗歌"和"内在质地的悖论和破碎",显然这是对抒情主义和叙事性诗歌的双重拨正,从而完成"人道的诗"、"容留的诗"和"不洁的诗"(《答鲍夏兰、鲁索四问》)。以西川为代表所产生的长诗连锁反应是,诗人通过碎片来对抗碎片,通过整体的反讽和矛盾来对抗油滑和龃龉,通过"反诗歌"来完成诗歌,而风格学上则出现了文体的模糊、暧昧、庞杂、糅合、异质、僭越、分裂、歧义甚至混乱。

精神幻象、百科全书的查阅者、纵横家的学识渊博而油滑的舌头、对话性的精神共时体、乌托邦的残余、文化基因思维、偏重史的思维方式、反讽的精神碎片,等等,也很可能成为廉价的思想的余唾,缺乏历史尺度的泛滥失控的个人生活史——稗史、异闻、民族风俗画、贩运现实的二手货、奇思妙想的超级链接、油滑的愤世主义者、架空了血肉之躯的宏大历史的吹鼓手、个人欲望的陈词滥调。

尤其是后现代性的观念艺术、装置和行为艺术以装饰性的媚俗的政治波普、本能欲望和碎片拼贴的方式进一步大面积地进入长诗文本。既然长诗不再是传统叙事，含情脉脉浅吟低唱的浪漫主义传统业已中断，天鹅绝唱般的行吟诗人隐遁，景致、庄正、典雅的诗歌之翁已经破碎，悲剧性精神被世故的戏剧所取代，那么还有什么是可靠和有效的呢？这对读者多年来的阅读惯性和既有的诗歌趣味发生了巨大的颠覆。"反诗歌"的诗歌，反戏剧的戏剧化的诗歌。变调、变奏和变形，紧张和谈兴。

甚至我们还必须认识到很多长诗是在急迫的妄想症和文学史野心的驱使下仓促产生的，更多属于半成品和次品，而有的所谓长诗也只是欺人蒙世般地把系列短诗拼凑在一起而已。我说了这么多长诗的是与非，无非是为了提醒诗人们写作长诗要谨慎，而在我的阅读视野中一些诗人甚至不乏优秀的诗人并不适合写作长诗，或者说他们尽管已经在业内被认可但是并不具备写作长诗的能力。尤其是在"个体诗歌"写作已经失控的时代，长诗可能会给整个生态带来一定的转机。20世纪90年代以来，随着时代转捩、诗人的精神突变以及诗歌的内在转型，个体在诗歌中得到前所未有的凸显与强化，这在当时自然有其重要的社会学和诗学的双重意义。而近年来，诗人却越来越滥用了个人经验，自得、自恋、自嗨。个人成为圭臬，整体性不复存在，取而代之的是一个个新鲜的碎片。个人比拼的时代正在降临，千高原和块茎成为一个个诗人的个体目标，整体性、精神代际和思想谱系被取代。无论诗人为此做出的是"加法"还是"减法"，是同向而行还是独辟蹊径，这恰恰是在突出了个体风格的同时而缺失了对新诗传统的构建。问题是，很难有一个诗人能够在真正意义上成为一个时代文学的总体表征，汉语诗歌却迫切期待着总体性诗人的出现。

诗人无论是写作长诗还是一般的诗章，必然要面对的是：说出的与未说出的、可说的与不可说的、可复述的与不可复述的。

实际上，精神层面的获救是很多写作长诗的诗人普遍具有的一个心理基础和写作的内驱力，但这还远远不够，因为单靠比拼精神或者智性，在这个时代也是一个巨大的难题。与此同时，诗人在写作长诗的时候还必须完成语言和修辞层面的获救，亦即求得"获救之舌"。这既是从精神、直觉到语言和修辞的探询，也是一种精神意志和写作意志的双重获启。这也是一次次面对深渊的过程，是艰厉的精神导引。

在时代的转捩点上，这是一个被时代强行锯开"裁成两半"的诗人。他必须经受时代烈火的焚烧，忍受灰烬的冰冷。火焰、灰烬、血液、头颅、死亡、骨头、泪水、心脏、乌托邦在这一特殊情势下的诗歌中反复现身。这一体验和想象在陈超的长诗《青铜墓地》中得以最为淋漓尽致地凸显。

这是一首直接参与和见证了一个时代死亡和重生之诗。当那么多的死亡的风暴、血液的流淌、内心的撕裂与转世重生一同呈现的时候，高蹈、义愤、沉痛、悲鸣的内心必须在历史语境和个人精神中还原。当陈超在黑夜中擎举着荆棘的火焰走向大川的突然凹陷处，这正是光明与地狱的较量，是被撕裂的一代人与那个黑暗的时代的撕扯。《青铜墓地》是一首失败之诗，也是一首胜利之诗。诗中涉及的历史是失败和耻辱的，而知识分子的灵魂却最终取得了胜利。因为陈超了然于一句真理——向上的路和向下的路实际上是同一条路。当他不断向下向黑暗深处掘进的时候，他正在维持无限向上的精神维度，二者是合一的。实际上在20世纪八九十年代的转捩点上,陈超的很多诗歌都凸显了这种高蹈、向上又不断探向内心深处和时代黑暗处的精神方向。此后陈超又多次强调了但丁《神曲》的重要性:"《神曲》之所以成为几代诗人精神的元素、方向的标准,就在于它背负地狱而又高高在上的隐语世界;它简明的结构却足以囊括生命的全部沧桑!而在危险的生存向'下'吸的黑色涡流里,诗歌就充任了向'上'拔的力量。"在向上与向下的精神撕扯中,在时代前与后的转捩点上,人和诗都必将遭受大火和暴雪的洗礼。时间摧毁肉体,语言则给诗人带来永生。终点也可能正是起点,尤其对于那些文字和精神得以永生的人而言更是如此,我想到的是艾略特《四个四重奏》里诗句的鸣响——"我们将不停止探索/而我们所有探索的终点/将是到达我们出发的地方/并且是生平第一遭知道这地方。/当世间的终极犹待发现的时候/穿过那未知的、回忆的大门/就是过去曾经是我们的起点"。

在此情势下,1999年马新朝完成的六十四节(此结构是否对应于《易经》?)一千八百行的长诗《幻河》则是一般意义上正统的长诗类型不多的成功之作,是现代史诗的回光返照式的精神样本。与此同时,对整体的社会情势的回应,对现实主体的介入和现场的及物性的冲动又使得晚近时期的长诗写作具有个人历史化的特征。而无论是"碎片化"的文本还是"现实性"的文本,都要面对一个诗歌内部的问题,即如何将装饰性的语言和象征性的语言转换为实体语言。尤其是在精神失去象征物的实体时代,诗歌与现场或者"词与物"的关系再次呈现显豁纠结的整体问题。这种悖论式的写作方式很容易让写作长诗的诗人产生分裂感，往往在诗歌内部和诗歌之外（尤其是诗人所处的当下和历史的关系）顾此失彼，尤其是令人炫目而惊异的多层次的社会现实结构和庞大全息信息时代个体的碎片化体验。

我在越来越多的汉语诗人这里听到了杜甫的回声。

杜甫不只是古诗和现代诗的传统，更是汉语的传统，西川、肖开愚、黄灿然、梁晓明、陈先发、沈浩波、廖伟棠、周瑟瑟、彭志强等很多诗人都曾经在诗歌的瑟瑟"秋天"中与老杜甫重新相遇。孙文波更是不断高呼"杜甫就是新诗的传统"。暮年的杜甫在夔州的瑟瑟秋风中遥望长安自叹命运多舛，他道出的是"丛菊两开他日泪，孤舟一系故园心。寒衣处处催刀尺，白帝城高急暮砧"。由杜甫的《秋兴八首》我们必然会注意到近年来的"陈九章"现象——陈先发的《九章》。

《九章》这种总体性的复合文本的写作方式往往会引起与同时代诗人类似写作方向的比较，比如臧棣的"入门""丛书""协会"以及孙文波的"山水诗"等。但是陈先发《九章》的特殊之处正在于其每一组诗的相互关联的连环构成，而非诗作长度和量的无效堆积，恰恰比拼组诗和长诗的长度时代似乎正在来临。《九章》系列诗作的独特结构值得重视，九首诗成为一个结构而非组合和叠加。质言之，《九章》系列在结构方面呈现的是有机体，各个部分彼此支撑、相互补充、互为你我——正如无形的金色蜂巢（里尔克）或双重火焰（帕斯）。这对于当下无限拉长的有量无质的组诗和长诗写作是一个有力的提请，更多诗作缺乏的正是构架能力和整体意识。

值得注意的是当代诗人尤其是长诗中出现的自然之物显然

已经不是类似于王维、韦应物等古代诗人的"雨中山果落，灯下草虫鸣""空山松子落，幽人应未眠"的古典性封闭和内循环的时间性结构。自然、文化、心性更多处于"隐身"和"退守"的晦隐状态，或者说这些物象和景观处于"残简""虚词""负词"的位置。因为现代性的水电站、焚尸炉、机器的内脏取消了古典的流水以及那份安然淡然的"诗心"，毁损了如此众多的"诗意"。显然这与"现代性"景观对"古典性"风物的全面僭越有关。这是自我辨认，也是现代性的诘问。对现代性的理解，无论你是一个拥趸，还是一个怀疑论者，你都必须正视现代性作为一种生活的存在。我想到强调"见证诗学"的切斯瓦夫·米沃什的诗句："专注，仿佛事物刹那间就被记忆改变。／坐在大车上，他回望，以便尽可能地保存。／这意味着他知道在某个最后时刻需要干什么，／他终于可以用碎片谱写一个完美的时刻。"

欧阳江河的长诗《埃及行星》（共二十章）仍然典型性地体现了诗人在历史化的精神想象力（精神考古学和思想对位）以及词语想象力两个维度上的突出表现，这也是多年来欧阳江河对智力机巧和修辞技巧的超级迷恋："出埃及的路上，一道死后目光／落在一大群未归远人的身上／众法老，唤醒同一只黄金大鸟／过往年代有如一个飞翔的黑洞／将木乃伊身上的众声喧哗／深深吸入，用以供养鹰的缄默／暮晚时分，大地像一朵莲花／高耸的圆屋顶很快将沉入暗夜／远处的棕榈树也将被石棺文覆盖／更远处的大海，漫过鹰翅和万卷书／与金字塔顶的幽深目光齐平／这不是人类固有的目光／这是从另一个行星投来的目光／没有这道目光，鹰眼也就没有海水／鹰的游历，紧贴在光的脊椎骨上／光的速度慢下来，以待黑暗跟上。"由此我想到的则是几十年来欧阳江河在不同时期所贡献出来的代表性的长诗文本，而长诗写作也成为展现一个诗人综合才能的绝好平台。无论是体制时代，还是市场经济时代，还是到了CBD的消费时代以及科技爆炸时代，欧阳江河都会拿出比较具有代表性的长诗文本，比如《悬棺》《快餐馆》《玻璃工厂》《咖啡馆》《关于市场经济的虚构笔记》《傍晚穿过广场》《泰姬陵之泪》《黄山谷的豹》以及《凤凰》《看敬亭山的21种方式》《四环笔记》《老男孩之歌》《祖柯蒂之秋》《自媒体时代的诗语碎片》《宿墨与量子男孩》等。这些文本对于考察那个时代同样具有社会学意义上的价值，尽管从诗歌内部的构成和机制以及某种写作惯性来看其中会存在着问题。

20世纪90年代后期尤其是新世纪以来的长诗写作，除了仍然具有极其差异性的写作面貌和精神内里之外，一种值得注意的现象则是新一轮的家园乡愁、乡土母题和现代性的审判（诗歌成为招魂的挽歌、哀歌），民意化的社会调查写作，对民生话语和道德话语的重新倚重，回应现实、关注底层和诗人成为时代"目击者"的呼声更是一浪高过一浪，更多的诗人正在成为新一轮的"现实主义者"——迎接、批判、痛击，厉声呵斥。一部分诗歌正在成为公共化的衍生品，诗歌的伦理性诉求也必将受到强烈的质疑。正像欧阳江河所说的："这并非一个抒情的时代"——"草莓只是从牙齿到肉体的一种速度，／哦，永不复归的旧梦，／谁将听到我无限怜悯的哀歌？"（组诗《最后的幻象》）

在现代性高速列车呼啸的碾轧中浪漫主义和抒情诗的年代

成为碎片远去了。"在海子躺卧的轨道上,我看见了一辆巨大的机车,穿过黑暗的时代,驶向最遥远的过去。这是浪漫主义的机车,奔行在西方和东方两条铁轨上……"(朱大可)现代性的风景和后现代性的碎片正搅拌在一起,连带的还有个人精神隐喻话语类型面对着口语、叙事、戏剧性和现实新闻冲击的无力感、无着体验的反复。这是从隐喻—象征体系向日常—事态结构的转换。

在欧阳江河看来,当下的长诗写作最需要抵制的就是媒体语言和消费化阅读(包括语言消费),显然这是一种反消费的美学诉求:"我的长诗不可能只是机智,包含了大量的笨、深奥,这是我刻意为之的。长诗写作对我来说也是一种折磨和笨。长诗写作是对抗语言变成纯粹消费、狂欢的对象的有效方式,这是我语言抱负的一部分。我的问题意识、我的立场、我的生存、我的思考变成镜像折射到长诗,写得艰难、固执、不讨好——我要承受种种说法,要使长诗成为这个时代使用中文的人智力生活的一种高处不胜寒的东西,至少不被消费,哪怕没人碰它也没关系。我提供了这样一种可能性。"巨大的城市之胃也使得诗人的写作口味和旨趣大相径庭,物质化的欲望、精神的游荡、新世纪的冲动和世纪末的绝望彼此交织。

悖论咬合的文本,是一个个稳定性的结构被不断拆毁撕扯的过程。但是,诗人又必须在此过程中建立起一个精神性的底座。那么这一精神性底座在哪里呢?沉思、疑问、沉默、黑暗、忏悔所回环往复浇筑成的就是孤独的精神底座。铁链一样的铮铮作响的疑问在长诗中不断抖动,与此同时,类似于舞台剧里黑暗一角时高时低的男性声音一直与此相伴。自白、自审、自问、自省、自虐所构成的就是内心的大火和灰烬的搅拌。这必然是一个个精神症候的文本——执拗、坚持、寻找、漂泊，危险与引导，理想与世俗的博弈……当这些复杂的而维度向上的关键词作为精神艰难的延伸，吁求、渴望、坚忍、自问、盘诘、彷徨、寻找就充满了空前的张力与冲突。对诗歌的敬畏和勇敢地承担使得他能够享有长久的亮光。那在黑夜中执着闪亮的雕刀，正如星光照亮了卑微的阴影。

任何人都不可能回到过去，回到灯下的黄纸，回到信笺的桌前，甚至这种折返的冲动在新技术、新时代看来是"不合时宜"的举动。但是，也必须有人站出来对曾经的生活方式做出一种精神上的回应。这是带有"最后性质"的"回光返照"式的挽歌，因为其所叙述的在今天这样一个"维新"的时代难寻踪迹。这是纸上建筑，似乎可以战胜一切，又似乎片刻可成时代的齑粉，更像是一个人在和另一个时代以及过去的自我握手告别。无须多说了。在精神档案和现实履历中一个诗人在黑夜中完成的是一部黑暗传。它已经在你的耳畔响起，似有似无，这需要有人站出来倾听和做证。

在诗歌活动化、媒介化成为常态的今天，在诗歌写作人口难以计数的今天，诗人如何写作、如何维持写作的难度和精神深度是常说不衰的问题。在这个涣散莫名而又自我极其膨胀的年代，能够旷日持久地坚持精神难度和写作难度的诗人实属罕见。

一定程度上长诗可以作为一个时期诗歌创作的综合性指标，尤其是在"个体诗歌"和碎片化写作近乎失控的时代正需要重建诗歌的整体感和方向性，需要诗歌精神立法者的出现。

2018年是长诗创作的丰收之年，代表性的作品有吉狄马加《大河——献给黄河》、于坚《沙滩》《大象十章》、欧阳江河《宿墨与量子男孩》、雷平阳《送流水》《吴哥窟游记》《图书馆路上的遗产》《湖畔诗章》、叶舟《敦煌纪》、胡弦《沉香》、海男《幻生书》、沈苇《德清散章》、梁晓明《卧龙岗》、王家新《安魂曲》、王单单《镇雄诗篇》、蒋浩《喜剧》、沉河《黄梅诗意》、谷禾《白纸黑字》、龚学敏《三星堆》、江雪《小镇诗人》、郑小琼《水湾》、黑陶《在阁楼独听万物密语——布鲁诺·舒尔茨诗篇》、吕约《外公的诊所》、三子《堪舆师之诗》、金铃子《立春书》、冰逸《废墟的十二种哲学》、李郁葱《潆野泽》、任白《情诗与备忘录》、吴春山《灵魂笔记》等。

尤其是刊发在《作家》第10期上的欧阳江河的《宿墨与量子男孩》（共计二十五节）引发的写作话题和社会学话题会更多。在科技炸裂以及人工智能化的AI时代，我们的生活方式、现实结构甚至包括未来都发生着巨变，很多科幻文学都试图对此做出个人化的想象和精神回应。"这个仪器算不得成熟，许多方面还在实验阶段。白天光线太亮或是夜晚过于漆黑，效果都不大好。最佳时间点是黎明和黄昏之际，在那样的柔光中，会有着以假乱真的成像效果。因此，我如果黄昏时分正好到家，或是清晨早起，我就会打开仪器，看着祖父缓慢而又坚定地走出来又走回去，跟他扯上几句家常。如果这时打开GPS地图，就会在屏幕上一次又一次看见祖父。那是影像的影像，但依然清晰。"（王威廉《地图里的祖父》）而在此过程中诗人却是整体缺席的，很多诗人及其诗歌沉浸于极其窄化的个人经验而又自得不已。

欧阳江河的长诗《宿墨与量子男孩》处理的是近乎抽象的"科学"命题，而诗人对此完成精神对位并不断深入探问的过程体现了一个当下诗人介入现实的能力以及对未来时间和可能的想象力和理解力。与此同时，这首枝蔓丛生的长诗即使对于专业读者来说也是一次不小的挑战。陈亚平从历史序列、语言特质和内部构成等方面的阐释给予该诗高度评价："根据诗人思想和诗化彼此混合的模型，作品中大量使用片段性、空间化的版块型句群、不流畅性、极端古汉语、自创气韵、语音和节奏不对称、追求事物瞬间印象、语境和词境飘忽朦胧的技术形式，表现处处互不相连又相隔很近，但结构上没有后现代主义的整体碎片性，也没有新古典派的逻辑诗意。诗每一句都在扮演，被古今连着的有机性所伪装过的构句角色，好像专门要展示最跨界的敏感点为己任。"（《新一代长诗：诗化和思艺的古今相接——欧阳江河后期诗歌的深层重构》）

2019年开端，又有《人民文学》《钟山》《作家》《作品》《青春》《滇池》《边疆文学》等综合性文学刊物推出了数位诗人的最新长诗。其中刘年的《摩托车赋》颇值一读，既是近年来刘年"在路上"的见证，又是一个诗人精神能力的显影。

2019年第1期《青春》刊发了于坚的长诗《莫斯科札记》并附有韩东的导读文字："早年，于坚以先锋姿态示人，其写作实践影响了一代人或几代人。近年来于坚写作的体量日趋庞大，内容丰富庞杂，可谓气象万千……其形式意蕴亦有全新变化。于坚敢于自我否定和自始至终的探索精神对后来者而言是一种激励，也是一份礼物。"于坚的这首最新长诗的开头让我想到了他当年的另一首长诗《飞行》，现代人在飞行器的工具理性中的平面化感受，而区别在于《莫斯科札记》再次体现了于坚强烈的个人化的历史想象力以及个人化历史的全景展现。一代人甚至几代人的日常生活和精神生活与苏联、历史、现实之间的复杂关系被深度描写般地推送到我们面前："那一年我们用三轮车搬家/从里仁巷搬到了东风西路/苏联人设计的小房子 厕所在一楼。"这与《尚义街六号》《罗家生》有着内质的历史谱系，这也是于坚对自己几十年写作的一次致敬和总结。

《滇池》2019年第1期则刊发了海男的长诗《夜间诗》。这是一个夜间漫游的歌者，且一身黑衣，"那个身穿白色长袍的幽灵一定是自己前世的影子"。她擅长编织术，但一生都在反复编织着一个语言荆棘的花冠。她也试图砍凿橡树并乘独木舟去远行。黑夜，注定了时间和体验、情绪都是低郁、黑色调的，正如海男递给自己的黑色钢笔和"黑色的日记"——她的梦书却是绚烂至极。黑，是时间之伤、女性之伤和想象之伤。这是一个在诗歌空间里反复徘徊、出走、逃离、奔跑、游离、溢出、不安的女性——"一个人死了但仍在梦中逃亡""我的一生是逃亡的一生""我的一生，是一个身穿裙子逃亡的历程"。白日梦替代了白天和尘世。那么，一次次逃亡和出离，她是否寻得了宁静的时刻？这是解读海男诗歌的一个必经之途。在长诗《夜间诗》的第三十九部分，海男将精神出逃的过程推向了戏剧化的高潮。三次出逃的叙事，具体而又抽象的人生三个阶段（黎明、人生的正午、人生的下午）以及精神隐喻的"手提箱"，都高密度而又紧张地呈现了女性成长仪式的代价。尤其是叙事和抒情、自白和呈现、经验与想象的平衡使得这一精神履历足够代表女性精神的内里。"母"与"女"在出逃之路上的影像叠加和精神互现，反复出现的车站、车厢、柳条箱、书籍、经书，这一切交织在一起所扭结的正是一个女性的"情感教育"和精神成长仪式的不安旅程。出逃就是要摆脱成为"终生的囚徒"和"永恒的囚徒"，寻得一个打开自由的钥匙，其出逃的终点自然是灵魂的安栖寓居之所，"逃离了高速公路，再进入村庄果园再进入一座古刹／再进入一间小屋，灵魂便安顿下来"。值得提及的是，箱子（手提箱）在海男的人生经历和写作经验中占有着重要的位置（比如她的小说、散文、自传和诗歌中反复出现的皮箱，比如诗歌《火车站的手提箱》）——移动、迁徙、漂泊、出走、游离、漫游、未定、不安。二十六岁的海男和十九岁的妹妹海惠的充满了青春期幻想和冲动的黄河远足以及对《简·爱》《呼啸山庄》的疯狂阅读，都必然导致了女性的精神漫游以及在此过程中的自我成长和情感教育。

《钟山》2019年第1期发表了胡弦的长诗《蝴蝶》以及周伦佑的《春秋诗篇》（七首）。

胡弦的诗歌话语方式对当下汉语诗歌写作具有某种启示性。一方面，诗人不断以诗歌来表达自己对世界的发现与认知（来路），另一方面，作为生命个体，诗人又希望能有一个诗意的场所来安置自己的内心与灵魂（去处）。这一来一往两个方面恰好形成了光影声色的繁复交响或者变形的镜像，也让我们想到一个诗人的感叹"世事沧桑话鸟鸣"。各种来路的声色显示了世界如此的不同以及个体体验的差异性。但是，问题恰恰是这种体验的差异性、日常经验以及写作经验在当下时代已经变得空前贫乏。是的，这是一个经验贫乏的时代，而胡弦的启示性正与此有关。无论是一个静观默想的诗人还是恣意张狂的诗人，如何在别的诗人已经蹚过的河水里再次发现隐秘不宣的垫脚石？更多的情况则是，你总会发现你并不是在发现和创造一种事物或者情感、经验，而往往是在互文的意义上复述和语义循环——甚至有时变得像原地打转一样毫无意义。这在成熟性的诗人那里会变得更为焦虑，一首诗的意义在哪里？一首诗和另一首诗有区别吗？由此，诗人的"持续性写作"就会变得如此不可预期。胡弦则在诗中自道："比起完整的东西，我更相信碎片。怀揣／一颗反复出发的心，我敲过所有事物的门。"而每次和胡弦见面的时候，他都会谈到近期在写作上遇到了一些问题——在我的诗人朋友中每次见面谈诗的已经愈来愈少——正在寻找解决的方法，等等，比如他近年来一直在尝试的"小长诗"的写作(《蝴蝶》《沉香》《劈柴》《葱茏》《冬天的阅读》等)。流行的说法是每一片树叶的正面和反面都已经被诗人和植物学家反复掂量和抒写过了。那么，未被命名的事物还存在吗？诗人如何能继续在惯性写作和写作经验中在电光石火的瞬间予以新的发现甚至更进一步的拓殖？不可避免的是诗人必须接受经验栅栏甚至特殊历史和现实语境的限囿，因为无论是对于日常生活还是个人化的历史想象力和修辞能力而言，个体的限制都十分醒目。当在终极意义上以"诗歌中的诗歌"来衡量诗人品质的时候，我们必然如此发问——当代汉语诗人的"白鹭"呢？胡弦给出了自己的答案："具体到我自己，年岁虽已不小，但总觉得现在的写作像一种练习，是在为将来的某个写作做准备。我希望把创作的力量保持到暮年。"是的，从精神视野以及持续创作能力而言，诗人应该是一个能够预支了晚景和暮年写作的特异群类，就像瓦雷里一样终于得以眺望澄明。

激进与迟缓

周伦佑的《春秋诗篇》完成于2017年10月至2018年2月，通过与老子、庄子、孔子、墨子、孟子、韩非子的精神对话以及诸子时代的"春秋精神"、哲学思想以及悲剧命运体现了一个当代诗人与历史化传统之间的深入互动和对话关系。正如周伦佑所言，写作该组诗的初衷在于"在世界史学界，一般把古希腊视为人类文化和精神的黄金时代。其实，我们根系的汉文化也有自己辉煌的黄金时代，这就是先秦时期的诸子百家时代。但除了学术研究之外，很少有现代作家——特别是现代诗人深入这个领域，以诗性之笔表现这个黄金时代中那些伟大的本源性思想家的悲剧命运，以及他们在与命运对话中所创造的影响中国几千年的哲学思想。这组《春秋诗篇》，就是试图通过挖掘那个黄金时代中那些本源性思想家个人命运的某个片段或思想的某个侧面，以呈现'诸子横议''百家争鸣'的那个伟大的黄金时代的黄金之诗——当然，其中也涵括笔者对诸子哲学独具一格的诗性解读。这是现代诗在这个题材领域的第一次尝试，也是对当代诗歌中那种唯'西方价值尺度'是从的'翻译体写作'的反拨。"（《春秋诗篇》写作札记）值得注意的是这七首诗《太阴的奥义——老子〈道德经〉的隐喻诗学解读》《庄周被蝴蝶梦见——读〈庄子〉破译"庄周梦蝶"千古迷思》《帝王师的哀荣——孔子晚年行迹考》《侠者的隐遁——读〈墨子〉想墨者的任侠精神》《涵养天爵——仰首天境读〈孟子〉》《诸子终结者之死——韩非之死的前言后记》《春秋有诗——从诸子时代读"春秋精神"》的注释多达八十三个之多，这不仅体现了一个当代诗人的知识和学养，也在另一种向度上体现了传统精神资源的博大精深。

408

值得注意的倒是诗歌中的"宏大象征物"以及空间结构的变化，比如公共空间、私人空间以及介于公共和私人之间的过渡性空间。包括沈浩波，他在写《蝴蝶》的时候说偶然在洗手间看到了一幅关于蝴蝶的画。这是一个刺激物，也是宏大或历史性的象征物，只不过在当下的体现更为日常化罢了。沈浩波的《蝴蝶》出版时，在勒口处的文字是"里程碑意义上的史诗"。《蝴蝶》是一个诗人的精神成长史和一代人的"家族"寓言。诗中不断出现的"母亲"、"父亲"、"祖父"、"妻子"和"儿子"等家族谱系是诗人借以对畸形的、不正常的历史秩序、国家神话、政治叙事、生存语境和现实存在的一种融入了个人化历史想象力的符号性象征和诗歌精神推进的寓言。尤其值得注意的是沈浩波的诗歌文本中的由"儿子"—"我"—"父亲"—"祖父"所构成的循环的"父系"形象。而这个循环的家族系统在沈浩波这里构成了一种可怕而宿命性的难以挣脱的巨大力量，相互焦灼、相互排斥又难以挣脱和剥离的胶着。而在伊格尔顿看来，"父亲"是政治统治与国家权力的化身，而在沈浩波这里"父亲"还没有被提升或夸大到政治甚至国家的象征体系上，而是更为真切地与个体的生存体验甚至现实世界直接关联。诗人与"父亲"以及以"父亲"为象征的关系是尴尬、焦灼和拉锯式的状态。这是一口黑黢黢的深井，既想回到本真性的亲切又不能不面对强大的血统、伦理乃至文化上的巨大差异、隔膜和逆反，甚至还有挑战。

由刘立云长诗《大船》所体现出来的"民族记忆"和复杂多变的历史图景，我想到加西亚·马尔克斯的一句话。

激进与迟缓

> 生活不是我们活过的日子,而是我们记住的日子,我们为了讲述而在记忆中重现的日子。

诗歌不断讲述了历史和记忆,这是伟大的诗歌传统。然而,在碎片化的诗歌时代,一直回响着这样的疑问:诗人还是不是精神大火中的淬炼者?诗人还是不是引领读者的灯塔?从"诗史"的层面来要求,我们这个时代最需要的正是"总体性诗人"以及打通更多读者的"时代诗史"和主题诗学。在这样的写作情势下,我们可以认定刘立云最新的长诗《大船》是新世纪以及新时代以来政治抒情诗和主旋律诗学的扛鼎之作,这也再次印证了刘立云写作长诗和大主题的综合能力在同时代诗人中是非常突出的。无论是指向了远古时间隧道和历史玄思兴味的《天命玄鸟》《建安十八年》还是"战争三部曲"(《黄土岭》《金山岭》《上甘岭》),都凸显了一个具备大情怀、大视野的诗人的个人化的历史想象力和诗性的求真意志,凸显了客观历史与形象化、修辞化历史的深层对话机制。

日常生活中的刘立云热情而谦恭、谨慎而沉着、冷静而审慎、隐忍而自尊,而诗歌世界中的刘立云则既宏阔又细微,犹如庞大的鲸鱼浮出水面,如熔岩在一瞬间的激烈喷发,有时又幽微如暗夜中的一点烛火,犹如一块冷彻、缩紧的玻璃,内在的张力和深隐的火焰适时地迸发出来。

"我就在这艘大船上。我们一个国家的人/一个民族的人,一片土地上的人/一个时代的人,都在这艘大船上。"毫无疑问,诗人已然承担了时代见证者的角色,同时又是站在了同时代人和精神共时体的高度。一个诗人对自我、时代乃至世界的观察角度和发声位置至为关键，诗人回应的仍是多声部的时代命题和责任道义、诗性正义。

具体就《大船》这首诗分析，"大船"是贯穿全诗的核心意象和深度意象，场景真切而壮观。"船"与海洋背景也极其精准地契合和象征了21世纪正是海洋的世纪。两千多年前，古罗马哲学家马尔库斯·图利乌斯·西塞罗（前106—前43）一语道破天机："谁控制了海洋，谁就控制了世界。"此后，地中海文明和大西洋文明都无可辩白地印证了"向海则兴，背海则衰"。"大船"代表了牵引的方向，代表了时代的航标，同时它也是历史命运的复合体，进而极其开阔地容纳了历史和时代场域的诸多环节和内质，因此"大"就具有了思想势能和精神重力，进而通过"大船"而牵扯出一系列的精神谱系层面的"大词"："大船之大，是大国的大，大地的大／大势的大，大业的大／海纳百川的大，包含大家、大众、大气、大局／大政、大略、大义、大同、大运、大敌／也包括大风大浪，大开大合／大道通天。"

对刘立云而言，这一过程既是面向自我的内窥镜，又是辐射到外部空间和整体场域的后视镜和放大镜、望远镜，在内里上它们共同构成了时代精神史的内在征候。对于写作者而言，诗学观念（趣味）、语言意识、时代认知是缺一不可的。这是个体效应、时间效应、当代效应、时代效应和历史效应的同频共振，是精神史和时代史的同步。刘立云总是能够在一个物象和意象那里投注更多的凝视、省思和剖析，这一过程会穷尽一个诗人的想象极限，也使得一首诗具有了诸多的可能性。

在《大船》这首诗中刘立云是"深情"的，这体现为"一艘大船从远处驶来，坚定不移地驶来"在全诗中的复沓，这也决定了全诗的主调和语言色彩。这与他军旅诗人的精神本色直接关联。与此同时，这既是面向了整个时代、民族、历史以及未来图景的，又向哲性、思想、诗学以及精神内核不断挖掘。在时代与历史、"向外"与"向内"之间诗人设置了诸多张力和互补性结构，这也使得整首诗的情感基调和语言调性既是深情的、高昂的，又是冷静的、深隐的，歌唱与审视时时处于有效的平衡和对话之中——"过去的焦虑和迷茫／皆为序章，就像夏日的酷烈／秋日的苍凉，冬日的苦寒／注定要成为春天的铺垫／托起百花盛开，虽然我们的航程／云谲波诡／每一程都布满旋涡和深渊"。

这关乎一个写作者认知的眼光和取景框，关于词语的求真意志，关于历史时间、时代时间、自然时间以及主体性时间的相互磨砺。

长诗、政治抒情诗以及主旋律诗学最容易出现空洞、浮泛的弊病，而刘立云完全避开了这些危险，从围绕着"大船"展开的意象、细节、场景乃至精神场域，我们能够看到刘立云撷取事物的能力以及赋形能力十分突出，词语因此携带了强有力的吸盘。这也印证了里尔克所说的深度的、立体的、多层面、多侧面的"球形经验"。由此，诗人的辨认、发现和命名能力以及感受方式、认知范围就非常重要。

《大船》深度激活了时间本体、时代景象和历史命题，同时又打开了一个诗人的精神胸襟和语言气象。这是通过语言、技艺和想象力对时代的承担，极其可贵的是诗人面对宏大历史和时代主题的时候并没有沦为宏大叙事的单频传声装置，而是建立起深度对话机制面对整体性的时代境遇。为此，我们在大时代背景下还感受到了一个个更为真切的个体命运，他们涉及城市、乡村、矿区、疫情、太空以及未来图景。只有诗人的眼光高于时间地平线的时候，"真实"的面貌才可能最大化地展现出来，犹如一头巨鲸将历史和时间深处幽深的水重新喷向天空。也就是说，诗人的职能是将时间和个体观感的碎片整合为历史景观和时代主题，由此诗人也就成为伟大的物种，他能同时让个人时间、自然时间、时代时间以及历史时间同时发声，时间和空间在个体主体性的熔铸中得以对接和互换，观察和抒写的重心以及角度多样化又立体而全方位地展现了时代的诸多侧面。与此同时，《大船》完整的结构和细部的纹理彼此呼应、相得益彰。抽象的时代命题获得了准确而形象化的支撑，生命能力、现实观照和历史发掘三者之间是同构的，历史和现实同时打开了一扇扇天窗。

《大船》印证了写作之道。诗歌这架永动机是开放的、加速度运转的，也是不断更新迭代的。"历史""现实"和"经验"也是动态的复杂结构，这无形之中会在诗人那里形成"影响的焦虑"。与此同时，它也会打开诗人的眼界进而拓展诗歌多样化的应对方式。即使强化诗歌的"社会功能"和明确的公共化指向性，诗人们也应该注意到这是以语言和诗性为前提的，"诗人作为诗人对本民族只负有间接义务；而对语言则负有直接义务，首先是维护，其次是扩展和改进。在表现别人的感受的同时，他也改变了这种感受，因为他使得人们对它的意识程度提高了"（T. S. 艾略特《诗的社会功能》）。质言之，一个诗人除了"现实感"和"时代性"之外，还必须具备"创造力"和"超越性"。对于"历史之诗"和"时代之诗"而言,这是个体时间在现实时间和历史之间的交互往返,是立足于个人和时代但又最终超越了个人和时代的"总体之诗",是"命运的交响曲",是"人类的博物馆"。

最后,我还是要强调"诗史"对于写作者、时代、历史乃至未来而言都是"伟大的物种",它携带了永不泯灭的记忆图式、民族基因和命运轨迹。

众神不在,往日已逝,孤独却胜于以往。如果一首长诗能够搁置那些庞大而虚假的命题,能够维持个体存在和主体性的疑问,这就是诗歌的胜利。以文字为马远游的人也必将生活在烟熏火燎的俗世。面朝大海般的远方就是愿景,可内心即是茫茫深渊,二者本来就是一体。

无论长诗的成就如何,无论百年新诗遭受到多少种非议和诘问,我们在越来越碎片化的时代期待的正是"大诗"(并非指涉篇幅的大小)以及总体性方向诗人的出现。

"高耸的圆顶很快将沉入暗夜"出自欧阳江河刚刚完成的长诗《埃及行星》。在一个个时间的碎片中,人和历史都是瞬间的化身,而真正伟大的诗歌"圆顶"如何能够不被时间的暗夜淹没就成了诗人必须面对的诗学难题了。

◎ 尾　声

关于莫言诗歌新作的几句闲话

> 我爱写歪诗，
> 屡被高人讥。
> 白马青牛难同槽，
> 玄鹤何须问黄鸡。
>
> ——莫言《黄河谣》

以往的莫言有在小说中穿插诗歌、民谣、俚曲或"打油诗"的习惯，而2018年以来，莫言在刊物上所发表的诗歌数量和频率是他以往所没有过的，如《雨中漫步的猛虎》《哈佛的左脚》《我的浅薄》《美丽的哈瓦那》《村里的诗》《奔跑中睡觉》《你若懂我，该有多好》以及长诗《饺子歌》《黄河谣》等。由此，莫言先生"崭新"的诗人身份以及"小说家诗人"也成为文坛的热点。

1

显然，莫言并不是我们一般意义上所理解的那种可以分门别类的诗人，更不是"严肃""庄重"板起面孔的高深诗人，也没有学院派的诗风，正如他自己所说："我爱写歪诗，／屡被高人讥。／白马青牛难同槽，／玄鹤何须问黄鸡。"(《黄河谣》)

莫言的诗看起来更为大胆、随性、自由、散漫，甚至可以说是恣肆不羁，常理、套路在他这里并不适用。"不落言筌"对于莫言来说倒是得心应手，甚至其诗歌文本面貌粗看起来更像是打油诗和民间小调。由此，莫言给我们带来了特异的诗歌文本以及反常的"诗人形象"。

值得注意的是莫言还有借助小说来表达他对诗人和诗歌看法的习惯。《花城》2018年第1期头条推出莫言的新作，即关于诗人的两篇小说《诗人金希普》《表弟宁赛叶》。民间化、有些脸谱化的"金希普"和"宁赛叶"一览无余甚至纤毫毕现地体现出"诗人"的恶习、神经症、精神分裂、自大、虚荣、张扬、自恋。莫言以他一贯狂欢化的语言方式对两位"奇葩"诗人进行了戏剧化的描述和酣畅淋漓的讽刺。

《北京文学》2019年第12期推出了莫言的"诗体小说"《饺子歌》。该诗通过男生和女生两个声部极其夸张而天马行空的抒情和无厘头的议论，达到编者按所强调的："一向注重文本创新的诺贝尔文学奖得主、著名作家莫言，别出心裁最新创作出在当代文坛罕见的诗体小说。他以天马行空的奇思妙想和简约灵动的文字，为我们描绘出一幅幅亦虚亦实、妙趣横生又激烈残酷的现实图景。锋芒所指，清者自清，浊者自浊，欢迎品鉴。"

接下来我们还是谈谈《上海文学》2022年第1期头条推出的莫言的七首诗：《聂鲁达的铜像》《刺与爱》《读你》《海龟》《傻子》《尽头》《嗅觉》。

随后，这组诗被《诗选刊》2022年第2期全文转载。

2

《聂鲁达的铜像》是带有对话、致敬意味以及携带现实感和历史情结的诗。智利的伟大诗人、"人民诗人"巴勃罗·聂鲁达让我们想到他与中国诗人艾青的交往，而聂鲁达的诗歌早在20世纪50年代的时候就已经引入中国且影响甚大，比如1957年《诗刊》创刊号刊出的聂鲁达的诗《国际纵队来到马德里》（袁水拍译）、《在我的祖国是春天》（戈宝权译）以及艾青献给聂鲁达的长诗《在智利的海岬上》。聂鲁达三次到访中国并写有数首歌颂新中国的长诗，也正如莫言诗中所言："在我的祖国／你曾经是传奇／／你在中国旅行的时候／还没有我啊／但我仿佛为此而生／站在你的床边／想象你沉重的呼吸／和老年人的气味。"几十年间"政治＋爱情"也成为聂鲁达的经典形象，甚至"政治"和"爱情"在不同时代的接受史中被两极式地分化和强化。此次莫言"重写"聂鲁达并不是可有可无的，实则这是一首不乏"现实感"、个人化的历史想象力以及精神指向的诗，说得更玄一点儿就是具有"及物性"。这不仅与莫言以及我们的庚子和辛丑"寒流袭来"般的普遍心境有关——"京师学堂只

激进与迟缓

余一人。夜半时常与大厅中的聂鲁达铜像对话"(《聂鲁达的铜像·后记》),而且更为真实地还原出聂鲁达这样一个丰富的生命个体和国家命运的背景,比如他或高涨或失落的革命与爱情,他的抽烟、饮酒、聚会、躁动、力比多以及衰老、孤独、冷笑、微笑,等等。整首诗并不分节而是连贯而下——但不是泥沙俱下,并不显得拖沓、冗余、壅塞,而是结构、节奏、语调、气息调控得都非常舒服,它们自然、真切、舒缓、有度,犹如一个人深夜中孤独的呼吸。

循着《聂鲁达的铜像》这首诗中渗透出来的"现实感",我们要格外留意一下《嗅觉》这首诗。

在狐狸的小巷里
有虎豚和鲸鱼的酒馆
烧鸟和烤鸭的壁炉
还有荞麦面与天妇罗
咖啡馆与澡堂
花、草、树
还有一切的一切

红灯笼在细雨中
释放轻盈的诱惑
五彩缤纷的口罩
遮住行人的脸面
目光刺痛了目光
戴口罩的人都像狐狸

尾　声

　　戴着口罩

　　在狐狸的小巷里
　　所有的气味纠缠不休
　　在雨中演绎成失恋的哀歌

　　《嗅觉》的现实指向性更为明确、显豁。较之《聂鲁达的铜像》诗人只是借助"后记"约略点明现实境遇不同，此次诗人直接将"现实"置放于整首诗当中。
　　借助极其繁复的声色场景强化了"嗅觉""声响""气味""爱情"以及当下与历史之间的深度关联。

3

　　大体而言，莫言的诗是机趣、幽默、戏谑、智慧的，没有人生大阅历的人是写不出他这样的诗来的。诗人需要阅世，但这又不够，诗人并不能在经验和感受上止步不前。
　　相较之下，《刺与爱》和《读你》这两首十来行的短诗写得有些"波澜不惊"，读起来的时候挑动我们的是日常生活中小小的芒刺和微澜，它们无关大义而只是生活场景的一角，诗在其中缓缓渗透或者慢慢角力。
　　《尽头》这首诗更短——只有七行，读起来就更为"惊险"，因为诗越短越容易露出诗人的"马脚"。

　　我走到语言的尽头

激进与迟缓

> 听懂了鸟的鸣叫
> 我走到颜色的尽头
> 看清了花的本质
> 我走到生命的尽头梦见初生的婴儿
> 我走到爱的尽头
> 遇到了母亲

也就是说短诗对诗人的挑战更大,相应的,写作难度就更高,而不容得在词语、节奏、转换、结尾上面出现任何闪失。

《尽头》读起来的感觉仿佛让我们一下子就回到了20世纪80年代,该诗没有意象、细节、场景以及象征物的铺垫,而是直接进入主题,即通过"箴言"式的语句以及四个结构一致的平行化片段表明诗人的姿态或立场。

这种类型的诗歌读起来更为立场分明、铿锵有力、黑白立现、水落石出,但是写起来则需要格外小心,因为稍一疏忽就容易堕入另一个俗套当中,即诗人"说得太多"甚至夸夸其谈、口角生风。显然,诗人已经不再是振臂一呼的文化英雄和时代精英了,诗歌也不再是名言警句般的气壮山河了。

4

《傻子》这首诗前后分为四节,读起来更为过瘾。

> 牛不反刍
> 你用鞭杆敲它的角

尾　声

用尿滋它的鼻孔
一团草返上来
牛眼洋溢着咀嚼的喜悦
老人夸你：这个傻子

女人不愿生育
你讲述杀羊羔的春天
噩梦般的故事
让她们掩面哭泣
宫门大开，放孩儿们进来
女人夸你：这个傻子

当众人哭时
你竟敢笑
当众人笑时
你竟然哭
众人骂你：这个傻子

当装傻成为时尚
傻子却要装聪明，于是
真傻的和装傻的打成一团
装傻的被打成傻子，从此
大家都装聪明人

尤其是前两个结构"反刍""生育"所涉及的民间经验以

及极其大胆、夸张的语言方式是时下一般的诗人写不出来的。莫言在该诗的第三、四节直接摆明了所要讲的道理,但是诗的空间反倒是被收紧了。

《海龟》这首小诗我非常喜欢,诗人写得妙趣横生,就像是莫言小说的一个缩影。该诗的前半部分同样是波澜不惊日常景象的描述或交代,而后半部分则笔锋陡然一转,极富戏剧化的效果——

> 洗尽铅华,唯余一双红唇
> 在醉蟹与牡蛎的汁液里
> 佛系土崩瓦解,池塘里
> 被放生的海龟
> 背负着保佑你的重任
> 诅咒着你
> 回忆海水的滋味

就以上莫言先生的这七首新作而言,它们并不需要过于专业的读者。

就如莫言的小说一样,它们自由、随性,具有不拘一格的典型"莫式风格"。随心所欲不逾矩也好,兴之所至手之舞之足之蹈之也罢,只要读到这些文字的人心有所感,解颐一笑或蹙眉沉思也就足够了。

诗也许关乎春秋关乎大义关乎真理,但也指向率真的性情和本真的生命以及词语和诗意双重的解放。